U0109405

古典詩歌研究彙刊

第三三輯

龔鵬程 主編

第 2 冊

李商隱詩歌研究（上）

宋寧娜 著

國家圖書館出版品預行編目資料

李商隱詩歌研究（上）／宋寧娜 著 -- 初版 -- 新北市：花木
蘭文化事業有限公司，2023〔民 112〕
目 2+306 面；17×24 公分
（古典詩歌研究彙刊 第三三輯；第 2 冊）
ISBN 978-626-344-208-5（精裝）
1.CST：（唐）李商隱 2.CST：唐詩 3.CST：詩評
820.91 111021849

ISBN-978-626-344-208-5

9 786263 442085

古典詩歌研究彙刊
第三三輯 第 二 冊 ISBN：978-626-344-208-5

李商隱詩歌研究（上）

作　　者　宋寧娜
主　　編　龔鵬程
總 編 輯　杜潔祥
副總編輯　楊嘉樂
編輯主任　許郁翎
編　　輯　張雅淋、潘玟靜　美術編輯　陳逸婷
出　　版　花木蘭文化事業有限公司
發 行 人　高小娟
聯絡地址　235 新北市中和區中安街七二號十三樓
　　　　　電話：02-2923-1455／傳真：02-2923-1452
網　　址　http://www.huamulan.tw 信箱 service@huamulans.com
印　　刷　普羅文化出版廣告事業
初　　版　2023 年 3 月
定　　價　第三三輯共 8 冊（精裝）新台幣 16,000 元　版權所有‧請勿翻印

李商隱詩歌研究(上)

宋寧娜 著

作者簡介

宋寧娜，女，1949 年 4 月 23 日生，浙江金華人。1965 年知青，1978 年十月北京師範大學學生，1982 年至蘇州大學，1992 年破格副教授，1999 年正教授。主要著作有：《活動教學論》（江蘇教育，1996 年，教育部課改參考書），《文化　教育現代化》（中國文史，2005 年），《教育哲學探索》（陝西教育，2008 年）。《李商隱其人其詩》（華文，2007 年），美國國會圖書館，2008 年收入。發表論文七十餘篇，被《新華文摘》、《人大複印資料》多次轉載。《李商隱年譜》，臺灣萬卷樓圖書有限公司，2022 年版。

提　　要

　　本書通過對李商隱生卒年代和社會交往的探討，對李商隱的時事詩進行研究，得出李商隱詩與唐代自德宗以來皇帝昏庸與宦官之亂、訓注之亂與宋氏冤案、朝臣殺戮與劉蕡命運、內廷爭鬥與會昌政變、牛李黨爭與贊皇罹難、朝臣沉浮與功臣命運、義山傾向及黨派觀念的關聯。並將其愛情詩與遊歷詩逐年排歷，得出李商隱為追陪戀人而進行的請託朋友、詠史名作，是情境詩和情詩藝術的極致，也是博採眾長的結果，回原了李商隱的情感人生。

目

次

第一章　李商隱生卒年代

一、李商隱年齡考證

關於李商隱年齡研究，其中較有影響說認為李商隱生於元和七年或八年（公元 812 或 813 年），死於大中十二年（公元 858 年），只活到 46 或 47 歲。筆者根據史書記載和李商隱自己詩文，李商隱生於德宗貞元十五年（公元 799 年），卒於大中十三年（公元 859 年），終年 61 歲。

認為李商隱只活了 46 或 47 歲根據主要有三個，但是都未能最後肯定。

根據之一是李商隱會昌四年（844 年）所寫《請盧尚書撰李氏仲姐河東裴氏夫人志文狀》中所云：「會昌二年，商隱授選天官，正書秘閣，……距仲姐之殂，三十一年矣。」「靈沉綿之際，殂背之時，初解扶床，猶能記面。長成之後，豈忘遷移？」認為由會昌二年（公元 842 年）望前推三十一年是為 812 年，此時李商隱才 2 歲。《祭裴氏姐文》中也說：「靈有行於元和之年，返葬於會昌之歲，光陰迭代，三十餘秋。」從憲宗元和八年（公元 813 年）到會昌三年公元 843 年，中間正好三十年。「浙水東西，半紀漂泊。某年方就傅，家難旋臻，躬奉板輿，以引丹旐。四海無可歸之地，九族無可倚之親。」指元和八年裴氏姐去世時李商隱才剛就傅不久的十歲，父親當時為獲嘉令，後來父

親隨孟簡往浙東，因而將其靈柩寄存在獲嘉。元和十年李商隱隨父往浙西李繟幕中，至元和十二年父親去世後奉父靈柩以歸，「半紀」乃約數。筆者認為，元和八年（公元 813 年）裴氏姐卒於獲嘉時李商隱為十歲左右，「初解扶床，猶能記面」指能夠理解發喪儀式，記得姐姐死時容貌，「扶床」指是發喪時儀式，即李商隱《上陳許李尚書狀二》文「王十二郎、十三郎扶引靈筵，兼侍從郡君，今年八月到東洛迄」中「扶引靈筵」，而不是蹣跚學步時「扶床」。這種認定裴氏姐去世時「初解扶床，猶能記面」李商隱 2 歲的說法，忘了 2 歲嬰兒是記不住當時事情的，起碼要七、八歲兒童才能對姐姐去世面貌有印象，也只有十歲少年才會理解發喪時「扶床」舉動，才會產生將來要把姐姐靈柩運回故鄉念頭。而且這種說法也無法解釋才 2 歲的李商隱還有更加幼小的弟妹，古人往往將弟、妹都稱為「兄弟」，因此「此際兄弟，尚皆乳抱」當不僅指義山，而是指更小的弟弟和妹妹；會昌四年李商隱《祭裴氏姐文》中：「既登太常之第，復忝天官之選。……弱弟幼妹，未笄未冠。」李商隱開成二年中進士時已經 39 歲，才可能有與李商隱相差十幾歲「未笄未冠」弟妹，即元和年間「尚皆乳抱」弟妹，可見當時李商隱確已是少年。

根據之二是大中八年（公元 854 年）李商隱所作《驕兒詩》中：「爺昔好讀書，懇苦自著述。憔悴欲四十，無肉喂蚤虱。」一些研究者先肯定李商隱作《驕兒詩》時為「年近四十」（39 歲），然後倒過來推算為 812 年生，再算出大中十二年去世時為 47 歲。但是這首詩也可以是李商隱在後來回憶當年到 39 歲時才考取進士，告誡兒子不要學父親那樣只是讀書應舉，求取科名，否則就會像自己一樣處於貧困，被「蚤虱」所咬而「無肉」。也就是說，詩中說的是中舉時年近四十。對照會昌三年（公元 843 年）李商隱所作《祭徐氏姐文》：「息胤猶闕，家徒索然」，會昌四年《祭小侄女寄寄文》：「況吾別娶以來，胤緒未立，猶子之義，倍切他人。」四十多歲時悲歎自己膝下無子才自然，不可能是在 32 歲時所作。會昌二年（公元 842 年）女兒出生；

大中二年（公元 848 年）兒子出生，大中八年（公元 854 年）時袞師
7 歲，詩人一方面驕傲自己兒子聰明活潑，一方面以自己人生經驗告
誡兒子，如果李商隱真是公元 812 年生，那麼此時 39 歲不會如此鄭
重地託付後事。大中八年（公元 854 年）秋，李商隱在東川上柳仲郢
書（《上河東公啟》）中說：「眷言息胤，不暇提攜，或小於叔夜之男，
或幼於伯喈之女。」袞師當時 7 歲，他自己已經年過五十，才會發出
如此感歎。

　　根據之三是李商隱《上崔華州書》中：「中丞閣下：愚生二十五
年矣。……凡為進士者五年，始為故賈相國所憎；明年，病不試；又
明年，復為今崔宣州所不取。」一些學者認為《上崔華州書》是李商
隱開成二年（公元 836 年）正月作品，認定此時 25 歲，那麼倒推過
去就是公元 812 年生人。

　　至今為止，關於李商隱是公元 812 或 813 年生人的說法尚未真正
能夠成立；如果按照這樣的說法，還會出現一些難以解決的矛盾。

　　首先，與史書記載不合。據《舊唐書・李商隱傳》稱：「商隱幼
能為文，令狐楚鎮河陽，以所業之文干之，年才及弱冠。楚以其少
俊，令與諸子游。」按令狐楚為河陽懷節度使在憲宗元和十三年（公
元 818 年），《舊唐書・列傳第一百二十二・令狐楚》：「元和十三年四
月，出（令狐楚）為華州刺史。其年十月，皇甫鎛作相，其月以楚
為河陽懷節度使。」又，《新唐書・列傳第九十一・令狐楚》：「鎛既
相，擢楚河陽懷節度使，代烏重胤。」《禮記・曲禮上》：「二十曰弱，
冠。」這時李商隱才 20 歲，那麼他出生之年應當是德宗貞元十五年
（公元 799 年）。《新唐書・列傳第一百二十八・文藝下・李商隱》也
說：「令狐楚帥河陽，奇其文，使與諸子游。楚徙天平、宣武，皆表
署巡官，歲具資裝使隨計。」隨計，謂應徵召之人偕計吏同行，《史
記・儒林列傳》：「公孫弘為學官，悼道之鬱滯，乃請曰：丞相御史
言，……郡國縣道邑有好文學，敬長上，肅政教，順鄉里，出入不悖
所聞者，令相長丞上屬所二千石，二千石謹察可者，當與計偕，詣太

常，得受業如弟子。」也就是說，元和十三年令狐楚鎮河陽時李商隱第一次謁見令狐楚，雖然沒有正式成為幕僚，但是令狐楚對李商隱才華已有所瞭解，很可能留在身邊有所照應；如果真如有些研究認為李商隱生於憲宗元和七年（公元 812 年），那麼李商隱才六、七歲兒童就拿著文章去給令狐楚看，這是不可能的事情。李商隱《樊南甲集序》中也說「樊南生十六歲能著才論、聖論，以古文出諸公間」，可見元和十三年謁見令狐楚前李商隱已經不止十六歲；「年才及弱冠」明說是二十歲。大和三年「令狐楚徙天平、宣武，皆表署巡官，歲具資裝使隨計。」可見第一次參加科舉考試是在大和二年秋季。此乃疑問之一。

其次，與李商隱自己詩文不合。李商隱在《請盧尚書撰李氏仲姐河東裴氏夫人志文狀》中云：「明年冬以潞寇憑陵，據我河內，……遂……卜以明年正月歸我祖考之次，滎陽之壇山。」「潞寇」指劉稹，叛亂發生在會昌三年，卜以「明年」下葬，指的是會昌四年（公元 844年）。李商隱自開成二年登第、開成四年入秘書省為正字，開成五年辭去弘農尉官職；會昌二年冬考試，會昌三年三月以書判拔萃重入秘書省為正字，十月旋丁母憂，這篇文章是母親去世後所作。也就是說，李商隱利用丁憂時間完成親人下葬儀式，文中有：「靈沉綿之際，殂背之時，某初解扶床，猶能記面。長成之後，豈忘遷移？」「三十一年矣，神符夙志，卜葬有期。」（《祭裴氏姐文》）「至會昌二年，商隱受選天官，正書秘閣，將謀龜兆，永釋永恨。會允元同謁，又出宰獲嘉，距仲姐之殂，已三十一年矣。」（《請盧尚書撰李氏仲姐河東裴氏夫人志文狀》）從公元 843 年往前推第三十一年是 812 年（元和七年），如果說此時李商隱只有 2 歲，怎麼可能知道那麼多事情，並且具有家庭責任感呢？這是疑問之二。事實上，「此際兄弟，尚皆乳抱，空驚啼於不見，未識會於沉冤」，指的是李商隱仲弟義叟、三弟和妹妹。李商隱《請盧尚書撰故處士姑臧李某志文狀》：「商隱與仲弟義叟、再從弟宣岳等，親授經典，教為文章。」會昌三年李商隱在

《祭徐氏姐文》中云：「三弟未婚，一妹處室。」即排行第三的弟弟和最小的妹妹尚未成家，有時也用：「仲季二人，亦志儒墨。」可見有二個弟弟，一個妹妹。在《祭裴氏姐文》中也有：「既登太常之第，復忝天官之選。……弱弟幼妹，未笄未冠。」如果會昌時弟妹尚「未笄未冠」，起碼與李商隱相差十幾歲，可見裴氏潔去世時李商隱決不會只有 1、2 歲。尤其「浙水東西，半紀漂泊。某年方就傅，家難旋臻，恭奉板輿，以引丹祧」，從元和七年裴氏姐去世至元和十二年父親去世，六年間「家難旋臻」，而《禮記·內則》：「十年，出就外傅。居宿在外，學書計。」可見裴氏姐去世時十歲左右。六年後父親去世之後，李商隱與母親奉父親靈柩以歸，因「四海無可歸之地，九族無可倚之親。乃占數東甸，傭書販舂」（《祭裴氏姐文》），可見扶柩回中原時李商隱已經可以承擔部分家庭責任，「傭書販舂」指為人抄寫公文和舂米販賣謀生。也就是說，裴氏姐去世時李商隱是十三歲少年，而不是1、2 歲的嬰兒，六年後父親去世時李商隱 19 歲。

第三，與李商隱只活了 47 歲不合證據還有大和九年《燕臺四首　秋》中「雙璫丁丁連尺素，內記湘川相識處」一語，詩中明明說在大和九年前曾去過湖南。史書記載大和三年到大和九年間令狐楚並無出使湖南，但之前令狐楚倒確確實實去過南方，並且在南方做過官。令狐楚於元和九年因皇甫鎛關係官運亨通，「俱入翰林，充學士，遷職方郎中、中書舍人，皆居內職」，但元和十五年（公元 820年）憲宗李純去世，「正月，憲宗崩，詔楚為山陵使」，穆宗即位之初，「群臣素服班於月華門外」，要求殺掉皇甫鎛，「會蕭俛作相，託中官排解，方貶崖州」；「物議楚因鎛作相而逐裴度，群情共怒」。另，《穆宗本紀》也記載：「楚為山陵使，縱吏刻下，不給工徒工錢，積留錢十五萬貫，為余以獻，故及於貶。……八月己亥，宣歙觀察使令狐楚再貶衡州刺史。其年六月，元稹草制，楚深恨（元）稹。長慶元年四月辛卯，以衡州刺史令狐楚為郢州刺史。」〔註1〕也就是說，元

〔註1〕《舊唐書·本紀第十六·穆宗》。

和十五年令狐楚被貶為宣歙池觀察使，後又貶衡州、郢州刺史，直到長慶二年才回到中原。李商隱元和十三年（公元 818 年）與令狐楚見面後就跟隨其左右，就很有可能在元和十五年隨之到過湘東，這就可以解釋李商隱早年確曾去過「湘川」和「郢州」。如果說李商隱是公元 812 年生，則長慶元年才 10 歲，於情於理都難以解釋。李商隱《上華州周侍郎狀》中「竊思頃者，伏謁於遊梁之際，受知於入洛之初」，按令狐楚長慶元年冬召回為太子賓客，四年三月任河南尹，九月以河南尹檢校吏部尚書汴州刺史宣武軍節度宋汴亳觀察等使，都在李商隱大和三年「從為巡官」之前，很難解釋「從為巡官」前這些經歷。

《舊唐書‧李商隱傳》中明明說「商隱幼能為文，令狐楚鎮河陽，以所業之文干之，年才及弱冠。」《禮記‧曲禮上》：「二十曰弱，冠。」按令狐楚為河陽懷孟節度使在憲宗元和十三年（公元 818 年），時李商隱 20 歲，那麼大中末（大中十二年，公元 858 年）去世時應該是 60 歲；古人以 70 歲為高壽，60 歲為中壽，這也與一般史載李商隱終年「僅為中壽」之說相合。因此，筆者認為是史書記載不詳造成這一段事實空缺，而不是事實上的空缺；只有李商隱是公元 799 年生人，才有可能使這一段史實充實起來。

二、李商隱科舉考試經歷

隋始科舉取士，分四級考試。院試，地方考試合格者為秀才。鄉試，又稱秋闈，省級考試，生員參加，三年一次，子午卯酉年為正科，與皇家有喜慶之事加科委恩科；考上為「舉人」。會試，又稱春闈，國家級考試，考上者為貢士；第一名為解元。殿試，皇帝主考，考上者為進士。殿試分三甲錄取，第一甲賜進士及第，第一名狀元，第二名榜眼，第三名探花。唐貢士之法多循隋制，其常貢有「秀才」、「明經」、「進士」、「明法」、「書」、「算」等科。《新唐書‧選舉志》：「唐制，取士之科，多因隋舊。然其大有三：由學館者曰生徒，由州縣者

曰鄉貢，皆陞於有司而進退之……其天子自詔者曰制科。」《漢書・董仲舒傳》：「使諸侯列郡守二千石，各擇其吏民之賢者，歲貢各二人。」韓愈《贈張童子序》：「始由縣考試定其可舉者，然後陞於州府，其不能中科者，不與是數焉，謂之鄉貢。」據《通典》：「開元二十四年，制移貢舉於禮部，以侍郎掌之。」唐貢士之法，「每歲仲冬，郡縣監課試其成者，長吏會僚屬，設賓主，陳俎豆，備管絃，既餞而與計偕」。所謂「計偕」，《漢書・武帝紀》注云：「計者，上計簿使也，郡國每歲遣詣京師上之；偕者，俱也，令所徵之人與上計者俱來，縣次給之食。」一般來說，科舉前一年冬為鄉試，第二年正月就禮部試，二月公榜，四月送吏部。岑仲勉先生考曰，進士鄉貢例於上年十月二十五日集戶部，生徒亦以十月送尚書省，正月乃就禮部試。

　　李商隱《上崔華州書》中：「凡為進士者五年，始為賈相國所憎；明年，病不試；又明年，復為今崔宣州所不取。」「崔華州是誰？」故賈相國、今崔宣州又是誰？這是考證李商隱科舉經歷關鍵。

　　有學者認為「崔華州」指崔龜從，「今崔宣州」是崔鄲。與李商隱生活年代相近崔姓華州官員有崔群（長慶二年至三年）、崔植（大和二年至三年），崔戎（大和七至八年），崔龜從（開成元年十二月至三年），史書明確記載與崔姓宣歙觀察使同時的只有崔龜從，即「開成二年出為宣州刺史，兼御史中丞、宣歙觀察使」〔註2〕的崔鄲，因此學者將「崔華州」認定為崔龜從，「崔宣州」是崔鄲，開成元年十二月庚戌，以華州刺史盧鈞為廣州刺史、充嶺南節度使；《舊唐書・卷一百七十六・列傳第一百二十六》：崔龜從「十二月，正拜中書舍人。開成初，出為華州刺史。」「開成元年十二月，以中書舍人崔龜從為華州防禦使」〔註3〕，例兼御史中丞銜，因此稱「中丞閣下」；「三年三月，入為戶部侍郎、判本司事」〔註4〕由此李商隱《上崔華州書》是開成

〔註2〕《舊唐書列傳一百五・崔鄲》。
〔註3〕《舊唐書・本紀第十七上・文宗下》。
〔註4〕《舊唐書・列傳第一百二十六・崔龜從》。

二年初寫給華州刺史崔龜從的信。「今崔宣州」指崔鄲。《舊唐書‧崔鄲傳》：「大和八年為工部侍郎，集賢殿學士，權知禮部。」開成二年正月接替王質為宣州刺史。《舊唐書‧文宗紀》：「開成二年春正月乙丑朔。丙寅，宣歙觀察使王質卒，乙亥，以吏部侍郎崔鄲為宣歙觀察使。」王質卒於開成元年十二月下旬，正月初二報於朝，十一日任命崔鄲為宣歙觀察使。岑仲勉先生指出，歷朝實錄之纂修，必以每日詔令為基礎。外臣除授，有不拜者，有未赴改官者，有中途追還或調轉者，有路上暴死或賜死者。因此崔鄲到宣州任應當在開成二年正月後。

「故賈餗相國」是賈餗。**賈餗**，字子美，河南人，文史兼美，進士擢第，又登制策甲科。四遷至考功員外郎，長慶、大和間歷官常州刺史、太常少卿，據史載，賈餗大和三年「七月，拜中書舍人。大和四年九月，權知禮部貢舉。五年，榜出後，正拜禮部侍郎。凡典禮闈三歲，所選士七十五人，得其名人多致公卿者。七年五月轉兵部侍郎。」〔註5〕大和九年「四月，詔以浙西觀察使賈餗為中書侍郎、同中書門下平章事」〔註6〕，加集賢殿大學士，監修國史。李訓事發，為中人所陷，與王涯等皆族誅。「故」有原本、過去、緣故、變故、故去等意義，「故賈餗相國」意義有兩種，可以理解為大和九年因「甘露事變」被殺身亡而「已故」的賈餗，也可以指原本擔任宰相、大和七年五月後不再擔任宰相職務的賈餗。

賈餗主持貢舉在大和五年和六年（公元 831 和 832 年）。《唐語林》中有歷年考官名錄：「春官氏每歲選陞進士三十人，以備將相之任。……王起四，長慶二年、三年，會昌三年、四年。楊嗣復再，寶曆元年、二年。崔郾再，太和元年、二年。鄭浣再，大和三年、四年。賈餗再，太和五年、六年。高鍇再，開成元年、二年。柳璟再，開成

〔註5〕《舊唐書‧列傳第一百十九‧賈餗》。
〔註6〕《舊唐書‧本紀第十七下‧文宗下》。

五年、會昌元年……」〔註7〕因此「故賈相國」的說法應當在「訓、注之亂」後，這也是學者認為李商隱《上崔華州書》在開成二年、「崔華州」為崔龜從、「今崔宣州」是崔鄲的原因。此說矛盾在於開成二年春李商隱已經中舉，不必再向「崔華州」請求推薦。

　　張采田，《玉谿生年譜會箋》卷一（太和六年條）：「是年，義山應舉，為賈餗所斥，旋從楚太原幕。居五年間」，則統計太和六年至開成元年也。〔註8〕岑從勉列出李商隱應試經過為：大和七年鄉貢，知舉賈餗，不取；大和八年病，不試，知舉李漢；大和九年鄉貢，知舉崔鄲，不取；開成元年無明文，當是府試已不取；開成二年鄉貢，知舉高鍇，登第。〔註9〕學者畢寶魁與岑說相近，李商隱在太和五年、六年、七年、九年、開成元年、開成二年五年參加考試，開成二年登第。〔註10〕

　　筆者認為，李商隱《上崔華州書》是大和七年寫給華州刺史崔戎的信，「今崔宣州」指崔鄲。

　　「崔華州」指崔戎《舊唐書・崔戎傳》：「戎字可大。高伯祖玄暐，神龍初有大功，封博陵郡王。戎舉兩經登科，授太子校書，調判入等，授藍田主簿。為藩鎮明公交辟。入為殿中侍御史。累拜吏部郎中，遷諫議大夫。尋為劍南西川宣慰使。還，拜給事中，駁奏為當時所稱。改華州刺史，遷兗海沂密都團練觀察等使。將行，州人戀惜遮道，至有解鞾斷鐙者。理兗一年，大和八年五月卒。」崔戎元和五年至十三年先後為李鄘、衛次公淮海幕所辟，元和十四至十五年為裴度河東參謀，長慶二至三年為段文昌判官，憲宗時崔戎「入為殿中侍御史」，穆

〔註7〕〔宋〕王讜：《唐語林》，上海：古典文學出版社，1956年11月版，第278頁。

〔註8〕見中華書局上海編輯所，1963年版，第28頁。

〔註9〕劉學鍇、余恕誠：《李商隱詩歌集解》，中華書局，1988年12月版，第44頁。

〔註10〕畢寶魁：《〈李商隱參加科舉考試始末考〉補正》，《文獻季刊》，2001年第三期。

宗時為吏部郎中，岑仲勉《郎官石柱題名新考訂》中《因話錄》徵言二十四司印有：「楊瀘州虞卿任吏部員外郎，始置櫃加鎖以貯之，⋯⋯櫃初成，州戎時為吏部郎中。」〔註11〕「州戎」乃崔戎之誤。《漢書‧百官公卿表》：「御史大夫有兩丞，秩千石。一曰中丞，在殿中蘭臺，掌圖書秘籍。」李商隱在《為安平公謝除兗海觀察使表》中有「芸閣儲書、藍田作吏」，「中間因依知己，契闊從軍。其後超屬憲司，遽登郎署。埋輪而出，高懸八使之威；起草以居，遠謝三臺之妙。每含香而自歎，長襆被而待行。」依《漢官儀》：「尚書郎懷香握蘭，含雞舌香伏其下奏事。」《晉書》：「魏舒為尚書郎，或有非其人，論者欲沙汰之，舒曰：『我即其人。』襆被而出。」指崔戎曾為「尚書郎」，但為時較短。〔註12〕李商隱《為安平公兗州謝上表》中「臣本由儒業，或廁朝榮，粵紫烏臺，至於青瑣」，以漢成帝時御史臺有烏而稱為「烏臺」；青瑣門在南宮，衛宏《漢舊儀》曰「黃門郎屬黃門令，日暮對青瑣門拜，是月夕郎。」《後漢書》「黃門侍郎掌侍從左右，給事中關通中外」，指崔戎當年曾為殿中侍御史和給事中，累拜吏部郎中、遷諫議大夫，掌諫諭得失，如李商隱《為安平公兗州謝上表》中所說：「超擢之際，臣獨出常倫。」尋為劍南東西兩川宣慰使，還，拜給事中。大和七年閏七月，以給事中崔戎為華州刺史。〔註13〕大和八年三月丙子，以右丞李固言為華州刺史，代崔戎；以戎為兗海觀察使。⋯⋯六月庚子，兗海觀察使崔戎卒。〔註14〕岑從勉云，按唐制，雄藩例兼御史大夫，觀察例兼中丞，因此稱為「中丞閣下」。

　　李商隱為中舉多次向別人寫文章干謁、行卷不見效，其中對他打擊最大的是大和五年為賈餗所斥、大和七年又「復為今崔宣州所不取」，因此他應試失敗後曾在蕭浣推薦下到華州拜見刺史崔戎，受到

〔註11〕岑仲勉：《郎官石柱題名新考訂》，上海古籍出版社，1984年5月第一版，第23頁。

〔註12〕《舊唐書‧列傳一百一十二‧崔戎》。

〔註13〕《舊唐書‧本紀第十七下‧文宗下》。

〔註14〕《舊唐書‧本紀第十七下‧文宗下》。

他熱情接待和愛護，因為李商隱身體多病，不久崔戎即「送我習業南山阿」，鼓勵他複習後再次應試；當年冬或第二年初春，李商隱《上崔大夫狀》中：「今早七弟遠衝風雪，特迂車馬，伏蒙榮示，兼重有恤資，謹依命捧受賚。」有可能是辟為幕僚並贈送行資，三月隨崔戎到兗州，掌章奏。崔戎是正直愛民官吏，皇帝調其為兗海沂觀察使時，「民擁留於道不得行」，〔註15〕可惜當年五月崔戎病死兗州任所。李商隱之母出自崔氏，與崔戎有親戚之誼，《請盧尚書撰故處士姑臧李某志文狀》中有「時從表兄博陵崔公戎、表侄新野庾公敬休」語，李處士為商隱叔父輩，可見崔戎為其表叔。李商隱對崔戎感情很深，《安平公詩》回憶當年崔戎為華州刺史和兗海觀察使時知遇之恩，因此《上崔華州書》是寫給崔戎的，信中「寧濟其魂魄，安養其氣志，成其強，拂其窮，惟閣下可望，輒盡以舊所為發露左右，恐其意猶未宣洩，故復有是說」，謂只有您能使我有重新振作志氣，逐漸堅強起來，因此我把自己過去所作所為坦露在您面前，可見「崔華州」屬於「前輩」之列，與崔戎年齡聲望相合。崔戎死於大和八年五月，因此不可能是大和八年六月以後寫給崔戎的信，李商隱《上崔華州書》不是開成二年作品，而是大和七年再次考試失利後寫給大和七年閏七月到大和八年三月間為華州刺史的崔戎的信。

「今崔宣州」與崔鄲有關

與李商隱生活年代有關的擔任過宣州長官先後有：崔群（長慶四年～大和元年，824～827）、于敖（大和元年～四年，827～830）、沈傳師（大和四年～大和七年四月，830～833）、陸亙（大和七年閏七月～大和八年，833～834）、王質（大和八年～開成元年，834～836）、崔鄲（開成二年正月～開成四年三月，837～839）、崔龜從（開成四年三月～會昌四年，839～844）。與李商隱生活年代相近的擔任過「宣州」長官的崔姓官員有：

────────────

〔註15〕《新唐書‧列傳第八十四‧崔戎》。

　　崔衍（貞元十二年～永貞元年，796～805）：《舊唐書・卷十三・德宗紀》：「貞元十二年八月癸酉，以虢州刺史崔衍為宣歙池觀察使。」《憲宗紀》：「永貞元年八月甲寅，……以前宣歙觀察使崔衍為工部尚書。」「政務簡便，人頗懷之。……居宣州十年，頗勤儉，府庫盈溢。」〔註16〕崔衍為白居易座師，白居易《送侯權秀才序》云：「貞元十五年秋，余始舉進士，與侯生俱為宣城守所貢。明年春，予中春官第。」崔衍任宣州長官時李商隱才出生幾年，可不必考慮在內。

　　令狐楚，元和十五年七月丁卯，以門下侍郎、平章事令狐楚為宣州刺史，兼御史大夫，充宣歙池觀察使。〔註17〕李商隱隨之往宣州，尚未應考，也不必考慮在內。

　　崔群，字敦詩，清河武城人，十九登進士第，又登制策科，授秘書省校書郎，累遷右補闕。元和初召為翰林學士，歷中書舍人，二年七月，拜中書侍郎、同中書門下平章事。元和九年出翰林院拜禮部郎。崔群與白居易「同生壬子歲」，元和十三年冬白居易由江州刺史量移忠州時《除忠州寄謝崔相公》詩和《花前有感兼呈崔相公劉員外》中的「崔相公」指崔群。穆宗即位，徵為吏部侍郎，數日，拜御史中丞。後又檢校兵部尚書，兼徐州刺史、武寧節度使，徐泗濠觀察等使；為王智興所逐，朝廷坐其失守，授秘書監，分司東都。未幾，改華州刺史、兼御史大夫。長慶四年崔群「復改宣州刺史、歙池等州都團練觀察等使，徵拜兵部尚書。久之，改檢校吏部尚書、江陵尹、荊南節度觀察使。逾歲，改檢校右僕射，兼太常卿。大和五年，拜檢校左僕射，兼吏部尚書。六年八月卒，年六十一」〔註18〕。崔群離宣歙任在大和元年，「春正月，以前戶部侍郎於敖為宣歙觀察使，代崔群。以崔群為兵部侍郎」〔註19〕。大和元年十二月復授崔群華州刺

〔註16〕《舊唐書・卷一百八十八・崔衍》。
〔註17〕《舊唐書・本紀第十六・穆宗》。
〔註18〕《舊唐書・列傳第一百九・崔群》。
〔註19〕《舊唐書・本紀第十七上・文宗上》。

史；二年秋，以疾辭位。白居易大和《六年冬暮贈崔常侍晦叔》（下注：時為河南尹）詩中「同歲崔何在」，指好友「崔相公」崔群已經去世（大和六年八月辛酉朔，吏部尚書崔群卒。〔註20〕李商隱試進士當不會在長慶、寶曆年間，因此崔群也可以排除在「今崔宣州」之外。

崔龜從，字玄告，清河人。元和十二年擢進士第，又登賢良方正及書判拔萃科。釋褐右拾遺，大和二年改太常博士。龜從長於禮樂，精歷代沿革，問無不通。累轉考功郎中、史館修撰。九年轉司勳郎中、知制誥，十二月正拜中書舍人。開成元年十二月，出為華州刺史。三年入為戶部侍郎判本司事，開成四年三月，自戶部侍郎出為宣歙觀察使，代崔鄲，〔註21〕崔龜從《敬亭廟祭文》：「維開成五年，歲次庚申，九月甲戌朔，十四日丁亥，宣歙池州郡都團練觀察處置等使、朝散大夫、使持節宣州諸軍事、守宣州刺史、兼御史大夫、上柱國，賜紫金魚袋崔龜從」。至會昌四年權判吏部尚書銓事。〔註22〕大中二年十一月，以戶部侍郎判度支崔龜從本官同平章事，〔註23〕大中四年同平章事兼吏部尚書，五年十一月罷宣武節度使，六年罷相，累歷方鎮卒。查白居易開成前後寫給崔龜從的詩如大和七年《送考功崔郎中赴闕》、《履信池櫻桃島上醉後走筆送別舒員外兼寄宗正李卿考功崔郎中》，開成五年《病中辱崔宣城長句見寄兼有觴綺之贈因以四韻總而酬之》都是寫給崔龜從的，從未有「崔宣州」稱呼。開成二年三月李商隱已經中舉，因此崔龜從也應當排除在外。

崔鄲，字廣略，「威儀秀偉，神氣深厚，即之如鑒，望之如春」〔註24〕。元和十三年，崔鄲為吏部郎中；〔註25〕十五年，遷諫議大

〔註20〕《舊唐書‧本紀第十七上‧文宗上》。

〔註21〕《舊唐書‧本紀第十七上‧文宗上》。

〔註22〕《舊唐書‧卷一百七十六‧崔龜從》。

〔註23〕《舊唐書‧宣宗紀》。

〔註24〕〔唐〕裴延翰編，杜牧：《樊川集‧卷十四‧贈吏部尚書崔公行狀》，陳允吉校，上海古籍出版社，1978 年 9 月版。

〔註25〕《舊唐書‧卷一百五‧崔鄲》。

夫，穆宗荒於禽酒，崔郾與同列鄭覃等延英切諫。長慶中，轉給事中，長慶四年六月七日，「敬宗嗣位，拜翰林侍講學士，旋進中書舍人。」〔註26〕《樊川集‧卷十四‧崔郾行狀》：「穆宗……遷給事中。敬宗皇帝始即位，旁求師臣，今相國奇章公上言曰，非公不可，遂以本官充翰林侍講學士，命服金紫。」十二月十一日，改中書舍人。寶曆元年七月「乙丑，侍講學士崔郾、高重進《纂要》十卷，賜彩錦二百匹。」〔註27〕「恩禮親重，無與為比。歷歲，願出守本官，詞誠而遂。」〔註28〕「寶曆二年十月，以中書舍人崔郾為禮部侍郎。」〔註29〕東都試舉人，二歲掌貢士。崔郾取士注重品德，史載崔郾「累遷吏部員外郎，下不敢欺，每擬吏，親挾格，褒黜必當，寒遠無留才。」〔註30〕《唐語林》中記載：「崔郾再，太和元年、二年。」「凡二歲掌貢士，平心閱試，賞拔藝能，所擢者無非名士。」大和元年冬進士科考在洛陽舉行，太學博士吳武陵以杜牧《阿房宮賦》推薦其為狀元，也遭到他拒絕，云：「諸生多言牧疏曠不拘細行」，勉強只給了個第五名。〔註31〕二年春長安複試。「三月，上親試制策舉人，以左散常侍馮宿、太常少卿賈餗、庫部郎中龐嚴為考制策官。視劉蕡條對，歎服嗟悒，中官當途，不敢留蕡在籍中」〔註32〕。「二月，（杜）牧中韋籌榜進士，三月應制舉賢良方正能言極諫科，以第四等及第」。《資治通鑑》卷二四二：「大和二年閏三月甲午，賢良方正裴休、李邵、李甘、杜牧、馬植、崔璵、王式、崔慎由二十二人中第，皆除官。」與大和二年崔郾主持東都考試、京師複試時間吻合，杜牧後來為座師所作《崔郾行狀》中亦云：「二年選士七十餘人，大

〔註26〕《新唐書‧列傳八十八‧崔郾》。
〔註27〕岑仲勉：《郎官石柱題名新考訂》，上海古籍出版社，1984 年 5 月第一版，第 279 頁。
〔註28〕杜牧：《樊川集‧卷十四‧崔郾行狀》。
〔註29〕《舊唐書‧本紀第十七‧敬宗》。
〔註30〕《舊唐書‧列傳一百五‧崔郾》。
〔註31〕〔五代〕王定保：《唐摭言》卷六，上海古籍出版社，1978 年版。
〔註32〕《舊唐書‧本紀第十七上‧文宗上》。

抵後浮華，先才實。」

　　雖然唐史沒有明確崔鄲擔任宣歙觀察使記載，但是從杜牧和白居易詩文中可搜尋到崔鄲與宣州有關行跡，表明「今崔宣州」為崔鄲特指。杜牧《崔鄲行狀》中謂崔鄲大和二年試舉人後轉兵部侍郎，「今上即位四年（大和三年），公亟請於宰相閣曰：「願得一方疲人而治之，除陝虢觀察使，兼御史大夫」。「大和四年正月，以兵部侍郎崔鄲為陝虢觀察使。」〔註33〕革除舊弊，「政績聞於朝」，「大和五年八月戊寅，以陝虢觀察使崔鄲為鄂岳安黃觀察使。」〔註34〕「凡二年（大和五年），改岳、鄂、安、黃、蘄、申等州觀察使，囊山帶江，三十餘城，繚繞數千里，洞庭百越，巴蜀荊漢而會注焉」〔註35〕。大和五年七月二十二日，元稹暴疾，一日薨於位。〔註36〕「八月戊寅，以陝虢崔鄲為鄂、岳、安、黃觀察使。」〔註37〕時多群盜，剽行舟，崔鄲峻法嚴刑，造艨艟小艦捕殺群盜；「凡五年，遷浙西觀察使，加禮部尚書」。至大和九年「秋七月辛酉，以鄂岳觀察使崔鄲充浙西，國子祭酒高重為鄂岳觀察使」〔註38〕。崔鄲為岳、鄂、安、黃、蘄、申等州觀察使共五年。杜牧《上李太尉論江賊書》中說到江西、淮南、宣、潤、荊襄、鄂岳等道受江賊劫掠之苦，尤其池州、青陽等地更為經常，因此必須合力圍剿、綜合治理，崔鄲雖為鄂岳，必然顧及宣歙池地帶。大和七年「夏四月，以江西觀察使裴誼為宣歙觀察使，代沈傳師，以宣、歙、池觀察使沈傳師為吏部侍郎。」「閏七月癸未，陸亙為宣歙觀察使。」〔註39〕陸亙，字景山，蘇州吳人。元和三年冊制科中第，補萬年丞。再遷太常博士、戶部郎中、太常少卿，歷充蔡虢蘇四州刺史、

〔註33〕《舊唐書·本紀十七下·文宗》。
〔註34〕《舊唐書·本紀十七下·文宗》。
〔註35〕〔唐〕裴延翰《樊川文集·卷十四·崔鄲行狀》，陳允吉校，上海古籍出版社，1978年9月版。
〔註36〕《新唐書·卷六十八·表八·方鎮表》。
〔註37〕《舊唐書·本紀第十七·文宗》。
〔註38〕《舊唐書·本紀第十七·文宗》。
〔註39〕《舊唐書·本紀第十七下·文宗》。

浙東觀察使、徙宣歙。互文明嚴重,所到之處以善政稱。大和八年九月卒,年七十一。贈禮部尚書。〔註40〕如此高齡之人,不可能在短期內趕到任所。古代交通不便,裴誼從洪州到宣歙池地區與浙東觀察使、陸互閏七月移宣歙,都需要時間,因而五、六、七、閏七四個月中宣州牧官職實際上是空缺,雖然江州(九江)離池州不遠,但是鄂岳安州離鳩茲(今蕪湖)更近,因此崔鄲有可能代管。白居易亦有詩《敘德書情四十韻上宣歙崔中丞》,詩中:「土控吳兼越,州連歙興池。山河地襟帶,軍鎮國藩維。廉察安江甸,澄清肅海夷。」「楚老歌來慕,秦人詠去思。」「盛幕招賢士,連營訓銳師。」與《樊川集·唐故銀青光祿大夫檢校禮部尚書御史大夫充浙江西道都團練觀察處置等使上柱國清河郡開國公食邑二千戶贈吏部尚書崔公行狀》中:「除陝虢,凡二年,改岳鄂安黃蘄申等州觀察使。鄂練萬卒,皆偪楚善戰,公造艨艟小艦,上下千里,武士用命,盡得群盜。凡五年,遷浙西。」指在鄂岳五年後大和九年遷浙西。崔鄲開成元年十月二十日,崔鄲卒於浙西觀察使治所。年六十九,贈吏部尚書。〔註41〕

回顧崔鄲主持科舉考試時間。「寶曆二年十月,以中書舍人崔鄲為禮部侍郎。」〔註42〕大和二年試舉人後轉兵部侍郎,大和四年正月,以兵部侍郎崔鄲為陝虢觀察使。〔註43〕「大和五年八月戊寅,以陝虢觀察使崔鄲為鄂岳安黃觀察使。」〔註44〕大和七年四月至七月暫攝宣州;白居易《宣州試射中正鵠賦》云:「故王者務以選諸侯,諸侯用而貢多士。……有以致國用,充歲貢,使技癢者出於群,藝成者推於眾,在乎矢不虛發,弓不再控。……不出正兮,信得禮之大者;無失鵠也,豈反身而求諸?……夫如是,則射之禮,射之義,雖百世而可知。」專以取士標準為賦,尤其以「諸侯立誠眾士知訓」為韻,使

〔註40〕《新唐書·列傳八十四·陸互》。
〔註41〕《舊唐書·列傳一百五·崔鄲》。
〔註42〕《舊唐書·本紀第十七·敬宗》。
〔註43〕《舊唐書·本紀十七下·文宗》。
〔註44〕《舊唐書·本紀十七下·文宗》。

主題更加突出。白居易《宣州試射中正鵠賦》中「宣州」不是貞元十五年秋白居易始舉進士時所作，當時作為崔衍「門生」的白居易是不可能去與「座師」談論如何認識科舉考試目的和評價標準問題，更不可能有「相馬須憐瘦，呼鷹正及饑。扶搖重即事，會有答恩時」說法，而為某舉子請求詩。且白居易此詩下注：「宣州薦送及第後重投此詩。」〔註45〕《通典》云「開元二十四年，制移貢舉於禮部，以侍郎掌之」，禮部又稱「春官」。大和七年四月沈傳師被召進京，大和七年四月至七月崔鄲兼管宣歙池稱為「今崔宣州」；與大和七年令狐楚批評李商隱不思進取，再沉溺詩賦不改進將不再聘用，李商隱《上令狐相公狀二》中：「豈可思當作賦，任竊言詩？……謹當附於經史，置彼縑緗。永觀大匠之宏規，長作私門之秘寶。」表面上同意以經史和令狐楚「章奏」為學習正務，然而內心並不以為然。崔鄲很可能從其他人那裡知道李商隱有關情況，因此不僅大和二年沒有看好李商隱，大和七年又再次不取，因此有「復為今崔宣州所不取」之說。也就是說，李商隱大和七年夏秋之際《上崔華州書》中「今崔宣州」是寶曆初年為禮部侍郎、大和二年主持貢舉不取李商隱、而今（大和七年）兼為宣州、「復」（再次）不看好李商隱的崔鄲。

　　李商隱《上崔華州書》中「今崔宣州」有沒有可能指開成二年為宣歙觀察使崔鄲？據史載，崔鄲三遷考功郎中，大和三年，以本官充翰林學士。〔註46〕八月十二日，加知制誥。〔註47〕大和四年九月十六日，崔鄲轉中書舍人。〔註48〕六年，崔鄲以疾病陳請，罷學士。〔註49〕八年為工部侍郎、集賢殿學士，權知禮部，拜兵部侍郎，本官判吏部東銓事。開成二年「正月，宣州觀察使王質卒。乙亥，以吏部

〔註45〕《全唐詩·卷四百三十六·白居易》。
〔註46〕《舊唐書·列傳一百五·崔鄲》。
〔註47〕岑仲勉：《郎官石柱題名新考訂》，上海古籍出版社，1984 年 5 月第一版，第 289 頁。
〔註48〕《舊唐書·列傳一百五·崔鄲》。
〔註49〕岑仲勉：《郎官石柱題名新考訂》，第 290 頁。

侍郎崔鄲為宣歙觀察使」〔註50〕，開成四年入為太常卿。七月，以本官同中書門下平章事，尋加中書侍郎、銀青光祿大夫。崔鄲與「某中書舍人」有關。從《全唐詩》白居易、劉禹錫、杜牧與宣州有關崔姓官員稱呼情況「今崔宣州」也不是指崔鄲。元和末年推薦白居易應試的是「宣城守」崔衍，「崔相公」為崔群；大和七年至開成二年劉禹錫和白居易稱崔鄲為「崔大夫閣老」和「崔舍人」，崔龜從為「崔宣城」；杜牧會昌元年《上宣州崔大夫》是寫給宣州刺史兼御史大夫崔龜從。大和四年至八年崔鄲為中書舍人，劉禹錫有《奉和中書崔舍人八月十五日夜玩月二十韻》〔註51〕，可見大和八年前稱為「中書崔舍人」者為崔鄲，崔鄲任宣州刺史、宣歙觀察使在開成二年正月至四年春，杜牧開成二年秋始為崔鄲宣州判官，三年冬離崔鄲宣州幕府為左補闕，白居易詩《宣州崔大夫閣老忽以近詩數十首見示吟諷之下竊有所喜因成長句寄題郡齋》〔註52〕中「宣州崔大夫閣老」指崔鄲，以示與其兄崔鄲區別；崔鄲會昌元年罷相領相印出鎮西川，李德裕作詩相送，杜牧亦有詩《奉和門下相公送西川相公兼領相印出鎮全蜀十八韻》，其中「西川相公」即崔鄲。大中元年八月崔鄲由劍南西川檢校右僕射、同平章事內召，繼李讓夷節度淮南，《東觀奏記》云繼任者大中三年亦薨於淮南。由此可見，崔鄲從未被稱作「崔宣州」，李商隱《上崔華州書》文中「今崔宣州」應為大和七年特指崔鄲。

李商隱在令狐楚幫助下走上科舉道路

令狐楚向來注重對年輕俊才培養引薦，馮浩《玉谿生年譜》引朱閱歸解《書彭陽碑陰》云：「公尹洛，禮陳商；為鄲，薦蔡京；涖京，辟李商隱。」〔註53〕陳商，會昌元年為司門郎中史館修撰，大中元年

〔註50〕吳廷燮：《唐方鎮年表》，北京：中華書局，1980 年 8 月第一版。

〔註51〕《全唐詩·卷三百六十三·劉禹錫》。

〔註52〕《全唐詩·卷四百五十八·白居易》。

〔註53〕劉學鍇、余恕誠：《李商隱詩歌集解》，中華書局，1988 年 12 月版，第 44 頁。

以禮部侍郎出鎮陝虢。﹝註 54﹞《唐語林》謂，「邕州蔡大夫京者，故令狐相公楚鎮滑臺之日（長慶元年），因道場中見於僧中令京挈瓶鉢，彭陽公曰：『此子眉目疏秀，進退不懾，惜其卑幼，可以勸學乎？』師從之，乃得陪相國子弟。」蔡京後以進士舉上第，尋又登學究科，而作尉幾服。」﹝註 55﹞後來官至御史，謫澧州刺史、遷撫州、邕州。《雲溪友議》亦謂「蔡邕大夫京，故令狐相公鎮滑臺日，得陪相國子弟青州尚書緒，丞相絢。」可見長慶至大和初年李商隱與令狐緒、令狐絢及蔡京都在令狐楚府中。

　　李商隱羨慕令狐絢好運，甚至妒忌令狐楚對張祜、陳陶、蔡京薦舉。長慶二年十一月令狐楚以郢州刺史調為東都留守，李商隱隨之回到洛陽，後又隨令狐楚到宣武、天平。唐隨漢制，郡國每年終派遣官吏到京師送簿記審核並結算稅賦，令狐楚為天平時派李商隱隨上計官到長安，歷練宦事，參加考試。李商隱《與陶進士書》中有這樣一段話：「已而被鄉曲所薦，入求京師。」說自己不是「學館」出身，屬於州縣舉薦「鄉貢」。大和六年《上令狐相公狀一》中云：「自叨從歲貢，求試春官……然猶摧頹不遷，拔刺未化。」可見此前「求試春官」已經不止一次。大和八年（公元 834 年）李商隱《東還》詩中「十年長夢採華芝」，是說自己對科舉渴望和努力已經十年。長慶四年，令狐楚子令狐絢與韋楚志、李甘等中中書舍人李宗閔知貢舉時進士，﹝註 56﹞釋褐為拾遺時，李商隱很羨慕，渴望通過科舉改變自己命運。寶曆元年「九月，（令狐楚）檢校禮部尚書、汴州刺史、宣武軍節度、汴宋亳觀察等使」﹝註 57﹞，太和三年十一月至太和六年二月任天平軍節度、鄆曹濮觀察使，《舊唐書·文苑傳·李商隱》：「（令狐）

﹝註 54﹞《金石萃編·華嶽題名》。

﹝註 55﹞〔宋〕王讜撰：《唐語林》，上海：古典文學出版社，1956 年 11 月版，第 247 頁。

﹝註 56﹞徐松：《登科記考》，卷十九。

﹝註 57﹞《舊唐書·列傳第一百二十二·令狐楚》。

楚鎮天平、汴州，從為巡官，歲給資裝，令隨計上都。」大和二年深秋，李商隱得到令狐楚幫助，被推薦省試，大和三年春參加殿試。李商隱《上令狐相公狀一》中云：「自叨從歲貢，求試春官，前達開懷，後來慕義。不有所自，安得及茲？然猶摧頹不遷。拔刺未化，仰塵裁鑒，有負吹噓。」可見已不止一次參加科舉。從李商隱自己文字看，他參加考試並非始於大和七年，只是可能沒有得到令狐楚極力舉薦而已。馮浩《玉谿生年譜》引朱閱歸解《書彭陽公碑陰》云：「公尹洛，禮陳商；為鄆，薦蔡京；蒞京，辟李商隱。」大和三年三月辛巳朔，以戶部尚書檢校兵部尚書、東都留守、東畿汝都防禦使。十一月，進位檢校右僕射、鄆州刺史、天平軍節度、鄆曹濮觀察等使，李商隱「從為巡官」，有「天平之年，大刀常戟，將軍樽旁，一人衣白」〔註58〕之說。雖令狐楚鎮天平時「歲給資裝，令隨計上都」，但一直未能中舉。令狐楚長慶四年九月為河南尹後舉薦陳商，大和三年十一月鎮天平後向有關部門推薦蔡京，對比令狐楚多次多次舉薦清河人張祜，而遲至大和三年令狐楚進京為戶部尚書時才推薦李商隱參加科舉考試，心中不滿。大和五年，令狐楚批評李商隱沉溺於個人情感，不務正業，李商隱負氣離開鄆州令狐楚去太原柳公綽幕，有《獻寄舊府開封公》，自己曾追隨被貶的令狐楚到南方，又往遼州出差，可是如今落得個「幕府三年遠，春秋一字褒」下場，當然比起你開封公對我的恩典，還是有泰山鴻毛之差的啊！對令狐楚批評的埋怨情緒十分明顯。

　　大和六年二月甲子，令狐楚檢校右僕射、兼太原尹、北都留守、河東節度使。李商隱作《上令狐相公狀一》，寫信給太原令狐楚，希望得到他推薦參加進士考試，文中云「不審近日尊體如何？太原風景恬和，水土深厚，伏計調和，當保和平。……某才乏出群，類非拔俗。攻文當就傅之歲，識謝奇童；獻賦近加冠之年，號非才子。……徒以四丈東平，方將尊隗，是許依劉。每水檻花朝，菊亭雪夜，篇什率徵

〔註58〕李商隱：《奠相國令狐公文》。

於繼和，盅觴出賜其盡歡。委屈款言，綢繆顧遇。自叨從歲貢，求試春官，前達開懷，後來慕義。不由所自，安得及此？然猶摧頹不遷，拔刺未化。仰塵栽鑒，有負吹噓。倘蒙識之以愚，知其不佞，俾之樂道，使得諱窮，必當刷理羽毛，遠謝雞烏之列；脫遺鱗鬣，高辭鱣鮪之群。逶迤波濤，沖喉霄漢。伏惟始終憐察。」回憶感激令狐楚的知遇，希望他推薦禮部春試。《上令狐相公狀二》中「某者雖傾有志，晚無成功，雅當畫虎之譏，徒有登龍之忝。」令狐楚太原來信批評李商隱不思進取，認為李商隱考試不利是因為沉溺詩賦，李商隱表示：「豈可思當作賦，任竊言詩？……謹當附於經史，置彼縑緗。永觀大匠之宏規，長作私門之秘寶。」表面上同意以經史和令狐楚「章奏」為學習正務，然而內心並不以為然。大和六年秋，賈餗再知貢舉，許渾及第，與韋澳為同榜進士，李商隱落選。

　　大和七年六月，令狐楚檢校右僕射，兼吏部尚書、太常卿。李商隱在長者蕭浣勸解下意識到自己錯誤，「竊當負氣，因感大言」〔註59〕。大和七年七月，李商隱作《上崔華州書》，謂從大和二年應進士試五年，「始為故賈相國所憎；明年，病不試；又明年，復為今崔宣州所不取。居五年間，未曾衣袖文章，謁人求知。」謂大和二年崔鄲不取，大和五年、六年為賈餗「所憎」，大和七年「復為今崔宣州所不取」。感歎「嗚呼！吾之道可謂強矣，可謂窮矣，寧濟其魂魄，安養其氣志，成其強，拂其窮，惟閣下可望。」謁見崔戎後受到憐愛，令往南山「習業。大和八年，令狐楚檢校右僕射，為吏部尚書。大和八年春隨崔戎往兗州，六月崔戎病死，李商隱回到洛陽。

　　當時科舉考試有一種不成文規定，禮部初步閱卷定名單之後要依次到宰相府呈報，請求過目，期間往往有改換受賄。大和八年李德裕為宰相時提出必須限制宰相取士權力奏議，因而本年登第者多為貧士，唐無名氏《秦中記》有：「乞兒還有大通年，三十六人籠杖行。

〔註59〕李商隱：《上崔大夫狀》。

薛庶準前騎瘦馬，范酆依舊蓋番氎。」雖有戲謔之義，但可見科場舞弊是存在的。大和七年六月，令狐楚入為吏部尚書。〔註60〕大和八年「正月，中書門下奏，進士放榜舊例，禮部侍郎皆將及第人名先呈宰相，然後放榜。伏以委任有司，固當精審，宰相先知取捨，事匪至公。今年以後，請便令放榜，不用先呈人名」〔註61〕。是李德裕開始限制宰相進士取捨方面特權。李商隱應舉「數年，卒無所得，私怪之」，也曾學人行卷希冀權威人士引薦，《上崔華州書》就是「謁人求知」文字。大和七年似乎是李商隱受到打擊較重一次。李商隱《與陶進士書》中「故自大和七年後，雖尚應舉，除吉凶書，及人憑倩作箋啟銘表之外，不復作文。文尚不復作，況復能學人行卷耶？」開成二年應舉後寫給令狐楚《上令狐相公狀五》中「居五年間，未曾衣袖文章，謁人求知。」謂從大和七年至開成二年五年間未嘗將自己平時所作詩文送文壇前輩方式推介自己。《上令狐相公狀六》中「自依門館，行將十年。久負梯媒，方沾一第」，謂從大和三年正式為幕僚十年後開成二年才得到令狐綯推薦中進士。「某才非秀異，文謝清華，幸忝科名，皆由獎飾」，言外之意一切皆在權威人士掌控之中。

李商隱參加進士考試始於大和二年，《上陶進士書》中云：「故自大和七年後，雖尚應舉」，可見大和七年前「求試春官」不止一次。為李商隱大和二年至大和七年應試經歷：大和二年冬參加鄉貢考試，大和三年二月崔鄲榜不取；大和三年、大和四年，知舉鄭浣；賈餗大和四年九月，權知禮部貢舉。五年，榜出後，正拜禮部侍郎。凡典禮闈三歲，所選士七十五人，得其名人多致公卿者。李商隱為「故賈相國餗所憎」，大和六年「病不試」，大和七年「復為今崔宣州所不取」。也就是說，李商隱起碼參加了大和二年、大和三年、四年、五年和七年考試，均不取，符合《上崔華州書》中：「凡為進士者五年，始為故賈相國所憎；明年，病不試；又明年，復為今崔宣州所不取。」五次考

〔註60〕《舊唐書·列傳第一百二十二·令狐楚》。

〔註61〕《唐會要·卷七十六·貢舉中·進士》。

試，均不取。

　　唐代進士及第不能立即被授予官職，必須通過吏部考試。馮浩《玉谿生詩集箋注》曰：「唐之及第者，未能便釋褐入官，尚有試吏部一關。韓文公三試於吏部無成，則十年猶布衣。且有二十年不獲祿者。」〔註62〕按李商隱大和二年試於崔鄲、大和五年試於賈餗、開成初年試於高鍇，應「三宗伯」；開成二年吏試未通過，開成三年參加博學弘詞考試，周墀、李石為吏部已經錄取，只是某中書長者曰：「此人不堪」，最後還是落選。李商隱會昌年《獻舍人彭城公啟》中：「三試於宗伯，始忝一名；三選於天官，方階九品。」《周禮・春官・宗伯》：「乃立春官宗伯，使師其屬而掌邦禮，以佐王和邦國。」宗伯為周代六卿之一，掌宗廟祭祀，即後世禮部執掌事務之一，因稱禮部尚書為大宗伯、禮部侍郎為少宗伯；李商隱曾試於崔鄲、賈餗、周李「三宗伯」。開成二年中舉後多次吏部考試均未通過，開成二年「某中書舍人」即崔鄲對他人品不認可，沒通過；開成五年李商隱《與陶進士書》中：「前年為吏部上之中書，又復懊恨周、李二學士以大法加我。夫所謂博學鴻辭者，豈容易哉！」其中「周」即周墀，「李」即李回。開成四年再試書判拔萃科方釋褐授秘書郎校書郎（正九品上階），印證「三選於天官，方階九品」之說。

　　如果《上崔華州書》是大和七年所作，那麼與李商隱生於德宗貞元十五年（公元 799 年）不合處只有「愚生二十五年矣」，如果理解成是歷代傳抄錯誤將「三十五年」寫成二十五年，也並非沒有可能；因元和十三年（818 年）令狐楚鎮河陽時李商隱「年方弱冠」，那麼大和七年（833 年）時正好三十五歲。「開成二年（公元 837 年），方登進士第」時為 39 歲，符合「方登」說法；大中二年（公元 848 年）時袞師出生，詩文中可見中年得子欣喜；李商隱正好是 50 歲，《錦瑟》詩中「錦瑟無端五十弦，一弦一柱思華年」，自歎年已五十，「此

〔註62〕〔清〕馮浩箋注：《玉谿生詩集箋注》，上海：上海古籍出版社，1979年。

情可待成追憶，只是當時已惘然」是十分自然的。「大中末，仲郢坐專殺，左遷。商隱罷廢，還鄭州，未幾病卒」〔註63〕。大中十三年即公元 859 年，李商隱去世時應當是 61 歲，與歷史記載「年僅中壽」（60 歲）說法相合。〔註64〕清代程夢星也認為李義山生於德宗貞元十五年，《李義山詩集箋注》序云：「文宗大和七年崔戎為華州刺史時義山上書稱『愚生二十五年』，又有不合，朱（鶴齡）、徐皆以『二十五』當作『三十五』，以意度之，殊無明證。余考開成二年為三十九年，則大和七年確為三十五歲。」〔註65〕可見李商隱生於公元 799 年是早就有學者提出過的。

三、詩文與年齡特徵

　　研究李商隱生卒年，除了將李商隱經歷作爬梳外，還須將李商隱詩文內容與其年齡特徵相對照。有些研究先認定李商隱寫作某文年代，然後倒推出李商隱生年，這固然是一種辦法，但是首先必須把握好寫作內容與李商隱年齡特徵相聯繫，這才是較為準確方法。

　　有學者認為李商隱《隨師東》：「東征日調萬黃金，幾竭中原買鬥心。軍令未聞誅馬謖，捷書惟是報孫歆。但須鸑鷟巢阿閣，豈假鴟鴞在泮林。可惜前朝玄菟郡，積骸成莽陣雲深。」寫於大和三年（公元 829 年），〔註66〕是詩人隨令狐楚赴天平時所作，為詩人 17 歲時作品。詩的內容是看到兵燹之餘，瘡痍滿目，憤慨諸將玩寇冒功，以至滄、景地方殘破。《資治通鑒·寶曆二年》：「橫海節度使李全略薨，其子副大使同捷擅領留後，……大和元年，……以同捷為兗海節度使……不受詔……削同捷官爵……命烏重胤、王智興……各率本軍討

〔註63〕《舊唐書·列傳第一百四十下·李商隱》。

〔註64〕〔清〕方東樹：《續昭昧詹言》，引自葉蔥奇：《李商隱詩集疏注》，北京：人民文學出版社，1985 年 11 月第一版，1998 年 8 月第一次印刷，第 733 頁。

〔註65〕〔清〕程夢星：《李義山詩集箋注》，東柯草堂校刊。

〔註66〕葉蔥奇：《李商隱詩集疏注》，北京：人民文學出版社，1985 年 11 月第一版，第 421 頁。

之……重胤薨……以李寰為橫海節度使，……寰所過殘暴，至則擁兵不進，但坐索供饋。」再，《舊唐書‧李全略傳》：「時諸軍（討李同捷的各路軍）在野。朝廷特置供軍糧料使，日費寢多。兩河諸師每有小捷，須張浮級，以邀賞賚，實欲困朝廷而緩賊也。繒帛征馬賜之無數。」感慨宰相裴度未能得人，致使征伐無能。該詩原注：「大和元年，李同捷盜據滄景，詔諸道軍討之，久未成功。每有小勝，則虛張首虜，以邀厚賞。饋運不給，滄州喪亂之後，骸骨遍地，城空野曠，戶口十無三四。」此詩無論在關注社會深度、作詩用典技巧，以及判斷是非見識諸方面都已具有相當水平，只有跟隨令狐楚多年，具備一定閱歷的李商隱才有可能；這樣說來，李商隱不可能是公元 812 年或 813 年生人，因為按他們的說法那時李商隱才十七、八歲，尚未到「弱冠」之年，還沒有拿著文章去「干謁」令狐楚，不可能具有什麼學識，寫出如此詩篇。大和三年時（公元 829 年）令狐楚鎮天平時才正式「從為巡官」，已跟隨令狐楚十年左右，具有一定文字基礎和社會閱歷，這時才有可能寫出《隨師東》這樣的作品。

還有，元和九年至十二年，即公元 814～817 年間裴度平定吳元濟之亂事，在李商隱《韓碑》詩中有詳細描述，按史書記載，此事背景複雜，牽涉大臣很多：

元和九年閏八月，彰義節度使吳少陽死，子吳元濟匿喪不報，自領軍務。十月，以嚴綬為申、光、蔡招扶使，督諸道兵討吳元濟。

元和十年，公元 815 年，成德節度使王承宗、淄青節度使李師道助吳元濟。六月，李師道派人刺殺宰相武元衡，傷中丞裴度。旋以裴度同平章事。九月，以宣武節度使韓弘為淮西諸軍行營都統。

元和十一年，公元 816 年，以京兆尹李修為潤州刺史、浙西觀察使。十一月，以李愬為隨、唐、鄧節度使。

元和十二年，諸軍討淮蔡，四年不克。裴度請自往督戰，七月，以度兼彰義節度使、淮西宣慰處置使。十月，李愬雪夜入蔡州，擒吳元濟。淮西亂平。

　　按某些學者的說法元和十二年李商隱才 6 歲，怎麼可能要求幼小李商隱知道如此複雜情況？相反，只有關心國家大事的青年人才有可能對當年宰相裴度的政績有所理解，按筆者研究此時李商隱應當是十八歲青年，後來才有可能寫出如此印象深刻詩篇。

　　再，有學者認為會昌年間《大鹵平後移家到永樂縣居，屬懷十韻，寄劉韋二前輩，二公嘗於此縣居住》中「鬢入新年白，顏無舊日丹」和《自貺》（春日記懷）「青袍似草年年定，白髮如絲日日新」，如果按照某些研究此時李商隱才 32、3 歲，怎麼可能「白髮如絲」呢？

　　由此，筆者傾向於李商隱是德宗貞元十五年（公元 799 年）生人，這是從史書記載和李商隱自己詩文相互印證得出的結論。

　　當然，筆者研究也只是初步認識，有些問題尚未取得確鑿證據，只是在已有史料基礎上提出一種新的假設，希望有更多的人參與研究，提出新的能夠證明或反證這一研究論據，從而使李商隱研究有新的發現。

第二章　李商隱的社會交往

一、令狐家族

　　元和十三年十月，「令狐楚鎮河陽，（李商隱）以所業文干之，年才及弱冠。楚以其少俊，深禮之，令與諸子游。」〔註1〕經常旁聽和參與詩人聚會，由此結識朝廷大臣，成為他人生道路上重要社會關係。不僅在生活方面受到令狐楚多方照應，有機會向令狐楚學習今文章奏之學，「後聯為鄆相國、華太守所憐；據門下時，敕定奏記，始通今體」〔註2〕，逐漸擅長章奏文體。史云：「商隱能為古文，不喜偶對。從事令狐楚幕，楚能章奏，遂以其道授商隱，自是始為今體章奏。博學強記，下筆不能自休，尤善為誄奠之辭。」〔註3〕《新唐書》本傳：「商隱初為文，瑰邁奇古。及在令狐楚幕，楚本工章奏，因授其學，商隱驪偶長短，而繁縟過之。」由於令狐楚府中文學氣氛濃厚，李商隱得以認識當時著名詩人白居易和劉禹錫，並通過他們結識更多的朝廷官員和詩人詞客，學習多種詩歌風格，借鑒多家名句。在《上令狐相公狀一》談到令狐楚十分愛護他，「委曲款言，綢繆顧遇」，「每水檻花朝，菊亭雪夜，篇什率徵於繼和，杯觴曲賜其盡歡」，

〔註1〕《舊唐書‧列傳第一百四十下‧文苑下‧李商隱》。
〔註2〕李商隱：《樊南甲集序》。
〔註3〕《舊唐書‧列傳第一百四十下‧文苑下‧李商隱》。

參與府邸中詩歌盛會，接觸公卿大夫、詩人詞客；《上令狐相公狀二》中：「淮邸夙叨於詞客，梁園早廁於文人。每至因事寄情，寓物成篇，無不搦管興歎，伏紙多慚。」

　　《舊唐書‧文宗紀上》：「（大和三年十二月）己丑，以東都留守令狐楚檢校右僕射、天平軍節度使。」李商隱正式成為令狐楚幕僚，「楚鎮天平、汴州，從為巡官，歲給資裝，令隨計上都。」〔註4〕從李商隱詩文中隱約可見他和戀人戀情曾為某「長者」阻撓。李商隱《天平公座中呈令狐令公，時蔡京在座，京曾為僧徒，故有第五句》中「白足禪僧思敗道，青袍御史擬休官」就是指蔡京，那時蔡京已經得到令狐楚推薦為「御史」。大和五年《上令狐相公狀一》云：「自叨從歲貢，求試春官……然猶摧頹不遷，拔刺未化。」可見此前「求試春官」已經不止一次；而大和六年《上令狐相公狀二》中檢討自己因為與宋氏姐妹來往、耽於「學詩」而科舉「晚無成功」，表示「謹當附於經史，置彼縑緗」，「永觀大匠之宏規」，「豈可思當作賦，任竊言詩？」可見與令狐父子之間已有隔閡。李商隱應舉「數年，卒無所得，私怪之」，猜想是為人所黜，又多次受到令狐楚批評而心存不滿，賭氣轉往柳公綽太原幕。大和六年二月，令狐楚檢校右僕射、兼太原尹、北都留守、河東節度使。李商隱失去令狐楚信任，轉而請求鄭州刺史蕭浣，大和七年三月經其介紹投靠崔戎，大和七年六月，令狐楚檢校右僕射兼吏部尚書〔註5〕，李商隱大和八年三月從崔戎兗海幕，崔戎死後再次失去幕職。因為李商隱頻繁地「轉換門庭」，外界認為他「躁進」。大和九年「十月，以吏部尚書令狐楚為左僕射。十一月癸丑，以左僕射令狐楚判太常卿事」〔註6〕，十一月，進封為彭陽郡開國公；開成元年令狐楚出鎮興元，李商隱也未能隨往。

　　開成二年，李商隱「方登進士」，但他自己清楚如果不是令狐綯

〔註4〕《舊唐書‧列傳第一百四十下‧文苑下‧李商隱》。
〔註5〕《舊唐書‧本紀第十七下‧文宗下》。
〔註6〕《舊唐書‧本紀第十七下‧文宗下》。

幫助是不可能中舉的，因此李商隱《上令狐相公狀五》中寫道：「某才非秀異，文謝清華，幸忝科名，皆由獎飾。」李商隱應舉不順利確實是有原因的，主考官很可能從別人那裡知道有關李商隱行止傳聞，一再不錄取李商隱。李商隱此時面對令狐楚責難，表面恭敬已經不能掩蓋他們之間日漸擴大矛盾。李商隱一方面埋怨令狐楚不推薦自己，另一方面是感到自己考與不考一個樣，開成二年若不是「應舉時與一裴生者善」，為其「挽挶」，甚至連後來的吏部考試都不願去。開成三年應博學弘詞科，周墀、李石主考官認為合格情況下又被某「中書長者」言「此人不堪」抹去，直到開成四年才以書判拔萃，釋褐為秘書省校書郎（正九品上階），從開成二年至四年「三選於天官，方階九品」〔註7〕。也可以說，令狐楚與李商隱的矛盾是從李商隱沉湎於感情生活所引起的。

　　令狐楚有三子：令狐緒（字子初）、令狐綯（字子直）、令狐綸，李商隱早年與令狐兄弟過從甚密，互相有文字酬唱。長男國子博士令狐緒少有風瘭，李商隱在《上令狐相公狀七》中追述當年在洛陽與「博士七郎」令狐緒同遊情景，「某傾在東都，久陪文會，嘗歎美疢，滯此全才」，為好友；三子令狐綸，開成二年時為左武衛兵曹參軍。與李商隱命運最有關的是令狐綯。令狐綯在宗族中排行第八，「綯字子直，長慶四年進士第」〔註8〕，釋竭弘文館校書郎。開成元年令狐綯為左拾遺，開成二年丁父憂，開成四年服闋，授本官為左補闕，會昌六年由補闕為戶部侍郎，《新唐書·令狐綯傳》：「累擢左補闕、左司郎中，出為湖州刺史。」大中元年三月二十一日自左司郎中授湖州刺史。《吳興志》：「薛袞自會昌六年八月十日安州刺史拜，卒於湖州任上，大中元年三月由令狐綯代。」令狐綯大中元年出為湖州時為左司郎中，大中二年自湖州入行尚書考功郎中、知制誥。大中二年六月，令狐綯「召拜考功郎中，尋知制誥，其年召入，

〔註7〕李商隱：《獻舍人彭城公啟》。
〔註8〕《舊唐書·列傳第一百二十二·令狐楚》。

充翰林學士」〔註9〕，受到皇帝賞識，官運亨通。大中三年，令狐綯特恩拜中書舍人，襲封彭陽男。遷御史中丞，再遷兵部侍郎，還翰林承旨。大中四年十月，翰林學士承旨、兵部侍郎令狐綯守本官，同中書門下平章事。大中五年令狐綯為中書侍郎兼禮部尚書。大中六年正月，令狐綯兼戶部尚書；大中十年，令狐綯為尚書右僕射；十二年十一月，令狐綯為尚書左僕射；大中十三年八月七日，宣宗崩，令狐綯攝冢宰，十二月罷。十二月丁酉，令狐綯檢校司徒、同平章事、河中節度使。令狐綯執政歲久，忌勝己者，中外側目。其子滈頗招權受賄。宣宗既崩，言事者競攻其短。丁酉，以綯同平章事，充河中節度使。〔註10〕咸通中又為宣武、淮南節度使。僖宗時，終鳳翔節度使，封趙國公。

　　李商隱與令狐綯朋友關係惡化不僅是人們所認為黨爭原因，很可能其中有鮮為人知原因。

　　當年令狐綯作為李商隱好友，對他情感生活有所瞭解和同情，這一情況從李商隱與令狐綯相互唱和詩中可以看出。李商隱《子直晉昌李花》、《和令狐八　綯戲題二首》和《別令狐拾遺書》、《酬別令狐補闕》等就是寫給令狐綯的，大和六年李商隱《和令狐八　綯戲題二首》（又作《和友人戲題二首》）：「東望花樓會不同，西來雙燕信休通。仙人掌冷三霄露，玉女窗虛五夜風。翠袖自隨迴雪轉，燭房尋類外庭空。殷勤莫使清香透，牢合金魚巢桂叢。」「迢遞青門有機關，柳稍樓角見南山。明珠可貫鬚為佩，白璧堪裁且作環。子夜休歌團扇掩，新正未破剪刀閒。猿啼鶴怨終年事，未抵薰爐一夕間。」當時令狐綯為校書郎，尚未為拾遺，（令狐綯開成元年為左拾遺）兩人年事都很輕，因此以「令狐八」稱之；從這首詩的坦率程度看來，令狐綯是知道李商隱和宋若荀關係的，也是理解和同情李商隱「一夕歡會，足抵終年相思怨望」情感的，他們曾經是形影不離的好朋友，相互之間沒有什

〔註 9〕《舊唐書‧列傳第一百二十二‧令狐楚》。
〔註10〕《新唐書‧宰相表下》。

麼秘密。《題二首後重有感戲贈任秀才》:「一丈紅薔擁翠筠,羅窗不識繞街塵。峽中尋覓常逢雨,月裏依稀更有人。虛為錯刀留遠客,託緣書札損文麟。遙知曉閣還斜照,羨殺烏龍臥錦茵。」說外省來的任秀才也屬意該女,但她另有所愛,每次任秀才來看望她時都希望另外人在座,該女子與之虛與委蛇,而任卻信以為真,枉自寫了許多情書、送了許多禮物給她;末二句是說真羨慕張然有烏龍這樣的好狗,可以把他咬死。這首詩表現的是一個戀愛中男子嫉妒心理。可見兩人之間沒有什麼秘密,但後來令狐綯與李商隱逐漸交惡,其中真正原因是什麼?有沒有不為人知的秘密?

開成元年《令狐八拾遺綯見招送裴十四歸華州》詩中「蘭亭宴罷方回去,雪夜詩成道韞歸。漢苑風煙吹客夢,雲臺洞穴接郊扉」,回憶他們當年歡宴、聯詩情景,其中「謝道韞」為謝安兄之女,一般指有文才、善詩文女子,很可能就是宋若荀,可見他們仍是朋友。令狐綯開成二年在李商隱中舉問題上也盡了力,李商隱開成四年《與陶進士書》中「時獨令狐補闕最相厚,歲歲為寫出舊,納貢院。既得引試,會故人夏口(高鍇)主舉人,時素重令狐賢明,一日見之於朝,揖曰:『八郎之友誰最善?』綯直進曰:『李商隱』者,三道而退,亦不為薦託之詞,故夏口與及第。」李商隱中舉確與令狐父子獎掖有關。開成二年夏,令狐楚病重,急召國子博士令狐緒往興元。李商隱寫信賀令狐緒風痹之疾有所痊癒,「某頃在東,久陪文會,嘗歎美疢,滯此全材。」可見與令狐緒交好,而今「相如消渴,不聞中愈」(李商隱《上令狐相公狀七》),推託有病不往漢中。可見令狐緒一向不在令狐楚身邊,「在東」當指江南東部而非東都。

李商隱早年往河陽謁見令狐楚,「令狐楚奇其才,使遊門下,授以文法,遇之甚厚。開成二年,高鍇知貢舉,楚善於鍇,獎譽甚力,遂擢進士,又中拔萃,楚又奏為集賢校理。」〔註11〕照說受令狐楚家

〔註11〕孫映達:《唐才子傳校注》,中國社會科學出版社,1991 年版,第 646頁。

恩典應當感激，但開成年李商隱《別令狐拾遺書》是李商隱與令狐綯疏遠開始。《舊唐書‧令狐綯傳》云開成初為左拾遺。二年丁父憂，四年冬服闋授本官，尋改左補闕，《別令狐拾遺書》開成四年與令狐綯矛盾已經公開。《別令狐拾遺書》中：「自昔非有故舊援拔，卒然於稠人之中相望，見其表，的所以類君子者，一日相從，百年見肝肺。」可見李商隱確實曾經將令狐綯看作可以交心的朋友，令狐綯很可能對李商隱有所規勸或責難，這就成為他們朋友關係疏遠的開始。尤其李商隱《別令狐拾遺書》中：「生女子，貯之幽房別寢，四鄰不得識，兄弟以時見。欲其好，不顧性命。即一日可嫁去，是宜擇如何男子屬之耶？今山東大姓家，非能違摘天性，而不如此。」很有些提倡自由戀愛，反對禁閉女兒、買賣婚姻意思，似涉及某女子。但又以父親不能預知兒子將來發展前途，母親不能預知女兒出嫁後品行為例，「親者尚爾，則不親者惡望其無隙哉！」很可能李商隱對戀人品行有所懷疑，令狐綯譴責李商隱既不負責任又誣衊他人，很可能轉達周圍人譴責之詞，李商隱以父親不知兒子將來發展，母親難以保證女兒貞污，你作為朋友又怎麼可能為他人的行為擔保呢？你們平時主張女子宜室宜家，可是現在又反對我對她的懷疑和指責，「果不知足下與僕之守，是耶非耶？」可見李商隱對戀人宋若荀感情已經變質，對宋若荀家人也極不尊重。「蛆吾之白，擯置譏誹，襲出不意」，以《詩經》中「營營青蠅，止于棘」蒼蠅作比喻，故而自「足下去後，怫然不怡」，李商隱積鬱了一肚子牢騷，說出「真令人不愛此世而欲狂走遠揚」〔註12〕的話。可見李商隱認為朋輩中有污白使黑佞人，中傷者不一定是令狐綯，僅從詩文也難以看出究竟是誰，但當年試博學鴻詞科不取則是事實；後來《漫成三首》之二還談到：「沈約憐何遜，延年毀謝莊。清新俱有得，名譽底相傷？」由上可見，李商隱對令狐父子恩怨感受是很深刻的，對關鍵時候的朋友中傷有著深切感受。李商

〔註12〕《別令狐拾遺書》。

隱《別令狐拾遺書》時「與諸子游」友情已經蕩然無存。孫簡與令狐
定為兒女親家，孫簡第五女適敦煌令狐絢，即令狐楚之弟令狐定之
子，令狐絢後來為孫簡作《唐銀青光祿大夫檢校司空分司東都上柱
國安樂公開國侯食邑一千戶口口口贈太師孫公墓誌並銘》〔註13〕開
成四年李商隱被貶弘農期間，為活獄事得罪孫簡，將罷官，會姚合
代簡，諭還官。孫簡之所以如此為難李商隱，其中有沒有令狐家族關
係？〔註14〕

　　李商隱開成五年《與陶進士書》中還提起令狐絢開成二年援引
事：「時獨令狐補闕最相厚，歲歲為寫出舊文納貢院，既得引試，會故
人夏口主舉人，時素重令狐賢明，一日見之於朝，揖曰：『八郎之交誰
最厚？』絢直進曰：『李商隱』者，三道而道，亦不為薦託之辭，故夏
口與及第。」可見此時李商隱對令狐絢尚存感激，令狐絢與李商隱的
友情也還有維持。但開成五年李商隱《酬別令狐補闕》中「彈冠如不
問，又到掃門時」，以《漢書·王吉傳》：「王吉，字子陽，與貢禹為
友，世稱『王陽在位，貢禹彈冠』」言其相薦達也。《史記·齊悼惠王
世家》：「魏勃少時欲求見齊相曹參，家貧無以自通，乃常獨早夜掃齊
相舍人門外，相舍人怪之，以為物而伺之，得勃。於是舍人見勃，曹
參因以為舍人。一為參御，言事，參以為賢，言之王，拜為內史。」
謂如無意汲引，則不得不復效魏勃之掃門庭也，可見此時對令狐絢是
否能幫忙已經沒有把握。

　　令狐絢對李商隱鄙視開始於再娶王茂元女後。會昌元年春，李
商隱「江鄉之遊」後依周墀華州幕，不久往王茂元幕，同年好友韓瞻
作伐與妻妹王茂元女兒成婚，「王茂元鎮河陽，辟（李商隱）為掌書
記……愛其才，以子妻之。」〔註15〕可見成婚是在王茂元會昌三年任

〔註13〕《唐代墓誌銘彙編》成通○九九。
〔註14〕尹占華：《李商隱得罪令狐原因新探》，《甘肅廣播電視大學學報》，
　　　　2003 年 3 月。
〔註15〕孫映達：《唐才子傳校注》，中國社會科學出版社，1991 年版，第 646
　　　　頁。

河陽節度使前後，此時李商隱已經 43 歲，由於王茂元幫助，李商隱由書判拔萃重入秘書省為正字，「得供御史」〔註16〕。「士流嗤謫商隱，以為詭薄無行，共排擯之。來京都，久不調，更依桂林總管鄭亞府，為判官，後隨鄭亞謫循州，三年始回。歸，窮於宰相綯，綯惡其忘家恩，放利偷合，從小人之辟，謝絕，殊不展分。」〔註17〕《舊唐書·文苑下·李商隱》謂「時令狐楚已卒，子綯為員外郎，以商隱背恩，尤惡其無行。」《新唐書·文藝傳李商隱》中亦謂「綯以為忘家恩，放利偷合，謝不通。」

會昌及後來大中甚至咸通年間，宋若荀多次到杭州西溪，當與令狐兄弟有關。會昌年間李商隱與令狐綯之間還有書信來往，但在令狐綯方面來說則主要出於幫助宋若荀，而不是關心李商隱。令狐綯會昌二年為戶部員外郎，會昌五年李商隱《寄令狐郎中》回答令狐綯宋氏小妹情況：「嵩雲秦樹久離居，雙鯉迢迢一紙書。休問梁園舊賓客，茂陵秋雨病相如」，說自己與宋若荀一在長安，一在洛下，只靠書信聯繫，性情鬱悶，身體有病，可見當時他們之間還有書信來往。令狐綯大中元年三月二十一日自左司郎中授湖州刺史（《吳興志》），李商隱《酬令狐郎中見寄》：「應自丘遲宅，仍過柳惲汀。封來江渺渺，信去雨冥冥。句曲聞仙訣，臨川得佛經。朝吟摭客枕，夜讀漱僧瓶。不見銜蘆雁，空流腐草螢。土宜悲坎井，天怒識雷霆。象卉分疆近，蛟涎侵岸腥。補贏貪紫桂，負氣託青萍。萬里懸離抱，危於閣訟鈴。」是回答令狐綯來信，詩中透露出宋氏小妹消息：她現在大概到了吳興，可能在白萍洲；來信稀少，只知道她曾在句容茅山學道，而後又在盧山接受佛教，仍不忘詩歌創作；她以僧人身份到處流浪直至桂林、昭州、雷州，流浪生活使她身體羸弱，只好服用商山紫芝來補充體力，但是所受冤屈使她激憤，恨不能用劍親手殺死姦臣；為什麼她情願成

〔註16〕《舊唐書·列傳第一百四十下·文苑下·李商隱》。

〔註17〕孫映達：《唐才子傳校注》，中國社會科學出版社，1991 年版，第 646 頁。

為遊魂而不回中原故里呢，因為當年因政治誣陷而受訟還心有餘悸，使她對故鄉望而生畏，尤其危險很可能再次臨及。這樣信件在李商隱和令狐綯之間是很自然的，為關心過去共同的朋友宋若荀而作。李商隱《子初郊墅》：「看山對酒君思我，聽鼓離城我訪君。臘雪已添牆下水，齋鍾不散檻前雲。陰移竹柏濃還淡，歌雜漁樵斷更聞。亦擬城南買煙舍，子孫相約事耕耘。」謂子初所在漁樵歌雜。大中元年令狐緒為隨州。《資治通鑑·大中元年》：「（六月）上曰：『令狐楚有子乎？白敏中對曰：『長子緒今為隨州刺史。』」令狐緒大中四年為汝州，《全唐文·卷七百五十九·令狐緒·請停汝郡人碑頌表》：「臣伏睹詔書，以臣刺汝州日粗立政勞，吏民求立碑頌，尋乞追罷。」令狐綯大中四年同平章事。大中十二年至十三年，令狐緒為平盧。大中十一年令狐緒再為汝州。

令狐綯是大中年牛黨代表人物，內心忌刻，以李商隱曾投靠李黨予以打壓。史載白敏中、令狐綯會昌中李德裕不以朋黨疑之，置之臺閣，顧待甚優。及德裕失勢，抵掌戟手，同謀斥逐。《唐語林》云「自吳興（湖州）除司勳郎中，入禁林。一夕寓直，中使宣召，行百步，至便殿，上遣內人秉燭候之，引於御榻前賜坐」，[註18] 可見恩寵無比。大中五年盧弘止去世，李商隱失去幕職回到長安，李商隱儘管多次「陳情」，宰相令狐綯仍不肯推薦，據傳《九日》詩：「十年泉下無消息，九日樽前有所思。郎君官重施行馬，東閣無因許再窺。」寫在令狐綯客廳裏，「綯見之，惻然，乃補太學博士」[註19]，是一種很勉強的行為，可見他們間友誼已經基本無存。令狐綯為官私心、操縱科場也是人所共知的。《新唐書·卷一百六十六》：「滈與鄭顥為姻家，怙勢驕倨，通賓客，招權，以射取四方貨財，皆側目無敢言。」

〔註18〕〔宋〕王讜撰：《唐語林》，上海：古典文學出版社，1956 年 11 月版，第 58 頁。

〔註19〕〔元〕辛文房：《唐才子傳》，古典文學出版社，1957 年 4 月第一版，第 117 頁。

令狐滈以父為丞相，未得進。滈出訪鄭侍郎，道遇大尹，投國學避之。遇廣文生吳畦，從容久之。畦袖卷呈滈，由是出入滈家。滈薦畦於鄭公，遂先滈一年及第，後至郡守。《資治通鑒·卷二百四十九》：戶部侍郎、判戶部、駙馬都尉鄭顥營求作相甚切。其父祗德聞之，與書曰：「聞汝已判戶部，是吾必死之年。又聞欲求宰相，是吾必死之日也！顥懼，累表辭劇務。冬，十月，乙酉，以顥為秘書監。」大中十三年鄭顥以黃門侍郎身份再次知貢舉，檢校禮部尚書、河南尹。大中十三年八月七日，宣宗崩，令狐綯攝冢宰，十二月罷。十二月丁酉，令狐綯檢校司徒、同平章事、河中節度使。《唐六典》載：「凡天下朝集使……皆以十月二十五日至於京都，十一月一日戶部引見訖。」令狐綯為其子違反科舉規定。諫議大夫崔瑄《論令狐滈及第疏》言：「及綯去年罷相出鎮，其日令狐滈於禮部納卷。伏以舉人文卷，皆須十月已前送納，豈可父身尚居樞務，男私挾其解名，干擾主司，侮弄文法？若宰相子弟總合應舉，即不合繼絕數年。如宰相子弟不合應舉，即何預有文解？公然輕易，隱蔽聖聰。將陛下朝廷，為綯滈家事。伏恐奸欺得路，孤直杜門。非惟取笑士流，抑亦大傷風教。伏請下御史臺子細推勘納卷及取解月日聞奏。」令狐滈登第之座主裴坦，曾直接受到令狐綯提攜。《東觀奏記》：「以楚州刺史裴坦為知制誥，坦罷任赴闕。宰臣令狐綯擢用。」裴坦此舉，當為報答令狐綯知遇之恩。除令狐滈外，裴坦所錄亦多權要子弟，《舊唐書·卷一百七十二》：「中書舍人裴坦權知貢舉，登第者三十人。有鄭義者，故戶部尚書浣之孫，裴弘余，故相休之子，魏綯故相扶之子，及滈，皆名臣子第，言無實才。」令狐父子心胸狹窄、壓制異己並不說明李商隱完全沒有過錯，歷史上關於李商隱「躁進」和「無行」的評價也不完全是空穴來風。令狐綯父子曾一再幫助李商隱。早在大和七年李商隱《上崔大夫狀》中就談到「某才不足觀，行無可取，徒以四丈，頃因中外，最賜知憐。極力提攜，悉心指教，得以內誇親戚，外託友朋。謂於儒學，而逢主人，謂於公卿，而得知己。竊當負氣，應感大言。豈謂今又獲依門牆，備預賓客，優

禮前席，既重承筐。欲推讓而不能，顧負荷而何力？」謂令狐楚是愛護他的人，但自己「負氣」投靠他人。開成元年李商隱《上令狐相公狀三》中「前月末，八郎書中，附到同州劉中丞書一封。仰戴吹噓，內惟庸薄。書生十上，曾未聞於明習；劉公一紙，遽有望於招延。」也就是說，令狐楚不僅大和六年二月至七年六月太原期間未招延李商隱，開成元年四月至二年十一月興元幕中亦無李商隱位置，此次推薦亦不過是虛情。李商隱個人品行問題究竟是什麼？李商隱詩中多次提到「夢」：「莊生曉夢迷蝴蝶」（《錦瑟》），「閬闔門多夢自迷」（《寄令狐學士》）來看，當指某一情事，正因為這一情感「迷誤」而失去了政治前途和個人友誼。這一情事是否指李商隱與宋氏小妹戀愛？令狐綯是不是因為李商隱投靠政敵李德裕，娶王茂元女，並對宋若荀困境不予援助而產生對李商隱人品鄙視？雖然李商隱向令狐綯多次解釋、「屢啟陳情」令狐綯也不予理會，直至大中五年李商隱的《晉昌晚馬上贈》「人豈無端別，猿應有意哀」，還在向令狐綯解釋說自己對宋氏小妹並非無情。由此令狐綯作為「當途者」鄙薄李商隱「無持操」，〔註20〕當不僅是為李商隱投靠李德裕黨，也因為「離棄」宋若荀而「別娶」王茂元女為妻，並且不能處理好種種社會關係而致。

　　李商隱仕途多桀固然有出身孤寒的原因，但也有因為少年喪父家教不全緣故。封建社會家庭教育不僅是謀求功名基礎，更是安身立命基礎，對君子而言則不僅強調要「明明德」，處理好君臣、父子、夫婦、朋友種種關係，而且要求不管在什麼樣境況下都要保持「持操」，逐步達到「止於至善」境界。朋友關係既是個人發展的社會關係基礎，也是個體道德形成和磨礪途徑，李商隱文才出眾，個性倔強，但是並不說明他理解封建社會待人處世真諦，明白「一日為師，終身為父」、「與朋友交，止於信」道理，甚至在個人「前途」與前輩、同輩發生衝突境況中「負氣」採取自以為對發展有利的手段，如改換門

庭、停妻再娶等，結果造成多方樹敵政治劣勢。當年令狐楚對他不滿主要在李商隱「為情所困」，批評他與宋氏姐妹來往過多荒廢學業，這也許是令狐楚推薦陳商、蔡京而不推薦他李商隱原因，確實是李商隱仕途不順重要原因；加上李商隱在「仕進」道路上一再轉換門庭，個性倔強，「負氣」往柳公綽、崔戎幕，更是外界「躁進」印象來源，造成與令狐父子隔閡。

會昌三年，「王茂元鎮河陽，辟為掌書記，得侍御史。茂元愛其才，以子妻之。茂元雖讀書為儒，然本將家子，李德裕素遇之，時德裕秉政，用為河陽帥。德裕與李宗閔、楊嗣復、令狐楚大相仇怨。商隱既為茂元從事，宗閔黨大薄之。時令狐楚已卒，子綯為員外郎，以商隱背恩，尤惡其無行。」其中「背恩」和「無行」是兩個方面，固然為王茂元婿希求圖進是「背恩」，但尚屬政治品質，而「無行」更指道德行為，由此《唐才子傳》中所謂「詭薄無行」、「放利苟合」，當不僅朋黨之爭，見利忘義投靠李黨和王茂元，也是指個人品德和性格方面缺陷。尤其投靠王茂元更是明證，旁人很有可能認為李商隱是「趨炎附勢」、「暴人短處」的文人，李商隱也確實有文人恃才自傲不良習氣，如《漫成五首》中「當時自謂宗師妙，今日惟觀對屬能」，直接批評令狐楚學術方面缺陷，點明其「詩壇宗師」名不副實，更是引起令狐綯不滿。從《北夢瑣言　宰相怙權》條看，令狐綯確實忌恨勝過自己的人，他推薦和提拔人才主要看他們是否「忘家恩」，之所以不推薦李商隱與怨恨洩露其父子不學無術、損害他們家族名譽有關，李商隱人品不檢點、鄙視上司也是重要原因。李商隱個性用他自己的話來說，就是「未嘗輒慕權豪，切求紹介，用脅肩參諂笑，以竟媚取容」〔註21〕，屬耿介之士，但是為什麼在令狐綯面前如此委曲求全，多次投刺拜謁，望其拋棄前嫌重修舊好呢？其中是否也有自己不足或過錯呢？李商隱一再向令狐綯求援經過，令狐綯大中年對其生活

〔註21〕李商隱：《上李尚書狀》。

困難亦「不援手」，李商隱一次次哀求令狐綯所帶來的失望，一回回看到令狐綯步步高升的悵惘，時時刻刻念及令狐楚恩情卻又被自己疏淡的懺悔，人生困頓之際對身處高位令狐綯仍抱有的希望，錯綜複雜，糾結其一生行跡，也噬齧其一生精力。〔註22〕李商隱從小失怙形成道德理性不足和自私任性造成少人同情局面，他缺乏如杜牧那種為國家慷慨激昂、為朋友仗義直言高貴氣質，也缺乏柳仲郢不隨波逐流、救人於危難寬闊襟懷，他甚至也缺乏如裴休那樣悲天憫人情懷，缺乏如韓瞻那樣對友人忠厚態度，加上他又多次文過飾非，必然造成老子《道德經》中所謂「不知常，妄作，凶」結果，仕進道路不可能順利，尤其在對待宋若荀和王氏女關係方面也表現出「率性而行」、「實利主義」態度，這不能不說是他生活和仕途中重重迷霧、重重坎坷重要原因之一。

由此可見，李商隱與令狐綯關係由知交到疏遠、破裂，是種種因素促成，不僅僅是捲入黨爭原因。

二、杜牧友情

早在長慶、寶曆年間，李商隱就和杜牧、李賀、裴休、溫庭筠、段成式、于季友等大臣貴戚子弟，張祜、許渾、趙嘏、李遠、李群玉等來京應考同輩詩友交往，以報國理想互相勉勵，成為從少年摯友，但後來逐漸疏遠，似不相得。

杜牧（803～852）字牧之，京兆萬年人。大和二年進士，復舉賢良方正，登制舉乙等，釋褐弘文館校書郎，試左武衛兵曹參軍。杜佑好友沈既濟長子沈傳師表為江西團練府巡官，「大和三年，佐故吏部沈公江西幕」，〔註23〕試大理評事。大和五年沈傳師轉宣歙，六年內調，杜牧轉揚州牛僧孺幕府，又為淮南節度推官、監察御史裏行，轉掌書記；大和九年擢監察御史，分司東都。以弟顗病棄官，復為宣州

〔註22〕徐樂軍：《令狐綯與晚唐詩壇》，《社會科學研究》，2013 年 3 月。
〔註23〕杜牧：《張好好詩》序。

團練判官，拜殿中侍御史、內供奉，遷左補闕、史館修撰，開成五年冬改膳部員外郎、比部員外郎，並兼史職。會昌二年七月曆黃州刺史，會昌四年六月為池州刺史，五年十二月移為睦州刺史，大中二年入為司勳員外郎，常兼史職，改吏部員外郎。大中四年秋復乞為湖州刺史。逾年，（大中五年）入拜考功郎中，知制誥，遷中書舍人。大中七年十一月卒。

　　史論杜牧「剛直有奇節，不為齪齪小謹，敢論列大事，指陳病利尤切至。」〔註24〕大和五年（831）宋申錫事件，真正幕後主使是宦官，鄭注只是宦官集團陰謀馬前卒。《舊唐書·王守澄傳》：「注復得幸於文宗，後依倚守澄，大為奸弊。文宗以元和逆黨尚在，其黨大盛，心常憤惋，端居不怡。翰林學士宋申錫嘗獨對探知，上略言其意，申錫請漸除其逼。帝亦以申錫沉厚有方略，為其事可成，乃用為宰相。申錫謀未果，為注所察，守澄乃令軍吏豆盧著誣告申錫與漳王謀逆，申錫坐貶。」杜牧對大和年間李訓、鄭注陷害大臣、宦官專權黑暗政治表示不滿。大和五年，鄭注誣陷宰相宋申錫謀立漳王，宋申錫被貶。當年大旱，司門員外郎李中敏上言，請斬注以快忠臣之魂，帝不省，中敏以病告歸潁陽教授生徒；注誅，以司勳員外郎召，累遷給事中，又以反對仇士良棄官東歸。杜牧作《李給事二首》，為李中敏鳴冤同時遣責宦官惡勢力：「元禮去歸緱氏學，江充來見犬臺宮」，指李膺退罷緱氏教授生徒，而李中敏論鄭注則告滿歸潁陽；鄭注本為齪齪小人，如漢武帝時誣陷太子造反江充一樣不擇手段，當年人們敢怒而不敢言時杜牧寫作此詩是需要勇氣的。又，李甘，大和二年進士，亦為杜牧好友，累擢侍御史，正當「大和八九年，訓注極消虎」，李甘反對任用鄭注為宰相，「明日詔書下，貶斥南荒去」，貶侍御史為封州司馬，杜牧有《李甘詩》記之，這在當時是十分正直行動。開成末年，杜牧好友李中敏也遭到了仇士良宦官集團排斥，《新唐書·李中敏

〔註24〕《新唐書·列傳九十一·杜牧》。

傳》:「仇士良以開府階蔭其子,中敏曰:『內謁者監安得有子?』士良慚恚。由是復棄官去。開成末,為婺、杭二州刺史,卒於官。」會昌年間,仇士良宦官集團勢力猖獗。與杜牧關係密切牛僧孺、李中敏都與宦官集團存在矛盾,並且都在會昌年間遭到了排斥,而杜牧受到排斥不會是偶然。同時杜牧政見也與仇士良宦官集團格格不入。

　　杜牧與「牛李黨爭」並無直接關係,但個人恩怨所圍,對牛、李黨爭兩派政見不同,宦官集團利用黨爭達到各個擊破陰謀認識不足。加上宦官集團本身已有派別,杜牧更難跳出個人恩怨圈子。

　　元和三年（808）,牛僧孺對策,矛頭直指吐突承璀宦官集團。長慶、寶曆年間,牛僧孺因為官正直而與元和逆黨產生矛盾,《舊唐書·牛僧孺傳》云:長慶元年,宿州刺史李直臣坐贓當死,直臣賂中貴人為之申理,僧孺堅執不回。穆宗面喻之曰:「直臣事雖僭失,然此人有經度才,可委之邊任,朕欲貸其法。」僧孺對曰:「凡人不才,止於持祿取容耳。帝王立法,束縛奸雄,正為才多者。祿山、朱泚此以才過人,濁亂天下,況直臣小才,又何屈法哉?」上嘉其守法,面賜金紫。寶曆中,朝廷政事出於邪幸,大臣朋比,僧孺不奈群小,拜章求罷者數四,帝曰:「俟予郊禮畢放卿。」及穆宗付廟郊報後,又拜章陳退,乃於鄂州置武昌軍,以僧孺檢校禮部尚書、同中書門下平章事、鄂州刺史、武昌軍節度、鄂岳蘄黃觀察等使。

　　大和五年（831）維州事件加劇了牛李黨爭。《舊唐書李德裕傳》:「會監軍王踐言入朝知樞密,嘗於上前言悉怛謀縛送以快戎心,絕歸降之義,上頗尤僧孺。其年冬,召德裕為兵部尚書,僧孺罷相,出為淮南節度使。」大和五年（831）,王踐言為西川監軍。若從李德裕之議,唐朝受降悉怛謀,王踐言也是大功一件,所以對牛僧孺的反對,王踐言難免心懷不滿。牛僧孺罷相,其間不會沒有王踐言作用。

　　開成二年（丁巳,公元 837 年）,二月,以同平章事李程出為襄

州刺史、山南東道節度使。〔註25〕開成四年八月癸亥，以左僕射牛僧孺檢校司空、同平章事，兼襄州刺史、充山南東道節度使。開成末年，在皇位繼承過程中，宦官集團內部矛盾激化，牛黨因為和劉弘逸、薛季稜等宦官結交而遭到仇士良宦官集團排斥，而李德裕則因為得到了仇士良宦官集團援引而入朝為相。會昌年間，牛黨失勢，李黨得勢都是仇士良宦官集團在起作用。排斥牛黨成員楊嗣復、李珏之後，仇士良宦官集團並不罷休，不斷地向武宗施加壓力，意圖將二人置於死地，以李德裕為首李黨極力營救二人，從而使二人轉危為安，楊嗣復之父楊於陵曾經在元和三年（808）科舉事件中處於李德裕之父李吉甫的對立面，說明李德裕排斥牛黨成員是因為政見不同，而不是出於個人意氣。開成末年皇位繼承過程中，牛僧孺雖然並沒有直接捲入其中，但是也引起了仇士良宦官集團注意，杜牧《唐故太子少師奇章郡開國公贈太尉牛公墓誌銘》記載：「仇軍容開成末首議立武宗，權力震天下，每言至公，必合手加額曰：『清德可服人，但過官財，與人無一毫恩分耳。不肯引譽，不敢怨毀，淡居其中。』」牛僧孺與楊嗣復、李珏親厚，又是牛黨主要成員，遭到仇士良宦官集團排斥也在情理之中。牛僧孺在《玄怪錄》中對宦官也頗有譏刺。《玄怪錄》中《華山客》就把矛頭指向五坊使宦官，通過五坊狩獵者之口自述：「我獵徒也，宜為衣冠所惡。」牛僧孺《玄怪錄》在當時影響廣泛，而仇士良又曾任五坊使，對於牛僧孺的譏刺，仇士良難免會有所耳聞，而這也就會引起仇士良怨恨。所以，與牛僧孺親厚的杜牧也難免受到牽連而遭到仇士良宦官集團排斥。

　　儘管以李德裕為首李黨並非令人十分滿意，但較牛黨所作所為，李黨會昌年執政時期還是有更多值得肯定政績。事實上李德裕對於士人頗為寬容。元和年間呂溫陷害李德裕之父李吉甫情節惡劣，《舊唐書‧呂溫傳》記載：「三年，吉甫為中官所惡，將出鎮揚州，溫欲乘其

有間傾之。溫自司封員外郎轉刑部郎中，竇群請為知雜。吉甫以疾在第，召醫人陳登診視，夜宿於安邑里第。溫伺知之，詰旦，令吏捕登鞫問之，又奏劾吉甫交通術士。憲宗異之，召登面訊，其事皆虛，乃貶群為湖南觀察使，羊士諤資州刺史，溫均州刺史。朝議以所責太輕，群再貶黔南，溫貶道州刺史。」但是，李德裕對呂溫之弟呂讓不但不加排斥，反而頗為賞識，欲委以重任，《唐故中散大夫秘書監致仕上柱國賜紫金魚袋贈左散騎常侍東平呂府君墓誌銘並序》記載：「時故相國趙國李公德裕以公孤介，欲授文柄者數矣，寒苦道藝之士，引領而望。」隨著時間推移，仇士良宦官集團對李德裕越來越不滿，二者之間矛盾逐漸加深，李德裕逐漸受到排擠，會昌五年（845）十二月，「中貴人上前言德裕太專」，六年（846）三月，仇士良宦官集團成員左神策軍中尉馬元贄擁立宣宗即位。不久宦官集團在排擠李黨同時，援引牛黨入朝，大中年間一反會昌之政。

　　杜牧因個人仕途恩怨對李德裕有不敬之辭。杜牧會昌朝屢次上書李黨魁首李德裕，李德裕用其策而遠其人；宣宗上臺後，李德裕南貶崖州，有去無回，杜牧對其大加非議，言辭乖常，令人不堪卒讀。如《唐故太子少師奇章郡開國公贈太尉牛公墓誌銘》：「時李太尉專柄五年，多逐賢士，天下恨怨，以公德全畏之……自十月至十二月，公凡三貶至循州員外長史，天下人為公援手吒罵。公走萬里瘴海上，二年恬泰若一無事……李太尉志必殺公，後南謫過汝州，公厚供具，哀其窮，為解說海上與中州少異，以勉安之，不出一言及於前事。」力圖證牛之賢，損李之奸，則殊失忠恕之道。《上宰相求湖州第一啟》：「某弟顗，世冑子孫，二十六一舉進士及第，……朱崖李太尉迫以世舊，取為浙西團練使巡官，李太尉貴驕多過，凡有毫髮，顗必疏而言之。」杜牧祖杜佑與李德裕之父李吉甫有舊，故李德裕鎮浙西時，曾辟杜牧親弟杜顗入幕。杜顗雖有才華，但迫於眼病，並不一定完全勝任幕府工作，可以說李德裕辟其入幕明顯帶有照顧性質。杜牧為上書牛黨宰相求出湖州，不得不為杜顗入李幕事加以撇清，言辭乖常。大

中五年，顗死，杜牧在其弟墓誌銘中仍言：「李丞相德裕出為鎮海軍節度使，辟君試協律郎，為巡官。後貶袁州，語親善曰：『我聞杜巡官言晚十年，故有此行。』」會昌年間，杜牧由比部員外郎出任黃州刺史、池州刺史，《祭周相公文》中：「會昌之政，柄者為誰？忿忍陰汗，多逐良善。牧實忝幸，亦在遣中。黃岡大澤，葭葦之場，繼來池陽，棲在孤島。僻左五歲，遭逢聖明。收拾冤沈，誅破罪惡。收拾冤沉，誅破罪惡。」據繆譜，此文作於大中五年。牛黨要人周墀是杜牧恩人，周入相後將杜牧從僻遠睦州內擢為司勳員外郎、史館修撰。此文中杜牧對自己於會昌中任黃州、池州等地刺史相當憤懣，其矛頭直指李德裕。《唐故東川節度使檢校右僕射兼御史大夫贈司徒周公墓誌銘》：「李太尉德裕伺公纖失，四年不得，知愈治不可蓋抑，遷公江西觀察使、兼御史大夫。」周墀於會昌中遷為江西觀察使，當是李德裕提拔所至。但杜牧這裡不顧事實，對李德裕加以非議。

實際上，李德裕對杜牧相當賞識，《舊唐書‧杜牧傳》記載：「武宗朝誅昆夷、鮮卑，牧上宰相書論兵事，言『胡戎入寇，在秋冬之間，盛夏無備，宜五六月中擊胡為便』。李德裕稱之。」《新唐書‧杜牧傳》記載：宰相李德裕素奇其才。會昌中，黠戛斯破回鶻，回鶻種落潰入漠南，牧說德裕不如遂取之，以為：「兩漢伐虜，常以秋冬，當匈奴勁弓折膠，重馬免乳，與之相校，故敗多勝少。今若以仲夏發幽、并突騎及酒泉兵，出其意外，一舉無類矣。」德裕善之。杜牧先後入沈傳師、牛僧孺、崔鄲幕府。李德裕視牛僧孺為政敵，但李德裕與沈傳師、崔鄲關係頗為親厚，崔鄲得牛僧孺推薦而為翰林侍講學士；雖杜顗為李德裕幕府，牛僧孺卻還是希望將杜顗引入自己幕府；柳仲郢曾入牛僧孺幕府，會昌年間還是得到李德裕重用。杜牧為晚唐人中翹楚，才華橫溢，常以天下為己任，為何罔顧事實，違背良心對李德裕橫加指責乃至詆毀呢？李德裕掌權期間，杜牧僻守遠郡達七載之久，會昌年間，杜牧出守黃州池州，曾屢次上書李德裕陳述才具方略，但未能改變仕途劣勢。又上書李黨要員李回，自陳家學和專長，但仍不

見引用，怨氣所積，終於在李德裕倒臺之後借機抒發出來。杜牧對李黨憤恨在於，一、杜佑與元稹、白居易、李紳有宿怨，元稹曾觸怒杜佑，李紳則為了維護元稹而嘲笑杜佑，但李德裕又與元稹、李紳交好，時稱翰林「三俊」。二、李紳處死的吳湘是杜牧恩人吳武陵侄子，這當然又增添了杜牧心中對李紳的仇恨。《舊唐書》卷一百四十七《杜牧傳》言：「牧從兄悰隆盛於時，牧居下位，心常不樂。」牛黨宰相周墀一上任，就調杜牧回京，職為司勳員外郎、史館修撰，讓其撰《唐故江西觀察使武陽公韋公遺愛碑》，為元和名臣韋丹樹碑立傳，杜牧受寵若驚，在《進撰故江西韋大夫遺受碑文表》中道：「臣官卑人微，素無文學，恩生望外，事出非常，承命震驚，以榮為懼。……至於臣者，最為鄙陋，明命忽臨，牢讓無路，俯仰慚懼，神魂驚飛。臣不敢深引古文，廣徵樸學，但首敍元和中興得人之盛，次述韋丹在任為治之功。事必直書，辭無華飾，所冀通衢一建，百姓皆觀，事事彰明，人人曉會。但率誠樸，不近文章。受曲被之恩私，如生羽翼；報非次之拔擢，宜裂肝腸」。韋丹立傳的政治意義在於頌揚憲宗，意在昭示宣宗仰慕和效法憲宗之心，以與所謂謀逆穆宗相區別，從而抹倒穆、敬、文、武四朝。〔註26〕杜牧上書李德裕提出一系列用兵和吏幹才識表明他是一位富有敏銳洞察力的文人型政治幹才，從仕宦前景來看，他沒有必要為一個遭君相拋棄而全面失勢、並且幾乎沒有任何翻身可能的李德裕堅守節操，何況他本就不屬於李黨中人。

　　杜牧對宦官集團顧忌事出有因。大和二年（828），杜牧應賢良方正能直言極諫科，親身經歷了劉蕡對策事件，李甘、李中敏都與杜牧親厚，因為先後觸怒鄭注、仇士良而遭到排斥，杜牧在《李甘詩》中對李訓、鄭注直接抨擊，而在《李給事二首》中則以典故形式含蓄地指出李中敏與仇士良之間矛盾，二者對比頗為鮮明。杜牧《李甘詩》：「其冬二凶敗，澣汗開湯罟。賢者須喪亡，讒人尚堆堵。予於後四

[註26] 徐樂軍：《杜牧非議李德裕原因檢討》，《五邑大學學報》，2010 年第 12 卷第 4 期。

年，諫官事明主。常欲雪幽冤，於時一裨補。拜章豈艱難，膽薄多憂懼。如何乾鬥氣，竟作炎荒土。題此涕滋筆，以代投湘賦。」可見「甘露之變」後杜牧對宦官集團幾乎噤若寒蟬。正如李商隱在《哭劉蕡》：「上帝深宮閉九閽，巫咸不下問銜冤。黃陵別後春濤隔，湓浦書來秋雨翻。只有安仁能作誄，何曾宋玉解招魂。平生風義兼師友，不敢同君哭寢門。」也是當時對宦官勢力的懼怕所致。

第二，大和六年杜牧轉揚州牛僧孺幕府，又為淮南節度推官、監察御史裏行，轉掌書記；大和九年擢監察御史，分司東都。宋氏姐妹被宦官集團排擠出宮。宋若荀到揚州為監軍，杜牧應監軍內侍命為《淮南監軍使院廳壁記》：「淮南軍西蔽蔡，壁壽春，有團練使；北蔽齊，壁山陽，有團練使。節度使為軍三萬五千人，居中統制二處，一千里，三十八城，護天下餉道，為諸道府軍事最重。然倚海塹江、淮，深津橫岡，備守堅險，自艱難已來，未嘗受兵，故命節度使，皆以道德儒學，來罷宰相，去登宰相。命監軍使皆以賢良勤勞，內外有功，來自禁軍中尉、樞密使，去為禁軍中尉、樞密使。自貞元、元和已來，大抵多如此。今上即位六年，命內侍宋公出監淮南，諸開府將軍皆以內侍賢良有材，不宜使居外。上以為內侍自元和已來，誅齊誅蔡，再伐趙，前年誅滄，旁擊趙、魏，且徵師，且撫師，且誥且諭，勤勞危險，終日馬上。往監青州新附，臥未嘗安，復監滑州，邊魏，窮狹多事，今監淮南是且使之休息，亦不久之，故內侍至焉。監軍四年，如始至日，簡約寬泰，明白清潔，恕悉軍吏，禮愛賓客，舉止作動，無非典故，暇日唯召儒生講書，道士治藥而已。內侍舊部將校，多禁兵子弟，京師少俠，出入閭里間，俛首唯唯，受吏約束。故上至相國奇章公，下至於百姓，無不道說內侍，稱為賢人，此不虛也，宜其侍衛六朝，聲光富貴。某謬為相國奇章公幕府掌書記，奉內侍命為廳壁記，某再謝不才，不足記序，內侍曰：『掌書記為監軍使廳壁記，宜也』某慚惶而書，時大和八年十月二十一日記。」「宋公」指宋若荀，謂其「暇日惟招儒生講書，道士治藥而已。」這是對某位友人監軍的

褒揚之詞，不能代表杜牧對宦官勢力看法。

第三，從家族世交角度，杜牧與李德裕也有所淵源，也不至於對立。杜悰尚岐陽公主是杜牧家族榮耀，而李吉甫正是玉成此事重要人物。杜牧《唐故岐陽公主墓誌銘》：「始，憲宗時，宰相權德輿有地胥獨孤郁，為翰林學士，帝愛其才，因命宰相曰：『我嫡女既筓可嫁，德輿得地胥獨孤，我豈不得耶？可求其比。』後丞相吉甫進言曰：『前所奉詔，臣謹搜其人。』因名我烈祖司徒岐公曰：『有孫兒悰，年始弱冠，有德行文學，秀朗嚴整。臣嘗為司徒吏，熟其家事，官族世婚，習尚守治，臣一皆忖度，疑悰可以奉詔。』帝即召尚書見，與語大悅，授殿中少監，服章銀青。以元和九年某月日，主下嫁於杜氏，上御正殿，禮畢，由西朝堂出，節幡鼓鐸，儀物畢備，引就昌化里賜第。上御延喜樓，駐止主輪，尚書及賓待，酒食金帛，奏內樂降嬪御送行。賜第堂有四廡，續椽藻櫨，丹白其壁，派龍首水為沼。主外族因請，願以尚父汾陽王大通里亭沼為主別館。當其時，隆貴顯榮，莫與為比。」何況李德裕還延杜牧弟杜顗入幕。《舊唐書·武宗本紀》：「然朝廷顯官，須是公卿子弟。何者？自小便習舉業，自熟朝廷間事，臺閣儀範，班行準則，不教而自成。寒士縱有出人之才，登第之後，始得一班一級，固不能熟習也。則子弟成名，不可輕矣。」

與杜牧、杜顗兄弟關係密切的堂兄杜慥。開成四年（839年），杜顗曾因眼疾依時任江州刺史杜慥。但杜牧這位堂兄並不寬裕，他在《為堂兄慥求澧州啟》中言：「今在鄂州汨口草市，絕俸已是累年。孤外生及侄女堪嫁者三人，仰食待衣者不啻百口，脫粟蒿藋，才及一餐。」會昌二年（842年），杜顗眼疾很重時，曾往依時任淮南節度使杜悰。杜牧在《上宰相求湖州第二啟》中道：「時西川相國兄始鎮揚州，弟兄謀曰：『揚州大郡，為天下通衢，世稱異人術士多遊其間，今去值有勢力，可為久安之計，冀有所遇。』其年秋，顗遂東下，因家揚州。」會昌四年（844年），杜悰入相，杜顗當是跟隨入京。也正是在杜顗依杜悰數年間，杜牧屢有上書，表現出強烈仕進之心，當是杜

顯在堂兄杜悰關照下杜牧不用操太多心緣故。但是杜顯本人亦有家累,再加上治眼病需要大量費用,籌措起來頗為艱難,杜牧後來數次上書求刺外郡重要理由就是杜顯之眼病;二是杜悰對待家族中人態度頗讓杜牧兄弟尷尬。《北夢瑣言》卷第三:「杜邠公不恤親戚」,「杜邠公悰,位極人臣,富貴無比。……鎮荊州日,諸院姊妹多在渚宮寄寓,貧困尤甚,相國未嘗拯濟,至於節臘,一無沾遺。有乘肩輿至衙門詬罵者,亦不省問之。」

　　李商隱一生重要朋友是杜牧。李商隱和杜牧同於大和元年參加鄉試,第二年殿試李商隱落榜。由於杜牧對李商隱及其戀人長期無私幫助,李商隱寫下「刻意傷春復傷別,人間惟有杜司勳(《杜司勳　牧》)」的感激之辭。但後來李商隱寫給杜牧兩首詩沒有杜牧答詩,一是《贈司勳杜十三員外》:「杜牧司勳字牧之,清秋一首《杜秋詩》。前身應是梁江總,名總還曾字總持。心鐵已從干鏌利,鬢絲休歎雪霜垂。漢江遠弔西江水,羊祜韋丹盡有碑。」江總身跨梁、陳、隋三代。陳後主時官至尚書令,終日與陳暄、孔範等陪侍陳後主遊宴後宮,吟作豔詩,荒唐無度,「由是國政日頹,綱紀不立」。隋滅陳,江總又入隋為上開府。王渙《惆悵詩》之九說云:「狎客淪亡麗華死,他年江令獨來時。」用「陳代亡滅」與「江令獨來」作對比,深致嘲諷。江總是亡國宰相、後宮「狎客」,宮體豔詩代表。杜牧有狂狷任俠之氣,是王維《少年行》中「相逢義氣為君飲」一類人物,把他比作「狎客」確有不類,亦觸其諱,難獲杜牧之許。另一首《杜司勳》末句云:「刻意傷春復傷別,人間惟有杜司勳。」頗有謬託知己之嫌,杜牧對李商隱譏諷和主動接近都沒有回應,他們之間一定有某種不願為外人道情結。李商隱《樊南乙集序》中說:「是歲(大中三年)葬牛太尉,天下設祭者百數,他日。尹言:吾太尉之薨,有杜司勳之志與子之奠文,二事為不朽。」雖心結難解,對杜牧文章仍深致欽慕。〔註27〕兩人間友誼

〔註27〕張旭東:《也談杜牧李商隱之不相得》,《上海大學學報》,2007年第
　　　　五期。

雖存猶滅心存遺憾。杜牧侄子裴延翰在《樊川文集序》中說杜牧於大中六年得病，「明年冬，遷中書舍人，始少得恙，盡搜文章閱千百紙，擲焚之，盡才屬留者十二三」，可見多於現存詩文二、三倍者被焚。為什麼要燒掉這些詩文呢？杜牧在《答莊充書》中闡述了他的文學觀點：「凡為文，以意為主，氣為輔，以辭采、章句為只兵衛。」間接地批評李商隱。大中七年七月，杜牧為崔璪除刑部尚書、崔瑓除兵部侍郎作制誥；十一月，杜牧去世。

　　總之，杜牧雖與「牛、李黨爭」沒有直接關係，但牛僧孺、周墀等畢竟待他不薄；李商隱「別娶」王茂元女兒後進入李黨並頌揚李德裕，政見不同不可避免地會引起兩人不和，加上李商隱文過飾非，自私任性，疏遠也在情理之中。

三、同年同事

　　李商隱與同年同事的關係比較密切，這些朋友在他人生道路遇到困難時給予了很大幫助。

　　韓瞻，字畏之，萬年人。李商隱同年、連襟，開成二年進士，歷官某司員外、虞部郎中，及魯州（今四川阿壩理縣南）、鳳州、睦州刺史。

　　李商隱詩集中多有贈韓瞻（畏之）詩，往往涉及心中隱秘。李商隱開成二年《及第東歸次灞上卻寄同年》「下苑經過勞想像，東門送餞又差池」，言及當年曲江同遊和灞橋送別之事，而今「江魚朔雁長相憶，秦樹嵩雲自不知」，謂與宋若荀已經分離，徒剩相思。《寄惱韓同年時韓住蕭洞二首》中「我為傷春心自醉，不勞君勸石榴花」，是韓瞻有意勸說李商隱與宋若荀消釋誤會、重歸於好的努力，「年華若到經風雨，便是胡僧話劫灰」當年政治變故以及由此引起誤會。會昌元年時韓瞻娶涇原節度使王茂元女，義山尚未為王茂元婿，詩《韓同年新居餞韓西迎家室戲贈》中「銀河迢遞笑牽牛」和「瘦盡瓊枝詠《四愁》」，以張衡《四愁詩》中「我所思兮在……」，流露出自己與戀人分

離後思念之情。而《留贈畏之》中「清時無事奏明光，不遣當關報早霜」，「郎君下筆驚鸚鵡，侍女吹笙弄鳳凰。空記大羅天上事，眾仙同日詠霓裳」，憶及聆聽宋若荀奏音樂事。一些注本《留贈畏之》下有李商隱自注云「時將赴職梓潼遇韓朝回三首」，並言明留贈有三首之多，其二：「待得郎來月已低，寒暄不道醉如泥。五更又欲向何處，騎馬出門烏夜啼。」其三：「戶外重陰暗不開，含羞迎夜復臨臺。瀟湘浪上有煙景，安得好風吹汝來。」是早年與戀人之間情詩，可見韓瞻是瞭解和幫助他們摯友。大中六年，韓瞻為普州刺史協助果州刺史王摰弘攻討三川雞山盜寇（盜寇纏三輔，莓苔滑百牢。聖朝推衛霍，歸日動仙曹。）來到川中時，李商隱《迎寄韓魯州瞻同年》詩中還念念不忘嶺南宋若荀，「積雨晚騷騷，相思正鬱陶。不知人萬里，時有雙燕高」，可見他與韓瞻相互之間沒有秘密。

李商隱與韋正貫、鄭茂諶、曹確、獨孤雲、李定言為鄆幕同事，相處較為融洽，他們對李商隱與宋若荀情況也略知一二，後來對他們也有幫助。如李商隱在《寄在朝鄭曹獨孤李四同年》詩中有「不因醉本蘭亭在，兼忘當年舊永和。」以王羲之蘭亭會比喻當年好友聚會，想起「昔年陪遊舊跡多」，而今友人官位顯赫，真是「風光近日兩蹉跎」啊！

韋正貫，韋皋弟韋平之子，字公理。京兆萬年人。皋謂其能大其門，名曰臧孫。推蔭為單父尉，不得意，棄官改今名。據蕭鄴《嶺南節度使韋（正貫）神道碑》：「旋為天平節度判官，得改員外郎，所奉之主即相國令狐公也。」〔註28〕舉賢良方正異等，除太子校書郎，調華原尉。改泗州刺史，後又中詳閑吏治科，遷萬年主簿，擢累司農卿。擢萬年令、澤州刺史，又改太原行軍司馬。（會昌初）歷光祿卿、晉州刺史，坐尚食乏供，貶均州刺史。〔註29〕升壽州團練使，「宣宗立，

〔註28〕《全唐文・卷七四六》。

〔註29〕郁賢皓：《唐刺史考全編》，安徽大學出版社，2000 年 11 月版，第二冊，泗州、晉州。

以治當最，拜京兆尹、同州刺史。俄擢嶺南節度使。」〔註30〕蕭鄴《嶺南節度使韋公正貫神道碑》云：「今上（宣宗）即位，以理行徵拜京兆尹，……居二年乞退，除同州刺史、長春宮使。」為嶺南節度使時，因「南方風俗右鬼，正貫毀其淫祠，教民莫妄祈。會海水溢，人爭咎撤祠事，以為神不厭，正貫登城沃酒以誓曰：『不當神意，長人任其咎，無逮下民。』俄而水去，民乃信之。」居鎮三歲，既病，遺令無厚葬，無用鼓吹，無請諡。卒，年六十八，贈工部尚書。〔註31〕

　　李商隱鄆幕期間與鄭餘慶孫鄭茂休（茂諶）為友，鄭茂休開成二年進士，後累管至秘書監。**曹確**，字剛中，河南人。開成二年進士，歷聘藩府，入朝為侍御史，以工部員外郎知制誥，轉郎中，入內為學士，咸通時正拜中書舍人，賜金紫、知河南尹事，入為兵部侍郎。咸通五年，以本官同平章事，加中書侍郎、監修國史。九年罷相，檢校司徒、平章事、潤州刺史、鎮海軍節度使。〔註32〕**獨孤雲**，字公遠，後官至吏部侍郎。《舊唐書‧懿宗紀》：「十三年三月，以吏部尚書蕭鄴、吏部侍郎獨孤雲、考官職方郎中趙蒙，駕部員外郎李超考試宏詞選人。」**李定言**（許渾有《李定言殿院銜命歸闕，拜員外郎，俄遷右史》當即其人）都曾為令狐楚門下。後來都官運亨通，與久困「九品」的李商隱不同，但李商隱和他們友誼還是長久保持，詩《妓席暗記送同年獨孤雲之武昌》是請他轉告戀人，而《與同年李定言曲水閒話戲作》是摯友間同病相憐。

　　李商隱與杜勝、李潘皆為崔戎兗海幕中判官，杜勝、李潘即李商隱《安平公詩》中「府中從事杜與李」。

　　杜勝，杜黃裳次子，寶曆初進士，大中二年「十二月，上見憲宗朝公卿諸孫，多擢用之。刑部員外郎杜勝……即除給事中」，〔註33〕

〔註30〕《新唐書‧列傳八十三‧韋正貫》。
〔註31〕《新唐書‧列傳八十三‧韋正貫》。
〔註32〕《舊唐書‧列傳一百二十七‧曹確》。
〔註33〕《資治通鑒‧大中二年》。

《新唐書·杜勝傳》:「遷戶部侍郎判度支,(宣宗)欲倚為宰相,為中人沮毀,而更用蔣伸,以勝檢校禮部尚書,出為天平軍節度使,不得意,卒。」

趙晢,李商隱與杜勝、李潘同為令狐楚鄆州幕和崔戎幕同事,李商隱《贈趙協律晢》「更同劉盧族望通」句下自注:「愚與趙俱出於今吏部相公門下,又同為故尚書安平公所知,復皆是安平公表姪。」崔戎卒,趙晢赴王質宣州幕。

李潘,字子及,李漢弟。大中初為禮部侍郎。李商隱與李潘曾為崔戎兗州幕同事,友誼甚篤。

大中三年京兆府中同事韋蟾等也對李商隱及其戀人伸出援助之手。《樊南乙集序》云:「余為桂林從事……二月府貶,選為周至尉,與班縣令武功劉官人同見尹,尹即留假參軍事,專章奏……時同僚有京兆韋觀文(蟾)、河南房魯、樂安孫樸、京兆韋嶠……是數輩皆能文字。」李商隱有《和孫樸、韋蟾孔雀詠》詩。

但是,李商隱與友人關係並不很好,無論是早年相處的令狐兄弟,還是少年友人杜牧,後來都不相得,同年中也只有連襟韓瞻後來一直聯繫,與開成二年榜首李肱來往詩只有《李肱所遺畫松詩書兩紙得四十一韻》一首,其餘同年潘咸也只有在《和韋、潘前輩七月十二日夜泊池州城下先寄上李使君》中出現一次,而周至尉同事韋蟾酬和詩雖有幾首,也不算多,所作詩文涉及者多為公文來往和人情應酬,相反多數卻是因杜牧、宋若荀而結識或熟識的友人。總之,李商隱因「轉益多門」,加上個性自負,真正朋友並不算多。

四、同道團契

當年達官貴人學道者甚眾。如《鄭州獻從叔李舍人褒》中李舍人李褒就是「紫簡題名,黃寧虛位,合兼上治,式統高真」的好道之士。李商隱《鄭州獻從叔舍人褒》:「茅君奕世仙曹貴,許掾全家道氣濃。絳簡尚參黃紙案,丹爐猶用紫泥封。」他修煉上清經法;李褒多次要

求到江南為官，「不知他日華陽洞，許上經樓第幾重？」有請求他幫助之意。《唐語林・棲逸》：「李褒尚書晚年修道居陽羨山石川。」《雲溪友議》云：「浙東李褒尚書歸義興，未幾物故。」可見李褒在宜興有別墅。

　　宋氏姐妹信仰道教，為了躲避政治風波多次入山修道。李商隱青年時代亦有雲台山、王屋山、嵩山和終南山數次學道經歷，他與戀人之間是「平生風義兼師友」關係。李商隱在大中二年的《戊辰會靜中出貽同志二十韻》中透露受戀人影響入道經歷，「戊辰」、「戊戌」、「戊寅」之日為道教入靜之日，不須朝真；此詩為向同道表明心跡，「丹元子何索？在己莫問鄰」，「箐璨玉琳華，翶翔九真君」，用《黃庭經》中「心神丹元字守靈」「赤珠靈裙華箐璨」意，謂「同志」即《漢武內傳》「上元夫人腰鳳文琳華之綬」女子；「戲擲萬里火，聊召六甲旬。瑤簡被靈誥，持符開七門」，用《漢武內傳》「上元夫人出左右靈飛致神之方十二事授帝」及《南嶽魏夫人傳》：「太微帝君授夫人上真司命南嶽夫人，治天台大霍山洞臺中，主下訓奉道教，授當為仙者。」《黃庭經》「負甲持符開七門」意，謂由某女子「傳書」得以入錄仙籍；「我本玄元胄，稟華由上津。中迷鬼道藥，沉為下土民」，願意「託質屬太陰，煉形復為人」表達他對當年承道者指點安定心神、恢復健康。庾信《道士步虛詞》：「五香分紫府，千燈照赤城。」寶曆元年，宋若荀曾往天台山，「龜山有慰薦，南真為彌綸。玉管會玄圃，火棗承天姻」，以《集仙錄》：「西王母者，九靈大妙龜山金母也。」女子登仙者咸隸之，《漢書・趙廣漢傳》：「其尉薦待遇吏，隱親甚倍。」《真誥》：「許長史曰：『仁德流映，高蔭彌綸。』」《十洲記》：「玄圃臺上有積石圃，西王母宴會之所。」王母命侍女吹笙擊金，《真誥》：「晉興寧三年，眾真降楊羲家，紫薇王夫人（王母第二十女）與一神女俱來，年可十三、四許。紫薇夫人曰：『此太虛元君金臺李夫人之少女，詣龜山學道成，署為紫清上宮九華真妃，於是賜姓安，名郁嬪，字靈蕭。』真妃手握三棗，一枚見與，一枚與紫薇夫人，自留一枚，各食之。真

妃曰：『君師南真夫人實良德之宗也。聞君德音甚久，不圖今日得敘
因緣，君不得有謙飾。』因作一紙文相贈。紫薇夫人復作一紙文曰：
『今我為因緣之主矣。』真妃又曰：『宿命相與，願儔中饋，內藏真
方，非有邪也。』南嶽夫人授書曰：『偶靈妃以接景，聘貴真之少女，
與而親交，亦大有益。』」謂在紫薇夫人主持下與西王母侍女、李夫
人少女紫清上宮九華真妃、天台女仙結為秦晉之好，很可能是在學道
期間與身為女冠戀人結合；然而不久就遭到厄運，「丹泥因未控，萬
劫猶逡巡。荊蕪既以著，舟壑永無湮」，因元神失控未能尸解，墮入劫
難之中（《隋書·經籍志》：天地一成一敗，謂之一劫。），心中荊棘叢
生，只能「相期保妙命，騰景侍帝宸」（王母第十三女雲林夫人授許
長史詩：來尋真中友，相攜侍帝宸。《真誥》：「桐柏真人領五嶽司侍
帝宸王子喬，青蓋真人侍帝宸郭世乾。」），期望著以後在帝宸中相攜
為侍中吧！

　　李商隱學道期間結識道教同志，其中就有清都仙翁劉從政、華
山孫逸人。王屋山道士劉從政，號玄升先生，《文粹》馮宿《劉先生
碑銘》：先生棲於王屋不啻一紀，其後遷居都下，又至京師，競遂東
還。〔註34〕李商隱詩《贈華陽宋真人兼寄清都劉先生》指當年王屋山
清都峰認識的劉先生，《玄微先生》就是對這個引導他進入道教世界
的「仙翁」描寫：他沒有定數，一會兒在這個地方，一會兒在那個地
方，所居都是仙境，他飲桂露，問蓬萊，洞悉人世劫難成敗，止息如
神光流星；他煉的藥包裹著鳳肉，棋函中盛著白石棋子；他身懷道
妙，劃地為江湖，每日向著東方扶桑吐故納新，他法術精深，用龍竹
為拐杖、以薄綢為服裝；他到過王母仙桃樹生長地方，又去過秦始皇
鞭石出血登州石橋，如今又像隨老子西遊關令尹喜那樣欲往流沙。可
見宋真人、李商隱和劉從政不僅過去在王屋山、天台山，如今還到江
南丹陽茅山和蘇州太湖三山島。李商隱《寄華嶽孫逸人》：「靈嶽幾千

〔註34〕《舊唐書·本紀第十七·敬宗》。

仞，老松逾百尋。攀岸仍躡壁，啖葉復眠蔭。海上呼三島，齋中戲五禽。惟應逢阮籍，長嘯作鸞音。」以《列仙傳・毛女傳》：「入山避難，遇道士谷春，教食松葉，遂不飢寒，身輕如飛。」又以《晉書・阮籍列傳》：「籍嘗於蘇門山遇孫登，與商略古今，及棲神導氣之術，登皆不應。籍因長嘯而退，至半嶺聞有聲若鸞鳳之音，響乎岩谷，乃登之嘯也。」以阮籍自比，將孫逸人比作晉代孫登。再，李商隱《同學彭道士寂寥》：「莫羨仙家有上真，仙家暫謫亦千春。月中桂樹高多少，試問西河斬樹人。」《雲笈七籤・八素真經》云：「臺上之道有三，上真之道有七，中真之道有六，下真之道有八。」而西河人吳剛被謫令伐月中之桂，隨斬隨合，一千年也未能斬斷；仙家以千年為一年，如今我與戀人也被謫罰分開一年多了；可見這位「彭道士」是與李商隱、宋真人學道時的「同學」。李商隱還為鄭亞、李回等作《靈寶黃籙齋文》，設壇普祭，在梓州作《道興觀碑銘》，可見他對道教教友及其團契是盡心盡力的。

　　總而言之，李商隱因令狐楚「憐才」而形成的社會關係本來應當成為他成長重要基礎，但李商隱在詩文中多次表達別人不理解他、不幫助他的憤滿，而沒有反思自己在師友、戀人和夫妻關係上以自我為中心，一心為了仕途進退，自私到不顧他人感受的行為，在任何社會都是不被看好的。

第三章　李商隱的愛情詩

　　李商隱是晚唐漸趨寥落時詩壇上一顆明星，其詩作內容豐富、題材廣泛，不僅深刻地反映了當時政治事件、社會生活，而且有大量抒寫個人遭遇、身世心情作品。李商隱詩作主要是詠史和抒情，其中最為人稱道、也是李商隱最為用力之作是抒情愛情詩，是中國古典文學寶庫中不可多得瑰寶。

一、李商隱愛情詩緣由

　　李商隱有沒有初戀情人？是誰？這是千百年來困擾學者的問題；這個問題的答案只能從李商隱自己的詩文中尋找。根據李商隱《祭小姪女寄寄文》：「況吾別娶以來，胤緒未立，猶子之義，倍切他人。」尚未有祖籍承認和正式上家譜的兒子，可見他早年曾有「原配」。也就是說在王氏之前應該還有一次婚姻，是李商隱本人有意或無意隱瞞這次婚姻情況？究竟李商隱「別娶」前「原配」是什麼人？如果「原配」指初戀情人，那麼這個與李商隱相戀女子究竟是誰？李商隱與她交往始於何時？

　　宋氏五女是中唐和晚唐時期傑出女詩人。「德宗晚年絕嗜欲，尤工詩」，[註1] 經常在曲江宴請大臣，命他們應制作詩，「臣下莫及」，

〔註1〕〔宋〕王讜：《唐語林》，上海：古典文學出版社，1956 年 11 月版，第 111 頁。

《全唐詩》中有署名宋氏三英應制詩多首。宋若莘「自貞元七年（公元 791 年）後」掌「宮中記注簿籍」，為正六品宮中女官，一直擔任到元和末年（820）去世，約四十七歲，封鄂君。穆宗即位，「十二月戊辰，（穆宗李恒）召故女學士宋若華妹若昭入宮掌文奏」，〔註2〕「穆宗復令若昭代司其職，拜尚宮。姐妹中，若昭尤通曉人事，自憲、穆、敬三帝，皆呼為先生，六宮嬪媛、諸王、宮主、駙馬皆師之，為之致敬。進封梁國夫人」。穆宗死後，敬宗李湛即位，「寶曆初年，（若昭卒）將葬，昭所司供鹵簿。敬宗復令若憲代司宮簿。」〔註3〕由此，宋若莘掌管宮中文官三十年，若昭拜尚宮在長慶年間，敬宗時宋若憲已經接手宮中女官職，「文宗好文，以若憲善屬文，能議論奏對，尤重之」，〔註4〕兼任司言，參與「宣傳啟奏」。宋若荀隨之入宮，雖然沒有明確官職，但與四姐宋若憲一起受到皇帝寵信，地位十分尊貴。由於若莘、若昭、若憲都曾為皇帝身邊重要人物，被稱作「三英」。從李商隱有關詩文中可以看出，李商隱戀人就是宋若荀。元和十三年令狐楚為河陽，李商隱在雲台山邂逅隨公主學道的宋若荀；元和十五年至長慶元年（公元 820～821 年）令狐楚被貶，那時李商隱二十二歲，跟隨令狐楚到衡州，在那裡遇見嶺南歸來的宋若荀；長慶二年四月往郢州，與宋若荀有進一步交往。十一月，令狐楚為太子賓客分司東都，李商隱隨之回到洛陽，與宋氏姐妹來往並逐漸互相瞭解，詩《無題 近知名阿侯》：「近知名阿侯，居處小江流。腰細不勝舞，眉長惟是愁。黃金堪作屋，何不起重樓。」是對善歌女子阿侯故鄉、容貌及尊寵身份描寫。《無題 八歲偷照鏡》：「八歲偷照鏡，長眉已能畫。十歲去踏青，芙蓉作裙衩。十二學彈箏，銀甲不曾卸。十四藏六親，懸知猶未嫁。十五泣春風，背面秋韆下。」以《古今注》中「魏宮人好畫長眉」指陳思王所愛宓妃，模仿《焦仲卿妻》「十三能織素，十四學

〔註2〕《舊唐書·本紀第十六·穆宗》。
〔註3〕《舊唐書·列傳第二·后妃下·女學士宋氏尚宮》。
〔註4〕《舊唐書·列傳第二·后妃下·女學士宋氏尚宮》。

裁衣，十五彈箏篌，十六誦詩書。十七為君婦，心中常悲苦」而稍加變化，以女子自述成長過程，並以勤奮學藝而自豪，是李商隱對她有所瞭解之後代作詩，詩中說到她沒有婚嫁自由；因為姐姐們曾有誓言不嫁人，年幼者也知道自己長大以後必須為皇家服務，不准隨便嫁人，未免自傷。「樂府聞桃葉，人前道得無？勸君書小字，慎莫喚官奴」（《妓席》），以王子敬為愛妾桃葉作《桃葉歌》：「桃葉復桃葉，渡江不用楫。但渡無所苦，我自迎接汝」，比自己對宋若荀的深情厚意；王右軍書《樂毅論》給王子敬，王子敬小字「官奴」，說明該女子喜歡書法，與宋若荀善書相合，與後來李商隱《河陽詩》中那個會裁衣、會刺繡、會彈箏、會作曲作畫、通詩書的女子是同一個人。

　　李商隱許多愛情詩傳達出與某宮中女子深刻情感。除《燕臺四首》表現出該女子身份高於李商隱，對李商隱的感情屬於「垂青」之外，《碧瓦》中仔細描寫了她居處華麗、一身尊寵，刻畫出該女子才華優異，「霧唾香難盡，珠啼冷易銷」，以致咳唾皆成珠璣，遙看崇殿只聞笙管悠揚不得見，說明該女子屬於宮中女官之列；「通內藏珠府，應官解玉坊」（《韓翃舍人即事》），用《莊子‧天地》：「藏珠於淵。」《梁四公記》：「東海龍王第七女掌龍王珠藏。」指戀人為皇家主管寶藏。《嘲櫻桃》：「朱實鳥含盡，青樓人未歸。南園無限樹，獨自葉如幃。」其中的「青樓」指皇宮，《漢書‧元后傳》：「赤墀青瑣。孟康曰：以青畫戶邊鏤中，天子之制也。」《南齊書‧東昏侯紀》：「世祖興光樓，上施青漆，世謂之青樓。」諷刺身在皇家「青樓」的未歸之人。尤其《南朝》詩中「滿宮學士皆顏色，江令當年只費才」，以《南史（陳）張貴妃傳》中「以宮人有文學者袁大舍等為女學士，後主每引賓客帶貴妃等遊宴，則使諸貴人及女學士與狎客共賦新詩，互相酬答。」影射宋氏姐妹應制賦詩事，與當時的達官貴吏、文人墨客有交往。她曾經學道、會詩文、擅琴棋書畫，善刺繡，「鳳尾羅帳夜深縫」（《無題》），「新正未破剪刀閒」（《和令狐八　綯戲題二首》），在皇家的尚功處工作。《效徐陵體贈更衣》中李商隱將戀人文筆優美與當年

徐陵相比，「她」長眉細腰，資質美好，身處宮禁華麗之地，盼望諧合的婚姻生活；她擁有和漢武帝皇后衛子夫同樣美妙歌喉，卻沒有衛子夫好運，只能「輕寒衣省夜，金斗熨沉香」，默默在尚衣局工作，這些特點與李商隱《河陽詩》中善歌、會刺繡縫紉戀人特點一致。《無題　鳳尾香羅》中可以看出李商隱已經與戀人情深意切到要談婚論嫁地步，然而由於某種原因，該女子對李商隱採取迴避態度，使詩人十分痛苦，因此他將戀人姐妹比作漢成帝寵妃趙飛燕和趙合德，用尖刻辭匯諷刺她，如《蝶》中「重傅秦臺粉，輕塗漢殿金」，以《古今注》：「蕭史與秦穆公煉飛雪丹第一轉，與弄玉塗之，今水銀膩粉是也。」《漢書》：「趙昭儀居昭陽舍，殿上髹漆，漆皆銅沓冒黃金塗。」《道書》中「蝶交則粉退」意，謂宋若荀投入皇帝懷抱；「相兼唯柳絮，所得是花心」更是將其比作飄揚的柳絮，「蝶」所得「花心」寓意戀人的不忠貞，這些說法都極大地傷害了戀人，與史論李商隱與戀人因「言語齟齬」造成分離說法相合。

大和五年（公元 831 年）文宗與宋申錫謀誅宦官，為王守澄、鄭注所知，鄭注令人誣告宋申錫謀立漳王，三月，貶宋申錫為開州司馬。大和末，「姦臣李訓、鄭注用事，不附己者，實時貶黜，朝廷震動，人不自安」〔註5〕。李訓、鄭注素忌李宗閔、李德裕等，乃陷害朝臣，指楊虞卿等為黨人，誣李德裕與漳王傅母杜秋陽合謀。據歷史記載，「太和中，神策中尉王守澄用事，委信冀城醫人鄭注、賊人李訓，干竊時權。訓、注惡宰相李宗閔、李德裕，構宗閔險邪，為吏部侍郎時令駙馬都尉沈羲通賄於若憲，求為宰相。文宗怒，貶宗閔為潮州司戶，羲柳州司馬，幽若憲於外第，賜死。若憲弟侄女婿等連坐者十三人，皆流嶺表。李訓敗，文宗悟其誣構，深惜其才。」〔註6〕宋若憲賜死後被投入渭河，宋若荀受到牽連，成為陵園妾。

大和九年，宋若憲被賜死，宋若荀被牽連送往皇帝陵園守靈。之

〔註5〕《舊唐書·本紀第十七下·文宗下》。
〔註6〕《舊唐書·列傳第二·后妃下·女學士宋氏尚宮》。

前宋氏姐妹已經意識到政治風波即將到來，厄運在所難免，因而故意與李商隱之間拉開距離，開始時李商隱不明真相，極度痛苦，在《燕臺四首》詩中回憶從春天到冬天的交往，希望用熾熱的情感打動對方，希望她放棄宮廷生活與自己結婚，並且向宋若荀表白對戀人刻骨銘心的感情，因而對洛中里娘柳枝沒有反應。「訓、注之亂」後文宗皇帝意識到宋若憲等被誣陷，「深惜其才」，於開成元年正月辛丑朔敕：「楊承和、韋元素、王踐言、崔潭峻頃遭誣陷，每用追傷，宜復官職，聽其歸葬」〔註7〕。但已經對他們及其家人造成了不可挽回損失。李商隱許多詩對此事件有切膚之痛。如自注「乙卯年有感，丙辰年詩成」的《有感二首》中「敢云堪痛哭，未免怨洪爐」，「誰瞑銜冤目，寧吞欲絕聲」，皇帝在誅殺大臣不久即開壽宴，「近聞開壽宴，不廢用咸英」，表示對她們姐妹的理解和同情，《覽古》中「回頭一弔箕山客，始信逃堯不為名」，對之前因為不滿皇帝昏庸和黨爭離開京城的白居易、薛廷老等表示理解和欽佩。宋若荀已經對政治感到懼怕、寒心，對生活也已經失去信心，更由於李商隱在大和末年政治冤案關鍵時刻表現出來的政治幼稚和軟弱，使宋若荀耿耿於懷，因而「自願」去華山修道。

　　開成五年宋若荀逃出唐宮後為避免官府追查，不敢多與李商隱來往，也不能直接去嶺南與被貶族人會合，只能依靠以前熟識官吏，在江南、雲夢、瀟湘、嶺南到處居留，如《離騷》中「披髮而行吟澤畔」、宋玉《招魂》中「結幽蘭而佇行」屈原，作一些為姐姐和被貶朝臣招魂文字。李商隱雖然後來「別娶」而有負於宋若荀，但他對戀人情感是真實的，對逃出唐宮宋若荀仍念念不忘，多次前往探望。李商隱一些詩有「互證」作用，反映出他對戀人深切情意。如《鴛鴦》：「雌去雄飛萬里天，雲羅滿眼淚潸然。不須長結風波願，鎖向金籠始兩全。」《無題　來是空言》已經是飽受分離之苦，而《錦瑟》詩中

<hr>

〔註7〕《舊唐書・本紀第十七下・文宗下》。

「滄海月明珠有淚，藍田日暖玉生煙」相隔萬里思念之情依然，並未因路途遙遠而斷絕來往。每逢七夕都有懷念戀人的詩作，直至大中年詩人身體衰退之際仍然掛念不已：「枕寒莊蝶去，窗冷胤螢消」，「平生有遊舊，一一在煙霄」(《秋日晚思》)，對她的思念要到死才能結束啊！從大中七年開始詩人已經覺得體力衰退，詩中悲歡的成分增加，李商隱許多詩實際上是表達的與戀人之間「春蠶到死絲方盡，蠟炬成灰淚始乾」的情感。

二、李商隱與王氏妻的感情

　　有說李商隱在開成三年從涇川幕時就已經與王茂元女兒結婚，其實並非。李商隱會昌四年春《祭外舅贈司徒公文》中有一大段關於自己婚姻的敘述：「晉霸可託，齊大寧畏？持匡衡乙科入選，雜梁竦徒勞之地。雖餉田以甚恭，念販春而增愧。京西昔日，輦下當時。中堂評賦，後榭言詩。品流曲借，富貴虛期。誠非國寶之傾險，終無衛玠之風姿。」以《左傳·桓公六年》：「齊侯欲以文姜妻鄭大子忽，大子忽辭。人問其故，大子曰：『人各有耦，齊大，非吾耦也。』」可見開成三年在涇川時李商隱是推辭了王茂元嫁女好意的。《後漢書·梁竦傳》：「竦嘗曰：『大丈夫居世，生當封侯，死當廟食。如其不然，閒居可以養志，詩書足以自娛。州郡之職，徒勞人耳。』」是開成四年被貶弘農尉時心態；他以《左傳·僖公三十三年》：「初，臼季使過冀，見冀缺耨。其妻饁之，敬，相待如賓。」《後漢書·梁鴻傳》：「鴻至吳，依大家皋伯通，居廡下，為人賃春。每歸，妻為具食，不敢於鴻前仰視，舉案齊眉。」固然你女兒不以官宦之子自居，不會嫌貧愛富，甚至願意如農婦那樣為在田裏幹活的丈夫送飯，如梁鴻妻那樣舉案齊眉，但是我還是會為曾經買進穀物春米出售賺得小錢養家的出身自卑。可見開成四年李商隱在弘農期間還是拒絕了王茂元及其女好意。會昌元年春，李商隱無奈之下回到長安，會昌二年與王茂元之女婚姻加重了他的負擔，從此李商隱不僅陷入「牛李之爭」政治漩渦而陞官

無望，而且造成家庭不幸。一方面是必須承擔起妻兒家庭責任，還受到多方面責難，認為他是「薄倖」之人，「潘岳無妻客為愁，新人來坐舊妝樓」〔註8〕；另一方面要牽掛流落遠方「原配」，多次不遠萬里地去探望。會昌三年冬因母喪去官，由京師回鄭州老家處理家務，所作《祭小侄女寄寄文》中將王氏夫人稱為「別娶」，將原先的戀人看作「原配」，可見舊情難忘。根據李商隱《祭小侄女寄寄文》：「況吾別娶以來，胤緒未立，猶子之義，倍切他人。」尚未有祖籍承認和正式上家譜的兒子，可見他早年曾有「原配」。也就是說在王氏之前應該還有一次婚姻，是李商隱本人有意或無意隱瞞這次婚姻情況？

　　李商隱與王氏妻感情從李商隱詩中看來實屬一般。一生除初婚和守母喪期、再入秘省、服闋入京幾次與王氏短暫團聚之外，大部分時間在外從幕，與妻子分居兩地，正如吳調公先生指出大中元年「究竟詩人為什麼要離開長安而遠赴南國，我們現在已經查不到資料。」〔註9〕他認為有可能是受牛黨排擠，筆者看是為了能離戀人宋若荀近一點，甚至移居永樂也有可能是為了宋若荀。雖然李商隱自己並沒有過多地指出這些，但一些詩句中流露出他們夫婦間「琴瑟不和」情況。如《風雨》詩：「淒涼寶劍篇，羈泊欲窮年。黃葉仍風雨，青樓自管絃。新知遭薄俗，舊好隔良緣。心斷新豐酒，銷愁斗幾千。」以郭震上武則天《寶劍篇》中「何言中路遭捐棄，零落飄淪古獄邊」說宋若荀如今落得漂流四方，帝王家仍在管絃取樂；我這裡雖有「新知」（指王氏女），卻為妒忌「薄俗」所累，不能體諒我的痛苦；我已經為新豐送別酒心碎，再也銷不去心中愁悶了！王氏才智方面無法與宋氏小妹抗衡，同時她採用了嫉妒的錯誤方法，會昌五年《獨居有懷》中「柔情終不遠，遙妒已先深」，很可能是王茂元女在知道李商隱念念不忘「原配」，婚後多次重遊舊地以溫舊情之後與李商隱爭吵，引起

〔註8〕《過招國李家南園二首》。
〔註9〕吳調公著：《李商隱研究》，上海古籍出版社，1982年2月第一版，第18頁。

李商隱對王氏不滿，導致倆人感情疏遠。在同一首詩中李商隱不斷回憶過去與戀人相處情景，表達深切思念：「浦冷鴛鴦去，園空蛺蝶尋。蠟花長遞淚，箏柱鎮移心。覓使嵩雲暮，回頭灞岸陰。只聞涼亭院，露井近寒砧。」所及嵩山、灞上都不是與王氏妻經歷，所指不是王氏。又，李商隱來到長安朱雀門街東第三街晉昌坊投宿，此處靠近慈恩寺，夜不能寐而作《宿晉昌亭聞驚禽》詩，借驚禽「飛來曲渚煙方合，過盡南塘樹更深」，說自己重遊過去與戀人歡會故地，以聞見榆塞「胡馬」嘶叫，戀人曾到過楚地橘洲（湖南常德漢壽縣）、漠北和湘西，如今「失群掛木知何限，遠隔天涯共此心」，詩中所言遠隔天涯之人不是王氏，而是表達對流浪遠方戀人的掛念。再，《西亭》：「此夜西亭月正圓，疏簾相伴宿風煙。梧桐莫更翻清露，孤鶴從來不得眠。」與《華師》：「孤鶴不睡雲無心，衲衣筇杖來西林。院門晝鎖迴廊靜，秋日當階柿葉森。」可以看出其中「孤鶴」想念的並非王氏，而是與僧院有關的戀人。再如《題鵝》詩中看到傍晚岸邊群鵝，聯想到「那解將心憐孔翠，羈雌長共故雄分」明顯是以女子口氣和心態作詩：雖然已經「乖離」、「長分」，仍然將李商隱看作是「故夫」，李商隱也將宋若荀看作是「原配」。當然，李商隱也不是和王氏一點情分也沒有，起碼在大中六年《悼傷後赴東蜀闢至散關遇雪》一詩中有「劍外從軍遠，無家與寄衣。散關三尺雪，回望舊鴛機」，但是並非十分沉痛，可見感情實屬一般。

李商隱的《戲題樞言草閣三十二韻》透露出戀人姐妹的一些信息。宋氏姐妹為宋之問裔孫，祖籍虢州弘農，即今三門峽市，唐時屬河北道，靠近華山和潼關；宋之問有別墅在黃河之北中條山，所以稱「君家在河北」，而李商隱故鄉沁陽唐時屬懷州，在太行山西，兩家相距不遠，因此有「我家在山西」之說。「百歲本無業，陰陰仙李枝」，以葛洪《神仙傳》：「老子母到李樹下，生老子，生而能言，指李樹曰：『以此為我姓。』」李唐皇帝自稱為老子之後，有「仙李垂蔭」之說。李商隱原籍隴西成紀，與唐王室一樣都是漢代名將李廣和晉朝涼武昭

王李暠子孫，與唐高祖李淵是同族，因此他經常稱自己為「王孫」，但現在除了好讀書之外別無家業。「尚書文與武，戰罷幕府開。君從渭南至，我從仙遊來」，你是著名詩人宋之問後裔，「世為儒學」，〔註10〕你姐姐宋若昭、宋若憲被封為尚宮，與大姐宋若莘被稱為「三英」；你曾被皇帝派往軍隊中為監軍，而今又為邊地綏靖出力，可謂文武皆通全才的「內尚書」。《長安志》：「周至縣有仙遊澤，復有仙遊宮。」如今你從渭南來，我則從周至仙遊寺至，「平昔苦南北，動成雲雨乖。待今兩攜手，對若床下鞋。夜歸碣石館，朝傷黃金臺」，平時你我各在南北，就像雲在天上、雨落下地那樣難以相見，而今你我一起來到碣石宮，如陳子昂詩中「南登碣石宮，遙望黃金臺」；你我志趣相近，都喜歡作詩寫賦，「我有苦寒調，君有陽春才」。我酒量不大，你更是一飲就醉。「政靜籌劃簡，退食多相攜。掃掠走馬路，整頓射雉罦」，你政事清靜，吃完飯空閒時我們一起散步、遊宴，一起騎馬、射野雞；記得那年「春風二三月，柳密鶯正啼。清河在門外，上與浮雲齊」，清河城外山上柳樹叢中有黃鶯歌唱，你在那裡彈琴鼓瑟，演奏嵇康的《風入松》和王昭君《昭君怨》曲，聽得出你演奏中所含哀怨情感；如今你在「草閣」彈奏琵琶，「翻憂龍山雪，卻雜胡沙飛。仲容銅琵琶，項直聲淒淒。上貼金捍撥，畫為承露雞。」你去過雲中龍山，帶回直項的阮咸，彈撥絃索更是表現出邊地沙漠淒慘，坐者都為之動容泣下。「君時臥帳觸，勸客白玉杯。苦雲年光疾，不飲將安歸？我賞此言是，因循未能諧。君言中聖人，坐臥莫我違。榆莢亂不整，楊花飛相隨。上有白日照，下有東風吹。青樓有美人，顏色如玫瑰。歌聲入青雲，所痛無良媒。少年苦不久，顧慕良難哉！徒令真珠肬，哀如珊瑚腮」，當年你是青樓中「顏色如玫瑰」的美人，「哀如珊瑚腮」，你勸我珍惜光陰，而今少年已過，你我「無良媒以接歡兮」〔註11〕，有情人終難成眷屬。因此《戲題樞言草閣三十二韻》不是寫給幕府同事的詩，而

〔註10〕《舊唐書·列傳第二·后妃下·女學士宋氏尚宮》。
〔註11〕曹植：《洛神賦》。

是李商隱面對宋氏姐妹曾經住過的草閣睹物傷人、感慨不已的詩作，是懷念與戀人相知、相愛經過的詩篇，「君今且少安，聽我苦吟詩。古詩何人作，老大徒傷悲」，我如今老大傷悲，只能用詩安慰安慰你了，其中的「君」明顯是指宋若荀。這首詩不僅說出宋若荀的家世經歷，也描寫戀人風貌特長，更為未能結為正式夫妻遺憾。

三、李商隱情詩作品選譯

元和十四年

《無題　近知名阿侯》
　　近知名阿侯，居處小江流。
　　腰細不勝舞，眉長惟是愁。
　　黃金堪作屋，何不起重樓。

蕭衍《河中水之歌》：「河中之水向東流，洛陽女兒名莫愁。莫愁十三能織綺，十四採桑南陌頭，十五嫁作盧家婦，十六生兒字阿侯。盧家蘭室桂為梁，中有鬱金蘇合香。人生富貴何所望，恨不早嫁東家王（昌）。」

〔譯文〕

最近才知道你名為阿侯，住在洛河邊。

你細腰善舞，眉如遠山很好看，只是含著憂愁。

你們姐妹屬於宮眷，怎麼皇帝還沒給你們建金屋以貯之？

《代貴公主》
　　芳條得意紅，飄落忽西東。
　　分逐東風去，風回得故叢。
　　明朝金井露，始看憶春風。

〔晉〕傅休奕《桃賦》華升御於內廷兮，飾佳人之令顏。

古樂府《雞鳴》：桃生露井上，李樹生桃旁。梁簡文帝《桃花詩》：飛花入露井。

崔護：人面不知何處去，桃花依舊笑春風。

〔譯文〕

桃花盛開時真是漂亮啊！可惜不久就飄落在露井邊。

東風吹來，桃花花瓣在井邊飛旋了一圈之後又落在了原先的桃樹旁。

但願公主呼為姐姐的你也能像桃花瓣一樣回到家中，那時我們就可以感謝這把你吹回來的春風了。

長慶元年辛丑 公元 821 年

《無題 照梁初有情》
照梁初有情，出水舊知名。
裙衩芙蓉小，釵茸翡翠輕。
錦長書鄭重，眉細恨分明。
莫近彈棋局，中心最不平。

宋玉《神女賦》：其始來也，耀乎若白日初出照屋樑。《洛神賦》：灼若芙蕖出淥波。

《楚辭》：集芙蓉以為裳。

宋玉《諷賦》：以翡翠之釵掛臣冠纓。

何遜《看伏郎新婚》：霧夕蓮出水，霞朝日照梁，何如花燭夜，輕扇掩紅妝。

〔譯文〕
你如宋玉那樣來時如白日初出照屋樑，又如出水的洛神。
你裙襬上繡著荷花，耳環和鳳釵上都用翡翠裝飾。
你鄭重地書寫道教經典並交給我，長長細細的眉愛憎都在臉上表現出來。
你平時與人下棋消遣，最不服氣那些僅靠靠姿色取悅皇帝的嬪妃。

《賦得桃李無言》
夭桃花正發，穠李蕊方繁。
應侯非爭豔，成蹊不在言。
靜中霞暗吐，香處雪潛翻。
得意搖風態，含情泣露痕。
芬芳光上苑，寂默委中園。
赤白徒自許，幽芳誰與論。

〔譯文〕
桃花夭夭，李花方繁。
桃李無言，下自成蹊。
紅色的桃花，白色的李花，
開得好得意啊，然而花瓣上露珠透露出她們的幽恨。

上苑固然風光，寂寞也隨之不去，

桃李徒然自詡才華，誰又能真正知道她們的好處呢。

《妓席》

樂府聞桃葉，人前道得無？

勸君書小字，慎莫喚官奴。

《古今樂錄》：《桃葉歌》，王子敬所作也。桃葉，子敬妾，緣於篤愛，所以歌之。

《海錄》：右軍書《樂毅論》與子敬，《論》後題云：「書賜官奴。」官奴，子敬
小字也。

〔譯文〕

《樂府》中有《桃葉歌》，是王子敬愛妾桃葉所作，

你能詩，也愛臨帖，只是腕力不足，還是寫小字較好，我就像王子敬愛桃葉那
樣愛你，但你不要人前稱我為「官奴」，免得別人看出來。

《石榴》

榴枝婀娜榴實繁，榴實輕明榴子鮮。

可羨瑤池碧桃樹，碧桃紅頰一千年。

〔譯文〕

石榴枝條婀娜多姿，上面結滿了紅紅的石榴果，剝開石榴皮裏面是晶瑩剔透的
石榴子，酸酸甜甜，正好是蕭史佳偶弄玉喜歡的。

那人住在湖中島上的房子裏，臉頰紅紅的就像碧桃花，但願你長久地保持美麗
容顏，直到千年吧！

《春遊》

橋峻斑騅疾，川長白鳥高。

煙輕惟潤柳，風爛欲吹桃。

徙倚三層閣，摩挲七寶刀。

庾郎年最少，青草妒春袍。

《說文》：騅，馬青黑雜色。《爾雅》：蒼白雜毛，騅。

《詩經·周頌·振鷺》：振鷺于飛。《毛傳》：鷺，白鳥也。

《瑯琊王歌》：新買五尺刀，懸著中樑柱。一日三摩挲，劇於十五女。

《晉書》：庾翼豐儀秀偉，少有經綸大略。蘇峻作逆，翼年二十二，兄亮使白衣
數百人備石頭。事平，闢太尉陶侃府，遷從事中郎。《世說》：庾小征西嘗出未還，婦

母阮與女上安陵城樓，俄頃翼歸。阮語女：「聞庾郎能騎，我何由得見？」婦告翼，以便於道盤馬，始兩轉，墮馬墜地，意氣自若。

古詩：青袍似春草。

〔譯文〕

我騎著斑騅過灞橋，那裡有白鷺飛過河邊。

輕煙籠罩著剛剛發芽楊柳枝，東風吹來，桃花盛開。

我早早地買來寶刀，學習騎馬。

同行中我年紀最小，但從馬上摔下來仍如當年庾翼那樣意氣自若。

長慶二年壬寅　公元 822 年

《蝶　初來小苑中》

初來小苑中，稍餘瑣闥通。

遠恐芳塵斷，輕憂豔雪融。

只知防浩露，不覺逆尖風。

回首雙飛燕，乘時入綺櫳。

《拾遺記》：石虎太極殿樓高四十丈，春雜寶異香為屑，使數百人於樓上吹散之，名曰芳塵臺。

庾闡《揚都賦》：結芳塵於綺疏。

韋應物：豔雪凌空散。

陸雲《九愍》：以浩露於蘭林。

張協：雕堂綺櫳。

〔譯文〕

初春的蝴蝶來到小苑中，

既怕進入花園的路被阻斷，又怕被尚未融化的春雪凍死。

只顧不被深夜的露水遮滿翅膀，卻不知道被那橫吹來的風阻擋。

回頭看那雙雙飛燕，已經趁這時候躲進了張著綺羅的簾櫳。

《蝶　飛來繡戶陰》

飛來繡戶陰，穿過畫樓深。

重傅秦臺粉，輕塗漢殿金。

相兼惟柳絮，所得是花心。

可要凌孤客，邀為《子夜吟》。

《古今注》：（三代以鉛為粉）蕭史與秦穆公煉飛雪丹第一轉，與弄玉塗之，今水銀膩粉是也。

《道書》：蜨交則粉退。

《漢書》：趙昭儀居昭陽宮，殿上松漆，切皆銅沓黃金塗。注：切，門限也；沓冒，其頭也；塗，以金塗銅上也。

唐太宗：蝶戲脆花心。

梁武帝《子夜歌》：花塢蜨雙飛，柳堤鳥百舌。不見佳人來，徒勞心斷絕。

〔譯文〕

蝴蝶身上傅滿銀粉，飛過繡戶，又穿過深深的畫樓。

你重新回到長安宮中，居處如趙昭儀昭陽宮那樣金碧輝煌。

蝴蝶在花叢中雙雙飛舞，如柳絮飄揚，落在花心上。

要不要邀請凌孤客一起來唱梁武帝的《子夜歌》？

長慶三年癸卯　公元 823 年

《贈歌妓二首》

水晶如意玉連環，下蔡城危莫破顏。

紅綻櫻桃含白雪，斷腸聲裏唱陽關。

白日相思可奈何，嚴城清夜斷經過。

只知解道春來瘦，不道春來獨自多。

《戰國策·齊策》：秦始皇嘗使使者遺君王后玉連環。曰：「齊多智，而能解此環不？」君王后引椎椎破之，謝秦使曰：「謹以解矣。」

宋玉《登徒子好色賦》：嫣然一笑，惑陽城，迷下蔡。下蔡，汝陽，有清暑宮。

《水經注》：蔡成公自新蔡遷於州來，謂之下蔡。

宋玉《對楚王問》：其為陽春白雪，國中屬而和者數十人。

陳琳《答東阿王箋》：聽《白雪》之音，觀《綠水》之節。

〔譯文〕

君王選中你，但願你如齊王后那樣有智謀解除他對你的控制，不讓他傷害你；你是如此美貌，莫再破顏使傾國和傾城，以致再次給自己帶來禍患。

你歌唱時張開櫻桃小嘴，露出雪白牙齒，所唱《陽關三迭》更是使人斷腸。

白天相思已經無可奈何，夜間禁苑更是難以往來。

你只知道說我春來更瘦，卻不說我春來多半只是獨處，是相思病才使我這樣的啊！

長慶四年甲辰　公元 824 年

《風　撩釵盤孔雀》
撩釵盤孔雀，惱帶拂鴛鴦。
羅薦誰教近，齊時鎖洞房。

陳思王《美女篇》：頭上金爵釵。

《灸轂子》：漢武帝時，諸仙女從王母下降，皆貫鳳首釵、孔雀搔頭。

徐彥伯：贈君鴛鴦帶，因以鸕鷀裘。江總《雜曲》：合歡錦帶鴛鴦鳥。

《漢武內傳》：帝以紫羅薦地，燔百和之香以待王母。

《楚辭》：娉容修態，絙洞房些。《長門賦》：徂清夜於洞房。

宋玉《風賦》：躋於羅帷，經於洞房。

〔譯文〕
你如王母的侍女董雙成頭髮上插著鳳首釵、孔雀搔頭，腰裏是繡著鴛鴦的帶子。
你在張著羅帷的洞房裏，地上鋪著紫色的地毯，只是門鎖著，不讓人進去。

《賦得月照冰池》
皓月方離海，堅冰正滿池。
金波雙激射，璧彩兩參差。
影占徘徊處，光含的皪時。
高低連素色，上下接清規。
顧兔飛難定，潛魚躍未期。
鵲驚懼欲繞，狐聽始無疑。
似鏡將盈手，如霜想透肌。
獨憐遊玩意，達曉不知疲。

《漢書‧禮樂志‧郊祀歌》：月穆穆以金波。

《尚書‧中侯》：甲子冬至，日月如懸璧。駱賓王序：璧彩澄空，漏清光於雲葉；珪陰散徊，搖碎影於風梧。

曹植《七哀詩》：明月照高樓，流光正徘徊。

司馬長卿《上林賦》：明月珠子，的的將皪。

〔梁〕簡文帝：青山銜月規。

《易卦》：大雪魚負冰。鄭玄注：上近冰也。《禮記月令》：孟春之月，魚上冰。

《初學記·月》：《述征記》曰：「北風勁，河冰始合，要須狐行。云此物善聽，聽冰下無水聲，然後過河。」

《初學記·月》：枚乘《月賦》：「蔽修堞而如鏡。」

曹操《短歌行》：月明星稀，烏鵲南飛，繞樹三匝，何枝可依。

王粲《七哀詩》：狐狸馳赴穴，飛鳥翔故林。

陸機《擬明月何皎皎》：照之有餘輝，攬之不盈手。

〔梁〕虞騫《觀月》：清夜未云疲。

〔譯文〕

明月剛從海上升起，池面上冰結得很硬很硬。

冬至月亮照在冰池上，冰池又將光反射回來，看起來就像玉石發出的光彩。

我來到冰井，在池邊徘徊，月亮照著高樓影子在流光溢彩冰面上蕩漾。

附近景物都籠罩在一片素白之中，天上地下也好像都進入某種清涼境界。

月亮中玉兔現在在哪裏呢？池中的魚兒也因為嚴寒冰凍而難以躍出了。

曹操當年《短歌行》中：「月明星稀，烏鵲南飛，繞樹三匝，何枝可依。」王粲《七哀詩》中「狐狸馳赴穴，飛鳥翔故林」，指的都是無法返回故鄉，與你我現在心情正是吻合啊！我也要像那善聽冰下水聲捕魚的狐狸一樣仔細辨明有沒有危險才能決定來不來看你啊！

冰池就像一個大大的明鏡，可是你無法把它握住，夜晚的冰霜寒氣似乎要透進肌膚。

我一個人在冰池周圍徘徊，一直到天亮也不感到疲倦。

敬宗寶曆元年乙巳　公元 825 年

《昨日》

昨日紫姑神去也，今朝青鳥使來賒。

未容言語還分散，少得團圓足怨嗟。

二八月輪蟾影破，十三弦柱雁行斜。

平明鍾後更何事，笑倚牆邊梅樹花。

紫姑，廁神也。正月十五死。《荊楚歲時記》：正月望日，其夕迎紫姑以卜。《異苑》：紫姑為人妾，為大婦所嫉，每以穢事相次役。正月十五感激而死，故世人作形，

夜於廚間或豬欄邊迎之，曰：「子胥不在，曹姑亦歸去，小姑可出。」子胥，婿名也，
曹姑，大婦也。戲捉者覺重，便是神來。奠設菜果，亦覺貌輝輝有色，即跳蹀不住。
占眾事，卜行年蠶桑，又善射鉤。好則大儛，惡便仰眠。

　　《吳郡志》：臘月十六日，婦女祭廁姑，男子不得至。二十四日祭灶，女子不
得預。

　　〔譯文〕

　　昨天迎紫姑神儀式過後我們剛見過面，今日你就叫婢女捎來消息；

　　可是沒來得及說話就因故分散，能稍有會面機會也就知足了。

　　今天已是十六，明月雖有而我們不能相會，你就自己彈箏解悶吧。

　　我想你現在大約沒有什麼事情，正倚靠在牆邊笑對梅花回憶昨天的事吧？

　　昨日是祭祀紫姑的日子，今天有人告訴你來過這裡，

　　雖然只說得幾句話，知道你的消息已經很滿足了。

　　臘月十六月亮被雲遮住了，但是很很明亮，你彈琴的樣子還在我眼前。

　　早晨你在做什麼呢？是不是在牆邊梅樹下賞花？

　　《明日》

　　天上參旗過，人間燭焰消。

　　誰言整雙履，便是隔三橋？

　　知處黃金巢，曾來碧綺僚。

　　憑欄明日意，池閣雨瀟瀟。

　　《史記‧天官篇》：參為白虎。其西有勾曲九星，一曰天旗。

　　曹植《善哉行》：月沒參橫，北斗闌干。

　　《述異記》：公主山在華山中。漢末，王莽專政，南陽公主避亂入此峰學道，後
升仙。至今嶺上有一雙朱履。

　　三橋，三渭橋也。《三輔黃圖》：渭水貫都以象天漢，橫橋南渡以法牽牛。《史記
素引》：今渭橋有三所，一在城西北咸陽路，曰西渭橋；一在東北高陵邑，曰東渭橋；
其中渭橋在故城之北。《西京雜記》：西京外郭城朱雀街有第三橋。

　　左思《魏都賦》：皎日籠光於綺僚。

　　〔譯文〕

　　參星已明，燈燭已滅，快要天亮。

　　華山公主峰上有一雙朱履，誰知道整雙的鞋，會隔開像三渭橋那麼遠呢？

　　昨日你從金巢之所來到我的住處，今日見不到你，明日還會不會再來呢？是不

是你我也會像公主峰上相隔甚遠的朱履呢？

　　細雨濛濛，我倚靠在池邊欄杆上，忖思明天你還會不會來？總不見得一經分手，便遠隔天涯了吧？

　　《判春》
　　一桃復一李，井上占年芳。
　　笑處如臨鏡，窺時不隱牆。
　　敢言西子短，誰覺宓妃長。
　　珠玉終相類，同名作夜光。
　　《羯鼓錄》：明皇遊別殿，柳、杏將吐，歎曰：「對此好景，不可不與判斷之。」
　　《古樂府》：桃生露井上，李樹生桃旁。
　　劉希夷《代悲白頭翁》：洛陽城東桃李花，飛來飛去落誰家？洛陽女兒好顏色，坐見落花常歎息。今年花落顏色改，明年花開復誰在？已見松柏摧為薪，更聞桑田變成海。……年年歲歲花相似，歲歲年年人不同。……
　　宋玉《登徒子好色賦》：此女登牆窺臣三年，至今未許也。
　　《神女賦》：穠不短，纖不長。
　　《漢書·鄒陽傳》：臣聞明月之珠，夜光之璧，以暗投人於道，眾莫不按劍相眄者，何則，無因而至前也。
　　《文選·西都賦·李善注》：夜光為珠玉之通稱，不專繫於珠。

　　〔譯文〕
　　你們姐妹就像那古詩中所說種在井旁的盛開桃花和李花，占盡了年年春光。
　　你的笑容就像那鏡湖的桃花，是那樣的嫵媚動人；又像東鄰那個在牆邊窺視的美好女子，尚未許配人家。
　　你的身材是如此完美，纖穠合度，不比西施矮，也不比宓妃長。
　　你們就像那暗投於道的珠玉，人人都想得到，可是誰都未能有幸得到你們青睞。

　　《春風》
　　春風雖自好，春物太昌昌。
　　若叫春有意，惟遣一枝芳。
　　我意殊春意，先春已斷腸。

　　〔譯文〕
　　雖然春風吹來萬物復蘇，可是未免春天物華也太昌盛了，桃花盛開使我想起與

你相處時情景。

　　如果春天真對我有意的話，只要給我一枝開放的桃花就可以了，因為你就是我那稱作「桃葉」的愛人。

　　我的心情和春天很不同，早在春天之前就已經因為你進宮而斷腸了！

　　《一片》
　　　一片非煙隔九枝，蓬巒仙仗儼雲旗。
　　　天泉水暖龍細吟，露畹春多鳳舞遲。
　　　榆莢散來星斗轉，桂花尋去月輪移。
　　　人間桑海朝朝變，莫遣佳期更後期。

　　孫氏《瑞應圖》：非氣非煙，五色絪縕，謂之慶雲。

　　《史記·天官書》：若煙非煙，若雲非雲，鬱鬱紛紛，蕭索輪囷，是為卿雲。

　　沈約《傷美人賦》：拂螮雲之高帳，陳九枝之華燈。

　　《西京雜記》：漢高祖進咸陽宮，秦有青玉五枝燈，高七尺五寸。《漢武內傳》：七月七日，王母至，帝掃除宮內，燃九光之燈。

　　《楚辭·離騷》：載雲旗之委蛇。

　　陸機云：天泉池南石溝引御溝水，池西積石為禊堂。

　　《晉書·禮志》：晉中朝公卿以下至於庶人，皆集洛水之側，三月三日，會天泉池賦詩。

　　陸機：天泉池南石溝引御溝水，池西積石為禊堂。

　　《鄴中記》：華林園中千金堤上作兩銅龍，相向吐水，以注天泉池通御溝中。三月三日，石季龍及皇后百官臨水宴賞。

　　《說文》：畹，田十二畝也。

　　《春秋運斗篇》：玉衡星散為榆。《元命苞》：三月榆莢落。

　　《楚辭》：與佳期兮夕張。

　　〔譯文〕

　　一幹九枝燈的燈光似雲非雲，似煙非煙，蓬萊宮的仙家儀仗多麼美麗，就像天上雲中之景。

　　附近天泉池水經過龍首湧出，聲音如同輕輕吟唱；那春天道場的空曠地上，仙女們舞蹈得那麼忘情。

　　三月榆樹開花時就標誌著季節的交替，而秋天探尋桂花時已經一年快過去了。

人間的事情是經常變化的，不要把佳期一再地往後拖延。

《無題二首　長眉畫了》

長眉畫了繡簾開，碧玉行收白玉臺。

為問翠釵釵上鳳，不知香頸為誰回？

壽陽公主嫁時妝，八字宮眉捧額黃。

見我佯羞頻照影，不知身屬冶遊郎。

《樂府》：《碧玉歌》，宋汝南王所作也。碧玉，汝南王妾。

《拾遺記》：石崇愛婢翾鳳縈金為鳳冠之釵。

古詞《捉搦歌》：可憐女子能照影，不見其餘但斜領。

《海錄》：唐明皇令畫工畫十眉圖，一曰鴛鴦眉，一又名八字眉。

溫庭筠：豹尾車前趙飛燕，柳風吹散額間黃。

晉《子夜春歌》：冶遊步春露，豔覓同心郎。

《丹陽孟珠歌》：道逢冶遊郎，恨不早相識。

〔譯文〕

你晨起梳妝畫眉已罷，侍女收拾白玉鏡臺打開繡簾。

頭上戴著貴重的金鳳釵，側身對鏡照影是為了誰？

你穿上壽陽公主出嫁時裝束，畫上唐明皇喜歡的八字眉，額間還輕塗黃。

見了我你轉身對鏡假裝不認識，大概是知道自己屬於冶遊郎，所以羞愧吧？

《中元作》

絳節飄飄宮國來，中元朝拜上清回。

羊權雖得金條脫，溫嶠終虛玉鏡臺。

曾省驚眠聞雨過，不知迷路為花開。

有娀未抵瀛洲遠，青雀如何鴆鳥媒？

《盂蘭盆經》：目蓮即缽盛飯，餉其亡母，食未入口，化成火炭，遂不得食。佛言汝母罪重，當須十方眾僧威神之力，七月十五日，當具百味果著盤中，供養十萬大德佛。

《唐六典》：中尚署七月十五日進盂蘭盆。按唐時中元日大設道場，並有京城張燈之事。

《舊唐書·本紀第十七上·敬宗》：寶曆元年戊午，遣中使往湖南、江南等道及

天台山採藥™時有道士劉從政者，說以長生久視之道，請於天下求訪異人，冀獲靈藥。乃以從政為光祿少卿，號玄升先生。

〔梁〕邵陵王《祀魯山神文》：絳節陳宇，滿堂繁會。

《道經》：七月十五，中元之日，地官校勾，搜選人間，分別善惡，諸天聖眾，普詣宮中。

《真誥》：蕚綠華以晉升平二年十一月十日降羊權家。權字道學，簡文帝黃門郎羊欣祖也。綠華贈以詩　篇，並致火瀚布手巾一條，金玉條脫各一枚。

《世說》：溫公喪婦，從姑劉氏家值亂離散，唯一女甚有姿慧，屬公覓婚。公密有自婚意，答曰：「佳婿難得，但如嶠比云何？」姑云：「喪敗之際，乞粗存活，何敢希汝比？」卻後少日，公報姑云：「已覓得婿處。」因下玉鏡臺一枚，姑大喜。既婚，交禮，女以手披紗扇，撫掌大笑，曰：「我固是疑老奴，果如所卜。」

西天台山有桃源洞，傳說東漢時劉晨、阮肇上山採藥，在這裡遇到兩個仙女，被邀居留半年，兩人返回鄉村時子孫已經七代，於是兩人又重返天台。桃源洞畔有兩座石峰，名雙女峰，相傳就是劉、阮遇仙之處。洞外三千米的寶相村附近有溪，據說是劉、阮與二仙女分手之處。

漢唐建章宮北面為太液池，周圍有蓬萊山、瀛洲山和涼風臺。

《山海經・海內北經》：西王母梯幾而帶勝杖。其南有三青鳥，為西王母取食。在崑崙虛北。

《離騷》：望瑤臺之偃蹇兮，見有娀之佚女。《綠氏春秋》：有娀氏有二佚女，為九成臺，飲食必以鼓。

《離騷》：吾令鴆（鳥）之為媒兮，鴆告余以不好。鴆，惡鳥也，有毒殺人，以喻讒賊。

〔譯文〕

絳節飄搖，空國豔仰，一年一度七月十五中元節盂蘭盆會正在舉行，為歡迎你們從天台上清宮朝拜歸來的儀仗真是盛大啊！

羊權得到了你的金條脫，你如此天姿仙質，一般凡侶尚不能與你匹配，更不應當是溫嶠這等老醜之徒可以擁有。

我曾經如楚襄王見到雨過之時神女驚眠之情態，又如劉晨、阮肇入天台採藥迷路遇二仙女，被迷而入其洞府。

你去了道教的彌羅天，照理說天台山並非海上仙山那樣遙遠，在長安建章宮瀛

洲時我們還有青鳥互通情愫，然而沒有良媒也難偕連理，更何況是誤託了包藏禍心的鳩鳥為媒，更是使事情複雜化了啊！

寶曆二年丙午　公元 826 年

《富平少侯》

七國三邊未到憂，十三身襲富平侯。

不收金彈拋林外，卻惜銀床在井頭。

彩樹轉燈珠錯落，繡檀回枕玉雕鎪。

當關不報侵晨客，新得佳人字莫愁。

富平位於關中平原和陝北高原過渡地帶，屬渭南，取取其富庶太平之意，東鄰蒲城。臨渭，南接臨潼、閻良，西接耀州、三原，北依銅川。

《漢書》：景帝時，吳、膠西、楚、趙、濟南、淄川、膠東七國反。

《史記・匈奴傳》：冠帶戰國七，而三國邊於匈奴。索引曰：三國，燕、趙、秦也。

《孔子家語》：周成王年十有三而嗣立。

《西京雜記》：韓嫣好彈，常以金為丸，所失者日有十餘，長安為之語曰：「苦飢寒，逐金彈。」兒童每聞嫣出彈，輒隨之，望丸之所落，輒拾焉。

《樂府・淮南王篇》：後園鑿井銀作床，金瓶素綆汲寒漿。《名義考》：銀床非井欄，乃轆轤架也。〔梁〕簡文帝：銀床繫轆轤。

《開元遺事》：韓國夫人上元夜燃百枝燈樹，高八十餘尺，樹之高山，百里皆見。

《拾遺記》：魏明帝檢寶庫中，得一玉虎頭枕，單池國所獻，其頷下有篆書云：帝辛之枕。嘗與妲己同枕之，是殷時舊物也。

徐陵：帶衫行障口，覓釧枕檀邊。

《魏都賦》：木無雕鎪。

嵇康《絕交書》：臥喜晚起，而當關呼之不置。

《樂府》：河中之水向東流，洛陽女兒名莫愁。十五嫁為盧家婦，十六生兒字阿侯。

〔譯文〕

他敬宗十三歲就封為富平侯，十六歲即位為皇帝，淮西、河北、幽州數鎮叛亂，南詔、吐蕃、遼東侵邊，從未使他感到過優慮，真所謂少年天子不知愁。

他用金彈子在海棠花下打飛來的黃鶯，到轆轤架邊和宮娥胡混。

讓宮女點燃九枝燈，充作提壺使；又把她安置在皇宮中同枕共寢，封為冀國夫人。

早晨睡懶覺，當關的都不敢叫醒他，因為他新近將名為莫愁宮女收為妃子。

《代越公房妓嘲徐公主》
　　笑啼俱不敢，幾欲是吞聲。
　　遽遣離琴怨，都由半鏡明。
　　應防啼與笑，微露淺深情。

陳太子舍人徐德言與後主叔寶之妹樂昌公主為夫妻，因懼亂不能相保，乃破一鏡各執其半為信，約待端午各持半鏡於市中賣之，以圖相合。陳亡，其妻入隋楊公素之家，至期適市，果有一破鏡。德言乃題其背曰：「鏡與人俱去，鏡歸人不歸。無復嫦娥影，空餘半月輝。」時陳氏為公素所愛。見之，乃命德言對飲，三人環坐，令陳氏賦詩一章，即還之。陳氏詩曰：今日何遷次，新官對舊官。笑啼俱不敢，方驗作人難。素感之，乃還德言。

《南史・元帝徐妃傳》：初妃嫁夕，車至西州而疾風大起，發屋析木，無何，雪霰交下，帷簾皆白，後果不終婦道。

〔宋〕龔頤正《芥隱筆記》：《玉臺新詠》詠樂昌（公主）云笑啼俱不敢，李商隱亦云。又云啼笑兩難分。

〔譯文〕

你就像當年樂昌公主成為楊公素愛姬，應了徐妃果然不終婦道預言；我如徐德言因為害怕遭禍也不敢出聲，可是你我不啻生離死別，連哭都哭不出來！

你我如同徐德言與樂昌公主一樣於陳亡之際各持半鏡，但願也能與他們一樣有破鏡重圓一天。

你在宮中要注意平時言談，不能露出破綻，更不能讓旁人知道你我原先有情，否則你我都要冒殺頭之罪啊！

《宮中曲》
　　雲母濾宮月，夜夜白於水。
　　賺得羊車來，低扇遮黃子。
　　水精不覺冷，自刻鴛鴦翅。
　　蠶縷茜香濃，正朝纏左臂。

巴箋兩三幅，滿寫承恩字。

欲得識青天，昨夜蒼龍是。

《晉書・后妃傳》：武帝掖庭殆將萬人，而並寵者甚多，莫如所適。常乘羊車，恣其所之，至便宴寢。宮人取竹葉插戶，以鹽汁灑地，引帝車。

《說文》：茜，茅蒐也，可染絳色。《晉書・胡貴妃列傳》：帝多簡良家子女以充內職，自擇其美者以絳紗繫臂。

《東觀漢記》和熹鄧皇后夢捫天，體蕩蕩，正青，滑如磄石弟，有如鍾乳狀。乃仰咳之。以訊占夢，言堯攀天而上，湯及天舐之。皆聖王之夢。

《史記・高祖本紀》：薄姬曰：「昨暮夜，妾夢蒼龍據吾腹。」高帝曰：「此貴徵也，吾為汝成之。」一幸生男，是為代王。

〔譯文〕

宮中雲母窗櫺濾過的月光像水一樣灑在地上，

都想引得皇帝羊車來，又不好意思，只好用扇子遮住自己額上點了黃的羞澀臉龐。

水精枕也不覺得冷，因為皇帝在那裡。

你左臂上纏著絳色絲縷，這是皇帝選中良家子的標記。

你平時用來寫字的巴箋上，寫滿了「承恩」二字。

你希望攀附皇帝，但願昨夜臨幸你的就是漢高祖，使你如戚夫人那樣能為皇帝生一個太子吧！

《效長吉》

長長漢宮眉，窄窄楚宮衣。

鏡好鸞空舞，簾疏燕誤飛。

君王不可問，昨晚約黃歸。

約黃，古代婦女妝飾，在鬢角塗抹微黃。《玉臺新詠》卷七，梁簡文帝《美女篇》：約黃能銷月，裁金巧作星。

《拾遺記》：孫和悅鄭夫人……月下舞水晶如意，誤傷夫人頰……醫曰：「得白獺髓雜玉及琥珀屑，當滅此痕。」乃命合此膏，琥珀太多，及瘥而有赤點如朱，逼而視之，更覺其妍。諸嬖人慾要寵者，皆以丹指點頰而後進幸。

〔譯文〕

你的眉如同昭君一樣是長長的，腰像當年「楚王愛細腰，宮中皆餓死」的楚宮

女子一樣纖細。

我就像鸞鳳鏡裏的鸞，卻沒有鳳相伴；你也如竹簾疏散而誤入堂內燕子，看似氣類相似，卻不能契合。

君王喜悅你，以丹點了你的額，以備隨時寵幸，但同時也就限制了你的的自由。

《槿花》

風露淒淒秋景繁，可憐榮落在朝昏。

未央宮裏三千女，但保紅顏莫保恩。

《毛詩》：有女同車，顏如舜華。注：舜華，槿花也。

《漢書·高帝紀》：七年，蕭何治未央宮。

《漢武故事》：上起明光殿，發燕、趙美女三千人充之，率取十五以上二十以下，年滿四十者出嫁。建章、未央、長樂三宮輦道相屬，不由徑路。

〔譯文〕

木槿花開在風露淒淒的秋天，早上開花，晚上就凋謝。

槿花朝榮夕落，猶如紅顏之易衰；你要知道，君恩也如這槿花一樣早晚瞬間會變化啊！皇帝從來就不可能對某個女子保持恩寵，你還是好好地保守自己的美貌吧！

《宮妓》

珠箔輕明拂玉墀，披香新殿斗腰肢。

不須看盡魚龍戲，終遣君王怒偃師。

宮妓，內妓也。《教坊記》：西京右教坊在光宅坊，左教坊在延政坊，右多善歌，左多工舞，妓女入宜春院，謂之內人，亦為前頭人，嘗在上前也。《舊唐書·百官志》：武德後置內教坊於禁中。武后如意元年改雲韶府，以中官為使。開元二年又置內教坊於蓬萊宮側，有音聲博士。

《三輔黃圖》：未央宮漸臺西有桂宮，中有明光殿，皆金玉珠璣為簾箔，處處明月珠，金陛玉階，晝夜光明。

《三輔黃圖》：武帝時，後宮八區，有昭陽、披香等殿。《雍錄》：唐慶善宮有披香殿。

《漢書·西域傳》：作巴、渝、都盧、海中、碭極、漫衍、魚龍、角抵之戲。注：漫衍者，即張衡《西京賦》所云巨獸百尋，是為漫衍者也；魚龍者，為舍利之獸，先戲於庭，極畢，乃入殿前，激水化為比目魚，跳躍漱水作霧障日畢，化為黃龍八丈，出水遨遊於庭，炫耀日光。

《列子・湯問》：周穆王西巡狩……及遠，未及中國，道有獻工人，名偃師，……翌日偃師謁見王，王薦之曰：「若與攜來者何人耶？」對曰：「臣之所進，能倡者。」穆王驚視之，趨步俯仰信人也，巧夫合其頤則歌合律，捧其手則舞應節，千變萬化，唯意所適，王以為實人也，與盛姬內御並觀之。技將盡，倡者瞬其目而招王之左右侍妾。王大怒，立欲誅偃師。偃師大囁，立破散倡者以示王，皆傅會革、木、膠、漆、黑、白、丹、青之所為……穆王始悅而歎曰：「人之巧可與造化者同工乎？」

〔譯文〕

你在披香殿中舞蹈，與其他宮女比誰的腰肢更細更柔軟。

你以為君王會因為你的邀寵而放過你我嗎？他們都和周穆王一樣殘暴，不會讓偷看他們侍妾的人活命的。

《思賢頓》

內殿張絃管，中原絕鼓頻。

舞成青海馬，鬥殺汝南雞。

不見華胥夢，空聞下蔡迷。

宸襟他日淚，薄暮望賢西。

皇帝出行、住宿的地方稱作頓，《隋書・煬帝紀》：每之一所，輒數道置頓。即咸陽東的望賢宮。

《舊唐書・音樂志》：玄宗教太常樂工子弟三百人為絲竹之戲，音響齊發，有一聲誤，玄宗必覺而正之，號為皇帝弟子，又云梨園弟子。

《舊唐書・音樂志》：內閒廄引蹀馬三十匹，傾杯樂曲，奮首鼓尾，縱橫應節，又施三層校床，乘馬而上，抃轉如飛。

《漢書》：汝南出長鳴雞。

甘肅安西縣境與野馬交配而生的馬，楊億《漢武》：「力通青海求龍種」謂漢武帝伐大宛得汗血馬事。

《東城父老傳》：玄宗在藩邸時，樂民間清明節鬥雞遊戲，及即位，治雞坊於兩宮間，索長安雄雞金毫鐵距、高冠昂尾千數，養於雞坊，選六軍小兒五百人，是訓擾教飼。

《古樂府》：東方欲明星爛爛，汝南晨雞登壇喚。

《列子・黃帝》：黃帝憂天下之不治，退而閒居大庭之館，齋心服形，三月不親政事。晝寢而夢，遊於華胥氏之國。華胥氏之國在弇州之西，台州之北，不知斯齊中國幾千萬里，蓋非舟車足力所及，神遊而已。華胥國人入水不濡，入火不熱，乘空如履

實，寢虛如處林。黃帝既寤，怡然白得。又二十八年，天下大治，幾若葦胥氏之國"

宋玉《登徒子好色賦》：嫣然一笑，惑陽城，迷下蔡。

何遜：宸襟動時豫。

杜甫：叢菊兩開他日淚。

〔譯文〕

自從咸陽東望賢宮內絃管聲起，洛陽伊水邊的擂鼓山上就少了你擂鼓音響。

青海來的舞馬正在銜杯為戲，奮首鼓尾，縱橫應節；雞坊中汝南雞高冠昂尾、金豪鐵距，互相爭鬥，毛羽橫飛，那都是皇帝喜歡的把戲。

原說你們姐妹入宮為女學士，是輔助皇帝建成如黃帝時太平富庶的華胥國，可是我如今聽見人說你宋玉主要是陪皇帝飲酒作樂，他已經被你的歌聲迷住了。

看到叢叢菊花就想起送別你時的淚水，我只能在將近黃昏時節向西遙望著望賢宮，思念著你。

大和元年丁未　公元 827 年

《柳　動春何限葉》

動春何限葉，撼曉幾多枝？

解無相思否？應無不舞時。

絮飛藏皓蝶，帶弱露黃鸝。

傾國宜通體，誰來獨賞眉？

〔梁〕劉邈《折楊柳枝》：春來誰不思？相思君自知。

《隋書・柳昂傳》：昂偏風不能視事。昂卒，子調為侍御史。楊素嘗於朝堂見調，因獨言曰：「楊柳通體弱，獨搖不須風。」調斂板正色以對。

梁元帝詩：柳葉生眉上。

〔譯文〕

春來柳樹發芽，枝條隨風飄蕩，

春來誰不思，相思君自知。你就像那柳枝隨風起舞，還想得起我嗎？

柳絮飄飄，其中也有著紛飛的蝴蝶，枝葉尚未繁盛，樹枝間露出藏著的黃鸝。

你長長的眉如同柳葉，現在是誰在欣賞呢？

《贈柳》

章臺從掩映，郢路更參差。

見說風流極，來當婀娜時。

橋回行欲斷，堤遠意相隨。

忍放花如雪，青樓撲酒旗。

《史記》注：楚都於郢，今江陵縣北紀南城是，至平王更城郢，在江陵東北，故郢城是。

《世說》：桓溫自江陵北征，經金城，見少為琅邪時所種柳皆已十圍，慨然歎曰：「木猶如此，人何以堪！」

屈原《九章》：惟郢路之遼遠兮。

《漢書‧張敞傳》：敞為京兆尹，時罷朝會，過走馬章臺街，使御史趨，自以便面拊馬。

〔唐〕崔國輔《少年行》：章臺折楊柳，春日路旁情。

《晉書‧陶侃列傳》：移鎮武昌……嘗課諸營種柳。

《南史‧張緒傳》：劉俊之為益州，獻蜀柳枝數條，枝條甚長，狀若絲縷。時舊宮芳林苑始成，武帝以植於太長靈和殿前，嘗賞玩諮嗟曰：「此楊柳風流可愛，似張緒當年時。」

魏文帝《柳賦》：柔條婀娜而蛇身。〔晉〕傅玄《柳賦》：長枝夭夭，婀娜四垂。

〔晉〕伍輯之《柳花賦》：揚零花而雪飛。

曹植《美女篇》：青樓臨大路，高門結重關。

《漢書‧元后傳》：赤墀青瑣。孟康曰：以青畫戶邊鏤中，天子之制也。《南齊書‧東昏侯紀》：世祖興光樓，上施青漆，世謂之青樓。

〔譯文〕

我如同為妻子畫眉的張敞，因為深愛你而不顧利害千方百計來長安看你，到你們姐妹的曲江別宅必須經過兩邊掩映著柳蔭的章臺街，這時總是想起當年郢州柳樹以及那時你對我的情意。

聽說靈和殿前的楊柳風流可愛，而今曲江邊的柳條更是婀娜多姿啊！

橋邊柳條遮掩，使我的馬難行，要見到你真不容易啊！而當年在郢州可不是這樣啊，我們之間沒有任何隔閡。

柳枝已經開始放出如雪柳絮，我的思念想必也會隨著飄飄揚揚飛過曲江直到建章宮的柳絮，飄到正在宮殿裏陪皇帝飲酒的你面前吧？

《石城》

石城誇窈窕，花縣更風流。

簟冰將飄枕，簾哄不映鉤。

玉童收夜鑰，金狄守更籌。

共笑鴛鴦綺，鴛鴦兩白頭。

《元和郡縣志》：鄆州郭下長壽縣，即古之石城。

花縣，河陽。潘岳為河陽令時，遍種桃花，故曰花縣。

《樂府・莫愁樂》：莫愁在何處，莫愁石城西。《舊唐書・樂志》：石城在競陵，有女子名莫愁，善歌謠。

《樂府・華山畿》：啼著曙，淚落枕將浮，身沈被流去。

陸垂《新刻樓銘》：銅史司刻，金徒抱劍。

《西京賦》：列坐金狄。金狄，金人也。

王褒《洛都賦》：挈壺司刻，漏尊泄流，指日命分，應則唱籌。

〔譯文〕

鄆州初次見到你的時候，想到《詩經》中「窈窕淑女，君子好逑」這句話，你在遍植桃花的河陽歌唱，更是「迷下蔡，惑陽城」，使我不顧一切地追求你。

簟紋如水，枕頭都好像要被飄去，燈光照耀下，竹簾子上的金鉤從外面也可以看見。

看門小童已經把鑰匙收去，金人陪伴著刻漏時分流逝。

你看那被子上鴛鴦戲水花紋，但願我們也像鴛鴦一樣白頭到老。

大和二年戊申　公元 828 年

《代應　本來銀漢》

本來銀漢是紅牆，隔得盧家白玉堂。

誰與王昌報消息，盡知三十六鴛鴦。

《襄陽耆舊傳》：王昌字公伯，為東平相，散騎長侍。早卒，婦，任城王子文女也。《樂府・河中之水歌》：人生富貴何所望？恨不早嫁東家王。王昌為唐代艷情詩中常出現之人物，如上官儀：東家復是憶王昌。

梁武帝《河中之水歌》：人生富貴何所望？恨不早嫁東家王。上官儀：東家復是憶王昌。

崔顥《古意》：十五嫁王昌，盈盈出畫堂。

張衡《西京賦》：離宮別館三十六所。神池靈沼，往往而在。

溫庭筠：吾聞三十六宮花離離，軟風吹春星斗稀。

《古樂府‧相逢行》：入門時左顧，但見雙鴛鴦。鴛鴦七十二，羅列自成行。《漢詩‧相和歌詞‧雞鳴》：舍後有方池，池中雙鴛鴦。鴛鴦七十二，羅列自成行。

〔譯文〕

紅色的宮牆就像銀河隔斷了牛郎與織女來往，我無法到建章宮白玉堂來看你。只是你的消息有人傳給我，我知道你在宮中的所有事情。

《韓翃舍人即事》

萱草含丹粉，荷花抱綠房。

鳥應悲蜀帝，蟬是怨齊王。

通內藏珠府，應官解玉坊。

橋南荀令過，十里送衣香。

韓翃，字君平，南陽人。天寶末中進士，號大曆十才子之一，命以駕部郎中知制誥，時有兩韓翃，德宗曰：「與詩人韓翃。」韓翃少負才名，以絕句「春城無處不飛花，寒食東風御柳斜。日暮漢宮傳蠟燭，輕煙散入五侯家。」聞名，鄰妓柳氏仰慕他，韓翃曾有《寄柳氏》詩：「章臺柳，章臺柳，顏色青青今在否？縱使長條似舊垂，也應攀折他人手。」柳復書：「楊柳枝，芳菲節，可恨年年贈離別。一葉隨風忽報秋，縱使君來豈堪折。」柳以色顯獨居，恐不自免，乃欲落髮為尼，居佛寺。後翃隨侯希逸入朝，尋訪不得，已為立功番將沙吒利所劫，寵之專房。翃恨然不得割，後入中書，臨淄虞侯將許俊以詐取之，以授韓。

萱，忘憂草也。

王逸《魯靈光殿賦》：圜淵方井，反植荷蕖。菡萏披敷，綠房紫的。綠房，蓮子也。

《古今注》：牛亨問曰：「蟬名齊女若何？」答曰：「齊王後忿而死，屍變為蟬，登庭樹嘒唳而鳴。王悔恨，故世名蟬齊女也。」

《錄異記》：江州南七里店有藏珠石。《梁四公記》：東海龍王第七女，掌龍王珠藏。

《通志》：解玉溪在成都華陽縣大慈寺西，唐韋皋所鑿，用其砂解玉則易為功。

《後漢書‧荀淑傳》：淑有子八人，時人謂之八龍。《襄陽記》云：劉季和性愛香，謂張坦曰：「荀令君至人家，坐幕三日香氣不歇。」

〔譯文〕

萱花盛開，黃色的花朵含著紅色花蕊；荷花抱房，蓮蓬中孕育著綠色蓮子，正

是夏初時節。

　　杜鵑聲聲，那是我蜀帝的悲哀，蟬兒嘖嘖，就像你齊女被侮而發出的求救聲。

　　那年我在鄆州遇見你們姐妹，如鄭交甫遇見佩珠二女，如今你如龍女為皇帝掌管宮廷珠寶。

　　我來到你們宅邊，章臺柳條還是原來嗎？如今我文才與大曆詩人韓翃不相上下，貌美如坐幕三日香氣不散的荀令君，也並非沒有人追求。

《代贈　楊柳路盡處》
　　楊柳路盡處，芙蓉湖上頭。
　　雖同錦步障，獨映鈿箜篌。
　　鴛鴦可羨頭俱白，飛去飛來煙雨秋。

〔譯文〕
　　在那楊柳遮蔭的路盡頭，開滿荷花曲江邊的小苑中，住著我心愛的戀人你。

　　小苑中雖然有著皇帝特許而種的名貴牡丹，平時用錦遮蓋著，主人生活優裕，但是她並不快樂，經常一個人手持箜篌對著池塘發呆。

　　她一次次地被派往外地出差，好羨慕池中雙雙對對鴛鴦，能與自己心愛的人能雙棲雙飛啊！

《偶題二首》
　　小亭閒眠微醉消，山榴海柏枝相交。
　　水紋簟上琥珀枕，旁有墮釵雙翠翹。

　　清月依微香露輕，麴房小院多逢迎。
　　春叢定是饒棲鳥，飲罷莫持紅燭行。
　　山榴即石榴，沈約有《詠山榴》。韓愈《杏花》：山榴躑躅少意思。
　　《西京雜記》：以竹為簾簾，為水文及龍鳳之象。〔唐〕李益《寫情》：水紋珍簟思悠悠。
　　《西京雜記》：趙昭儀上皇后飛燕遂三十五條，有……琥珀枕。
　　宋玉《招魂》：砥石翠翹，佳曲瓊些。曹植《七啟》：揚翠羽之雙翹。
　　枚乘《七發》：往來遊宴，縱姿於麴房隱間之中。
　　劉峻《廣絕交論》：敘溫奧則寒谷成喧，論嚴苦則春叢零葉。

〔譯文〕
　　在石榴、海棠樹蔭交叉亭子裏，睡著一個飲酒醉了的女子，

　　她躺在水紋竹席上，頭下墊著的是名貴的琥珀枕，枕旁有她落下的鑲嵌著翠羽的髮釵。

　　今晚月亮照得麴房小院依稀可見，露水也漸漸地下來了，可是客人們還在那裡高談闊論。

　　附近樹枝上棲息著的鳥兒也睡了，你醒來後不要拿著蠟燭照明賞花，要驚醒那些鳥兒的啊！

《可歎》
　　幸會東城宴未回，年華憂共水相催。
　　梁家宅裏秦宮入，趙后樓中赤鳳來。
　　冰簟且眠金縷枕，瓊筵不醉玉交盃。
　　宓妃愁坐芝田館，用盡陳王八斗才。

東城在洛陽宮城東、含嘉倉南。

　　《後漢書·梁冀傳》：冀愛監奴秦宮，管制太倉令，得出入壽（冀妻孫壽）所。壽見宮，即屏御者，託以言事。因與私焉。

　　干寶《搜神記》：漢代十月十五日，以豚酒入靈女廟，擊筑奏曲，連臂躡地為節，歌《赤鳳來》，巫俗也。

　　趙飛燕和趙合德是漢成帝寵妃。《飛燕外傳》：后所通宮奴燕赤鳳者，雄捷能超館閣，兼通昭儀。時十月十五日，宮中故事上靈女廟，是日吹塤擊鼓，連臂踏地，歌《赤鳳來》曲，后謂昭儀曰：「赤鳳為誰來？」昭儀曰：「赤鳳自為姐來，寧為他人乎？」

　　曹植《洛神賦》：黃初中入朝，帝示植甄后玉縷金帶枕。

　　《拾遺記》：崑崙山第九層，山形漸小狹，下有芝田、蕙圃，皆數傾，群仙種焉。崔融《賀芝草表》：靈草成田，聊比宓妃之館。

　　《韻府群玉》：謝靈運曰：「天下才共一斗，曹子建獨得八斗，我得一斗，自古及今，共享一斗。」

〔譯文〕
　　我與你在東城宴會上相遇，一直擔憂年華如水流逝，我們的年紀都已經不小了。

　　固然歷代都有宮廷私通先例，但是老是像那些人偷偷摸摸總不是個事，你我應該正式結婚才是。

　　我對你就像曹植當年對宓妃那樣深懷戀慕，始終不肯非禮交結。

　　你在皇家內道場整天發愁，可是你我怎樣才能最終結合呢？我就是像曹子建那樣才富八斗也沒有辦法啊！

《代董秀才卻扇》

莫將畫扇出帷來，遮掩春山滯上才。

若道團團似明月，此中須放桂花開。

《資治通鑑》：中宗戲竇從一，以老乳母王氏嫁之，令從一誦卻扇詩數首。注：唐人成婚之夕，有催妝詩、卻扇詩。

古代婚禮，新婦行禮時以扇障面，交拜後去扇，稱卻扇。庾信《梁上黃侯世子與婦書》：分杯帳裏，卻扇床前。何遜《看伏郎新婚詩》：何如花燭夜，輕扇掩紅妝。

班婕妤《怨歌行》：裁為合歡扇，團團似明月。

〔譯文〕

你董雙成用畫扇掩著走出羅帷，眉如春山，平日裏你詩思敏捷，如何今天卻扇詩寫不出來？還是我來代你作吧！

班婕妤的團扇詩滿是幽怨，如今皇帝又放出宮人的消息，想必大齡的你也終於可以完婚了吧！

大和三年己酉　公元 829 年

《宮　辭》

君恩如水向東流，得寵憂移失寵愁。

莫向花前奏花落，涼風只在殿西頭。

《樂府雜錄》：笛，羌樂也，有《落梅花曲》。

江淹《雜體詩・班婕妤詠扇》：竊愁涼風至，吹我玉階樹，君子恩未畢，零落在中路。

〔譯文〕

君王恩典就像東流水一樣沒有定準，往往得寵時憂慮他的意思會改變，失寵時則更成愁恨。

不要在花叢前演奏《落梅花曲》，你看那被遺棄的扇子就丟在宮殿西邊，千萬不要被君王一時恩遇迷惑啊！

《月　樓上與池邊》

樓上與池邊，難忘復可憐。

簾開最明夜，簟卷已涼天。

流處水花急，吐時雲葉鮮。

姮娥無粉黛，只是逞嬋娟。

《廟記》曰：建章宮北池曰太液，周圍十頃，有採蓮女鳴鶴之舟。

〔譯文〕

你住進龍首池邊高樓，又到太液池邊，我就知道已經沒有白頭偕老可能，但是我還是難以忘記在一起時光。

月明之時的洞房之夜已經過去好久，如今已是秋天，竹簟已經收起。

月光映照在池面上，雲朵好像是片片鮮活的荷葉。

你就像那月中的嫦娥，仗著自己年輕美貌不施脂粉，素面朝天。

《碧瓦》

碧瓦銜珠樹，紅綸結綺僚。

無雙漢殿鬢，第一楚宮腰。

霧唾香難盡，珠啼冷易銷。

歌從雍門學，酒是蜀城燒。

柳暗將翻巷，荷欹正抱橋。

鈿轅開道入，金管隔鄰調。

夢到飛魂急，書成即席遙。

河流沖柱轉，海沫近槎漂。

吳市蠨蛸甲，巴賓翡翠翹。

他時未知意，重迭贈嬌嬈。

劉駒騄：縹碧以為瓦。

《山海經·海外南經》：三珠樹在厭火北，生赤水上，其為樹如柏，葉皆為珠。

《女紅餘志》：燕昭王（姬平）賜旋娟以金梁卻月之釵，玉角紅綸之披。庾信詩：步搖釵梁動，紅綸披角斜。沈約《詠少年新婚》：紅綸映早寒，畫扇迎初暑。

左思《魏都賦》：皎日籠光於綺僚。

《西京賦》：衛后興於鬒髮。《漢武故事》：衛后子夫得幸，頭解，上見其美髮，悅之。

《後漢書·馬廖傳》：傳曰：楚王好細腰，宮中皆餓死。

《莊子·秋水》：子不見夫唾者乎？噴則大者如珠，小者如霧。趙壹《嫉邪賦》：勢家多所宜，咳唾皆成珠。夏侯湛《抵疑》：咳唾成珠玉，揮袂出風韻。

《列子》：韓娥東至齊，過雍門，鬻歌假食。既去，而餘音繞梁，三日不絕。

《國史補》：酒有劍南之燒春。

《搜神記》：杜蘭香數詣張朔，有婢子二人，大者萱支，小者松支，鈿車青牛上，飲食皆備。

鈿車，用金花釘在車轅上。白居易：曲江碾草鈿車行。

金管，用黃金鑲嵌的笙、簫。沈約：金管玉柱響洞房。李白：玉簫金管坐兩頭。杜甫《聽楊氏歌》：玉杯久寂寞，金管迷宮徵。

《中朝故事》：曲江池畔多柳，號曰柳衙。

《水經注》：砥柱，山名也，昔禹治洪水，山嶺當水者鑿之。故破山以通河，河水分流，山見水中如柱然，故曰砥柱也。三穿既決，水流疏分，指狀表目，亦謂之三門矣。

《辛氏三秦記》：河津一名龍門，去長安九百里，水懸絕，鱉魚之屬莫能上，江海大魚薄集於龍門下，上則化為龍矣，不得上，暴腮水次也。《通典》：同州韓城縣有龍門山，即禹「導河於龍門」是也。魚集龍門，上即為龍，皆在此。

《後漢書・杜篤》：海波沬血。

《博物志・雜說》：舊說云天河與海通，近世有人居海者，年年八月，有浮槎去來不失期。人有奇志，立飛閣於槎上，多齎糧，乘槎而去……茫茫忽忽，亦不覺晝夜，去十餘日，奄至一處，有城郭屋舍甚嚴，遙望宮中多織婦，見一丈夫牽牛渚次飲之。

《嶺表錄異》：蠦蜰俗謂之茲夷，產潮循山中，廣州巧匠取其甲為梳篦盅器之類。

《說文》：賨，南蠻賦也。《晉書・食貨志》：巴人輸賨布，戶一匹。

《炙轂子》：高髻名鳳髻，尚有珠翠翹。

《玉臺新詠》：漢宋子侯有董嬌嬈詩。李賀《惱公》：嬌嬈粉自紅。

〔譯文〕

你住在用青色顏料塗抹殿宇裏，正與你那被比作是「三英」和「三珠樹」的姐姐相配；皇帝又賜你紅綸巾，用來裝飾窗戶，顯得十分富麗。

你的頭髮如同漢后衛子夫那樣讓人喜悅，細腰比當年楚宮中的宮女還要苗條。

你們姐妹身份尊貴，以致唾咳皆為珠玉。

你歌唱得好，如韓娥繞梁三日不絕；你們宴會所用的酒是專門從蜀國運來的劍南春。

你們姐妹住所附近有著柳樹濃蔭，池中荷花一直伸展到橋的兩邊。

你們姐妹下朝回來時坐著用金花螺鈿鑲嵌輈車，要撥開柳條翻卷巷子才能回到自己曲江邊的宅子，而你正在隔壁屋子裏調試金管聲音。

　　我的魂魄在夢中能夠飛到你那裡，但我寫信的時候卻感到即使同坐在一席上也那麼遙遠。

　　我就像那希望躍上龍門的鯉魚，在黃河砥柱一帶的水流中打漩，又像海水中的泡沫，雖然總是隨著航行的船，但總是難以接近。

　　你頭上插的是廣州玳瑁押髮，用的是巴國進貢賓布和翡翠釵，符合后妃身份。

　　以前友人們把你比作王母身邊的雙成，要知道李賀《惱公》詩中「嬌嬈粉自紅」中的「宋玉」就是指的你啊！我這首詩就和他的詩一起贈給你吧！

《謔柳》
　　已帶黃金縷，仍飛白玉花。
　　長時鬚拂馬，密處少藏鴉。
　　眉細從她斂，腰輕莫自斜。
　　玳梁誰道好，偏擬映盧家。

劉禹錫《楊柳枝詞》：千條金縷萬縷絲。

晉《樂府》：願看楊柳樹，已復藏斑鴉。

《玉臺集‧近代雜歌》：暫出白門前，楊柳可藏鴉。

梁元帝：柳葉生眉上。

庾信：上林柳腰細。杜甫：隔戶楊柳弱嫋嫋，恰似十五女兒腰。

蕭衍《河中之水歌》：河中之水向東流，洛陽女兒名莫愁，十五嫁作盧家婦，十六生兒名阿侯。盧家蘭室桂為梁，中有鬱金蘇合香。

沈佺期《古意》：盧家少婦鬱金堂，海燕雙棲玳瑁梁。

〔譯文〕
　　柳梢露出嫩黃色芽尖才不久，又飛開了飄飄揚揚的柳絮，時節變化得真是快啊！不知不覺又到了春末。

　　街巷兩邊的柳條長長的，連騎馬都難以通過，密密的樹枝中藏著鴉雀的窩。

　　柳葉細細，就像你經常低垂著的眉，柳枝搖搖，則是你那善舞的腰肢；只是你千萬不要屈身自辱啊！

　　擁有玳瑁梁郁金堂的盧家，為什麼偏偏看中了你莫愁呢？

《牡丹》
　　錦帷初卷衛夫人，繡被猶堆越鄂君。
　　垂手亂翻雕玉佩，折腰爭舞鬱金裙。

石家蠟燭何曾剪，荀令香爐可待薰？

我是夢中傳彩筆，欲書花雲寄朝雲。

《典略》：夫子見南子在錦幃之中。

衛夫人，又稱魏夫人，為善書者，衡山有魏夫人廟。

《說苑·善說》：鄂君子晳之泛舟於新波之中也，乘青翰之舟，張翠蓋而檢犀尾。會鍾鼓之音畢，榜枻越人擁楫而歌曰：「今夕何夕兮，搴舟中流；今日何日兮，得與王子同舟。蒙羞被好兮，不訾詬恥。心既煩而不絕兮，得知王子。山有木兮木有枝，心悅君兮君不知。」於是鄂君乃揄修袂，行而擁之，舉繡被而覆之。

《樂府解題》：大垂手言舞耳垂其手，又有小垂手，及獨垂手。《樂府雜錄》：有大垂手、小垂手，或如驚鴻，或如飛燕。

《西京雜記》：戚夫人能作微翹袖折腰之舞，歌《出塞》、《入塞》、《望歸》之曲。

宋之問：鏤金羅袖鬱金裙。

《後漢書》：梁冀妻孫壽善為妖態，作折腰步。

《世說》：石崇以蠟燭代薪。

《後漢書·魏志》：荀彧字文若，為漢侍中、守尚書令。曹公征伐在外，軍國之事皆與彧籌，稱荀令君。

習鑿《襄陽記》：劉季和曰：「荀令君至人家，坐處三日香。」

《南史·江淹傳》：又嘗宿於冶亭，嘗夢一丈夫，自稱郭璞，謂淹曰：「吾有筆在卿處多年，可見還。」淹乃探懷中，得五色筆一支以授之，而後為詩，絕無美句，時論謂之才盡。

《高唐賦》：昔者楚襄王與宋玉遊於雲夢之臺，望高唐之觀，其上有雲氣。山翠兮直上，忽兮改容，須臾之間，變化無窮。王問玉曰：「此何氣也？」玉對曰：「所謂朝雲者也。」王曰：「何謂朝雲？」玉曰：昔者先王嘗遊高唐，怠而晝寢，夢見一婦人曰：「妾，巫山之女也，為高唐之客。聞君遊高唐，願薦枕席。」王因幸之，去而辭曰：「妾在巫山之陽，高丘之阻；旦為朝雲，暮為行雨。朝朝暮暮，陽臺之下。」旦朝視之，如言，故為立廟，號曰朝雲。

〔譯文〕

魏紫是牡丹中名品，就像當年我們湘川相識時見到衡山廟中錦幃層疊中善書的衛夫人；而紅牡丹花瓣重重疊疊如鄂君所擁繡被，如今我也像他那樣孤獨一身。

姿態萬方的綠牡丹，懷疑是否玉佩在臨風翻舞，就像你在皇帝面前作大垂手、小垂手之舞；姚黃又像穿著鬱金裙戚夫人和孫壽，翹袖折腰，搖盪招人。

　　深紅牡丹花如此豔麗欲滴，是不是當年金谷園中石崇的紅蠟燭呢？而白牡丹更是國色天香，何異於荀令君的奇香暗惹。

　　友人們將你們姐妹比作洛陽牡丹，如此絕代容華，慶幸我有江淹夢中彩筆還能描繪一二，借你的磨金箋，籍花瓣作詩，寄給你高唐神女朝雲吧！

《追代盧家人嘲堂內》
　　道卻橫波字，人前莫謾羞。
　　只應同淮水，長短入淮流。

傅毅《舞賦》：目流涕而橫波。

〔譯文〕

堂內既已眉目傳情，又何必人前謾作羞澀之態，遮遮掩掩的呢？
你就像那流入淮河的楚水，終究還是投入了皇帝的懷抱。

《聖女祠　松篁臺殿》
　　松篁臺殿蕙香幃，龍護瑤窗鳳掩扉。
　　無質易迷三里霧，不寒常著五銖衣。
　　人間定有崔羅什，天上應無劉武威。
　　寄問釵頭雙白燕，每朝珠館幾時歸？

　　唐代河南府宜陽有安樂宮、福昌宮等行宮。昌穀與蘭香神女上升處女幾山嶺阪相承，李賀有《蘭香神女廟》。

　　《後漢書·張楷傳》：楷字公超，性好道術，能作五里霧，是關西人裴憂亦能為三里霧。

　　《抱朴子·仙藥》：獵者於終南山中見一人，冬不寒，夏不熱，韓終服菖蒲十三年，……冬袒不寒。

　　《博異志》：貞觀中岑文本於山亭避暑，又叩門云：「上清童子元寶參」，衣淺青衣。文本問冠帔之異含曰含含僕外服圓而心方正正此是上清五銖衣。」又曰：「天衣六銖，尤細者五銖也。」此句暗含含君御狐白裘，焉念無衣客」之意。

　　《酉陽雜俎》：長白山西有夫人墓，魏孝昭之世，搜揚天下才俊，清河崔羅什弱冠有令望，被徵詣州，夜經於此，忽見珠門粉壁，樓臺相望。俄有一青衣出，語什曰：「女郎欲見崔郎。」什恍然下馬，入兩重門內有一青衣通問引前，什曰：「行李之中，忽蒙厚命，素既不序，無宜深入。」青曰：「女郎乃平陵劉府君之妻，侍中吳質之女。府君先行，故欲相見。」什遂前，入就床坐。其女在戶東立，與什敘溫涼（寒暄），室

內二婢秉燭，呼一婢女以玉夾膝置什前。什素有才藻，頗善諷詠，雖疑其非人，亦惬心好也。女曰：「比見崔郎息駕庭樹，嘉君吟嘯，故欲一敘玉顏。」什遂問曰：「魏帝與尊公書，稱尊公為元成令，然否？」女曰：「家公元城之日，妾生之歲。」什乃與論漢魏時事，悉與《魏史》符合。言多不能碑載。什曰：「貴夫劉氏，願告其名。」女曰：「狂夫劉孔才之第二子，名瑤，字仲璋，比有罪被攝，乃去不返。」什乃下床辭出，女曰：「從此十年當更相逢。」什遂以玞瑁簪留之，女以指上玉環贈什。什上馬行數十步，回顧乃見一大冢。什屆歷下，以為不祥，遂請僧為齋，以環布施。天統末，什為王事所牽，築河於桓冢，遂於幕下話斯事於濟南奚叔布。因下泣曰：「今歲乃是十年，可如何也作罷。」什在園中食杏，唯云：「報女郎信。」俄即去。食一杏未盡而卒。什十二為郡功曹，為州里推重，及死，無不傷歎。

　　道源注：《神仙感應錄》：漢武威太守劉子南從道士尹公，授務成子螢火丸，佩之隱形，闢疫鬼及五兵、白刃、盜賊、凶害。永平間，與虜戰，矢下如雨，未至子南馬數尺，輒墮地，終不能傷。

　　《杜蘭香別傳》曰：「香降張碩，既成婚，香便去，絕不來。年餘，碩忽見香乘車山際，碩不勝悲喜，香亦有悅色。言語頃時，碩欲登其車，其婢舉手排碩，凝然山立，碩復於車前上車，奴攘臂排之，碩於是遂退。」

　　《後漢書》：武威將軍劉尚。後歿於武陵蠻。

　　劉夢得《和樂天誚失婢榜者》：不逐張公子，即隨劉武威。

　　《洞冥記》：元鼎元年，起招靈閣，由神女留玉釵於帝，帝以賜趙婕妤。至元鳳中，宮人猶見此釵，共謀欲碎之。明但發匣，唯見白燕飛天上。後宮人學作此釵，因名玉燕釵，言吉祥也。

　　〔譯文〕
　　聖女祠座落在松竹叢生山岩中，以蘭蕙為帷幔，窗扉畫龍鳳於其上。
　　聖女杜蘭香朱門粉壁，華屋深居，她穿著輕紗五銖衣溫暖閒適，不知我的愁悶。
　　人間寒微之士中總會有可取之人，我就像年少被州人推重的崔羅什，是不是也要像他那樣與吳質之女相見之後十年死去呢？你是不是心儀身居高位的將軍劉武威呢？
　　問一下頭上插著釵頭雙燕的你，是不是預示著吉祥？你究竟什麼時候才能回到自己的家呢？

　　《夜思》
　　銀箭耿寒漏，金釭凝夜光。

彩鸞空自舞，別雁不相將。

寄恨一尺素，含情雙玉璫。

會前猶月在，去後宵始長。

往年經春物，前期託報章。

永令虛綵枕，常不掩蘭房。

覺動迎猜影，疑來浪認香。

鶴應悲露警，蜂亦為花忙。

古有陽臺夢，今多下蔡倡。

何為薄冰雪，消瘦滯非鄉。

《續漢書》：孔壺為漏，浮鑒為刻，下漏數刻，以考中星魂明星焉。

《詩經》：雖則七襄，不成報章。

《毛詩·唐風·葛生》：角枕粲兮，錦衾爛兮。

宋玉《諷賦》：主人之女，乃更於蘭房芝室止臣其中。

《鶴林玉露·道藏經》：交則粉退，蜂交則黃退。

曹植《離友》：迄魏都兮息蘭房，展宴好兮惟樂康。

王粲《七哀詩》：獨夜不能寐，攝衣起撫琴。

〔譯文〕

夜晚很是寒冷，我坐在燈旁難以入睡，只見滴漏的水在不住流滴，時光正一點點地過去。

我看著你贈予我古鏡背面紋飾上的鸞鳳，它們各自在兩邊舞蹈，就像那年深秋別離的我和你。

我寄給你的詩信寫在素絹上，其中都是別離之恨，附上你以前送給我的雙玉璫，表示我對你的思念。

我們以前相會往往都在月明之夜，別離之後感到夜晚時光真是難捱啊！

去年春天你進入宮中，原來你的消息還可以通過報章知道一二，如今則是音訊皆無。

我獨自枕著錦繡枕頭被褥好久都不能入睡，想必你也如宓妃獨居，總是想起洞房的被衾而希望我能來看你吧？

看到簾子在動我就以為你來了，甚至聞到了你身上發出的香味。

鶴因為夜晚的寒露而鳴叫報警，蜜蜂為百花盛開而忙碌，我一直在為你擔心和奔忙。

古代楚襄王經過陽臺而有神女之會，如今聽說你宋玉在下蔡的歌唱傾倒了許多人。

如今天氣寒冷，大約消瘦許多吧？

《天平公座中呈令狐令公，時蔡京在座，京曾為僧徒，故有第五句》

罷執霓旌上醮臺，慢妝嬌樹水晶盤。

更深欲訴蛾眉斂，衣薄臨醒玉豔寒。

白足禪僧思敗道，青袍御史擬休官。

雖然同是將軍客，不敢公然仔細看。

《舊唐書·志》云：中書有中書令。唐之宰相曰同中書，令狐楚雖未至中書令，但（元和十四年）「七月，皇甫鎛薦楚入朝，自朝議郎受朝議大夫、中書侍郎、同平章事，與鎛同處臺衡，深承顧持。」（《舊唐書·列傳第一百二十二·令狐楚》）故稱其為「令公」

《唐詩紀事》：令狐文公在天平後堂宴樂，蔡京時在座。

《高唐賦》：霓為旌，翠為蓋。

《太真外傳》：成帝獲飛燕，身輕欲不勝風，恐其飄飄，帝為造水晶盤，令宮人掌之而歌舞。

《法苑珠林》：魏太武時，沙門曇始甚有神異，足不躡履，跣行泥穢中，色白如面，俗號白足阿練也。

《唐語林》：邕州蔡大夫京者，故令狐相公楚鎮滑臺之日，因道場中見，於僧中令京挈瓶缽，彭陽公曰：「此子眉目疏秀，進退不儡，惜其卑幼，可以勸學乎？」師從之，乃得陪相國子弟。後以進士舉上第，尋又登學究科，而作尉幾服。既為御史，復獄淮南，李相紳憂悸，而已頗得繡衣之稱。謫居澧州，為李員外立所辱。稍遷撫州刺史，作詩責商山四老：「秦末家家思逐鹿，商山四老獨忘機。如何鬚髮霜相似，更出深山定是非？」及假節邕交，道經湖口。陵鄭太守史，與京同年，遠以酒樂相迎。坐有瓊枝者，鄭之所愛；蔡強奪之，鄭莫之競。邕交所為，多如此；為德義者見鄙。行泊中興頌所，電勉不前，題篇久之，似有悵悵之思。才到邕南，制御失力，伏法湘川。論者以妄責四皓，而欲買山於浯溪之間，不徒言哉！詩曰：「停橈積水中，舉目孤煙外；借問浯溪人，誰家有山買？」（古典文學出版社，1956年版，第247頁。）

《北夢瑣言》：唐張策早為僧，敗道歸俗，後為梁相。

《唐六典》：袍制有五，一曰青袍。按：幕官帶御史銜者。劉得仁有《送蔡京侍御赴大梁幕》

〔譯文〕

她曾為道姑，而今又為舞姬，薄施脂粉在水晶盤上舞蹈。等到深夜公宴結束，她似有心事要訴說而蛾眉低斂，因為被人勸酒而醉的酡紅此時也漸漸消退，薄薄的衣服透露出肌膚像白玉那樣冷豔。

她的俏麗使得在座者都為之傾倒，以至於蔡京這個曾為僧徒的官吏都有些坐不住，如果與她相伴而必須付出代價的話，我想他在當和尚時也會敗道，現在也寧可丟官不當御史。

我與他蔡京雖然都是令狐將軍幕客，但是我不敢公然仔細地盯著她看啊！

大和四年庚戌　公元 830 年

《春日》
欲入盧家白玉堂，新春催破舞衣裳。
蝶銜紅蕊蜂銜粉，共助青樓一日忙。

〔譯文〕
你和你姐姐就像短羽雙燕，棲息在華堂房梁上，
又像那鳳蝶黃蜂兒，忙著為皇家採花釀蜜。

《朱槿花二首》
蓮後紅何患，梅先白莫誇。
才飛建章火，又落赤城霞。
不卷錦步障，未登油壁車。
日西相對罷，休沐向天涯。
勇多侵露去，恨有礙燈還。
嗅自微微白，看成沓沓殷。
坐來疑物外，歸去有簾間。
君問傷春句，千詞不可刪。
《南方草木狀》：朱槿花，莖葉皆如桑，高止四五尺。自二月開，至中冬歇。花深紅色，大如蜀葵，有橢一條，長於畫葉，上綴金屑，日光所爍，疑若焰生。一叢數百朵，朝開暮落，插枝即活。一名赤槿，亦名日及。即今佛桑花、扶桑花。

《漢書》：太初元年，柏梁殿災，越巫勇之曰：「越俗，有火災，復起屋，必以大，用勝服之。」於是作建章宮。

庾子山《枯樹賦》：建章三月火。

《會稽記》：天台赤城山土色皆赤，岩岫連杳，狀若雲霞。《天台山賦》：赤城霞起而建標。

《晉書》：石崇與王愷奢靡相尚，愷作紫絲步障四十里，崇以錦步障五十里敵之。

古詩《蘇小小歌》：妾乘油壁車，郎騎青驄馬。何處結同心，西陵松柏下。

《唐類函》：休假亦曰休沐。鮑照詩：休浣自公日，宴慰及私辰。

《莊子》：顏回曰：「回坐忘矣，墮肢體，黜聰明，離形去知，此謂坐忘。」

〔譯文〕

蓮花紅了，我們無法見面，梅花開了，你又不知到哪去了，要見一面真是好難啊！

你三月間才到建章宮，七月就被派往天台；

年前從河陽宮來，今年等不到牡丹花開，又乘車去了蘇小小墓的嘉興，你我真是離多聚少啊！

我公事之餘休浣之日來，總是見不到你的面，只能遙想你如今在天涯的哪一方。

我早上很早就到你們曲江別宅，直到晚上萬家燈火時才懷著對你的怨恨回去。

你對我感情多變，就像那槿花，早上看還是白的，到了晚上就變成紅色的了。

這次你到底又去了哪裏呢？我坐在這裡百思不解。

你問我春天以來寫了那些傷感的詩句，何止是千句啊！

大和五年辛亥　公元 831 年

《如有》

如有瑤臺客，相難復索歸。
芭蕉開綠扇，菡萏薦紅衣。
浦外傳光遠，煙中結響微。
良宵一寸焰，回首是重帷。

《離騷》：望瑤臺之偃蹇兮，見有娀之佚女。

梁費泉《陽春發和氣》：拂袖當留客，相逢莫相難。

《水經注》：巫山者，帝女居焉。宋玉謂帝之季女，名曰瑤姬，未行而亡，封於巫山之陽，精魂為草，實為靈芝。

《集仙篇》：雲華夫人名瑤姬，王母第二十三女。

《文心雕龍》：林籟結響，調如竽瑟。

〔譯文〕

你就像那炎帝的孫女、王母的女兒瑤姬，住在三面環水山上；你總是這樣難為我、氣我，但是我這個凡人還是迷戀你，還是要來看你。

如今芭蕉已經長大，葉片如同綠扇一樣張開；荷花也開始穿上紅色衣裳，又是半年時間過去了。

房中燈光透過簾子從水面上傳得很遠，蠟燭一次次地結出燭花，又一次次地發出爆裂聲音。

俗話說：「春宵一刻值千金」，且留著那一寸的蠟燭隨它慢慢地熄滅吧，你我還是早點就寢的好。

《為有》

為有雲屏無限嬌，鳳城寒盡怕春宵。

無端嫁得金龜婿，辜負香衾事早朝。

《西京雜記》：趙飛燕為皇后，其女弟在昭陽殿遺飛燕……五明扇、雲母屏風、琉璃屏風。

梁戴嵩：丹鳳俯臨城。趙次公杜注：秦穆公女弄玉吹簫，鳳降其城，因號丹鳳城，其後言京都之盛為鳳城。

《唐書》：天授二年，改佩魚皆為龜。三品以上龜袋飾以金。

〔譯文〕

你就像那屏風上畫的仕女嬌美無比，因為初春天氣寒冷不肯起床而撒嬌。

你弄玉怎麼會嫁給我蕭史的呢？因為早朝必須早起而不能怕冷啊！

《九成宮》

十二層城閬苑西，平時避暑拂虹霓。

雲隨夏后雙龍尾，風逐周王八駿蹄。

吳岳曉光連翠巘，甘泉晚景上丹梯。

荔枝蘆橘沾恩倖，鸞鵠天書濕紫泥。

《新唐書‧地理志》：（九成宮）在鳳翔麟游西五里，本隋仁壽宮，貞觀五年復置，周垣千八百步。

《集古錄》：太宗避暑於宮中，以杖琢地，得水而甘，因名醴泉。

《水經注》：崑崙天墉城有金臺五所，工樓十二。劉禹錫：十二碧城何處所。

〔齊〕王融《望城行》：金城十二重，雲氣出表裏。

《西都賦》：虹霓迴帶於棼楣。

《漢書·外戚傳》：趙昭儀居昭陽舍，壁帶往往為黃金釭。釭，宮殿壁門橫木裝飾。

甘泉宮，漢代離宮。

《西王母傳》：王母所居，在崑崙之圃，閬風之苑。

《山海經·海外西經》：大樂之野（今山西太原），夏后啟於此舞九代（馬名），乘兩龍，雲蓋三層。

《博物志》：夏德之盛，二龍降之，禹使范成光御之行域外，既周而遭。

《穆天子傳》：天子之駿，赤驥、盜驪、白羲、踰輪、山子、渠黃、華騮、綠耳。

《山海經》：吳山之峰，秀出雲霄，山頂相捍，望之常有落勢，其位西方，故曰西鎮。

《元和郡縣志》：雍州吳山，秦為西嶽，今為國之西鎮。

司馬相如《上林賦》：盧橘夏熟。即今金橘。

〔梁〕庾肩吾《書品》：波回墮鏡之鸞，楷顧雕陵之鵲。《漢書儀》：皇帝信璽六，皆以武都紫泥封之，青囊白素裏，兩端無縫。

《漢舊儀》：天子信璽六，皆以武都紫泥封之，青囊白素裏，兩端無縫。《西京雜記》：（漢）中書以武都紫泥為璽室，加綠綈其上。

〔譯文〕

你隨皇帝去了九成宮，那裡是皇家避暑的地方，山上宮殿高得好像快要接到天上的虹霓。

你就像趙昭儀方大幸，常從法駕，車馬就像隨著夏后啟所乘雙龍飛昇雲彩，我也像穆天子駕著風一樣八匹駿馬趕到了鳳翔麟游。

九成宮附近吳山五峰遠眺崢嶸排空，如芙蓉盛開，雲霧繚繞，嵐光滴翠；你就像當年的李夫人，得到皇帝恩寵，好比登上了天梯。

皇帝賜給你金橘，就像當年唐玄宗賜予楊貴妃荔枝；因為書法美妙你被封為御前文書、宣詔女官，在所抄寫的皇帝詔書上蓋上紫泥封印。

《無題　鳳尾香羅》

鳳尾香羅薄幾重，碧紋圓帳夜深縫。

扇裁月魄羞難掩，車走雷聲語未通。
曾是寂寥金燼暗，斷無消息石榴紅。
斑騅只係垂楊岸，何處西南任好風。

織成鳳尾紋的薄羅。《白氏六帖》：鳳文、蟬翼並羅名。《黃庭經序》：盟以金簡鳳文之羅四十丈。

白樂天《青氈帳》：有頂中央聳，無隅四向圓。指婚禮用的百子帳。

古代結婚時，有人拿著長柄扇子在兩旁遮掩著新娘，像後代遮在新娘臉上的紅巾。唐人成婚之夕，有催妝詩、卻扇詩。

班婕妤：裁為合歡扇，團團似明月。《樂府・團扇郎歌》：憔悴無復理，羞與郎相見。

司馬相如《長門賦》：雷殷殷而響起兮，聲象君之車音。賈誼《惜誓》：載玉女於後車。

徐彥伯：玉盤紅淚滴，金燼彩光圓。梁元帝《烏棲曲》：芙蓉為帶石榴裙。

斑騅：青白色的良馬。樂府《神絃歌・明下童曲》：陸郎乘斑騅，望門不欲歸。

曹植《七哀詩》：君若清塵路，妾為濁水泥，浮沉各異勢，會合何時協。願為西南鳳，長逝入君懷。君懷良不開，賤妾當何依？

〔譯文〕

得知皇帝即將放出宮女消息，你也十分高興吧？我好像看到你在深夜用鳳尾薄羅縫著淺綠色圓頂帳，心中充滿了對新生活憧憬的樣子。

你曾經給我定情的畫扇，我似乎想像得到你因為自己憔悴而羞得滿臉通紅的樣子；可是你乘在油壁車內經過夾城，直到走完都沒有說一句話。

我已經不知多少次寂寞地守著深夜暗淡的殘燈，但你還是音信全無，到今天一春又盡，石榴花已開。

我青白色的良馬繫在垂楊岸邊，待嫁女子應當歸到夫家；幾時有西南來的好風，可以把你送到我這兒來呀！

重緯深下莫愁堂，臥後秋霄細細長。
神女生涯原是夢，小姑居處本無郎。
風波不信菱枝弱，月露誰教桂葉香。
直道相思了無益，未妨惆悵是清狂。

《舊唐書・音樂志》：《石城》宋臧質所作也。石城在竟陵，質為竟陵郡，於城上見一少年，歌謠通暢，因作此曲。《莫愁樂》出於《石城樂》。石城有女子，名莫愁，

善歌謠……故歌云：莫愁在何處，莫愁石城西，艇子打兩槳，催送莫愁來。

　　相傳小姑是漢朝秣陵尉蔣子文第三妹，吳國孫權為蔣子文在鍾山立廟，小姑也為奉為神。《古樂府・青溪小姑曲》：開門白水，測近橋樑，小姑所居，獨處無郎。

　　吳均《續齋諧記》：會稽趙文韶，宋元嘉為東宮扶侍，廨在青溪中橋。秋夜步月，忽有青衣詣門相問，須臾女郎至，年可十八九許，容色絕妙，顧青衣取箜篌鼓之，留連宴寢。將旦，別去，以金簪遺文韶。明日，於青溪廟中得之，乃知昨所見青溪神女也。

　　《漢書・昌邑王傳》：清狂不惠。注：凡狂者，陰陽脈俱濁，今此人不狂似狂者，故言清狂也。或曰，色理清徐而不慧者曰清狂，如今白癡也。

　　杜甫：放蕩齊趙間，裘馬頗清狂。

〔譯文〕

　　皇帝不許你嫁人，為此善歌女子莫愁的居處垂下重重帷簾，秋天午後深閨愁臥，自傷身世，慢慢推移的時間就像那蠹兒慢慢地齧食著心靈。

　　你以為修道成仙就可以避免禍患，逃過這一劫，可是這只是個夢幻；要是你真的立志修道，就只能像青溪小姑那樣沒有情郎陪伴，一個人孤獨地生活一輩子了。

　　菱的根莖很弱，真不信如何能抵禦江上摧殘它的風波；月照和露滋使桂葉飄香，但主要是因為它內蘊芬芳，你們蘭心蕙質、正直高貴是不容懷疑的。

　　我對你的愛慕是沒有疑問的，僅僅說相思也已經不夠，即使有人說我因相思惆悵如白癡也沒有什麼不合適啊！

《鸞鳳》
　　舊鏡鸞何處，衰桐鳳不棲。
　　金錢饒孔雀，錦段落山雞。
　　王子調清管，天人降紫泥。
　　豈無雲路分，相望不應疑。

《南州異物志》：孔雀背及尾皆圓文五色，相繞如帶千錢。

《倉頡解詁》：山雞似鳳凰。《南越志》：增城縣多山雞，光色鮮明，五彩炫耀。

《列仙傳》：王子喬，周靈王太子晉也。好吹笙，作鳳鳴，遊伊洛之間。

《西京雜記》：武都紫泥為璽室，加綠綈其上。《隴右記》：武都紫水有泥，其色紫而黏，貢之以封璽書。古代詔書以紫泥封袋，上蓋印璽。

雲路：比喻仕途顯貴。劉禹錫《和蔡郎中尋豐安里舊居》：同學同年又同舍，許

君雲路並華轂。

〔譯文〕

鸞鳳鏡原先背面的鸞已經看不見，梧桐樹也殘缺不全，因而鳳凰也不肯在上面棲息了。

只有尾羽上帶著金錢孔雀和在錦段似草地上山雞還清晰可見。

那年我如王子晉那樣吹笙為你進宮送別，你如今成了皇帝身邊親信。

怎麼才能不分離呢？只是你我不要再互相猜疑，希望早日破鏡重圓吧！

《日高》
　　鍍環故錦縻輕拖，玉匙不動便門鎖。
　　水精眠夢是何人？欄藥日高紅髮我。
　　飛香上雲春訴天，雲梯十二門九關。
　　輕身滅影何可望？粉蛾黏死屏風上。

《黃庭經》：玉匙金鑰長完堅。注：《道經》云，善閉者無關鍵者不可開。

藥：芍藥。髮：髮髻矮墮。韓偓《香奩集》：酒蕩襟懷微髮我，春牽情緒更融怡。

宋玉《招魂》：君無上天些，虎豹九關，啄害下人些。

屈原《離騷》：吾令帝閻開關兮，倚閶闔而望予。

〔譯文〕

鍍金門把手上纏繞著的舊錦耷拉著，進出的門也已經鎖上了。

水精簾內睡著的人是誰呢？花欄裏芍藥盛開照著髮髻矮墮的內人。

她春情驪驪，可是宮門緊閉，無法與外面交通。

甚至蛾子也出不去，只好黏死在屏風上。

《效徐陵體贈更衣》
　　密帳真珠絡，溫幃翡翠裝。
　　楚腰知便寵，宮眉正鬥強。
　　結帶懸梔子，繡領刺鴛鴦。
　　清寒衣省夜，金門熨沉香。

《史記》：衛子夫衛平陽公主歌者。武帝過平陽主，既飲，歌者進，上獨悅子夫。是日武帝起更衣，子夫侍尚衣軒中，得幸。

《杜陽雜編》：同昌公主堂中設連珠之帳。古詩：醉後佳人脫錦袍，美人扶入真珠帳。

宋玉《招魂》：翡帷翠幬，飾高堂些。

《古今注》：魏宮人好畫長眉，今多作翠眉驚鶴髻。

《本草》：梔子花六出，甚芳香，俗說即西域詹葡花也。庾信：不如山梔子，猶解結同心。

《漢書》廣川王去姬為去刺方繡領。

梁簡文帝：熨斗金塗色。

〔譯文〕

你是皇家女學士，如徐陵文辭優美，同時又如漢武帝的衛子夫，因為歌唱而得寵幸，住在真珠為帳，帷幕帳鉤用翡翠製成的宮中。

只要看到你腰細柔軟就知道皇帝喜歡你，還在與其他妃嬪之間爭強爭勝，不服氣她們僅僅依靠姿色得寵。

你所繫帶子上繡著梔子花，領子上有鴛鴦圖案，這些都是夫婦同心的標誌，可是你我不能團聚。

你因為受到懲罰而從女史貶為尚衣，在尚宮處為皇家作裁縫，默默地在熨衣。

《破鏡》

　　玉匣清光不復持，菱花散亂月輪虧。

　　秦臺一照山雞後，便是孤鸞罷舞時。

《飛燕外傳》：飛燕始加大號，婕妤奏上三十六物以賀，有七尺菱花鏡一奩。

庾信《鏡賦》：臨水則池中月出，照日則壁上菱生。

《皇宋類苑》宋神宗熙寧末，齊南陵耕者，破家得古鏡大小二枚，其背郭有字曰：「……白玉芙蓉匣，翡翠瓊瑤帶。」

庾信《鏡賦》：玉匣聊開鏡。臨水則池中月出，照日則壁上菱生。

《列仙傳》：蕭史者，秦穆公時人也，善吹簫，能致白鵠孔雀於庭，穆公有女字弄玉，好之，公遂以女妻焉，日教弄玉作鳳鳴，居數年，吹似鳳聲，鳳凰來止其屋。公為作鳳臺，夫婦止其上不下，一旦皆隨鳳凰飛去。

《嶺南異物志》：交阯郡人多養孔雀……又養其雛為媒，旁施網罟，捕野孔雀。

《異苑》：山雞愛其毛羽，映水則舞。魏武時南方獻之，公子蒼舒令置大鏡其前，雞鑒影而舞，不知止，遂乏死。

〔譯文〕

你如今的脾氣是越來越大，鏡子都被你打破了，原先臨水則池中月出、照日則壁上菱生的鏡面，如今全都破碎。

自從你隨皇帝到天台山以雉媒獵取山雞之後，我就知道和你弄玉婚姻岌岌可危，獨處無聊，就像鏡子背面的孤鸞一樣；早就知道與你的關係不可能長久，何況你現在又親手把送我的鏡子打破了呢！

《代應二首　溝水分流》

溝水分流西復東，九秋霜月五更風。

離鸞別鳳今何在？十二玉樓空更空。

昨夜雙鉤敗，今日百草輸。

關西狂小吏，唯喝繞床盧。

王褒：東西御溝水。

卓文君：今日斗酒會，明日溝水頭。蹀躞御溝上，溝水更東流。

《西京雜記》：慶安世年十五，為成帝侍中，能為雙鳳離鸞曲。陶潛：上弦驚別鶴，下弦操孤鸞。李賀：離鸞別鳳煙梧中。

周處《風土記》：義陽臘日飲祭之後，叟嫗兒童為藏鉤之戲，分為二曹以校勝負。

《荊楚歲時記》：五月五日，四民並踏百草。今人又有鬥百草之戲。《歲華紀麗》端午結廬鬥百草。劉禹錫：若共吳王斗百草，不如應是欠西施。

《史記‧李斯傳》：年少時為郡小吏。

《晉書》：劉毅於東堂聚樗蒲大擲，餘人並黑犢以還，唯劉裕及毅在後。毅次擲得雉，大喜，繞床叫曰：「非不能盧，不事此耳。」裕因接五木久之，曰：「老兄試為卿答。」繼而四木俱黑，一子轉躍未定，裕厲聲喝之，即成盧。《南史‧鄭鮮之傳》：武帝得盧，毅舅鮮之大喜，徒跣繞床大叫，聲聲相須。毅甚不平，謂之曰：「此鄭君何為者？」

〔譯文〕

御溝水由東向西流淌著，九月深秋的霜，五更的風，使人感到陣陣涼意。

卓文君見不到不久前還與之「斗酒」的司馬相如；而我（相如）在此空望，亦如鸞鳳分離；如今你不在宮中，又去了何方？

不久前你還在宮中與人作「鬥草」的遊戲，

如今到了關西，是不是也如在江東也與宋武帝劉裕作起了輸贏？

大和六年壬子　公元 832 年

《細雨成詠獻尚書河東公》
灑砌聽來響，捲簾看已迷。
江間風暫定，雲外日應西。
稍稍落蝶粉，斑斑融燕泥。
飄萍初過沼，重柳更緣堤。
必擬和殘漏，寧無晦暝鼙。
半將花漠漠，全共草萋萋。
猿別方長嘯，鳥驚始獨棲。
府公能八詠，聊且續新題。

唐時幕僚稱節度使為「府公」。
東陽太守沈約作八詩題於玄暢樓而為「八詠樓」。

〔譯文〕
細雨落在臺階上沙沙地響，捲起簾子往外看時迷迷濛濛一片。
曲江上風暫時不刮了，已經是午後天氣了吧？
蝴蝶雙飛，燕子正在壘窩。
浮萍被飄到池中，柳條在岸邊開始成蔭。
她宋若荀在宮中孤獨寂寞，守著殘漏，皺著眉頭。
春末花落，草長萋萋。
我與她因「受驚」而被迫分離，過著獨居生活。
你河東公柳公綽不僅能領兵打仗，也是文詞優秀名士，如今出題「細雨」，暫且
和上一首吧！

《垂柳　垂柳碧鬖髿》
垂柳碧鬖髿，樓昏雨帶容。
思量成畫夢，束久發春慵。
梳洗憑張敞，乘騎笑稚恭。
碧虛隨轉笠，紅燭近高春。
怨目明秋水，愁眉淡遠峰。
小欄花盡蝶，靜院醉醒蛩。
舊作琴臺鳳，今為藥店龍。

實畚拋擲久，一任景陽鐘。

《唐詩紀事》：李商隱賦云：「豈如河畔牛星，隔歲只聞一過；不比苑中人柳，終朝剩得三眠。」注：漢苑中有人形柳，一日三起三倒。

《漢書》：張敞為婦畫眉，長安中傳張京兆眉憮。

《世說心語》：庾（翼，字稚恭），嘗出未還，婦母阮是劉綏妻，與女上安陵城樓上。俄傾翼歸，策良馬、盛輿衛，阮語女：「聞庾郎能騎，我何由見得？」婦告翼，翼便為於道開鹵簿，盤馬，始兩轉，墮馬於地，意色自若。

虞昺《穹天論》：天形穹窿如笠，冒地之表。

《淮南子‧天文訓》：日……至於虞淵，是為高舂。注：虞淵，地名。地名，時加戌，民碓舂之時也。

《益都耆舊傳》：相如宅在少城中笮橋下，有琴臺在焉。司馬相如《琴歌》：鳳兮鳳兮歸故鄉，遨遊四海求其凰。

《古樂府‧讀曲歌》：自從別郎後，臥宿頭不舉。飛龍落藥店，骨出即為汝。

〔譯文〕

仲春垂柳枝葉已經碧綠蒙茸，柳邊小樓在雨中顯得朦朦朧朧。

春天人容易發困，你正在樓上小睡吧？

前不久你還笑我不會騎馬，現在自己卻病倒了；懶得梳洗，還是讓我來為你梳頭吧。

白天，你看著從洛陽移來的三起三倒柳樹默默無言；晚上我陪著你，紅蠟燭一直點到深夜。

你的眼睛明如秋水，長長的眉就像淡淡遠峰，可是流露出的是憂愁怨恨情緒。

如今百花已經盛開，蝴蝶和蜜蜂在花叢中飛舞，小院靜靜的沒有一點聲響，只有幾隻剛從休眠中醒來蟲兒在歌唱。

你在川中鳳凰臺奏琴時還很精神，可是之後你懨懨悶悶地一直生病，靠吃藥維持。

你的梳粧檯也久已不用，上面積滿了灰塵，雖然聽見宮中傳來鐘聲也不願梳洗。

《房中曲》

薔薇泣幽素，翠帶花錢小。

嬌郎癡若雲，抱日西簾曉。

枕是龍宮石，但見蒙羅碧。

憶得前年春，未語含悲辛。

歸來已不見，錦瑟長於人。

今日澗底松，明日山頭蘗。

愁到天池翻，相看不相識。

《舊唐書‧音樂志》：平調、清調，皆周《房中曲》之遺聲。

劉子：春花含日如笑，秋露泫葉如泣。

《周禮‧樂器圖》：繪文如錦，曰錦瑟。

左思《詠史》：鬱鬱澗底松。

《古樂府》：黃蘗向春生，苦心隨日長。

《莊子‧德充符》：雖田地復墮，亦將不與之遺。

〔譯文〕

薔薇早已過了盛花期，枝條長長地伸展著，花朵零零落落的好像只有錢幣那樣大小。

我守在你身邊，從昨天傍晚一直到今天拂曉，

你昏昏沉沉，發燒體溫很高，侍女不住地為你換冷毛巾敷在額上，水晶枕上只見綠色的布，看不到你的臉。

想起前年春天，你欲言又止的樣子，還沒有說話眼淚就下來了。

等我從遼州回來，你被關進了永巷，房中只有你彈過的錦瑟靠在牆邊。

我們倆人真是命苦啊！不是像澗底松樹曬不到太陽，就是像山頭長的黃連，心中盡是苦澀。

你我都一天到晚地愁，如今可不愁出病來了！你不要愁悶，即使到天地都翻轉過來，我都不會撇下你不管。

《和友人戲贈二首》

東望花樓會不同，西來雙燕新休通。

仙人掌冷三霄露，玉女窗虛五夜風。

翠袖自隨迴雪轉，燭房尋類外庭空。

殷勤莫使清香透，牢合金魚鎖桂叢。

迢遞青門有幾關？柳梢樓角見南山。

明珠可貫鬚為佩，白璧裁成且作環。

子夜休歌團扇掩，新正未破剪刀閑。

猿啼鶴怨終年事，未抵薰爐一夕間。

道源注：《開元遺事》：長安郭紹蘭嫁任宗，宗為商於湘中數年，音問不達。紹蘭語梁間雙燕，欲憑書寄於婿。燕子飛鳴，似有所諾，遂飛泊膝上。蘭乃吟詩曰：「我婿去重湖，臨窗泣血書。殷勤憑燕翼，寄於薄情夫。」任宗得書，感泣而歸。張說傳其事。

三霄：神霄、玉霄、太霄也。

《漢書・郊祀志》：武帝作柏梁、銅柱、承露仙人盤。

《周禮》「天官」、「春官」之屬皆有「女史」，掌管皇后禮儀、內府文史，四庫本「女史」作「玉女」。

《漢書・郊祀志》：戶縣有仙人玉女祠。魯靈光《殿賦》：神仙鬱鬱於棟間，玉女窺窗而下視。

嵩山有玉女臺，崔融《嵩山啟母廟碑》：「銘壇迤邐，斜分玉女之臺，碑闕相望，近對石人之廟。」

《圖經》：「嵩山玉女窗，漢武帝於窗中見玉女。」

杜甫：天寒翠袖薄。《洛神賦》：飄飄兮若流風之迴雪。

謝莊《月賦》：去燭房，即月殿。

〔梁〕簡文帝：夕門掩魚鑰。《芝田錄》：門鑰必以魚，取其不瞑目守夜之意。

《三輔黃圖》：都成東出南頭第一門，曰霸城門。民見門色青，名曰青城門，或曰青門，亦曰青綺門。

終南山在長安正南。

《拾遺記》：員邱之穴，洞達九天。中有細沙如流沙，可穿而結，因用為佩。此神蛾之矢也。

《韓詩外傳》：曾子曰：「君子有三言，可貫而佩之。」

《說文》璧，瑞玉環也。

《古今樂錄》：《團扇郎歌》者，晉中書令王珉好捉白團扇，與嫂婢謝芳姿有情好。嫂撻婢過苦，王東亭聞而止之。芳姿素善歌，嫂令歌一曲，當赦之。芳姿應聲而歌：「白團扇，辛苦五流連，是郎眼所見。」珉聞，更問：「汝歌何道？」芳姿即轉歌云：「白團扇，憔悴非昔容，羞與郎相見。」

宋之問：今年春色早，應為剪刀催。

〔譯文〕

望過去東面的花樓總是有人在，新近從華山歸來的姐妹倆為什麼不願意和我來往呢？

華山峰上道觀很冷，身為女史的她在那裡修道，

衣袖被風吹動，就像洛神隨山上還沒有化掉的雪在飛舞，清冷寂寞，殿外幾乎沒有旁人。

重門深鎖，外人難以接近。

長安東門究竟有幾重？你在那裡的樓上能看見南山嗎？

你們姐妹倆環佩叮咚，曾住在建章宮學士白壁門下，你如今又為中書省侍吏。

你不要唱《子夜歌》埋怨我，現今不是已經應了我的預言，你如秋天被棄團扇一樣被皇帝冷落了吧？曾被貶為宮中裁縫，正月還沒有動剪刀吧？

我和你終年相思相怨，不如一夕佳會談談心曲，解除誤會吧。

《別薛嵒賓》

曙爽行將拂，晨清坐欲凌。

別離真不那，風物真相仍。

漫水清誰照，衰花淺自矜。

還將兩袖淚，同向一窗燈。

桂樹乖真隱，芸香是小懲。

清規無以況，且用玉壺冰。

《拾遺記》：魏文帝所愛美人姓薛名靈芸。

庾信《對燭賦》：蓮帳寒擎窗拂曙。

不那，《廣韻》：俗云那事。

屈原《九章・悲回風》：觀炎氣之相仍兮。

《文選・招隱士》：桂樹叢生兮山之幽，偃蹇連卷兮枝相繚。《序》曰：招隱士者，淮南小山之所作也。

秘書省亦稱芸臺，謂芸香能避書蠹蟲。

《易》：小懲而大戒，小人之福也。《北夢瑣言・孟弘微躁妄》：貶其官，示小懲也。

《晉書・王承傳論》：素德清規，足傳於汗簡。鮑照詩：清如玉壺冰。駱賓王《上齊州張司馬啟》：加以清規日舉，湛虛照於冰壺。王昌齡詩：洛陽親友如相問，一片冰心在玉壺。

〔譯文〕

天將拂曉，空氣變得涼爽，我和你相對無言地坐著等天亮。

別離的滋味真不好受，炎熱天氣中植物與平時也沒有什麼兩樣。

長亭窗戶下水波是那樣清，可是我們誰也沒有心情去欣賞，旁邊即將衰敗的花也沒有人去注意。

你我只是同在燈下流淚。

桂樹悄悄隱去，不忍看我們的悲傷，皇帝對我們懲罰僅僅是開始，他的用意是以貶官使我不再與你來往。

你一心向道，遵守清規；我們之間愛情是純潔的，沒有什麼見不得人的，你只要自己相信自己清白，就不是什麼違反清規，正如鮑照《白頭吟》中說：「直如朱絲繩，清如玉壺冰」，你就不要過於自責吧！

《寄永道士》

共上雲山獨下遲，陽臺白道細如絲。

君今拼倚三珠樹，不記人間葉落時。

《真誥》：王屋山，仙之別天，所謂陽臺是也。始得道者，皆詣陽臺，是清虛之宮也。

《登真隱訣》：立冬日，陽臺真人會集列仙，定新得道人，始名入仙籙。

《舊唐書·隱逸道士·司馬承禎》：明皇以承禎王屋所居為陽臺觀，上自題額，遣使送之。

〔譯文〕

一起在王屋山學道，如今你還遲遲未下，山上的路細如絲，你是否在陽臺觀呢？

你以為靠著你那被稱為「三英」的姐姐在皇帝面前求情就可以化險為夷，難道你忘記了她也曾被皇帝懷疑，不一定保得住自己的地位嗎？何況現在只有你一個人呢？

大和七年癸丑　公元 833 年

《無題　白道縈回》

白道縈回入暮霞，斑騅嘶斷七香車。

春風自共何人笑，枉破陽城十萬家。

《魏武帝與楊彪書》：今賜足下畫輪四望通幰七香車兩乘。

何遜《七夕》：仙車駐七夕，鳳駕出天潢。

李白《洗腳亭》：白道向姑熟，洪亭臨道旁。〔清〕王琦注：人行跡多，草不能生，遙望白色，故曰白道，唐人詩多用之。

《古樂府‧神絃歌‧明下童曲》：陳孔驕，赭白陸郎乘斑騅。

曹操《與楊彪書》：今贈足下畫輪、四望、通幰七香車二乘。

崔護《提都城南莊》詩「去年今日此門中，人面桃花相映紅。人面不知何處去，桃花依舊笑東風。」

〔譯文〕

白色小道通向王屋山陽臺宮，你們姐妹所乘的七香車也駛入了暮霞之中，我就像乘蒼黑色馬的陸郎望著你們遠去。

春風昌昌，桃花盛開，如今真是應了「人面不知何處去，桃花依舊笑春風」的話了，早知道「伴君如伴虎」，宮廷中人事險惡，當年你又何必在河陽唱歌，引起別人的注意呢！

《代贈二首》

樓上黃昏欲望休，玉梯橫絕月中鉤。
芭蕉不展丁香結，同向春風各自愁。

東南日出照高樓，樓上離人唱《石州》。
總把春山掃眉黛，不知供得幾多愁。

畢燿：玉梯不得踏。

梁簡文帝：浮雲似帳月如鉤。

《本草》：丁香一名丁子香，生東海及崑崙國，杜甫詩：丁香體柔弱，亂結枝猶墊。

《古樂府‧陌上桑》：日出東南隅，照我秦氏樓。秦氏有好女，自名為羅敷。

江淹《倡婦自悲賦》：網羅生兮玉梯虛。

〔唐〕張說《戲題草樹》：戲問芭蕉樹，何愁心不開。

《樂苑》：石州，商調曲也。有「終日羅緯獨自眠」之句。

胡震亨《唐音癸籤‧卷十三》：中宗景龍初，知太史事夏葉志忠表稱：「受命之初，天下先歌英王《石州》。」

《西京雜記》：卓文君姣好，眉色如望遠山，臉際常若芙蓉。

《事文類聚》：漢明帝宮人掃青黛眉。

〔譯文〕

日落黃昏時就想見到樓上的女子，直到一輪新月升起像玉鉤一樣橫在半空中時還沒有見著。

看那芭蕉和丁香都鬱鬱寡歡，就像你我一樣有著相思之苦。

早上太陽出來照著高樓，樓上的人兒正在唱戍婦思夫《石州》曲，她的長眉因為夫婦不能諧合而離愁萬緒、鬱結難解。

她的眉黛像遠遠春山一樣好看，但是又能容得幾多愁緒呢？

《月夜重寄宋華陽姐妹》

偷桃竊藥事難兼，十二城中鎖彩蟾。

應共三英同夜賞，玉樓仍是水精簾。

《博物志・史補》：漢武帝好仙道，……王母乘紫雲車而至……王母索七桃，大如彈丸，以五枚與帝，母食二枚……帝曰：「此桃甘美，欲種之。」母笑曰：「此桃三千年一生實。」……時東方朔竊從殿南廂來牖窗中窺母，母顧之謂帝曰：「此窺牖小兒嘗三來盜吾此桃。」帝乃大怪之，由此世人謂東方朔神仙也。

〔齊〕王融《望城行》：金城十二重，雲氣出表裏。

《西王母傳》：王母所居，在崑崙之圃，閬風之域。按「閬苑」多比宮禁。

《毛詩・鄭風・羔裘》：三英璨兮。

宋之問：《明河篇》：水晶簾外轉委迤。

〔譯文〕

人間情愛與得道成仙難以兼得，你被監禁在冷宮中，只能在月下無奈地徘徊。

本來你應當得到同號為「三英」的姐姐一樣待遇，值此良宵應與皇帝同賞明月，而今玉樓上仍是掛著水精簾子，只有孤獨陪伴著你。

《哀箏》

延頸全同鶴，柔腸素怯猿。

湘波無限淚，蜀魂有餘冤。

輕帷長無道，哀箏不出門。

何由問香炷，翠幕自黃昏。

《史記・樂書》：師曠不得已，援琴而鼓之，一奏之，有玄鶴二八集乎廊門，再奏之，延頸而鳴，舒翼而舞。

《世說新語・黜免》：桓公（溫）入蜀，至三峽中，部伍有得猿子者，其母緣岸哀號，行百餘里不去，遂跳上船，至便即絕，破視其腹中，腸皆寸寸斷。

潘岳《籍田賦》：微風生於輕幰兮。

曹丕《與朝歌令吳質書》：高談娛心，哀箏順耳。

潘岳《籍田賦》：翠幕黙以雲布。

〔譯文〕

聽到你彈的箏聲，我如同聽師曠琴聲的鶴那樣被感動，又好像在你的箏聲中聽到肝腸寸斷猿的哭聲。

你的淚珠比湘江邊斑竹上的淚痕還要多，除了為自己還為謫死開州的宋申錫哭泣，我也如望帝那樣為分離傷心，並蒙上不白之冤。

你在冷宮中悶坐，不願意出房門，只傳來哀箏聲聲。

我只能從外面猜想你是否在燒香，可惜已近黃昏，隔著翠幕看不見香炷有否亮光。

人和八年甲寅　公元 834 年

《燕臺四首》

春

風光冉冉東西陌，幾日嬌魂尋不得。
蜜房羽客類芳心，冶葉倡條偏相識。
暖靄輝遲桃樹西，高鬟共立桃鬟齊。
雄龍雌鳳杳何許，絮亂絲繁天亦迷。
醉起微陽若初曙，映簾夢斷聞殘語。
愁得鐵網捐珊瑚，海闊天翻迷處所。
衣帶無情有寬窄，春煙自碧秋霜向。
研丹劈石天不知，願得天牢銷冤魄。
夾羅委篋單綃起，香肌冷襯錚錚佩。
今日東風自不勝，化作幽光入西海。

《寰宇記》：燕昭王金臺在易州易縣東南三十里。又有西金臺，俗呼此為東金臺。《圖經》：黃金臺，易水東南十八里，燕昭王置千金於臺上，以延天下士，謂之黃金臺。陳子昂《詠燕昭王》：南登碣石板，遙望黃金臺。丘陵盡喬木，昭王安在哉。

《戰國策》：郭隗先生曰：「王誠欲致士，先從隗始。」於是昭王為隗築宮而師之。唐人多稱節度使幕府為燕臺。

班固《終南山賦》：碧玉挺其阿，蜜房溜其顛。郭璞《蜂賦》；亦託名於羽族。班固《終南山賦》：碧玉挺其阿，蜜房溜其顛。

《晉書·天文志》：天牢六星在北斗魁下，貴人之牢也。

《封禪書》：東海致比目之魚，西海致比翼之鳥。

〔北周〕蕭撝《日出行》：昏昏隱遠霧，團團乘陣雲。正值秦樓女，含嬌酬使君。

《本草》：珊瑚似玉紅潤，生海地磐石上，一歲黃，三歲赤。海人先作鐵網沈水底，貫中而生，絞網出之，過時不取則腐。

《高唐賦》：雲無定所。孟浩然：江上空徘徊，天邊迷處所。

古詩：相去日已遠，衣帶日以緩。徐陵：愁來瘦轉劇，衣帶自然寬。

《呂氏春秋》：石可破也，而不可奪堅；丹可磨也，而不可奪赤。

李白《日出入行》：日出東方隈，似從地底來。歷天又復入西海，六龍所舍安在哉？其始與終古不息，人非元氣安得與其久徘徊。草不謝於東風，木不怨落於秋天。誰揮鞭策驅四運，萬物興息皆自然。羲和！汝奚汩沒於荒淫之波？魯陽何德，駐景揮戈？逆道違天，矯誣實多。吾將囊括大塊，浩然與溟涬同科。

〔譯文〕

這幾天來，芳影何在？我找了幾天也沒有你的蹤跡。

你說我像那蜜蜂採蜜尋找花朵，又像蜂房那樣心思多多，可是你和冶遊之人多半相識，與那些不正經的人來往，卻不願意和我相見。

我好像看見你們姐妹傍晚站在桃樹下，風姿綽約，樹冠剛好與你們的髮髻相齊。

你我之情究竟怎樣發展，使人心緒如柳絮般凌亂，對你的思念亦如游絲般紛繁，乃至上天也為之迷惑。

記得那天因為陶醉把夕陽誤認作朝陽，現在雖然已經過去很久，但是我好像還聽見你那天對著洞房簾子所說的話。

你憂愁會有禍災，就像珊瑚在大海中被鐵網所鎖，因而遲遲下不了決心；你又像那天上的雲，飄來飄去沒有定所，我在曲江邊徒然徘徊，不知如何才能與你見面。

沒有想到時間過去得飛快，春去夏來，很快就到秋天，相思會使得人消瘦許多。

我的心如同丹砂可以研碎，但不會失去紅色；如同石塊可以劈開，但不會失去堅定，我為你神思迷亂，情願被打入天牢。

從初春穿著夾衣開始我們交往，直到春末穿薄綢衣服，露出你手臂上帶的金鐲，一年又已經快過去了。

如今又是春天，南風漸起，牡丹也已經逐漸凋零，我惟有希望與你化作西海比翼之鳥，與駕馭日行萬里太陽車的羲和一起飛離這個地方，從此不再擔憂皇帝和監宮懲罰，也不怕春來秋去，時光逝去。

夏

前閣雨簾愁不卷，後堂芳樹陰陰見。

石城景物類黃泉，夜半行郎空柘彈。

綾扇喚風閶闔天，輕幨翠幕波淵旋。

蜀魂寂寞有伴未，幾夜瘴花開木棉。

桂宮留影光難取，嫣薰蘭破輕輕語。

直教銀漢墮懷中，未遣星妃鎮來去。

濁水清波何異源，濟河水清黃河渾。

安得薄霧起緗裙，手接雲軿呼太君。

　　玉華宮西宮地處珊瑚谷，為一甕形山谷，四季不進陽光，為天然消暑冷谷。玉華宮之皇帝別殿稱紫薇殿，有十三間。西宮為一高大峭壁，崖頂至谷底有 60 餘米，崖腰有一層石窟，上有瀉瀑，名曰水簾，又稱「飛泉瀑布」。

　　宋玉《諷賦》：君不禦兮妾誰怨，死日將至兮下黃泉。

　　何遜詩：柘彈隨珠丸，白馬黃金勒。

　　《文選注》：柘樹枝長而勁，鳥集之將飛，柘起彈鳥，鳥乃呼號，因名烏號弓。道源注：陳宮人喜於春林放柘彈。

　　《西京雜記》：長安五陵人以柘木為彈，真珠為丸，以彈鳥雀。何遜：柘彈隨珠丸，白馬黃金勒。

　　《蜀都賦》：鳥生杜宇之魄。

　　《廣志》：木棉樹赤花，為房甚繁。

　　《長安志》：未央宮漸臺西有桂宮，宮內有明光殿，皆金玉珠璣為簾箔，綴明月珠，金墀玉階，晝夜光明。

　　閶闔，天之南門，言南風來到。

　　曹植《洛神賦》：含辭未吐，氣若幽蘭。

　　星妃，指織女。王初詩：猶殘仙媛濺裙水，幾見星妃渡襪塵。

　　《戰國策》：齊有清濟濁河，可以為固。《韓非子》：清濟濁河，足以為限。《漢書·溝渠志》：時人歌曰：涇水一石，其泥數斗。

　　濟水：滎陽西北有滎澤，即《書·禹貢》中的滎波，和古代黃河中游及濟水相通；西漢以後漸淤為平地。又云濟水出自王屋山，潛行地下，至共山南，復出於東丘，遇空竇即湧出，如阿泉、趵突泉。李善注引孔安國《尚書注》：濟水入河，並流十數里，清濁異色，混為一流。阮籍《東平賦》：其外有濁合縈其滀，清濟蕩其樊。白居易

《效陶潛體詩十六首》：濟水澄而潔，河水渾而黃。交流列四瀆，清濁不相傷。

梁范靜妻沈氏《竹火籠》：氤氳擁翠被，出入隨緗裙。

《真誥》：駕鳳騁雲軿。軿，有布棚的車，古代婦女所乘。

〔梁〕范靜妻沈氏《竹火籠》：氤氳擁翠被，出入隨裙。

李白《桂殿秋》：仙女侍，董雙成，漢殿夜涼吹玉笙。曲終卻從仙宮去，萬戶千門惟月明。河漢女，玉連顏，雲軿往往在人間。九霄有路去無跡，嫋嫋香風生佩環。

〔譯文〕

前閣水簾淅淅瀝瀝地似斷似續，好像沒有捲起的簾子一樣；雖然夏天已經來到，但是因為陽光射不進來，加上後面堂屋旁邊的樹葉森森，更是使人感到涼意陣陣。

你莫愁所去之處就像是陰間，一點生氣都沒有，我晚上幾次用彈弓與你通消息，可是你沒有回答。

扇子已經開始用了，因為南風很大，吹拂得你所在宮殿裏的綠色帳幔一直在打波漩。

你又去了川中，我就像蜀帝死後魂靈化作的子規，在初夏木棉花開時節整夜啼叫，聲聲都在訴說著寂寞，情思鬱結沒有人可以訴說，你那裡現今正是木棉花開時節吧？

記得我們在桂宮附近紅樓相會，月華流轉，清光四射，難以攬取，你與我相對輕輕私語，氣息如蘭。

我真希望天上的銀河落入懷中，彼此能夠歡聚，免去你（織女）來去之苦。

難道我和你是濟水和河水，一清一濁，來自不同的源頭？難道你我真是仙凡隔路，不復重見？

什麼時候你改變主意，就像在湘中時王母的侍女董雙成那樣姍姍而來，我真要一邊迎接一邊感謝上天了。

秋

月浪衝天天宇濕，涼蟾落盡疏星入。

雲屏不動掩孤顰，西樓一夜風箏急。

欲織相思花寄遠，終日相思卻相怨。

但聞北斗聲迴環，不見長河水清淺。

金魚鎖斷紅桂春，古時塵滿鴛鴦茵。

堪悲小苑作長道，玉樹未憐亡國人。

瑤琴愔愔藏楚弄，越羅冷薄金泥重。

簾鈎鸚鵡夜驚霜，喚起南雲繞雲夢。

雙璫丁丁連尺素，內記湘川相識處。

歌唇一世銜雨看，可惜馨香手中故。

月曰金波，故言浪。

《丹鉛錄》：古人殿閣簷陵間有風琴、風箏，皆因風動成音，自叶宮商。李白《登瓦官閣》：四角吟風箏。

杜甫《同諸公登慈恩寺塔》：七星在北戶，河漢聲西流。

古詩：河漢清且淺。杜甫：七星在北戶，河漢聲西流。

道源曰，金魚，魚鑰也。丁用晦《芝田錄》：門鑰以魚者，取其不瞑目守夜之義。

《西京雜記》：飛燕為皇后，其女弟上遺鴛鴦褥。

《一品集》：平泉莊有剡溪之紅桂。《平泉山莊草木記》：紅桂，此樹白花紅心，因以為號。

《南史》：文惠太子求東田，起小苑。用陳後主事。

《三輔黃圖》：永巷，長也，宮中之長巷，幽閉宮女之有罪者。

嵇康《琴賦》：愔愔琴德，不可測也。杜預注：愔愔，安和貌。

《藝文類聚》：後漢蔡邕好琴道，每一曲置一弄。《琴曆》：琴曲有蔡氏五弄，又有九引，九曰楚引。《新唐書·禮樂志》：琴工猶傳楚漢舊聲及清調，蔡邕五弄，楚調四弄，謂之九弄。

《錦裙記》：惆悵金泥簇蝶裙。按：屑金以為物飾，名為泥金，泥金服飾，為華貴之服。

陸機：指南雲以寄欽。

《高唐賦序》：昔者楚襄王與宋玉遊於雲夢之臺，望高唐之觀。

《風俗通》：耳珠曰璫。王粲《七釋》：珥照夜之雙璫。

孟浩然：鬢鬟低舞席，衫袖掩歌唇。

〔譯文〕

月光如水，天空像被水洗過一樣；夜深了，月亮慢慢落下，星光逐漸顯露出來。

床前雲母屏風遮掩著我孤獨的哀傷，終夜聽到西樓簷邊風鈴急驟的響聲。

我很想寄上自己對你的相思，但終日相思卻又引出對你一意孤行、立志修道的怨恨。

我好像聽到銀河流過北斗水聲，只是不知銀河是清還是濁？是深還是淺？無法

來和你相見。

魚形的鎖鎖住了通往你所住地方，舊時承恩的席上落滿了灰塵。

可悲呀，你從江東歸來之後皇帝開始冷淡你，所住小苑成了禁閉你的永巷，當年歌舞《玉樹》之人如今失去皇帝寵信，又有誰復憐之？

你偷偷地彈奏瑤琴以驅寂寞，和美樂曲中似乎蘊含著當年你我湘川相識時的悲怨楚音；因為寂寞冷落，越地來的薄羅衣也好像因為泥金圖案而感到沉重。

你懨懨困悶，被簾鉤上的鸚鵡驚醒，不禁愁思纏繞，回憶起當年在雲夢一帶事情。

我用丁丁鳴響的雙玉瑲附在絹做的信中寄給你，信中說起我們在湘川初識時情景，

當年你的歌唱為世人所知，而今你還記得郢州時送我的詩稿嗎？雖經銜淚把玩，但是馨香如故，我是不會忘記過去的一切的。

冬

天東日出天西下，雌鳳孤飛女龍寡。
青溪白石不相望，堂中遠甚蒼梧野。
凍壁霜華交隱起，芳根中斷香心死。
浪乘畫舸憶蟾蜍，月娥未必嬋娟子。
楚管蠻弦愁一概，空城舞罷腰肢在。
當時歡向掌中銷，桃葉桃根雙姐妹。
破鬟倭墮凌朝寒，白玉燕釵黃金蟬。
風雨車馬不持去，蠟燭啼紅怨天曙。

杜甫：人生不相見，動若參與商。

《通義》：鳳凰，仁鳥也。雄曰鳳，雌曰凰。《左傳》：帝賜孔甲乘龍，河漢各二，有雌雄。

《古今樂錄》：神絃歌十一曲，五曰《白石郎》，六曰《青溪小姑》。《古樂府·青溪小姑曲》：開門白水，側近橋樑，小姑所居，獨處無郎。日暮風吹，葉落依枝。丹心寸意，愁君未知。

李賀：沙浦走魚白石郎。

《檀弓》：舜葬於蒼梧之野，二妃未之從也。

庾信詩：香心未啟蘭。李白詩：幽桂有芳根。

趙飛燕能作掌上舞。

張衡《靈憲》：姮娥託身於月，是為蟾蜍。

《六朝事蹟》：桃葉者，晉獻王之愛妾名，其妹曰桃根。《樂府》：桃葉復桃葉，桃樹連桃根。相憐兩樂事，獨使我殷勤。

《古詩》：頭上倭墮髻。韓偓：醉後金蟬重。

〔梁〕王僧孺《記何紀室》：何時假日馭，暫得寄風車。

〔譯文〕

你我就像參星和商星一樣一從東邊升起，一從西邊落下，各自在天的一邊，總是不能在一起，又像鸞鳳鏡上鳳和凰、河漢的雌雄龍一樣各自孤獨地飛翔。

你我又好像金陵的清溪小姑和白石郎一樣兩不相見，雖然居處不遠卻邈若山河。

天冷牆壁上凍出了花紋，紅蘭也因為從湘中移到天寒地凍的中原而再也不能開花，我則是因為良緣既斷，心已死去。

記得當年一起在湖中泛舟看月亮，月中的嫦娥並非永遠年輕美麗；修道生活並非如你所想像的那樣美好。

你雖然會彈奏南北方音樂，但並不能消除愁悶；你即使忘情地舞蹈，也不能去除心中的煩惱。

你應當知道，漢代的飛燕和合德姐妹倆雖然有漢成帝寵愛，但是一旦失寵，就什麼都不是了；晉獻帝雖然寵愛桃葉桃根雙姐妹，但是君王的意識是經常變化的，難以預料結果，如今你們不是也遭到同樣命運了嗎？

受寵女子往往剛剛被賜予恩典，一會兒就被打入冷宮，以至於髮髻破殘、髮飾斜墮，獨自瑟縮於清晨寒氣之中；當年你在皇宮貴族宴會上因為喝醉而感到頭上金蟬首飾太重，那時離現在還不遠啊！

如果夜來風雨中你不肯乘上車馬隨我一起離開這個地方，就會像天亮時燒盡紅蠟燭一樣，流盡血淚，懊悔一輩子。

《柳枝五首》

花房與蜜脾，蜂雄蛺蝶雌。

同時不同類，那復更相思。

本是丁香樹，春條始結生。

玉作彈棋局，中心亦不平。

嘉瓜引蔓長，碧玉冰寒漿。

東陵雖五色，不忍值牙香。

柳枝井上蟠，蓮葉浦中幹。

錦麟與繡羽，水陸有傷殘。

畫屏繡步障，物物自成雙。

如何湖上望，只是見鴛鴦。

鄭谷《蝶》：微雨宿花房。

王元之《蜂記》：蜂釀蜜如脾，謂之蜜脾。

《本草》：丁香出交廣，木類桂，高丈餘，葉似櫟，凌冬不凋。花圓細，黃色，其子出枝蕊上，如丁子。

張率：章臺迎夏日，夢遠感春條。

《後漢書·五行志》：安帝元初三年，有瓜異本同生，一瓜同蒂，時以為嘉瓜。

《樂府·情人碧玉歌》：碧玉破瓜時，郎為情顛倒。芙蓉陵霜榮，秋容故尚好。碧玉小家女，不敢攀貴德。感郎千金意，慚無傾城色。碧玉小家女，不敢貴德攀。感郎意氣重，遂得結金蘭。

阮籍詩：昔聞東陵瓜，近在青門外。連畛距阡陌，子母相鉤帶。五色曜朝日，嘉賓四面會。

《史記·蕭相國世家》：召平者，故秦東陵侯。秦破，為布衣，貧，種瓜裕長安城東，瓜美，故世俗謂之「東陵瓜」。

鮑照《芙蓉賦》：戲錦麟而夕映，曜繡羽以晨過。

〔譯文〕

春天時節蜜蜂和蝴蝶在花叢中互相追逐，雄蜂和雌蝶雖同時出現但不是一類，不可能同心。

柳枝是洛中里娘小家碧玉，與你不是一路人，風馬牛不相及，我怎麼會對她產生感情呢？

你就像那丁香樹，春來開花長成千千結，總是憂愁不斷。

那是因為你心氣太高，喜歡和別人相比而不平，像彈棋用的玉盤中間高四面低。

清商歌詞中有「碧玉破瓜時，郎為情顛倒。」謂初婚時美妙感受；柳枝還是少女，就像夏日冰鎮的碧玉瓜那樣令人饞涎欲滴。

當年邵平在東陵這個地方種的瓜很甜，你曾在青門作侍吏，知道那裡的瓜有五色，每一種都很美，可是我不忍去咬它。

那時她就對我有意，也會調絲唱曲，甚至風情萬種，可是我不忍欺騙她的感情，她還以為我看不起她是小家碧玉，結果她被東邊的諸侯取去了。

　　你以為我會與柳枝間有什麼，所以不願見我，其實你是大錯特錯了；如今柳枝如同井邊柳樹得不到水分滋養，你宋若荀也像池中蓮花因為天旱逐漸乾枯。

　　你看那畫屏上繡的事物，蝴蝶、蜜蜂都是雙雙對對，和和美美的。

　　為什麼從湖上望過去，只有鴛鴦在那裡雙雙遊弋，而你我總是分居和分離呢？

大和九年乙卯　公元 835 年

《燒香曲》

　　鈿雲蟠蟠牙比魚，孔雀翅尾蛟龍鬚。
　　漳宮舊樣博山爐，楚嬌捧笑開芙葉。
　　八蠶繭綿小分炷，獸焰微紅隔雲母。
　　白天月澤寒未冰，金虎含秋向東吐。
　　玉佩呵光銅照昏，簾波日暮沖斜門。
　　西來欲上茂陵樹，柏梁已失栽桃魂。
　　露庭月井大紅氣，輕衫薄袖當君意。
　　蜀殿瓊人伴夜深，金鑾不問殘燈事。
　　何當巧吹君懷度，襟灰為土填清露。

　　道源注：《西京雜記》云，丁瑗作九層博山香爐，鏤以奇禽怪獸，自然運動。《考古圖》：香爐像海中博山，下盤貯湯，使潤氣蒸香，以像海之四環。

　　鮑照《擬行路難十八首之二》：洛陽名工鑄微博山爐，千斬復萬鏤，上刻秦女攜手仙，承君清夜之歡娛，列置帷裏明燭前。外發龍麟之丹彩，內含麝芬之紫煙。如今君心一朝異，對此長歎終百年。

　　習鑿齒《襄陽記》：劉季和曰：「荀令君至人家，坐處三日香。」《後漢書・魏志》：荀或字文若。

　　《博山香爐賦》：粵文若之流香。

　　《魏志武帝紀》：建安十五年冬，作銅雀臺。陸機《弔武帝文》：帝遺令曰：「吾婢好故人，皆住銅雀臺，汝等時時登銅雀臺，望吾西陵墓田，餘香可分與諸夫人……。」杜牧《杜秋娘詩》：咸池升日慶，銅雀分香悲。

　　道源注：以八蠶繭綿分炷爐火，取其易燃也。

　　《語林》：洛下少林木，炭止如栗狀。羊琇驕奢，乃搗小炭為屑，以物和之，作獸形，用以溫酒。火熱既猛，獸皆開口，向人赫然。

　　《洞天香錄》：銀錢雲母片、玉片、砂片俱可為隔火。

《漢書》：西方，金也。參為白虎，三星。

陸機：望舒離金虎。《尚書考・靈曜》：西方秋虎。《孔傳》：昴，白虎中星。然西方七宿畢、昴之屬皆白虎也。

《西京雜記》：漢陵寢皆以竹為簾，簾皆水紋及龍鳳之象。

銅照，謂鏡也。

《拾遺記》：蜀先主甘后玉質柔肌，先主召入綃帳中，於戶外望者如月下聚雪。河南獻玉人高三尺，置后側，夕則后而玩玉人，后與玉人潔白齊潤，殆將亂惑，嬖寵者非惟嫉后，亦妒玉人。

《紀聞》：貞觀時除夜，太宗延蕭后同觀燈，問曰：「隋主如何？」答曰：「隋主每除夜，殿前諸院設火山數十，盡沉香木根，每一山焚沉香數車，火光暗，即以甲煎沃之，焰起數丈，香聞數十里。一夜之間，用沉香二百餘車，甲煎二百餘石。」

古詩：順風入君懷。

〔譯文〕

博山香爐壁飾以金銀鑲嵌成雲紋和魚的花紋，其中又有孔雀和蛟龍的形狀，你在陵園陪伴死去皇帝，就像當年在漳宮供養魏武帝的楚女一樣捧著博山爐。

你從八蠶繭綿包裹中分出香炷，以雲母承香，隔而燒之，火焰微紅；天宇月光一色，夜已涼而未寒，參昴之光現於東方。

宮女身上玉佩因為月光照耀發出冷光，呵氣反而使銅鏡昏暗，歲已深矣；陵園幽閉，日暮時只有竹簾上的波紋映於斜門而已。

我來到皇帝陵寢，孤寂之中欲尋找你，然而往昔柏梁臺栽桃者的魂魄已失，你因為驚嚇而憔悴萬分。

除夕夜間殿前廣庭月井之間，皇宮中庭燎歡樂景象依舊，身著輕盈衣衫的宮女與君王深夜相伴，滿是新承恩寵樣子。

當年在川中皇帝是那麼地寵幸你，如今又怎麼會想起今天在陵寢獨對殘燈的你呢。

你默默禱告，何時才能向君王剖明襟懷，即使化為灰土以填清露也是甘心啊！

開成二年丁巳　公元 837 年

《寄惱韓同年二首》

簾外辛夷定已開，開時莫放豔陽回。

年華若到經風雨，便是胡僧話劫灰。

龍山晴雪鳳樓霞，洞裏迷人有幾家？

我為傷春心自醉，不勞君勸石榴花。

《水經注·渭水》：秦穆公時有蕭史者，善吹簫，能致白鵠、孔雀，穆公女弄玉好之。公為作鳳臺以居之。積數十年，一旦隨鳳去云。

《本草注》：辛夷花正二月間開，初發如筆，北人呼為木筆；其花最早，南人呼為迎春。

《御覽》：漢武鑿昆明池，深極悉是灰黑，無復土。以問東方朔，朔曰：「臣愚不足以知之，可試問西域胡也。」以朔不知，難以核問。至後漢明帝時，外國道人來入洛陽，時有憶朔言者，乃試以武帝時灰黑問之。胡人曰：「天地大劫將盡則劫燒，此劫燒之餘。」乃知朔言旨。

鮑照《學劉公幹體》：胡風吹朔雪，千里度龍山。注：龍山在雲中。

鮑照《代陳思王京洛篇》：鳳樓十二重，四戶八綺窗。

《御覽》：引《幽明錄》：漢明帝永平五年，剡縣劉晨、阮肇如天台山取穀皮，迷不得返。經十餘日，遙望山上有桃樹，大有子實，至上啖數枚。下山見山腹一杯流出，有胡麻飯。度山出一大溪，有二女子資質妙絕。二女便笑曰：「劉、阮二郎來何晚耶？」遂同還家。有群女來，各持三五桃子，笑而言：「賀女婿來！」酒酣作樂，暮令各就一帳宿，女往就之。留半年，求歸甚苦，女呼前來女子集奏會樂，共送劉、阮，指示還路。既出，無復相識，問得七世孫，傳聞上世入山，迷不得歸。

〔譯文〕

春寒料峭，你所住地方望出去玉蘭花已經開了吧？豔陽高照時嬌豔的花瓣映著藍天時最美，可別放過了最佳的欣賞時刻。

但辛夷花一經風雨就會很快凋謝，滿地芳華慘不忍睹，就像我和她的情感經歷了天地大劫難只剩下了灰燼一樣。

那女子已經去了雲中，韓潭的花也不再迷人。

你我同年情誼深長，有意為我去向她致意，可是她主意已定，勸也沒有用——她不會迴心轉意的。

《槿花二首》

燕體傷風力，雞香積露文。

殷鮮一相雜，啼笑兩難分。

月裏寧無姐，雲中亦有君。

三清與仙島，何事亦離群。

《說文》：舜，木槿也，朝花暮落。

《三輔黃圖》：成帝與趙飛燕戲於太液池，以金鎖纜雲舟於波上。每輕風時至，飛燕殆欲隨風入水，帝欲以翠縷結飛燕之裙。

《齊民要術》：雞舌香，世以其似丁子，故一名子丁香，即今丁香是也。

江淹《別賦》：露下地而騰文。

江總《南越木槿賦》：啼妝梁冀婦，紅妝蕩子家。若持花並笑，宜笑不勝花。

《春秋感精符》：人君父天、母地、兄日、姐月。

屈平《九歌‧雲中君》：靈皇皇兮既降，飆遠舉兮雲中。注：靈，謂雲神也，雲中其所居也。

《靈寶本元經》：四人天外曰三清境：玉清、太清、上清亦名三天。

《史記‧封禪書》：使人入海求蓬萊、方丈、瀛洲，此三神山者，其傳在海中。

〔譯文〕

槿花枝條娟弱，搖曳風中，就像身輕如燕的趙飛燕在水面上迎著狂風；花含露水，發出香味似雞舌香。

深紅、粉紅、白色的木槿花夾雜在一起，有的剛開，有的已經快要凋謝，就像有的在笑，有的在哭。

槿花就像嫦娥一樣美麗，然而她不肯從月亮上下來，又像屈原筆下雲中的神，在天上飄搖。

不知為何你也像仙家三清神山和蓬萊仙島一樣縹緲，一樣難以親近。

珠館薰燃久，玉房梳掃餘。
燒蘭才作燭，襞錦不成書。
本以亭亭遠，翻嫌眇眇疏。
回頭問殘照，殘照更空虛。

屈平《九歌‧河伯》：紫貝闕兮珠宮。

《漢‧郊祀歌》：神之出，排玉房。

白居易：蟬鬢加意梳，蛾眉用心掃。《三夢記》：唐末宮中髻為鬧掃妝，猶盤鴉、墮馬之類。

宋玉《招魂》：蘭膏明燭，華容備兮。庾信《燈賦》：香添燃蜜，氣雜燒蘭。

《晉書》：竇滔妻蘇若蘭織錦為文璇璣圖詩以贈滔，辭甚淒婉。

司馬相如《長門賦》：澹偃蹇而待曙兮，荒亭亭而復明。注：亭亭，遠貌。

《爾雅》：眽，相視也。《古詩》：盈盈一水間，眽眽不得語。

〔譯文〕

你們姐妹號稱「三英」，住在白玉堂中，院裏木槿花含苞散發香味，午開時就如神女晨起梳妝既畢，容光煥發。

花色嬌豔簇新，如用蘭膏燃燒的明亮燭光；花瓣重迭，又像蘇若蘭當年寄給丈夫折起的錦書一般。

你我本來就已經相隔很遠，如今更是相視無言，感情日漸疏遠。

槿花問即將落下的太陽，我們姐妹如此忠於皇室卻遭到這樣命運，這一切究竟是為什麼？殘陽自身難延，不能回答。

《藥轉》

鬱金堂北畫樓東，換骨神方上藥通。
露起暗連青桂苑，風聲偏獵紫蘭叢。
長籌未必輸孫皓，香棗何勞問石崇。
憶事懷人兼得句，翠衾歸臥繡簾中。

《神仙傳》：藥之上者有九轉還丹、太乙金液。

《說文》：鬱金，香草也。《樂府》：盧家蘭室桂為梁，中有鬱金蘇合香。

《文昌雜錄》：唐宮中每行幸，即以鬱金布地。鬱金，香草也。

《漢武內傳》：王母謂帝曰：「子但愛精握固，閉氣吞液，一年易氣，二年易血，三年易精，四年易脈，五年易髓，六年易骨，七年易筋，八年易髮，九年易形。」杜甫詩：相哀骨可換，亦遣馭清風。魏文帝詩：西山一何高，高高殊無極。上有兩仙童，不饑亦不食。與我一丸藥，光耀有五色。服藥四五日，身輕生羽翼。

嵇含《南方草木狀》：桂出合浦，生必以高山之巔，冬夏長青，林無雜樹。

《文選‧宋玉‧風賦》：獵蕙草。注：獵，歷也。《楚辭》：秋蘭兮青青，綠葉兮紫莖。

道源注：長籌，廁籌也。

《法苑珠林》：吳氏於建業後園平地獲金像一軀，孫皓素未有信，至於廁處，令其屏籌。

《白氏六帖》：石崇廁中，嘗令婢數十人，曳落殼，置漆箱，中盛乾棗，以塞鼻。

〔譯文〕

在鬱金堂的北邊，畫樓東邊廁所，我在那附近放了一包藥，可以用來墮胎。

你等露水落到桂花樹上（夜半）時，到那裡的蘭花叢中去拿回來。

服藥後到廁所解掉。

然後回到自己臥室蓋上被子，垂下簾子，好好休息，順便回憶些事情，作些詩文。

《和韓錄事送宮人入道》
星使追還不自由，雙童捧上綠瓊輶。
九枝燈下朝金殿，三素雲中侍玉樓。
鳳女癲狂成久別，月娥獨孀好同遊。
當時若愛韓公子，埋骨成灰恨未休。

《太上飛行九神玉經》：凡行玉清、上清、太清之道，皆給玉童、玉女，乘瓊輪丹輿之屬。

《雲笈七籤》：子能行之，真神見形，玉女可使，玉童見靈，三元下降，以丹輿綠輶來迎。

《西京雜記》：漢高祖進咸陽宮，秦有青玉五枝燈，高七尺五寸。《漢武內傳》：西王母欲來，帝掃除宮內，燃九光之燈。

《真誥》：真人行則扶華晨蓋，乘三素之雲。《黃庭內景經》：四氣所合列宿分，紫煙上下三素雲。

《真誥》：真人行則扶華晨蓋，乘三素之雲。《藝苑雌黃》：《修真八道秘言》：立春日清朝北望，有紫、綠、白雲，為三元君三素飛雲也。三元君是日乘八輪之輿，上詣天帝。

《列仙傳》：蕭史者，秦穆公時人也，善吹簫，能致白鵠孔雀於庭，穆公有女字弄玉，好之，公遂以女妻焉，日教弄玉作鳳鳴，居數年，吹似鳳聲，鳳凰來止其屋，公為作鳳臺，夫婦止其上不下，一旦皆隨鳳凰飛去。

《搜神記》：吳王夫差小女名紫玉，悅童子韓重，欲嫁之不得，乃結氣而死。重遊學歸知之，往弔於墓側。玉形見，顧重延頸而歌曰：「……悲結成疹，歿命黃壚。」

〔譯文〕

即使是快如流星也追不回你修道的主意，你執意要過清靜孤獨生活，道侶們前來迎接你入觀。

你宋真人曾在內道場修行，參與皇宮法事，如今你可是成為正式的女道士了！

我和你鳳女已經很久不來往，你也長久地過著獨居生活，現在是真正地與嫦娥為同道了！

如果你當時如吳王夫差女兒紫玉一樣真是愛上了韓重的話，那麼也要像她一樣，

即使死夫了也消不去心頭的怨恨。

《當句有對》

密邇平陽接上蘭，秦樓鴛瓦漢宮盤。

池光不定花光亂，日氣初涵露氣乾。

但覺游蜂繞舞蝶，豈知孤鳳憶離鸞。

三星自轉三山遠，紫府城遙碧落寬。

《三輔黃圖》：平陽封宮，在華山下。《漢書》：平陽侯曹壽尚帝姐，號平陽主。李适詩：歌舞平陽第，園亭沁水林。

平陽池在長安親仁坊郭子儀宅中。元稹《亞枝紅》：「平陽池上亞枝紅」，其自注云：「往歲與樂天曾於郭家亭子竹林中，見亞枝紅桃花半在池水。自後數年，不復記得。忽於褒城驛池岸竹間見之，宛如舊物，深所愴然。」

《三輔黃圖》：在上林苑中有上蘭觀。

《鄴中記》：鄴都銅雀臺皆為鴛鴦瓦。〔梁〕昭明太子：日麗鴛鴦瓦。

《三輔黃圖》：神明臺，武帝造，祭仙人處。上有承露盤，有銅仙人舒掌捧銅盤玉杯，以承雲表之露。以露和屑服之，以求仙道。

梁元帝《琴曲纂要》：西漢時有慶安世者，為成帝侍郎，善為《雙鳳離鸞》之曲。

《詩經·唐風·綢繆》：三星在天，可以嫁娶。今夕何夕，見此良人。注：三星，參也；在天，始見東方也。

蘇州三山島又稱洞庭蓬萊三島。

《十洲記》：長洲一名青丘，在南海。有紫府宮，天真仙女遊於此地。

〔譯文〕

你曾在建章宮旁上蘭觀修行，那裡神明堂前聳立著漢武帝時建造的承露盤，而今又進了華山平陽封宮附近道觀，旁邊是秦始皇時建造的樓宇，上面覆蓋著鴛鴦瓦。

曉日輝映，露水初乾，池光閃爍，花影繚亂，春景紛然。

我只知道蜜蜂和蝴蝶繞著花兒飛舞，以為你被他人迷惑而忽視了我們之間感情，怎知你也因為與我的分離而傷心呢！

毛詩中說：「三星在天，可以嫁娶」矣，而今你被迫入道；當年你因受到皇帝冷遇然而後來還是回到皇宮，如今你又去了華陰，看來真的只能在道觀中終其一生了。

開成三年戊午　公元 838 年

《殘花》

殘花啼露莫留春，尖發誰非怨別人。

若但掩關勞獨夢，寶釵何日不生塵。

〔譯文〕

你總是說不幸是我造成的，也不想想你自己的原因，你如果不是執意進宮，後來被皇帝玩弄、摧殘，會像今天這樣成為殘花嗎？

但願你用道家的「掩關」能掩飾過去吧，現在通過這一百天的「小靜」，你頭上的寶釵也都積上灰塵了吧？

《令狐八拾遺綯見招送裴十四歸華州》

二十郎中未足希，驊駒先自有光輝。

蘭亭宴罷方回去，雪夜詩成道蘊歸。

漢苑風煙催客夢，雲臺洞穴接郊扉。

嗟餘久抱臨邛渴，便欲因君問釣磯。

《舊唐書·令狐綯》：大和四年登進士第，開成初為左拾遺。

《晉書》：荀羨尚尋陽公主，後除北中郎將、徐州刺史、監諸軍事、假節，時年二十八，中興方伯未有如羨至少者。

《孫卿子》：驊騮、騏驥，古之良馬。

《晉書》：郗愔，字方回，鑒之子，官會稽內史，加鎮軍都督。

謝道蘊，東晉才女，謝安侄女、王凝之妻。

《華山志》：岳東北有雲臺峰，其山兩峰崢嶸，四面懸絕，上冠景雲，下通地脈，巍然獨秀，有若雲臺。下有穴，昔有人入此穴，出東方山行，云經黃河底，上聞流水聲。

雲臺觀在雲臺峰上，北周道士焦道廣建。

〔譯文〕

你年少才俊，天賦出眾，即使古代二十郎中的荀羨也未必能比，你們弟兄個個如同千里駒，而你更是出色，最先顯達。

當年我們曾經在會稽蘭亭歡宴，記得雪夜大家聚在一起做詩，令狐綯和裴十四，以及善詩文女子都在。

洛陽時光如夢而去，當年一起到雲台山情景宛然，可是如今我們再聚願望落空，她被送往京郊外的華山修道。

可憐我像司馬相如一樣有著向卓文君求偶之渴，你裴十四到華州，代我向她問好吧！

《聖女祠　杳藹逢仙跡》

杳藹逢仙跡，蒼茫滯客途。

何年歸碧落，此路向皇都。

消息期青雀，逢迎異紫姑。

腸回楚國夢，心斷漢宮巫。

從騎栽寒竹，行車陰白榆。

星娥一去後，月姐更來無。

寡鵠迷蒼壑，羈鳳怨翠梧。

為應碧桃下，方朔是狂夫。

李賀是宜陽昌穀人，附近有《蘭香神女廟》。聖女祠為陳倉（今陝西寶雞縣東）大散關附近地名，附近有慈善寺石窟，為唐代所建。又有千佛院摩崖造像。《水經注》：故道水合廣香川水，又西南入秦岡山（今陝西省略陽縣境），尚婆水注之，山高入雲，懸崖之側，列壁之上，有神象若圖，指狀婦人之容，其形上赤下白，世名之曰聖女神。略陽，由寶雞入川要道，向東可到漢中。

《山海經》：西有王母之山，有三青鳥，赤首黑目，一名大鵹，一名少鵹，一名青鳥。

宋玉《高唐賦》：迴腸傷氣。

《漢書·郊祀志》：上郡有巫，病，而鬼神下之。上召置，祠之甘泉。

《後漢書·方術傳》：（費）長房辭歸，翁（壺公）與一竹杖，曰：「騎此任所之，則自至矣。」

《隴西行》：天上何所有？歷歷種白榆。桂樹夾道生，青龍對道隅。鳳凰鳴啾啾，一母將九雛。顧視世間人，為樂甚獨殊。

星娥謂織女。

《春秋感應符》：人君父天、母地、兄日、姐月。

《列女傳》：陶嬰夫死守義，作歌曰：「悲夫！黃鵠早孤兮，七年不雙；夜半悲鳴兮，想其故雄。」白居易詩：哀弦留寡鵠。

《瑞應圖》：雄曰鳳，雌曰凰。

《博物志》：王母降於九華殿，王母索七桃，以五枚於帝，母食二枚。唯母與帝對坐，從者皆不得進。時東方朔竊從殿南廂朱鳥窗中窺母，母顧之，謂帝曰：「此窺窗小兒三來盜吾此桃。」

《史記·東方朔傳》：取少婦於長安中好女，率一歲即棄去。更娶婦，所賜錢財

盡索之於女子。人主左右諸郎半呼為狂夫。

　　古婦人稱夫謙言狂夫。如《列女傳》：楚野辯女，昭氏之妻也，其對鄭大夫曰：「既有狂夫昭氏在內矣。」

〔譯文〕

　　客旅滯留聖女祠，當年你曾隨駕來這裡，如今神像看去有些迷茫。

　　聖女魂魄究竟什麼時候歸到天上？眼前的大路卻是向皇都啊！

　　好消息要靠青雀來傳遞，我想向紫姑卜問，但聖女不是紫姑，是不能卜問的。

　　我多次回憶你我早年在楚國郢都相識時美好情景，也不忘記你當年在洛陽宮中祭祀紫姑神樣子。

　　恨不得騎上可以任意往來寒竹追隨你到天上；想起你們姐妹當年被皇帝寵幸而來到行宮，可是不久你姐姐就死了，我真是為你難過啊！

　　我就像織女丈夫牛郎，妻子一旦離去就只能盼望著一年一度的鵲橋相會；又像妻子嫦娥偷吃靈藥而升上天宮的后羿，徒然地望著月亮。

　　我曾像失偶天鵝在青青山壑間尋找自己的伴侶，你也如被鎖住的鳳凰怨恨梧桐樹不讓自己棲息。

　　東方朔是因為偷了王母的碧桃，而我也是因為迷戀被稱作碧桃的你而不顧一切被稱作狂夫的啊！可是你還是不理解而離開了我。

開成四年己未　公元 839 年

《無題二首　昨夜星辰》

　　昨夜星辰昨夜風，畫樓西畔桂堂東。

　　身無彩鳳雙飛翼，心有靈犀一點通。

　　隔座送鉤春酒暖，分曹射覆蠟燈紅。

　　嗟餘聽鼓應官去，走馬蘭臺類轉蓬。

　　聞道閶門萼綠華，昔年相望抵天涯。

　　豈知一夜秦樓客，偷看吳王苑內花。

《書·洪範》：星有好風。

《漢官儀》：黃門有畫室署。唐黃門為中書門下省。中書舍人又稱鳳閣舍人。

《南州異物》：犀有神異，表靈以角。《漢書·西域傳》：通犀翠羽之珍。如淳曰：「通犀，謂中央色白，通兩頭。」《抱朴子·登涉》：通天犀，有一赤理如線者，有自本徹末。

《漢武故事》：鉤弋夫人手拳，帝披其手，得一玉鉤，于得展，故因以為藏鉤之戲，後人傚之，別有酒鉤，當飲者以鉤引杯。

《漢書・東方朔傳》：上嘗使數家射復，置守宮盂下射之。注：於復器下置諸物，令暗射之，故云射復。

宋玉《招魂》：蒄蔽象棋，有六簿些。分曹並進，遒相迫些。

楊廣：輕身趙皇后，歌曲李夫人。

《唐六典》：漢御史中丞掌蘭臺秘書圖籍，故歷代建臺省，秘書與御史為鄰。《舊唐書・職官志》：秘書省……龍朔（高宗李治年間）為蘭臺，光宅（睿總李旦年間）改為麟臺，神龍（中宗李哲年間）復為秘書省。

《坤雅》：蓬，末大於本，遇風輒拔而旋。魏武帝：田中有斷蓬，隨風飄揚。曹植詩：轉蓬離本根，飄颻隨長風。

屈平《離騷》：吾令帝閽開關兮，倚閶闔而望予。

《真誥》：萼綠華者，九疑山得道女羅郁也。年可二十許，上下青衣，顏色絕整。以升平（晉武帝年間）三年降於羊權家，贈權詩一篇，並火浣布手巾一條，金玉條脫各一支。條脫似指環而大，異常精好。謂權曰：「慎無泄我下降之事。」自此往來，一月六過其家，……與權尸解藥，亦隱形化形而去。

《列仙傳》：蕭史善吹簫作鳳鳴，秦穆公以女妻焉。作鳳樓，教弄玉吹簫，威鳳來集。

〔譯文〕

昨夜你我在中書省桂宮東邊畫樓相遇，月暗星明，是不是預示著我們能再次相會呢？

雖然我們沒有翅膀不能來往，但是因為心是相通的，彼此間心意還能夠明白。

宴會上美酒和遊戲固然都很好，但是我們隔座坐著不能交談；即使如此，我還是希望能持續些時間，可以多看你幾眼。

可惜呀，聽到更鼓我就要去官府應卯，官職也像飛蓬一樣轉瞬即逝。

聽說仙女萼綠華與羊權來往，後來給羊權尸解藥使之長生，天老地荒都不離棄，可是你我卻分離不斷。

誰知你我只有一夜之歡（秦樓客，弄玉的夫君蕭史），我因為偷看了吳王苑內的花（紫玉是吳王的女兒，戀人是皇宮中的女官），就受到了懲罰。

開成五年庚申　公元 840 年

《垂柳　娉婷小苑中》

娉婷小苑中，婀娜曲池東。

朝佩皆垂地，仙衣盡帶風。

七賢寧占竹，三品且饒松。

腸斷靈和殿，先皇玉座空。

《中朝故事》：曲江池畔多柳，號曰柳衙。《劇談錄》：曲江池入夏則菰蒲蔥翠，柳隱四合，碧波紅蕖，湛然可愛。

《世說新語・任誕》：陳留阮籍、譙國嵇康、河內山濤，三人年皆相比，康年少亞之。與此契者，沛國劉伶、陳留阮咸、河內向秀、琅琊王戎，七人常集於竹林之下，肆意酣暢，故世謂竹林七賢。

白居易：九龍潭月落杯酒，三品松風飄管絃。

嵩山有武則天封的三品松。

〔譯文〕

小苑中柳條婀娜多姿，主人卻已經不知去向。

枝條長長，幾乎垂地，就像朝服上的佩帶，又像被風吹著的仙子衣襟在飄動。

附近種有竹子，我們如同竹林七賢在此詩歌唱和，苑中松樹就像主人一樣屬於賢哲，並且處在高位。

自從先皇駕崩之後她們就開始遭遇厄運；現在文宗也去世了，金鑾殿龍椅上空著，人們都在為死去的皇帝傷悼，不知道新皇帝怎麼樣，厄運還會不會再次臨到她。

《贈華陽宋真人兼寄清都劉先生》

淪謫千年別帝宸，至今猶識蕊珠人。

但驚茅許同仙籍，不道劉盧是世親。

玉檢賜書迷鳳篆，金華歸駕冷龍鱗。

不因杖履逢周史，徐甲何曾有此身。

隋唐時期，茅山為道教第一大宗派上清派中心。《南史・陶弘景傳》：勾曲山名曰金壇華陽之天。

《白香山集・春題華陽觀》注：華陽公主故宅，有舊內人存焉。在永崇里。另華陰有華陽洞。

清都，王屋山山峰，接近玉陽。

《黃庭內景經》：太上大道玉宸君，閒居蕊珠作七言。蕊珠，仙宮名。

《洞仙傳》：茅蒙字初成，東卿司命君盈之高祖也，入華山修道，白日昇天。《集仙傳》：大茅君盈，南至溝曲之山，……天皇大帝，拜盈為東嶽上清司命真君太玄真人。

《晉書·許邁列傳》：許邁字叔玄，一名映，丹陽勾曲人也，家世士族，而邁少恬靜不慕仕進，遍遊名山焉。永和二年，移入臨安西山，登履茹芝，乃改名玄……自後莫知所終，好事者謂之羽化矣。

劉琨與盧諶同為西晉詩人，兩人既是詩友，又是僚屬，還有點親戚關係。《文選·劉琨答盧諶詩》：郁穆舊姻，燕婉新婚。琨妻即諶之從母也。又：《盧子諒（諶）贈劉琨詩》呂向注：婚姻謂諶妹嫁琨弟。

《真誥》：兒女侍持錦囊，囊盛書十餘卷，以白玉檢囊口。

《神仙傳·黃初平傳》：黃初平，年十五，家使牧羊，有道士見其良謹，便將至金華山石室中，四十餘年。兄初起尋索不得，後見一道士，求得之，問羊何在，曰：「近在山東。」初起往視，盡見白石。初平曰：「羊起！」於是白石皆變為羊。初起便棄妻子就初平學，修功德二十七年。忽見虎駕龍車，二人執節下庭中，顧謂友曰：「此迎我也。」道士即鄧紫陽。至五百歲，能坐在立亡，行於日中無形。

《太平御覽·三元玉檢經》：庚寅九月九日，元始天尊於上清宮告明授《三元玉檢》，使付學有玄名應為上清真人者，度為女道士。

《歷代宅京紀》：終南山翠華宮正門北開，謂之雲霞門。視朝殿名翠微宮，其寢殿名含風殿。並為皇太子構別宮，去臺連延里餘，正門西開，名金華門，內殿名喜安殿。

《雲笈七籤》：六玄宮主會元帝真君於雲臺觀，龍車鶴騎，仙仗森立，金華玉女浮遊之帝前，為帝陳金丹之道。語迄，金華復位，眾真冉冉而隱。

崔融《嵩山啟母廟碑》：金真拂座，玉女焚香。

《辭海·終南山》：在陝西西安市南，一稱南山，即狹義的秦嶺。終南山為秦嶺主峰之一，有南山湫、金華洞、玉泉洞、日月岩等名勝古蹟。相傳道教全真道北五祖中的呂洞賓、劉海蟾曾修道於此。

四川梓州東南亦有金華山道觀。《唐才子傳》：陳子昂，字伯玉，梓州人。年十八時……即於州東南金華山觀讀書……。

《神仙傳·老子傳》：老子姓李名耳，字伯陽，楚國苦縣賴鄉人，周文王時為守藏史，至武王時為柱下史。有客徐甲，少賃於老子……甲見老子出關，索償不可得，

乃請人作辭，詣關尹令，以言老子。而為作辭者亦不知甲已隨老子二百餘年矣，惟計甲所應得直之多，許以女嫁甲。甲見女美，尤喜，遂通辭於尹喜，乃見老子。老子問甲曰：「汝久應死，吾昔賃汝，為官卑家貧，無有役使，故以太玄請生符與汝，所以至今日。」乃使甲張口向地，其太玄真符立出於地，丹書文字如新，甲成一具枯骨矣。（關令尹）喜知老子神人，能復使甲生，乃為甲叩頭請命，老子復以太玄符投之，甲立活。

〔譯文〕

我雖然沉淪人世已經很久，但是因為還有宿根，所以還能認識蕊珠宮中淪謫塵世的華陽宋真人和你清都劉先生。

我只知道茅山許家是仙風道骨，不知你劉先生和盧山人還是親戚，因而宋真人從天台山、王屋山和京都的華陽觀又隨你到了金壇的華陽觀。

當年你們把抄寫的道教經書送給我，我曾經為宋真人美妙的小楷所傾倒，但是她自終南山翠微宮金華門歸來之後，就在皇帝面前受到冷落。

不是因為關令尹拷問老子，怎麼有徐甲的再生呢？我不是因為身體有病學仙認識你們的緣故，怎麼會有今天呢？因此，雖然你們遠去他鄉，我是不會忘記你們的。

會昌元年辛酉　公元 841 年

《失猿》

祝融南去萬重雲，清嘯無因更一聞。

莫遣碧江通箭道，不教腸斷憶同群。

《長沙記》：衡山七十二峰，最大者五：芙蓉、紫蓋、石廩、天柱、祝融，而祝融為最高。

《異苑》：嘯有一十五章，其六曰《巫峽猿》。

《荊州記》：高猿長嘯，屬引清遠。

《梁書》：高祖曰：「漢口不關一里，箭道交至。」

《世說》：桓溫入三峽，部伍中有得猿子者，其母緣岸哀號，行百餘里不去，遂跳船上，至，便絕。破視腹中，腸皆寸斷。

〔譯文〕

往南方衡陽，過巫峽時只聽見兩岸猿聲啼不住。

繼續往南，到封州後請給我來信，不要讓我肝腸寸斷。

《無題四首　來是空言》

來是空言去絕蹤，月斜樓上五更鐘。

夢為遠別啼難喚，書被催成墨未濃。

蠟照半籠金翡翠，麝薰微度繡芙蓉。

劉郎已恨蓬山遠，更隔蓬山一萬重。

金翡翠：琉璃燈上描金的翠雀。《楚辭·招魂》：翡翠珠被，爛齊光些。《洛神賦》：帶金翠之首飾，綴明珠以妖軀。

鮑照詩：七彩芙蓉之羽帳。〔唐〕崔顥《盧姬篇》：水晶簾箔繡芙蓉。

劉郎，李賀《金銅仙人辭漢歌》：茂陵劉郎秋風客。指漢武帝劉徹。也有指東漢時劉晨，《神仙記》：漢永平年間，剡縣人劉晨、阮肇同入天台山採藥，遇二女子，邀至家，留半年，及還家，子孫已歷七世。

劉郎浻，今湖北石首縣境內。杜牧《送劉秀才歸江陵》：劉郎浦夜侵船月，宋玉亭春弄袖風。于鵠：繡林直照劉郎浦，鋪磧遙連漢女皐。

〔譯文〕

我在月亮西斜五更天時夢到你來了又去了，真是來是空言，一去更成絕蹤。

一枕夢回，哭出聲來，是為你我遠別而悲傷，可是你聽不見；有便人帶信，我匆匆忙忙連墨都沒有磨濃就開始寫。

我恍惚中似乎看到你那裡的蠟燭光照得通明，衣上翠鳥是那麼金光燦爛，香爐裏麝香味透過了繡著芙蓉被子，可是你我卻可望而不可及。

當年劉禹錫被貶武陵，他常為與長安相隔萬里而惆悵，而今你去了嶺南，你我何止相距萬里，更是相隔蓬山一萬重啊！

颯颯東風細雨來，芙蓉塘外有輕雷。

金蟾齧鎖燒香入，玉虎牽絲汲井回。

賈氏窺簾韓掾少，宓妃留枕魏王才。

春心莫共花爭發，一寸相思一寸灰。

《楚辭·九歌》：風颯颯兮木蕭蕭。

《九歌·山鬼》：杳冥冥兮羌晝晦，東風飄兮神靈雨。

《長安志》：朱雀街東第五街興慶坊南內興慶宮，謂之南內。開元二十年，築夾城入芙蓉園，自大明宮夾東羅城複道，經通化門以達此宮，次縪春明、延喜門至曲江芙蓉園。

屈平《九歌》：鳳颯颯兮木蕭蕭。

《九歌・山鬼》：杳冥冥兮羌晝晦，東風飄兮神靈雨。

《西洲曲》：採蓮南塘秋。

司馬相如《長門賦》：雷殷殷而響起兮，聲象君之車音。

《海錄碎事》：金蟾，鎖飾也；玉虎，轆轤也。

絲，指繫弔桶的繩子。《樂府・淮南王篇》：金瓶素綆汲寒江。庾信：銀床素絲綆。李賀《後園鑿井歌》：水聲繁，絲聲淺。

《世說新語・惑溺》：韓壽美姿容，賈充闢之為掾，充每聚會，充女於青瑣中見壽，悅之，與其通。充見女盛自拂拭，又聞壽有異香之氣，充疑壽與女通，取左右婢拷問之，婢以狀言，充秘之，以女妻壽。

《文選・曹子建・洛神賦》注：記曰，魏東阿王（曹植）漢末求甄逸女既不遂，太祖（曹操）回與五官中郎將（曹丕），植殊不平，晝夜思想，廢寢忘食。黃初中入朝，帝（曹丕）示植甄后玉縷金帶枕，植見之不覺泣，時已為郭后讒死，（丕）乃以枕賚植。……植將息洛水上，思甄后，忽見女自來云，「我本託心君王，其心不遂，此枕是我在家時從嫁，前與五官中郎將，今與君王，遂用薦枕席。」

《洛神賦》：黃初三年，余朝京師，還濟洛川，古人有言，斯水之神，名曰宓妃。

《莊子・齊物論》：形固可使如槁木，而心固可使如死灰乎？

〔譯文〕

夢到那年春天刮著東風，細雨濛濛，我在荷塘邊遠遠地聽到有車馬聲，還以為是你們姐妹從宮中回來了，沒想到是兵士前來抄家，你們遭到天大冤屈和禍患。

你被派往皇陵守靈，我來三原看你，儘管小院的門鎖著，但燒香的香味還是通過鑰匙孔透出來；井旁的轆轤上，牽著長長的繩子，可見你已經汲水歸來。

賈家少女在門簾旁窺視是因為韓壽的年少，甄妃多情地自薦枕席是因為傾慕曹植的才華，我身鈍如此，當年得到你的垂青又是為什麼呢？

心情不要隨著春花開而有所期待，相思越深心情越是悲傷。

> 含情春宛晚，暫見夜欄杆。
> 樓響將登怯，簾烘欲過難。
> 多羞釵上燕，真愧鏡中鸞。
> 歸去橫塘晚，華星送寶鞍。

宋玉《九辨》：白日晼晚其將入兮。

《古樂府》：月沒參橫，北斗闌干。

《洞冥記》：元鼎元年起招靈閣，有神女留一玉釵，帝以賜趙婕妤，元鳳中，宮

人謀欲碎之，視釵匣，惟見白燕昇天。宮人因作玉燕釵。

《鸞鳥詩序》：賓王欲彩鸞舞，夫人懸鏡，鸞睹影悲鳴，一奮而絕。

魏文帝詩：華星出雲間。

〔譯文〕

記得春深之夜，我們約好相會，我來到你住的有欄杆樓上。

因為怕別人聽見腳步聲而嚇得不敢登樓，又怕燈光透過簾子被人看見人影而腳步遲緩。

你因為幽會而羞澀和忐忑不安，就像頭上所戴釵上白燕，而我則是你送我古鏡中鸞鳥，自從妻子離去後悲傷萬分，只是沒有像它那樣一奮而絕。

過去一切想起來是那麼的清晰，可是如今我們不能像以前那樣親近；凌晨我獨自沿橫塘路向驛站，只有明亮的啟明星在送我。

> 何處哀箏隨管急，櫻花永巷垂楊岸。
> 東家老女嫁不售，白日當天三月半。
> 溧陽公主年十四，清明暖後同牆看。
> 歸來輾轉到五更，梁間燕子聞長歎。

魏文帝《與吳質書》：高談娛心，哀箏順耳。

鮑照《白紵歌》：古稱《淥水》今《白紵》，催弦急管為君舞。

《史記》：范睢得見於離宮，佯為不知永巷而入其中。

宋玉《登徒子好色賦》：臣里之美者，莫若臣東家之子。

《樂府·捉搦歌》：老女不嫁只生口。

《戰國策》：且夫處女無媒，老且不嫁，捨媒而自炫，弊而不售。

《越絕書》：衛女不貞，衛士不信。曹植表：自衒自媒者，士女之醜行也。

《韓詩外傳》：宋玉因其友而見楚襄王，襄王待之無以異，乃讓其友。友曰：「夫薑桂因地而生，不因地而辛；女因媒而嫁，不因媒而親。子之事王未耳，何怨於我？」

《南史·梁簡文帝紀》：初，（侯）景帝納帝女溧陽公主，公主有美色，景惑之。

〔譯文〕

也是春天櫻花盛開時節，哪裏傳來悲哀箏聲，原來是幽閉永巷的宮女在彈奏。

宋家東的美麗女子，年齡雖然已經不小，可是因為沒有正式媒妁之言，不可能得到自己的幸福，暮春時節用箏聲來表達自己心中的悲哀。

溧陽公主才小小的十四歲就嫁給了梁景帝，清明節後天氣轉暖時與夫君一起在

樓上看牆外春景，而永巷中宮女年紀這麼大了皇帝還不許她有自己的婚姻。

　　我歸來後想想世間的事情真是不公平啊！直到天快亮了都沒有睡著，長噓短歎的，梁間的燕子都被我吵醒了。

　　《柳》
　　江南江北雪初消，漠漠輕黃惹嫩條。
　　灞岸已牽行客手，楚宮先聘舞姬腰。
　　清明帶雨臨官道，晚日含風拂野橋。
　　如線如絲正牽恨，王孫歸路一何遙。

　　〔譯文〕
　　大江南北春雪消融，水汽漠漠中柳枝綻出嫩黃葉芽。
　　等到江陵時柳枝輕揚如舞女細腰，回長安柳條就可以縮結了。
　　清明時節細雨紛紛，傍晚柳條被風吹拂著搖曳在郊外橋邊，
　　我回到長安路途遙遠，分別的怨恨就像那柳條一樣如線如絲。

　　《蜂》
　　小苑華池爛漫通，後門前檻思無窮。
　　宓妃腰細才勝露，趙后身輕欲倚風。
　　紅壁寂寥崖蜜盡，碧簾迢遞霧巢空。
　　青陵粉蝶休離恨，長定相逢二月中。
　　三原又稱華池。
　　曹植《洛神賦序》：河洛之神曰宓妃。腰如約素。
　　《三輔黃圖》：成帝嘗以秋日與趙飛燕戲於太液池，以沙棠木為舟，每輕風時至，飛燕殆欲墮於水，帝以翠縷結飛燕之裾，今太液池尚有避風臺，即飛燕結裾之處。
　　《彤管新編》：韓憑為宋康王舍人，妻何氏美，王欲之，捕舍人築青陵臺，何氏作《烏鵲歌》以見志，遂自縊死。

　　〔譯文〕
　　小院裏花兒開得姹紫嫣紅，蜜蜂在前園後門的圍牆外盤旋，千方百計地想要進來，我站在這裡想起以往種種，心中好難平靜啊！
　　蜜蜂的腰就像洛神宓妃那樣細，又像趙飛燕那樣身姿輕盈，隨風翩翩。
　　我如今有了家累，必須安頓好家務，就像蜂兒儲存的蜜已經吃完必須趕緊採，
　　你我如同韓憑與何氏被迫分開，相信我吧，與你約好，二月我一定會來看你。

《閨情》

　　紅露花房白蜜脾，黃蜂紫蝶兩參差。

　　春窗一覺風流夢，卻是同袍不得知。

王遠之《蜂記》：風釀蜜如脾，謂之蜜脾。

古詩十九首：同袍與我違。

〔譯文〕

　　蜜蜂採來花粉釀蜜，蜜蜂飛走，蝴蝶又來。

　　我在遼西軍中，環境艱苦，如《詩經》中所言「豈曰無衣，與子同袍」，但亦如古詩中所說「同袍與我違」了啊！

《相思》

　　相思樹上合歡枝，紫鳳青鸞共羽儀。

　　腸斷秦臺吹管客，日西春盡到來遲。

〔譯文〕

　　合歡樹上的枝條互相交叉，好像梧桐樹引來雌雄鳳凰。

　　可是蕭史吹管得不到弄玉的響應，春末的傍晚我想念著遠方的你。

《回中牡丹為雨所敗二首》

　　下苑他年未可追，西州今日忽相期。

　　水亭暮雨寒猶在，羅薦春香暖不知。

　　舞蝶殷勤收落蕊，有人惆悵臥遙帷。

　　章臺街裏芳菲伴，且問宮腰損幾枝。

　　浪笑榴花不及春，先期零落更愁人。

　　玉盤迸淚傷心數，錦瑟驚弦破夢頻。

　　萬里重陰非舊圃，一年生意屬流塵。

　　《前溪》舞罷君回顧，併覺今朝粉態新。

《史記·秦始皇本紀》：始皇巡隴西、北地，出雞頭山，過回中。

　　西州即安定。《後漢書·皇甫規傳》：皇甫規，安定其那人也，自以西州豪傑，恥不得豫。

　　《漢武內傳》：帝以紫羅薦地，燔百和之香，以候雲駕。

　　江淹：汎瑟臥遙帷。

《舊唐書‧文苑列傳》：孔紹安侍宴應詔詠石榴詩曰：「只為時來晚，開花不及春。」

左思《吳都賦》：泉室潛織而卷綃，淵客慷慨而泣珠。

曹植：爰有樛木，重陰匪息。謝惠連《詠冬》：積寒風欲盡，繁雲起重陰。

潘岳《懷舊賦》：陳亥被於堂除，舊圃化而為薪。

《樂府解題》：前溪，舞曲也。《舊唐書‧音樂志》：前溪，晉車騎將軍沈玩所製。

《古前溪曲》：黃葛生蒙瞳，生在洛溪邊。花落隨流去，何時逐流還？還亦不復鮮。

〔譯文〕

未能等到曲江下苑牡丹盛開就離開了長安，卻在安定這個地方看到了牡丹零落。

水亭邊牡丹在傍晚冷雨中瑟瑟發抖，使人感到陣陣寒意，長安興慶宮牡丹想必因為有羅薦圍護而感到暖和吧？

蝴蝶圍著落葉轉，好像也在可惜牡丹的凋謝，有人因為牡丹凋零而惆悵，懨懨悶悶地睡在張著帷幔的屋宇之中。

章臺街柳枝也已經成蔭了吧？是不是和那人一樣因為愁悶而腰肢更細了呢？

孔紹安為自己如石榴花那樣趕不上春天未能授官遺憾，可是曾被稱作洛陽牡丹花的某人如今因風雨而敗更是使人可惜啊！

你們姐妹當年被稱作牡丹，如今你姐姐已經被賜死只剩下了你；原來你我應當是琴瑟夫妻，卻因為皇帝干預一再地驚破美夢。

西州天氣陰冷，和長安氣候不一樣，本來就不利於牡丹生長，經過這次風雨更是使她難以恢復生機。

你是不是還想跳沈玩當年創製《前溪》舞、希望再次得到皇帝恩寵呢？

《西亭》

此夜西亭月正圓，疏簾相伴宿風煙。

梧桐莫更翻清露，孤鶴從來不得眠。

〔譯文〕

又是十五月明之夜，我伴著疏疏的簾子宿在西亭，天刮著風，月光就像蒙了層煙霧一樣。

梧桐樹枝不要搖動吧，露水也不要滴落下來，要驚醒鶴的啊！它自從失去了伴

侶後就　直失眠。

《楚宮二首》
十二峰前落照微，高唐宮暗坐歸迷。
朝雲暮雨長相見，猶自君王恨見稀。

〔譯文〕

船隻經過巫峽時太陽已經快要落下，宋玉所說的楚王宮也漸漸地看不見了

雖然神女朝雲天天都會在巫峽十二峰出現，但是楚襄王還覺得不夠；當年皇帝
也整天能看見你，卻不許你我結婚。

月姐曾逢下彩蟾，傾城消息隔重簾。
已聞佩響知腰細，更辨弦聲知指纖。
暮雨自歸山峭峭，秋河不動夜懨懨。
王昌且在牆東住，未必金堂得免嫌。（有將第二闋作《水天
閒話舊事》）
《春秋感精符》：人主兄日姐月。
劉蛻《文冢銘序》：峭峭為壁。
懨懨，同懨懨，安靜貌。《詩・小雅》：懨懨夜飲。
《襄陽耆舊傳》：王昌字公伯，為東平相、散騎常侍。早卒，婦，任城王子文
女也。
《樂府》：人生富貴何所似，恨不早嫁東家王。
崔顥《古意》：十五嫁王昌，盈盈出畫堂。
宋玉《登徒子好色賦》：臣東家之子，嫣然一笑，惑陽城，迷下蔡。然此女登牆
窺臣三年，至今未許也。
盧家鬱金堂。

〔譯文〕

不久前在三山島水天之際地方仰望明月，想起以前每逢月明夜你就像嫦娥一樣
從天而降，你在宮中情況我只能聽別人說起。

當年我所在秘書省離你供職地方很近，有時我都能從走路佩玉聲響中知道你的
身體狀況，可以從琴聲中想像出你十指尖尖彈奏樣子，雖然離得很近，可是你我難以
親近，還有人告密導致厄運。

傍晚的小雨一會兒就停了，兩岸山峰如壁峭立，星斗滿天，銀河橫在天際。

現在我又住在居所的東邊，你莫愁即使不來恐怕也避不了嫌疑吧？

會昌二年壬戌　公元 842 年

《贈白道者》

十二樓前再拜辭，靈風正滿碧桃枝。

壺中若是有天地，又向壺中傷別離。

《集仙錄》：金母降，謝自然將桃一枝懸背上，有三十顆，碧色，大如桃。

《雲笈七籤》：施存，魯人，學大丹之道，與張申為雲臺治官，常懸一壺，如五升器大，化為天地，中有日月，夜宿其中，自號壺天，謂曰壺公，因之得道。

〔譯文〕

你再次拜別過去生活的皇宮，正好又是春天桃花開放的時候。

既然認為在仙家壺中有天地，又為什麼還要為別離而如此傷心呢？

《深宮》

金殿銷香閉綺櫳，玉壺傳點咽銅龍。

狂飆不惜蘿陰薄，清露偏知桂葉濃。

斑竹嶺外無限淚，景陽宮裏及時鐘。

豈知為雲為雨處，只有高唐十二峰。

《周禮》：挈壺氏。注：挈壺水以為漏。《初學記》：殷夔漏刻法，為器三重，圓皆徑尺，差立於水與踟躕之上，為金龍，口吐水，轉注入踟躕經緯之中，流於衡渠之下。徐彥伯：假寐守銅龍。

《南史》：齊武帝以內深隱，不聞端門鼓漏，置鐘景陽樓上。應五鼓及三鼓，宮人聞聲早起裝飾。

《天中記》：巫山十二峰，曰望霞、翠屏、朝雲、松巒、集仙、聚鶴、淨壇、上升、起雲、飛鳳、登龍、聖泉。

《放翁入蜀記》：巫山峰巒上入霄漢，十二峰者不可悉見，惟神女峰最為纖麗奇峭，當即十二峰中之朝雲也。

〔譯文〕

宮殿的門戶已經關閉，只有玉壺的玉管流珠在計時。

狂風並不會因為松蘿的柔弱而停止，露水也更多地落在發出香氣的桂樹葉子

上，你們姐妹更是易被陰謀小人傷害。

　　當年我與你在湘川相識，如今聽說宋申錫因為感憤而在開州死去，那裡的斑竹也都在為他哭泣，可是景陽宮鐘聲依舊每日按時敲響。

　　瑤臺之會已經不再可能，我和你朝雲也難以再見面，要知道襄王和神女的歡會本來也只有在巫峽才有可能吧？

《玉山》

　　玉山高與閬風齊，玉水清流不貯泥。

　　何處更求回日馭，此中兼有上天梯。

　　珠容百斛龍休睡，桐拂千尋鳳要棲。

　　聞道神仙有才子，赤簫吹罷好相攜。

　　《山海經‧西山經》：又西三百五十里曰玉山，王母所居也。山多玉石。《西王母傳》：王母所居，在崑崙之圃，閬風之苑。《十州記》：崑崙山上有三角，其一角正北干辰之輝，曰閬風巔。

　　《水經》：濟水又東北，右會玉水。

　　《尸子》：凡水方折者有玉，圓折者有珠，清水有黃金，龍淵有玉英。

　　《淮南子‧天文訓》：日乘車駕以六龍，羲和御之，日至此而薄於虞泉，羲和至此而回六螭。

　　王逸《九思》：緣天梯兮北上，登太乙兮玉臺。

　　薛瑩《龍女傳》：震澤洞庭山南有洞穴，梁武帝召問傑公，公曰：「此洞穴蓋東海龍王第七女掌龍王珠藏，若遣使通信，可得寶珠。」有甌越羅子春兄弟上書請通。帝命傑公問曰：「汝家制龍石尚在否？」答曰：「在。」謹齎之都，試取觀之，公曰：「汝此石能制徵風雨，召戎虜之龍，而不能制海王珠藏之龍。昔桐柏真人教楊羲、許謐、茅容乘龍，各贈制龍石一片，今亦應在。」帝敕命求之於茅山華陽隱居陶弘景，得石兩片，公曰：「是矣。」

　　《莊子》：河上有家貧窮者，其子沒淵，得千金之珠，其父曰：「夫珠必在驪龍頷下，子得之，必遭其睡也。」

　　《毛詩‧大雅‧卷阿》：鳳凰鳴矣，于彼高崗。梧桐生矣，于彼朝陽。疏：梧桐自是鳳之所棲。

　　〔漢〕枚乘《七發》：龍門之桐，高百尺而無枝。

　　《晉書‧載記‧呂纂傳》：涼州胡安據盜發晉文王、張駿墓，得赤玉簫、紫玉笛。

〔譯文〕

信州玉山與崑崙山一樣是道家勝地，溪水清清，其中沒有一絲泥沙，正好與你修行的高潔志向相符。

羲和駕著太陽車大概就是在這裡歇息的吧？何況衢州龍門峽谷還有沿山蜿蜒而上的天梯呢！

「龍女」乘「驪龍」「睡」的時候離開了皇宮，到了衢州的龍門峽谷，因為那裡不能久留，「鳳女」又如鳳凰尋求棲息梧桐那樣來到了玉山。

聽說蕭史和弄玉是一對恩愛夫妻，如今既然找到了赤簫，想必可以一起共度時光了吧？再不會像以前那樣以自己為清流濟水，嫌棄我是河水濁流了吧？

《聞歌》

斂笑凝眸意欲歌，高雲不動碧嵯峨。

銅臺罷望歸何處，玉輦忘還事幾多。

青冢路邊南雁盡，細腰宮裏北人過。

此聲腸斷非今日，香炷燈光奈爾何。

《列子・湯問》：薛譚學謳於秦青，未窮青之技，自謂盡之，遂辭歸。秦青弗止，餞於郊衢，撫節悲歌，聲震林木，響遏行雲。

陸機《弔魏武帝文》：遊乎秘閣而見魏武帝遺令⋯⋯又曰：「吾婕妤、妓人皆住銅雀臺，於臺上施八尺床繐帳，朝晡上脯糒之屬，月朝十五輒向帳作技，汝等時時登銅雀臺，望吾西陵墓田。」

《拾遺記》：穆王即位二十三年，巡行天下，馭黃金碧玉之車，王神智遠謀，使跡遍於四海。西王母乘翠鳳之車，而來與穆王歡歌。歡歌既畢，乃命駕升雲而去。

《清一統志》：青冢在歸化城（今內蒙古呼爾浩特）南二十里，古豐州西六十里。《大同府志》：「塞草皆白，唯此冢獨青，故名。」昭君死葬黑河岸，朝暮有愁雲怨霧復冢上。《歸州圖經》：胡地多白草，昭君冢獨青，鄉人思之，為立廟香溪。

陸游《入蜀記》：巫山縣古離宮，俗謂之細腰宮。

《後漢書・馬廖傳》：楚王好細腰，宮中多餓死。

《世說新語・任誕》：桓子野（伊）每聞清歌，輒喚奈何。謝公（謝安）聞之曰：「子野可謂一往情深也。」

〔譯文〕

你定神斂容準備歌唱，歌聲響遏行雲，連三峽的高山和白雲都在傾聽。

上次詠歎曹操銅雀臺之後你去了漠北，這一次你如王母為穆王唱歌之後也即將乘著神仙車而去，我們將再一次分離。

你從王昭君的青冢歸來，如今又經川中過楚王細腰宮。

我聽你的歌聲斷腸遠不止這一次，蘭膏將盡時的燈光總是使我想起當年往事。

會昌三年癸亥　公元 843 年

《小園獨酌》
柳帶誰能結，花房未肯開。
空餘雙蝶舞，竟絕一人來。
半展龍鬚席，輕斟瑪瑙杯。
年年春不定，虛信歲前梅。

《山海經》：賈超之山，其草多龍修。郭璞曰：龍鬚也。生石穴中而倒垂，可以為席。

〔譯文〕

你們姐妹住過小院裏柳條長長的可以縮結了，可是牡丹還沒有開。

只有蝴蝶雙雙飛舞，見不到一個人。

我鋪上席子坐在南塘邊，用瑪瑙杯一個人對著池水喝悶酒。

年年春天我們都盼望著花開，可以邀請朋友們一起來賦詩，可是如今你們姐妹在哪裏呢？我真是白白地相信每逢梅開就可以聚會的約定了。

《即日》
小苑初試衣，高樓倚暮暉。
夭桃惟是笑，舞蝶不空飛。
赤嶺久無耗，鴻門猶合圍。
幾家緣錦字，含淚坐鴛機。

《詩》：桃之夭夭，灼灼其華。

《新唐書·地理志》：隴右道……鄯州（今甘肅樂都）鄯城有天威軍，故石堡城，天寶八載更名。又西二十里至赤嶺，其西吐蕃，有開元中分界碑。

《吐蕃傳》：過石堡城，右行數十里，土石皆赤，虜曰赤嶺。

《漢書·地理志》：西河郡，縣三十六。有鴻門縣。馮浩云：鴻門與雁門、馬邑相接，唐時河東道之邊，烏介入犯正在此地。即今山西代縣、朔縣一帶。

《舊唐書‧武宗本紀》：（會昌）二年，八月回鶻烏介可汗過天德，俘掠雲、朔、北川。朝廷籌備兵力，等來春驅逐回鶻。九月，詔銀州刺史何清朝、蔚州刺史契苾通領沙陀、吐渾六千騎赴天德。

《晉書》：竇滔妻蘇氏名蕙，字若蘭，善屬文。滔符堅時為秦州刺史，被徙流沙，蘇氏思之，織錦為迴文旋圖詩遺贈滔，宛轉循環，詞甚悽婉，凡八百餘字。縱橫反覆，皆為文章。

古詩：客從遠方來，遺我一端綺。文采雙鴛鴦，裁為合歡被。

〔譯文〕

天氣回暖，開始換上春衣，傍晚我倚靠在高高的樓上惆悵地遠望。

你看那桃花盛開、蝴蝶雙雙飛舞，可是你我分離已經一年，不知你現在何方？真是應了崔護的詩句「人面不知何處去，桃花依舊笑東風」了。

隴右鄯州赤嶺吐蕃邊界久久沒有止息，鴻門地方增援抗擊回鶻大軍還在往那裡調動，不知你是否身陷其中？

有多少人家婦女在掛念從軍的將士，我也是時刻在為你擔心啊！

會昌四年甲子　公元844年

《銀河吹笙》

　　悵望銀河吹玉笙，樓寒院冷接平明。

　　重衾幽夢他年斷，別樹羈雌昨夜驚。

　　月榭故香因雨發，風簾殘燭隔霜清。

　　不須浪作緱山意，湘瑟秦簫自有情。

《列仙傳》：王子喬者，周靈王太子晉也，好吹笙作鳳凰鳴，遊伊、洛之間，道士浮丘公接以上嵩高山，……見桓良曰：「告我家，七月七日待我於緱氏山巔。」至時果乘白鶴駐山頭，望之不得到，舉手謝時人，數日而去。

偃師的堠山，據說是周靈王太子晉（字子橋）吹笙乘白鶴昇天處，唐武則天（699年）親自撰寫碑文《升仙太子碑》。

枚乘《七發》：暮則羈雌迷鳥宿矣。古詩：羈雌戀舊侶。

《楚辭‧遠遊》：使湘靈鼓瑟兮。

〔譯文〕

我就像牛郎一樣隔河悵望，希望能夠渡過銀河得以和織女相見，又像王子喬那樣惆悵地吹著笙，希望引來鳳凰，可是一直沒有如願，在寒冷的樓上一直待到天亮。

恩愛之情斷絕已好幾年，鸞鳳分離情景又在昨夜夢中重現，使我驚醒。

下雨日子裏一陣陣傳來我們相會月榭邊桂樹香氣，晴朗有霜的夜晚，還能夠看到風吹著洞房簾子透出的燭光。

不須像王子喬那樣在緱山約定什麼時候，我和你就像舜和湘妃、蕭史和弄玉一樣，有情人終能相見。

《重過聖女祠》

白石巖扉碧蘚滋，上清淪謫得歸遲。

一春夢雨常飄瓦，盡日靈風不滿旗。

萼綠華去無定所，杜蘭香去未移時。

玉郎會此通仙籍，憶向天階問紫芝。

江淹詩：閨草含碧滋。

《三洞宗元》：三清境者，玉清、上清、太清是也，亦名三天。釋道源注：上清蕊珠宮，大道玉宸君居之。

《九歌》：東風飄兮神靈雨。

莊子：雖有忮心者，不怨飄瓦。

《真誥·右英夫人歌》：阿母延軒館，朗嘯躡靈風。

《雲芨七籤》：靈風揚音，綠霞吐津。

《真誥》：萼綠華者，自云是南山人，不知是何山也，女子，年可二十上下，青衣，顏色絕整。以升平（晉武帝年間）三年降於羊權家，自此往來，一月六過其家，……與權尸解藥，亦隱形化形而去。

《墉城集仙錄》：杜蘭香者，有漁夫於湘江洞庭之岸聞啼聲，四顧無人，唯一、二歲女子，漁夫憐而舉之，十餘歲，天姿奇偉，靈顏姝瑩，天人也。忽有青童靈人自空而下，集其家，攜女而去，臨昇天謂漁夫曰：「我仙女杜蘭香也，有過謫於人間，今去矣。」其後於洞庭包山降張碩家。

《晉書·曹毗傳》：桂陽張碩為神女杜蘭香所降，毗以二詩嘲之，並續蘭香歌詞十篇。曹毗《神女杜蘭香傳》：杜蘭香自云：「家昔在青草湖，風溺，大小盡沒。香年三歲，西王母接而養之於崑崙之山，於今千歲矣。」

《御覽·杜蘭香別傳》：香降張碩，既成婚，香便去，絕不來。年餘，碩忽見香乘車山際，碩不勝悲喜，香亦有悅色。言語頃時，碩欲登其車，其婢舉手排碩，凝然山立。碩復於車前上車，奴攘臂排之，碩於是遂退。

宋邕：天上人間兩渺茫，不知誰識杜蘭香。

《登真隱訣》：三清九宮並有僚屬，其高總稱道君，次真人、真公、真卿，其中有御史、玉郎諸小號官位甚多。

《真誥》：北元中玄道君，太保玉郎李靈飛之小妹。

《雲笈七籤》：登命九天司命侍仙玉郎開紫陽玉笈雲錦之囊，出九天生神玉章。

《金根經》：青宮之內北殿有仙格，格上有學仙薄錄，及玄名年月深淺，金簡玉札，有十萬篇，領仙玉郎所典也。

《雲笈七籤》：司命隱符，五老紫籍。道教稱仙人所居為紫府，紫籍猶仙籍。

《神仙傳·彭祖傳》：仙人者，或竦身入雲，無翅而飛，或駕龍乘雲，上造天階。

《茅君內傳》：勾曲山有神芝五種，其三色紫。形如葵葉，光明洞徹，服之拜為太清龍虎仙君。

〔譯文〕

岩石上苔蘚漫生，足見蕊珠聖女被淪謫後已久久沒有回到自己洞府；當年你去上清派祖庭修行情景，我至今記得很分明，如果不是你執意修道，後來也不會導致你我的分離。

如今我來此處，看見廟宇的瓦被春雨打壞不少，門口旗幡也無精打采地耷拉著。

你就像蕚綠華、杜蘭香那樣來去輕盈，在江南和湘中適然自得，而我如羊權、張碩一樣徒然相思。

我曾經於此地因你們而得知仙家規矩，此番經過這裡，不禁想起當年一起求仙問道、後來追陪到勾曲山情景，也因此而向老天禱告，希望知道你今日又在何處如黃綺公閒臥白雲歌紫芝呢？

《鈞天》

上帝鈞天會眾靈，昔人因夢到青冥。

伶倫吹裂孤生竹，卻為知音不得聽。

《洛神賦》：眾靈雜遝。

楊炯《少姨廟碑》：群仙畢來，眾靈咸至。

〔譯文〕

你們在女幾山聚會，如群仙畢來，眾靈咸至。

你吹奏的笛聲是如此美妙，可惜作為知音的我卻不能到場。

《嫦娥》

雲母屏風燭影深，長河漸落曉星沈。

嫦娥應悔偷靈藥，碧海青天夜夜心。

《淮南子・覽冥》：羿請無死之藥於西王母，姮娥竊之以奔月宮。

《十洲記》：東有碧海，與東海等，水不鹹苦，正作碧色。

〔譯文〕

蠟燭照在雲母屏風上，影子很深；夜已近曉，銀河的星星也開始隱沒。

嫦娥大約也在這月光如水的夜裏懊悔吧？當初因為偷了長生藥，執意離開丈夫，因此現在只能一個人寂寞地度過長夜了。

《夜半》

三更三點萬家眠，露欲為霜月墮煙。

鬥鼠上堂蝙蝠出，玉琴時動倚窗弦。

〔譯文〕

直到三更還沒有睡意，索性披衣走出室外，感到清秋露水降下寒意陣陣，月亮躲進了淡淡的雲中。

夜深人靜，只有老鼠和蝙蝠在夜裏活動，我彷彿覺得倚靠在窗邊的琴有人在動，是你又回來了嗎？

《夜冷》

樹繞池寬月影多，村砧塢笛隔風蘿。

西亭翠被餘香薄，一夜將愁向敗荷。

馬融《長笛賦序》：融獨臥郿縣平陽塢中，有洛客舍逆旅吹笛。

《左傳》：楚子翠被豹舃。

宋玉《招魂》：翡翠珠被，爛齊光些

何遜《嘲劉孝綽》：稍聞玉釧遠，猶憐翠被香。

〔譯文〕

池邊水面寬闊，月影透過樹枝路上斑駁相連，遠遠傳來遊人吹笛和村婦搗砧聲音

還記得當年我們在西亭聚會嗎，如今雖然翠被還在，被子上還留著殘留香味，可是愁悶得一直睡不著，耳中滿是池塘風吹枯荷的嘩嘩聲。

《搖落》

搖落傷年日，羈留念遠心。

水亭吟斷續，月幌夢飛沈。

古木含風久，疏螢怯露深。

人閒始遙夜，地回更清砧。

結愛曾傷晚，端憂復至今。

未憖滄海路，何處玉山岑。

灘激黃牛暮，雲屯白帝陰。

遙知沾灑意，不減欲分襟。

宋玉《九辯》：悲哉秋之為氣也！蕭瑟兮草木搖落而變衰。

謝朓《辭隨王箋》：皋壤搖落，對之惆悵。

《文選·雪賦》：月承幌而通輝。《莊子》：夢為鳥而厲乎天，夢為魚而投於淵。

陸機《悲哉行》：寤寐多遠念，㴱然若飛沈。

《楚辭·九辯》：靚杪秋之遙夜兮，心繚捩而有哀。

應璩：秋日苦短，遙夜綿綿。

王筠：同衾遠遊玩，結愛久相離。

秦嘉《贈婦詩》：歡會常苦晚。

謝莊《月賦》：陳王初喪應、劉，端憂多暇。

謝朓詩：若遺金門步，見就玉山岑。

《新唐書·地理志》：峽州夷陵西北二十八里右下牢鎮。有黃牛山。《水經注》：江水又東徑黃牛山下，有灘名黃牛灘。南岸重嶺疊起，最外高崖間有石色如人，負刀牽牛，人黑牛黃，成就分明。此岩既高，加江湍迂迴，故行者謠曰：「朝發黃牛，暮宿黃牛。」言水路迂深，回望如一矣。

《通典》：夔州雲安郡奉節縣，漢魚腹縣地，有白帝城。今四川奉節縣。

《韓非子·和氏》：和乃抱其璞而哭於楚山之下，三日三夜，淚盡而繼之以血。

杜甫《夏日楊長寧宅送崔侍御常正字入京》：不堪垂老鬢，還欲對分襟。李商隱《詠懷寄秘閣舊僚二十六韻》：懶沾襟上血，羞鑷鏡中絲。

〔譯文〕

秋天一次次地到來，時間一年年地過去，已經耗去了我們許多年華，木葉搖落季節我總是在懷念往事。

當年我倆在鄭州驛站板橋水亭中前後所吟的詩，還有在蘇州齊雲樓月亮清輝從窗簾中透過來，都還像是昨天的事一樣，可是如今你我相隔遙遠，人生真如夢一般啊！

初秋之夜你在湘江邊歡息，那裡古木森森，之後又去了揚州，那裡螢火蟲還怕

露水嗎？

　　我就像曹植失去好友，經常憂愁，而你也如屈原那樣怕聽到深秋月明之夜江邊搗衣聲。

　　你我結成夫妻已經苦晚，而不久即離散，憂慮更是持續至今。

　　我不知道你想去的扶桑國在滄海哪一邊，無法前來找尋，但總是想起當年你在玉山時情形，正是從那時開始我們「蹊徑」的啊！而今你又在哪裏呢？

　　記得那年秋天在江陵受到驚嚇，急急忙忙地逃往夷陵，小船經過水流遄急的黃牛灘，後來也曾在奉節城小住。

　　你如和氏獻璧對皇帝盡忠反得不到應有回報，以至於內心憤激難以遣散，你我分離也使得你淚水漣漣，你我都希望雖然進入垂老之年還是能有重逢機會，至少可以減少互相的掛念啊！

會昌五年己丑　公元 845 年

《自眨》（春日寄懷）

世間榮落重逡巡，我獨邱園坐四春。

縱使有花又有月，可堪無酒又無人。

青袍似草年年定，白髮如絲日日新。

欲逐風波千萬里，未知何路到龍津。

　　李商隱丁母憂前為秘書省正字，為正九品下階；以前任弘農尉，是從九品上階；再以後為秘書省校書郎，也是正九品下階。

　　陳後主：岸草發青袍。

　　《三秦記》：河津一名龍門，水險不通，龜魚之屬莫能上。江海大魚集門下數千，不得上，上則為龍。

　　《晉書‧孫綽傳》：綽嘗鄙山濤，謂人曰：「山濤吾所不解，吏非吏，隱非隱，若以元禮門為龍津，則當點額暴腮矣。」

　　任昉《知己賦》：過龍津而一息，望鳳條而再翔。

〔譯文〕

　　世人對於榮辱起落很是在意，我獨在邱園徘徊了四年。

　　即使這幾年種樹植花很是悠閒，只是你們朋友和知交都不在這裡，很是寂寞。

　　我入仕多年始終居於九品，穿著官階低微的青袍，年紀一年年過去，只有白髮越來越多。

我也想和你一起到遠方去，可是有誰知道到龍津的路呢？

《昨夜》

　　不辭鶺鴒忌年芳，但惜流塵暗燭房。

　　昨夜西池涼露滿，桂花吹斷月中香。

　　《離騷》：徒恐鶗鴃鳥紙江鳴兮，顧先百草為之不芳。王逸注：常以春分鳴也。音題決。《廣韻》：鶗鴃春分鳴，則眾芳生；秋分鳴，則眾芳歇。

　　江淹：一旦鶗鴃鳴，嚴霜被勁草。

　　〔譯文〕

　　子規鳥秋分時節鳴叫，預示著植物開始凋謝。

　　昨夜崇讓宅西邊池子裏露水涼涼的，月中傳來陣陣桂花香氣。

《月夕》

　　草下陰蟲葉上霜，朱欄迢遞壓湖光。

　　兔寒蟾冷桂花白，此夜姮娥應斷腸。

　　〔譯文〕

　　近處的蟋蟀在草葉中悲鳴，遠處的朱欄在波光粼粼湖中顯得是那樣清晰。

　　今夜月宮中白兔和蟾蜍都會感到寒冷吧？嫦娥也一定會因為寂寞而心裏悲傷。

《寄遠》

　　姮娥搗藥無時已，玉女投壺未肯休。

　　何日桑田俱變了，不教伊水向東流。

　　《神異經・東荒經》：東荒山中有大石室，東王公居焉……恒與一玉女投壺，每投千二百矯……矯出而不接者，天為之笑。開口流光，今電是也。

　　《水經》：伊水出南陽縣西蔓渠山，皆東北流，過伊闕中至洛陽縣南，北入於洛。

　　〔譯文〕

　　玉兔為嫦娥搗藥未有盡期，玉女與東王公作投壺遊戲也不肯停止，天為之一晴一陰，永無了時。

　　要是哪一天連天地都變了樣，我們就不會再有離別之苦了！

《隋宮守歲》

　　消息東郊木帝回，宮中行樂有新梅。

沉香甲煎為庭燎，玉液瓊蘇作壽杯。

遙望露盤疑是月，遠聞鼉鼓欲驚雷。

昭陽第一傾城客，不踏金蓮不肯來。

〔隋〕薛道蘊有《歲窮應教詩》。

《禮記‧月令》：立春之日，天子親率三公、九卿、諸侯、大夫，以迎春於東郊。

《資治通鑑‧景龍二年》：十二月晦，敕中書門下與學士諸王駙馬入閣守歲，設庭燎，置酒奏樂。

隋煬帝《賜吳絳仙》：舊日歌桃葉，新妝豔落梅。

胡三省《資治通鑑注》：《貞觀紀聞》：「貞觀初，天下乂安，時屬除夜，太宗延蕭后同觀燈，問曰：『隋主如何？』後曰：『隋主每除夜殿前諸院設火山數十，盡沉香木根，每一山焚沉香木數車，火光暗，則以甲煎沃之，焰起數丈，香聞數里，一夜之間，用沉香二百餘乘，甲煎二百石。』」

《南州異物志》：沈水香出日南，欲取，當先斬壞樹著地，積久，外自朽壞，其新至堅者，置水則沈，名曰沉香。

《法圓珠林‧廣志》：甲香出南方。《香譜》：甲香，《唐本草》：蠡類，生雲南，如掌，南人亦煮其肉啖。今合香多用，能成香煙。

庾信《鏡賦》：薰蘸油檀，脂和甲煎。

《山海經》：崤山，丹水出焉，其中多白玉，是有玉膏，黃帝是食是餐。

《武帝內傳》：上藥有風實、雲子、玉液、金漿。

《南嶽夫人傳》：夫人設王子喬瓊酥綠酒，金觴四奏。

《文選‧李斯‧上書秦始皇》：樹靈鼉之鼓。注：以鼉皮為鼓也。

宋玉《神女賦》：高唐之客。

徐陵：三元兆慶，六呂司春，得奉萬壽之杯。

《南史‧齊本紀》：（東昏侯蕭寶卷）又鑿為金蓮花，以貼地，令潘妃行其上，曰：「此步步蓮花也。」

《西京雜記》：趙飛燕為皇后，其女弟在昭陽殿遺飛燕⋯⋯五明扇、雲母屏風、琉璃屏風。

〔譯文〕

從溫庭筠《東郊行》詩中知道你又去了江南，迎春儀式正好又逢除夕，諸王和駙馬應命在皇宮守歲慶賀，庭院中點起熊熊篝火。

沉香和著龜甲的香氣濃烈，喝著玉液瓊漿，相互祝願新的一年身體康壽，有好運氣。你曾為中書侍吏，還記得那時的情景嗎？

建章宮前燈火通明，幾乎錯把承露盤看作是十五的月亮；音樂聲傳得老遠，蒙著氈皮的鼓聲更是響得象打雷一樣。

想當年你在皇宮中也如此守歲，但如今聽說你在金陵，就像齊后潘妃那樣沒有步步蓮花是再也不肯回來了。

會昌六年丙寅　公元 846 年

《瑤池》

瑤池阿母綺窗開，黃竹歌聲動地哀。

八駿日行三萬里，穆王何事不重來。

《列子·周穆王》：西王母為王謠，王和之，其辭哀焉。有《西王母為天子謠》、《天子答謠》、《黃澤謠》、《黃竹謠》。

《列子·周穆王》：乃觀日之所入，一日行萬里。

《穆天子傳》：天子觴西王母於瑤池之上，西王母為天子謠曰：「白雲在天，山陵自出。道里悠遠，山川間之。將子無死，尚復能來」，天子答之曰：「予歸東土，和治諸夏。萬民平均，吾顧見汝。比及三年，將復汝野。」

《穆天子傳》卷五：日中大寒，北風雨雪，有凍人，天子作詩三章以哀民：「我徂黃竹，口員閟寒」等。

陳子昂《感寓》：荒哉穆天子，好與白雲期。宮中多怨曠，層城蔽蛾眉。

〔譯文〕

你去了江東白雲山瑤池，傳說那裡是西王母宴請周穆王的仙境，王母與穆天子在相距很遠地方用歌謠對答，其聲甚哀。

據說穆天子的八匹駿馬一日能行三萬里，為什麼他不到西王母住的地方來呢？你有沒有想過我為什麼不再來看你呢？

《杏花》

上國昔相值，亭亭如欲言。

異鄉今暫賞，脈脈豈無恩。

援少風多力，牆高月有痕。

為含無限意，遂對不勝繁。

仙子玉京路，主人金谷園。

幾時辭碧落，誰伴過黃昏？

鏡拂鉛華膩，爐藏桂燼溫。

終應催竹葉，先擬詠桃根。

莫學啼成血，從教夢寄魂。

吳王採香逕，失路入煙村。

江淹《四時賦》：憶上國之綺樹。

古詩：盈盈一水間，脈脈不得語。

《靈樞·金景內經》：下離塵境，上界玉京元君。注，玉京者，無為之天也。玉京之下，乃崑崙北部。

《水經注》：金穀水出河南太白縣，東南流歷金谷，謂之金穀水，經石崇故居。《晉書》：石崇有別館在河陽之金谷，一名梓澤。

《橫山志略》：橫山又稱五塢山，大尖山之下有桃花塢、杏花塢、松木塢、寶華塢等。

《洛神賦》：鉛華不禦。《博物志》：燒鉛成胡粉。

《拾遺記》：王母取綠桂之膏，燃以照夜。張協：尺燼重尋桂。

張衡《七辨》：玄酒白醴，葡萄竹葉。張華《輕薄篇》：蒼梧竹葉清，宜城九醞酒。

《樂府集》：桃葉妹曰桃根，今秦淮口有桃葉渡。《樂府·桃葉歌》：桃葉復桃葉，桃樹連桃根。相憐兩樂事，獨使我殷勤。

《禽經》：子規夜啼達旦，血漬草木。《臨海異物志》：杜鵑鳴晝夜不止，取母血塗其口，兩邊皆赤。上天自言乞恩。

《吳地志》：香山，吳王遣美人採香於山，因以為名，故有採香逕。

《方勝御覽》：姑蘇靈巖山有西施採香逕。

〔譯文〕

想當年新進士聚會正當初春，如今杏園中杏花盛開，好像亭亭玉立的女子想要訴說些什麼。

你在異鄉獨自欣賞杏花，是不是也想起當年的種種呢？

可惜這裡的杏花因為風大紛紛飄落，月光映照著高牆上杏花飄搖影痕。

繁枝競發，蘊含著無限情思。

當年住在金谷園的女子，曾經在那裡招待朋友，她後來又到了長安杏園，在玉京修道。

如今獨處美人離開了碧城，又有誰伴她度過寂寥的黃昏呢？

想當年你們姐妹不施脂粉仍然美麗，如今你是不是在火爐邊燃燒桂枝驅趕初春寒冷呢？

還記得與友人一起飲酒，你放聲歌唱《桃葉歌》的情景嗎？

我不希望成為啼血的杜鵑，任憑夢魂寄情，而是希望如鴛鴦雙棲同遊。

當年因為你執意進宮，導致你如今獨自在吳王館娃宮孤獨地欣賞杏花，是不是還住在採香涇附近村莊裏呢？

大中元年丁卯　公元 847 年

《離思》

氣盡前溪舞，心酸子夜歌。

峽雲尋不得，溝水欲如何。

朔雁傳書絕，湘篁染淚多。

無由見顏色，還自託微波。

《寰宇記》：前溪在烏程縣南，東入太湖，謂之風渚，夾溪皆生劍箬。晉車騎將軍沈玩家於此。

《樂府解題》：前溪，舞曲也。《舊唐書·音樂志》：前溪，晉車騎將軍沈玩所製。《前溪歌》：憂思出門倚，逢郎前溪渡。莫作流水心，引新都捨故。

《舊唐書·音樂志》：子夜，晉曲也。晉有女子，夜造此曲，聲過哀苦，近日嘗有鬼歌之。《樂府解題》：後人更為四時行樂之辭，謂之《子夜四時歌》，又有《大子夜歌》、《子夜警歌》、《子夜變歌》。

《子夜歌》：黃蘗向春生，苦心隨日長。

峽云：指巫山朝雲。

〔漢〕卓文君《白頭吟》：今日斗酒會，明日溝水頭。躞蹀御溝上，溝水東西流。

《漢書·蘇武傳》：天子射上林中，得雁，足有繫帛書，言武等在某澤中。

〔魏〕曹植《洛神賦》：無良媒以接歡兮，託微波而通辭。

〔譯文〕

你如今到了烏程的前溪，我好像聽見你唱著沈玩所作《前溪歌》：「莫作流水心，引新都捨故」譴責我，《子夜歌》中「黃蘗向春生，苦心隨日長」，正如你現在的心境，都是在埋怨我啊！

你我如楚襄王和神女在巫峽曾經歡會，又如司馬相如和卓文君那樣在長安分開，既然已經難以偕合，對此乖離，又能如何？

聽說你又去了江漢和瀟湘，我想讓大雁傳遞書信，可是不能夠啊！大概你也在

南方湘江邊竹子上留下了斑斑淚痕吧？

我現在固然沒有能看到你，但是可以通過銀河的水波將自己的心曲告訴你。

《即目》
地寬樓已迥，人更迥於樓。
細意經春物，傷醒屬暮愁。
望賒殊易斷，恨久欲難收。
大執真無利，多情豈自由！
空園兼樹廢，敗港擁花流。
書去青楓驛，鴻歸杜若洲。
單棲奮應定，辭疾索誰憂？
更替林鵶恨，驚頻去不休。

《方輿勝覽》：青楓驛在潭州瀏陽縣。

《毛詩》：傷酒曰醒。

宋玉《招魂》：湛湛江水兮上有楓，目極千里兮傷春心。

《楚辭》：采芳洲兮杜若。徐堅《棹歌行》：香飄杜若洲。

《禽經》：鴉必匹飛，鵙必單棲。《易・通卦驗》：夏至小暑伯勞鳴。伯勞性好單棲，其飛颺，其聲嗖嗖。

《魏志・管寧傳》：徵命屢下，每輒辭疾。

〔譯文〕
我來到你們曾居留過樓上，望出去一片空曠，已經人去樓空。

想起春天芳菲時你醉酒樣子，如今已是秋天，只有日暮時分的憂愁伴隨著我。

對你的思念怎麼會停歇呢？可是你來去無蹤我也實在是有點恨啊！

勢料難挽，我還自作多情些什麼！

園子裏的樹木已經荒廢，水裏漂流著落下的花。

我從桂林寄信到瀏陽青楓驛時，你們已經離開杜若洲了。

看起來你我真是單棲的命，就像那伯勞鳥一樣，即使我一再地為你辭去官職到處追隨也沒有用。

討厭的烏鴉呱呱叫著，即使用石塊打它也趕不走。

《夜雨寄北》
君問歸期未有期，巴山夜雨漲秋池。
何當共剪西窗燭，卻話巴山夜雨時。

〔譯文〕

你問我什麼時候回來，我至今還沒有數，大概巴山秋季漲水的時候能相見吧？

那時我們一起在西窗下夜談，再一起聊聊巴山夜雨情景吧！

大中二年戊辰　公元848年

《曉坐　後閣罷朝眠》

　　後閣罷朝眠，前墀思黯然。

　　梅應未假雪，柳自不勝煙。

　　淚續淺深綆，腸危高下弦。

　　紅顏無定所，得失在當年。

〔譯文〕

後閣小睡一會，到前面的臺階上走走，心中的煩惱還是難以驅除。

梅花開了，可是沒有雪，柳枝也開始發芽，可是你人在哪裏呢？

你淚水漣漣，濕透手絹，我情志不舒，腹部難受。

造成你如今無家可歸、沒有安居之所原因，就是你當年不肯放棄宮廷生活啊！

《河陽詩》

　　黃河搖落天上來，玉樓影近中天台。

　　龍頭瀉酒客壽杯，主人淺笑紅玫瑰。

　　梓澤東來七十里，長溝復墊埋雲子。

　　可惜秋眸一臠光，漢陵走馬黃塵起。

　　南浦老魚腥古涎，珍珠密字芙蓉篇。

　　湘中寄到夢不到，衰容自去拋涼天。

　　憶得鮫絲裁小卓，蛺蝶飛徊木棉薄。

　　綠繡笙囊不見人，一口紅霞夜深嚼。

　　幽蘭泣露新香死，畫圖淺縹松溪水。

　　楚絲微覺竹枝高，半曲新詞寫綿紙。

　　巴陵夜市紅守宮，後房點臂斑斑紅。

　　堤南渴雁自飛久，蘆花一夜吹西風。

　　曉簾串斷蜻蜓翼，羅屏但有空青色。

　　玉灣不釣三千年，蓮房暗被蛟龍惜。

濕銀注鏡井口平，鷟鸑映月寒錚錚。

不知桂樹在何處，仙人不下雙金莖。

百尺相風插重屋，側近嫣紅伴柔綠。

伯勞不識對月郎，湘竹千條為一束。

河陽：在河南孟縣，潘岳為河陽令，於城中遍植桃李，人因稱花縣。江淹《別賦》：又若君居淄右，妾家河陽，同瓊佩之晨照，共金爐之夕香。

《舊唐書‧地理志》：河陽三城節度使領孟、懷二州。孟州城臨大河，長橋架水，古稱天險。

《孟縣志‧三城記》：河陽北城，南臨大河，長橋架水，古稱天險。南城三面臨河，屹立水濱。中城表裏二城，南北相望，黃河二派，貫於三城之間。南北二城皆有濡足之患，而中層線索（水單）屹然如故。

李白詩：黃河之水天上來，奔流到海不復回。

《十洲記》：玉樓十二，在崑崙山。

《列子‧周穆王》：西極之國有化人來，穆王乃為之改築臺，其高千仞，臨終南之上，號曰中天之臺。

《集仙錄》：西王母所居宮闕在閬風之苑，有城千里，玉樓十二。

龍頭：道源注，盛酒器，刻作龍形。《樂府詩集‧三洲歌》：湘東酤綠酒，廣州龍頭鐺。玉樽金鏤碗，與郎雙杯行。

司馬相如《子虛賦》：其石則赤玉玫瑰。晉灼曰：玫瑰，火齊珠也。

梓澤：《晉書‧石崇列傳》：崇有別館在河陽之金谷，一名梓澤。《元和郡縣志》：河陽西南至河南府八十里。

《水經注》：石季倫金谷詩集序云：別廬在河南界金谷澗中，有清泉茂樹，眾果竹柏，藥草蔽翳。

雲子石，細長而圓，色白似飯粒。古有以雲母葬者，此處為如雲女子葬在梓澤。

漢陵：後漢諸帝皆葬於洛陽近地，故曰漢陵。《南史》：梁末童謠曰：不見馬上郎，但見黃塵起。

《古詩》：客從遠方來，遺我雙鯉魚。呼兒烹鯉魚，中有尺素書。南浦魚書：從南方來的書信，因為藏在魚腹，所以有腥氣。

芙蓉篇：《詩品》：謝（靈運）詩如芙蓉出水。蛺蝶飛徊，指刺繡。木棉薄，指在閩、廣一帶出產的木棉薄布上刺繡。

《吳錄》：交阯有木棉樹，高大，實如酒盅，中有綿，可作布，名曰緤，一名

毛布。

《文選》張載《擬四愁詩》：佳人遺我綠綺琴。李善注引傅玄《琴賦序》：齊桓公有鳴琴越號鐘，楚莊有鳴琴曰繞梁，中世司馬相如有綠綺，蔡邕有焦尾，皆名器也。

紅霞：指刺繡時含在口裏的紅絨。或口嚼檳榔為紅色。《嶺表異錄》：檳榔，交阯豪士皆家園植之，其樹葉根干與桃榔、椰子小異也。安南人自嫩及老，採實啖之，以不婁藤兼之瓦屋子灰，競咀嚼之。自云交州地溫，不食無以祛其瘴癘。

楚絲：猶湘弦、楚弄。《樂府詩集》：《竹枝》本出巴渝，劉禹錫為朗州時作新辭九章，教里中兒歌之，由是盛於貞元、元和之間。禹錫曰：「其音如吳聲，含思婉轉。」

紅守宮：《博物志》：（壁虎）以器養之以朱砂，體盡赤，所食滿七斤，搗碎，終身不滅，有房事則滅。

戴叔倫：水繞漁磯綠玉灣。

《杜陽雜編》：唐同昌公主有九鸞之釵。《拾遺記》：魏文帝納薛靈芸，外國獻火珠龍鸞之釵，帝曰：「明珠翡翠尚不能勝，況乎龍鸞之重？」

《拾遺記》：少昊母曰皇娥，有神童稱為帝子，與皇娥宴戲泛於海。以桂枝為表，解芳草為族，刻玉為鳩置於表端，言知四時之候。今之相風，蓋其遺象。

《漢武故事》：帝作金莖，擎玉杯，承雲表露，和玉屑服之以成仙。

雙金莖：《杜陽雜編》：更有金莖花，其花如蝶，每微風至，則搖盪如飛。夫人採之為首飾。當指一對姐妹花。

張衡《七辨》：重屋百層，連閣周漫。

相風：侯風儀。《述征記》：又有相風銅鳥，遇風乃動。

《爾雅》：鵙，伯勞也。《通卦驗》：伯勞性好單棲。《樂府》：東飛伯勞西飛燕，黃姑阿母長相見。

蕭衍《東飛伯老歌》：東飛伯勞西飛燕，黃姑織女長相見。誰家女兒對門居，開顏發豔照里閭。

〔譯文〕

河陽北邊的雲台山，據說雲臺峰洞穴與黃河地脈相通，高懸瀑布就像黃河水從天而來，當年你們居住玉樓就是皇帝所築的求仙臺。

當年你們姐妹在河陽用美酒招待客人，你淺淺地笑著，嘴唇的顏色就像紅紅的玫瑰。

河陽離洛陽梓澤金谷園七十里，附近出產麥飯石。

　　你本是秋晖如水之美人，也曾被皇帝看中而帶往長安宮，而今你匆匆離開，連招呼都不跟我打一個，只見你們走馬漢陵揚起陣陣塵土。

　　收到你從海南島寄來書信，好像還帶著那裡的魚腥氣，而你從越州寄來信中密密的小楷如同珍珠，詞曲寫得像出水荷花那樣美好。

　　我寄到湘中書信想必已經收到？可惜沒有能在夢中見到你收到信時樣子。南方的天氣炎熱，想必氣候和相思使得你憔悴萬分了吧？

　　你曾在小桌上裁輕綃做衣裳，在海南薄薄木棉布上繡栩栩如生的蝴蝶，如今你在越州是不是也繡呢？

　　你會吹奏美妙的笙曲，如今只有絲繡綠色笙囊還留在這裡；你來信說到晚上縫紉咬斷線頭的樣子，我都可以想見。

　　你畫的幽蘭像是在悲泣，就像當年在湘川時紅蘭移浦顏色憔悴，只有那淡青色紙上的松溪水仍然在流淌。

　　你彈奏的琴瑟高妙，所譜的竹枝詞曲是那樣美妙，所寫歌詞還在那半張綿紙上。

　　可是你命運悲慘，想起你當年隨皇帝進川，身上塗著丹砂，臂上纏著絳紗，隨時準備承恩的樣子，我心裏真是難過。

　　我像失去伴侶孤雁獨自飛行，一直追尋到湘江，可是你已經離開了，就像蘆花被一夜西風吹過後無影無蹤。

　　你走之後，洞房簾子也沒有捲起來，蜻蜓的翅膀被夾在其中；只有屏風淡淡的青色還在。

　　據仙家規矩，千年可以相逢一次，可是三千年過去了我們還沒有見面；蓮子被劈開，如兄弟被迫離散，即使蛟龍也在惋惜，可是又有什麼用呢？

　　你在洞庭湖以漁父自嘲，只有月光映照著如鸞鏡的景陽宮井和你留下的釵環。

　　你就像那月中的嫦娥一樣飛昇了，不知道怎樣才能到你所在桂宮？你什麼時候才能回來？怎樣才能與你會合？

　　當年你們如一對姐妹花，如今你姐姐已升上天際，你也離我而去，留下的只是空屋和其上的候風鳥，知道我還在這裡空等，只有紅花綠草相伴。

　　照說牽牛織女經常可以相見，但你就像那好單棲的伯勞鳥一樣飛遠了，我的淚水就像湘江邊一千枝斑竹淚痕那樣多。

《涼思》
客去波平檻，蟬休露滿枝。
永懷當此節，倚立自移時。

北斗兼春遠，南陵寓使遲。

天涯占夢數，疑誤有新知。

《舊唐書·地理志》：江南西道宣州……南陵……武德七年屬池州，州廢來屬。

《舊唐書·經籍志》：《占夢書》二卷，又三卷，周宣撰。

〔譯文〕

夜晚的露水很重，蟬也已經不再鳴叫，

我總是不能忘記那年在池州，你長久地倚靠在水檻柱邊樣子。

我在池州逗留了好些天也未能等到你。

我和你總是相隔天涯，看來只能在夢中相見了，是不是你在哪裏又有新的朋友了呢？

《日射》

日射紗窗風撼扉，香羅掩手春事違。

迴廊四合掩寂寞，碧鸚鵡對紅薔薇。

〔譯文〕

日光照在紗窗上，風搖動著窗扉，你用香羅帕子擦手，不去澆花。

小苑四面迴廊靜悄悄的，沒有一點聲音，只有那隻綠色鸚鵡對著紅薔薇。

《白雲夫舊居》

平生誤識白雲夫，再到仙簷憶酒壚。

牆外萬株人絕跡，夕陽惟照欲棲烏。

〔譯文〕

你如今再次回到白雲山舊居，是不是還在想念川中的事呢？

屋外萬木聳天，少有人跡，夕陽照在樹梢上，只有回巢烏鴉沐浴著斜暉。

《錦瑟》

錦瑟無端五十弦，一弦一柱思華年。

莊生曉夢迷蝴蝶，望帝春心託杜鵑。

滄海月明珠有淚，藍田日暖玉生煙。

此情可待成追憶，只是當時已惘然。

《周禮·樂器圖》：飾以寶玉者為寶瑟，繪文如錦曰錦瑟。

《漢書·郊祀記》：泰帝使素女鼓五十弦瑟。悲，帝禁不住，破其瑟為二十五弦。

柱：樂器上擱弦的小木杜。

《莊子‧齊物志》：昔者，莊周夢為蝴蝶，栩栩然蝴蝶也；自喻適志與，不知周也。俄然覺，則遽遽然周也。不知周之夢為蝴蝶乎？蝴蝶之夢為莊周興？

《蜀本紀》：望帝使鱉靈治水，與其妻通，慚愧。且以德不及鱉靈，乃委國授之。望帝去時，子規方啼。《說文》：望帝淫其相妻，慚，亡去。為子雋鳥。故蜀人聞子雋鳥啼，皆起曰：是望帝也。鮑明遠《擬行路難》：舉頭四顧望，但見松柏園，荊棘鬱蹲蹲。中有一鳥名杜鵑，言是古時蜀帝魂。聲音哀告鳴不息，羽毛憔悴似人髡，飛走樹間啄蟲蟻，豈憶當年天子尊。念其死生變化非常理，中心惻愴不能言。

《博物志》：南海外有鮫人，水居如魚，不廢績織，其眼泣則能出珠。出入間賣綃，臨去，從主人索器，泣而出珠遺主人。

《禮記》：蚌蛤龜珠，與月盛虛。《文選》李善注：月滿則珠全，月虧則珠闕。

張說《姚崇神道碑》：藍田美玉，荔浦明珠。

《郡國志》：公孫述據蜀，自稱白帝，號魚腹為白帝城。

杜甫：不堪垂老鬢，還欲對分襟。

〔譯文〕

錦瑟沒來由地為什麼正好是五十根弦呢？每一弦每一柱都使人想起年輕時的事！

我就像莊周在清晨夢見蝴蝶，不知為何迷上了她？又像望帝慚愧，只能將自己微妙心事、難言隱痛託付給杜鵑。

每逢月明時節，那遠在海邊的戀人就在流淚，而身在長安的我，也抹不去對往事的眷戀。

其實當年我和她的情誼本來是可以有美好結局，從而可以作為美好追憶的，只是我當時不清楚，才導致了後來的種種不幸啊！

《病中早訪招國李十將軍遇攜家遊曲江》

十頃平波溢岸清，病來唯夢此中行。

相如未是真消渴，猶放沱江過錦城。

家近芙蕖曲水濱，全家羅襪起秋塵。

莫將越客千絲網，網得西施別贈人。

《長安志》：昭國坊在朱雀街東第三街內，坊有夏綏宥節度使李寰宅。寰堅守博野，穆宗賜其子方回宅也。

《禹貢》：岷山導江，東別為沱。沱江一稱外江，自灌縣南分岷江東流，經崇寧、郫縣、新繁、成都、新都、金堂、簡陽、資陽、資中、內江、富順至瀘州入江。

錦城即成都。

曹植《洛神賦》：迫而察之，灼若芙蕖出綠波。

《南都賦》：羅襪躡蹀而容興。

《洛神賦》：凌波微步，羅襪生塵。

《唐音癸籤》引《東坡異物志》云西施為魚名。即鰣魚。

〔譯文〕

曲江水波浩淼，一直漫到岸邊，我病重懨懨，神思昏昏，好像總在那裡行走，為此索性早點起來到靠近曲江的昭國坊李家去，他們全家正好也在那裡遊玩。

我未必僅僅如司馬相如那樣的消渴病，並非只是多喝點水就可以了；即使把曲江的水全喝了也沒有用，除非再加上沱江的水——因為你還在沱江邊成都，我放不下對你的掛念啊！

想起當年你們住在開滿荷花的曲江邊，姐妹們如美麗的洛神凌波微步，羅襪生塵。

而今你又在吳越之地飄蕩湖中，如果再捕到西施魚，千萬不要贈予別人啊！

《燈》

皎潔終無倦，煎熬亦自求。
花時隨酒遠，雨後背窗休。
冷暗黃茅驛，喧明紫桂樓。
錦囊名畫掩，玉局敗棋收。
何處無佳夢，誰人不隱憂。
影隨簾押轉，光信篆紋流。
客自勝潘岳，儂今定莫愁。
故因留半焰，回照下幃羞。

阮籍《詠懷》：膏火自煎熬。

《南方草木狀》：芒茅枯時，瘴癘大作，交廣皆然，土人呼曰黃茅瘴。

《御覽‧容州》：春為青草瘴，秋為黃茅瘴。

《山海經》：桂林八樹在賁隅東。

《御覽》引《漢武內傳》：紫桂宮，太上丈人君處之。

《古子夜歌》：明燈照空局，悠然未有期。

《毛詩・邶風・柏舟》：耿耿不寐，如有隱憂。

《漢武故事》：上起神屋，以白珠為簾箔，玳瑁押之，象牙為蔑。

〔梁〕紀少瑜《殘燈》：惟餘一兩焰，才得解羅衣。

〔譯文〕

皎潔的燈光好像沒有疲倦的時候，你我的心情也好像這燈油一樣在煎熬。

想起那年春天在你家歡宴時燈光是那麼明亮，我們的心情是那樣的快樂，可是鄭驛雨夜分離時的徹夜燈光又是那麼悲傷。

你一個人流落在交廣地區，孤獨的燈光是那麼冷暗，如今我來探望你，昭州紫桂樓的燈光就明亮多了。

還想得起我們在燈下觀看名畫和下棋的情景嗎？

誰不想有美好的結局呢？可是又有誰的人生不總是伴隨著深深的憂慮呢。

因為點著燈透過簾子看得出人影，燈光照在竹簟上好像花紋在流動。

燈光下的兩個人是誰呢？如果我是善為哀誄之文潘岳的話，那麼你肯定就是擅長歌唱的莫愁了。

留著那一半的殘燈吧，免得解衣時看不見。

《念遠》

> 日月淹秦甸，江湖動越吟。
> 蒼梧應露下，白閣自云深。
> 皎皎非鸞扇，翹翹失鳳簪。
> 床空鄂君被，杵冷女嬰砧。
> 北思驚沙雁，南情屬海禽。
> 關山已搖落，天地共登臨。

甸：京城五百里內為甸，唐京原為秦地，故曰秦甸。王維《奉和聖製上巳於望春亭觀契飲應制》：渭水明秦甸，黃山入漢宮。

《史記・張儀列傳》：越人莊舃仕楚執圭，有頃而病。楚王曰：「瀉……今仕楚執圭，富貴矣，亦思越不？」使人望聽之，猶尚越聲也。

王粲《登樓賦》：莊舃顯而越吟。

漢置蒼梧郡，郡治在今廣西梧州。

白閣：《通志》：紫閣、白閣、黃閣三峰，均在圭峰東。按圭峰在今陝西省戶縣東南。

《古今注‧輿服》：雉尾扇起於殷世。

庾信詩：思為鸞翼扇，願備明光宮。

《後漢書‧輿服志》：太皇太后、皇太后簪以玳瑁為擿，長一尺，端為華盛，上為鳳凰、雀，以翡翠為毛羽，橫簪之。

屈平《離騷》：女嬃之嬋媛兮。為屈原姐。《水經注》：秭歸縣北有屈原宅，宅東六十里有女嬃廟，搗衣石猶存。

宋玉《九辨》：悲哉秋之為氣也，蕭瑟兮草木搖落而變衰。

〔譯文〕

日月照在渭水邊，日子過得飛快，你在那裡還好嗎？聽說你過了桂水，到了那冬季溫暖地方，但我知道你像越客莊舃一樣不會忘記故鄉。

你所在蒼梧地方天氣暖和，應當還有露水吧？而長安東南的白閣峰還是白雲圍繞。

如今那裡並非皇宮，所用也非嬪妃之物；目之所見的佼佼者也並非良伴吧？

你在越地孤獨度日，如屈原不忍聽見姐姐在江邊呼喚他的聲音。

你懷念著北邊的故鄉和生活過多年的長安，而我也在思念流落南方的你。

如宋玉所言，如今又是茫茫天地草木入秋的季節，你我相望，都分不清哪是天南哪是地北了。

《無題　紫府仙人》

紫府仙人號寶燈，雲漿未飲結成冰。

如何雪月交光夜，更在瑤臺十二層。

《抱朴子‧祛惑》：及到天上，先過紫府，金床玉几，晃晃昱昱，真貴處也。

《道藏十洲記》：長洲一名青丘，在南海，有紫符宮，天真仙女遊於此地。

道源注：佛有寶燈之名。

《漢武故事》：西王母曰：「太上之藥有玉津金漿，其次藥有五雲之漿。」

《離騷》：望瑤臺之偃蹇兮。

《拾遺記‧崑崙山》崑崙山者，上有九層。旁有瑤臺十二，各逛千步，皆五色玉為臺基。

〔譯文〕

你又去了西王母崑崙山，雲漿未飲已經凍成了冰。

月亮映照著雪山銀光閃爍，想必你就住在那高高的瑤臺上吧？

《鴛鴦》

雌去雄飛萬里天，雲羅滿眼淚潸然。

不須長結風波願，鎖向金籠始兩全。

〔譯文〕

你又去了江南，萬里風波你我的眼淚潸潸。

真還不如池塘中水禽，雖然鎖在金籠裏，但畢竟還得以雙雙在池中游泳。

大中三年己巳　公元 849 年

《題僧壁》

捨身求道有前蹤，乞腦剜身結願重。

大去便應欺粟顆，小來兼可隱針鋒。

蚌胎未滿思新桂，琥珀初成憶舊松。

若信貝多真實語，三生同聽一樓鐘。

《因果經》：菩薩昔以頭目腦髓以施於人，為求無上真正之道。知玄《三味懺》：捨頭目腦髓如棄涕唾。

《報恩經》：轉輪聖王為求佛法，有一婆羅門言，若能就王身上剜作千瘡，灌滿膏油，安施燈炷，燃以供我者，我當為汝解說佛法。

《維摩經》：若菩薩住是解脫者，以須彌之高廣，內芥子中，無所增減。

《涅般經》：箭頭針鋒，受無量眾。

《呂氏春秋·精通》：月望則蚌蛤實，群陰盈。月晦則蚌蛤虛，群陰虧。新桂：指月。

《本草拾遺》：舊說松脂入地，千年化為琥珀。

《酉陽雜俎·廣動植之三·木篇》：貝多出摩伽陀國，西土用以寫經，長六七丈，經冬不凋。

《嵩山記》云，嵩高寺中忽有思維樹，即貝多也，一年三花。

《大業拾遺記》：洛陽翻經道場，有婆羅門僧及身毒僧十餘人。新翻諸經，其經本從外國來，用貝多樹葉書，即今胡書體。葉長一尺五六寸，闊五寸許，形似枇杷而厚大，橫作行書，隨經多少，縫綴其一邊帖帖然。

《法華經》：如所說者，皆是真實。

《博物志》：仙傳曰，松脂淪地中，千年化為茯苓，千年化為琥珀。

《金剛般若經》：如來是真實語，實語者。

《魏書‧釋老志》：經旨言生生之類，皆因行業而起，有過去、未來、當今三世。

〔譯文〕

你我著意釋老是因為前生業行所致，為了求道曾經許下深深的願，正如知玄法師所說，信佛必須將原先所寶愛東西全部毫不猶豫地拋下，甘願受千般之苦。

人一死就萬事皆空，短暫相聚就像佛經上所說的針鋒上站著許多人，這都是很偶然的事情。

每逢月盈月虧，你我就會想起當年的情事，雖然已經過去很久，但是我還在不斷地回憶當年你修道、信佛的往事。

如果佛經的說法是真的，那麼志同道合、情真意切的我們兩個人原本應當是有緣分的。

《臨發崇讓宅紫薇》

一樹穠姿獨看來，秋庭暮雨類輕埃。

不先搖落應為有，已欲別離休更開。

桃綬含情依露井，柳綿相憶隔章臺。

天涯地角同榮謝，豈要移根上苑栽。

《全唐詩話》：宣宗因白樂天詩，命取永豐柳兩枝植禁中。白感上知為詩，洛下文士，無不繼作。《白香山集》附東都留守韓琮、河南尹盧貞和作。

白居易《紫薇花》：紫薇花對紫薇翁，名目雖同貌不同。獨佔芳菲當夏景，不將顏色託春風。潯陽官舍雙高樹，與善僧庭一大叢。何似蘇州安置處，花堂欄下月明中。

〔譯文〕

崇讓宅庭院中紫薇盛開，初秋傍晚細雨中我一個人在此徘徊流連，

我們即將別離，紫薇花為什麼開得這麼旺盛呢！

記得那年春天桃花盛開時節你還在這裡，柳絮飄散時已經去了京師。

既然天涯地角的紫薇都一樣，為什麼一定要移植到上林苑中去呢？你當年如果不進宮，又怎麼會今天一個人孤獨生活呢！

《板橋曉別》

回望高城落曉河，長亭窗戶壓微波。

水仙欲上鯉魚去，一夜芙蓉紅淚多。

《香祖筆記》：板橋在今汴梁城西三十里中牟之東。《列仙傳》：琴高者趙人也，

行涓、彭之術，浮遊冀州、涿郡之間二百餘年，後辭入涿水中取龍了，與弟子期曰：「皆潔齋待於水旁，設祠。」果乘赤鯉來，坐於祠中，且有萬人觀之，留一月餘，復入水去。

吳均《登壽陽八公山》：是有琴高者，凌波去水仙。

《南徐州記》：子英於芙蓉湖捕魚，得赤鯉，養之一年，生兩翅，魚云：「我來迎汝。」子英騎之，即乘風雨騰而上天。每經數載，來歸見妻子，魚復來迎。

芙蓉湖，又名射貴湖，為太湖五湖之一。由《列仙傳》：子英者，舒鄉人，故吳中門戶作神魚子英祠。

《拾遺記》：魏文帝所愛美人姓薛名靈芸，常山人也。聞別父母，唏噓累日，淚下沾衣，至升車就路之時，以玉唾壺承淚，壺則紅色。

〔譯文〕

即將離去，回頭望汴梁高城好像落在銀河之中，向著曉星逐漸隱沒；你我所在驛站的窗戶下是一片水波。

我會像琴高一樣乘著赤鯉來，你不要像開成年間那樣（《別薛岩賓》中的薛靈芸）哭得太傷心。

《景陽宮井雙桐》

　　秋港菱花乾，玉盤明月蝕。

　　血滲兩枯心，情多去未得。

　　途經白門伴，不見丹山客。

　　未待刻作人，愁多有魂魄。

　　誰將玉盤與，不死翻相誤。

　　天更闊於江，孫枝覓郎主。

　　昔妒鄰宮槐，道類雙眉斂。

　　今日繁紅櫻，拋人占長簟。

　　翠襦不禁綻，流淚啼天眼。

　　寒灰劫盡問方知，石羊不去誰相絆？

《金陵志》：景陽井在臺城內，陳後主與張麗華、孔貴嬪投其中以避隋兵。舊傳欄有石脈，以帛拭之，作胭脂痕，名胭脂井，一名辱井，在法華寺。魏文帝詩：雙桐生空井，枝葉自相加。

庾信《鏡賦》：臨水則池中月出，照日則壁上菱生。

李白詩：小時不識月，呼作白玉盤。古詩：後園鑿井銀作床。

《吳郡記》引《虞氏家記》云：吳小城白門，闔閭所作。秦始皇時，守宮吏照燕窟，失火燒宮，而門樓尚存。

白門：建章宮南邊正門稱為「玉堂璧門」。據記載，璧門三層，臺階高達三十丈，全用玉石鋪就，甚至屋簷椽子都用白玉鑲嵌。

《史記·孝武紀》：作建章宮，其南有玉堂璧門大鳥之屬。

《樂府·楊叛兒》：暫出白門前，楊柳可藏鴉。

《山海經》：丹穴之山有鳥，其狀如鶴，五彩而文，名曰鳳凰。

《漢書》：武帝以江充治巫蠱，遂掘蠱於太子宮，得桐木人。

《南史紀》隋兵入，僕射袁憲勸後主端坐殿上，正色以待之。後主曰：「鋒刃之下，未可交當，吾自有計。乃逃於井。」

徐俊：《敦煌詩集殘卷輯考》第 362 頁李适雜詠詩《銀》：思婦屏暉掩，遊人燭影長。玉壺新下箭，桐井舊安床。色帶長河色，光浮滿月光。靈山有珍甕，仙閣表明王。

《隋書·經籍志》：梁有孫柔之《瑞應圖記》、《孫氏瑞應圖贊》各三卷，亡。《瑞應圖贊》云「明王有道，則出銀甕。」《初學記》卷二七銀第二引《瑞應圖》云：「王者宴不及醉，刑罰中，人不為非，則銀甕出。」

《風俗通》：梧桐生嶧陽山岩石上，採東南孫枝為琴，聲甚雅。

《爾雅》：守宮槐，葉晝聶宵炕。

道源注：祖臺之《志怪》云，驀保至臺邱塢上北樓宿，暮鼓二中，有人著黃練單衣白袷，將人持炬火上樓。保懼，止壁中。須臾，有二婢迎一女子上，與白袷人入帳中宿。未明，白袷人先去。如是四五宿後，向晨，白袷人才去。保因入帳中，持女子，問向去者誰，答曰：「桐郎。即道東廟樹是。」至暮鼓二中，桐郎來，保乃斬取之，縛住樓柱，明日視之，形如人，長三尺餘。送詣宰相。渡江未半，風浪起，桐郎得投入水，風浪乃息。

《列仙傳》：修羊公化石羊，漢景帝置之雲臺上，後去不知所在。

《初學記》：漢武鑿昆明池極深，悉是灰墨，無復土。以問東方朔，朔曰：「臣愚不足以知之，可試問西域胡。」帝疑朔不知，難以核問。至後漢明帝時，外國道人來，入洛陽。時有憶朔言者，乃試以武帝時灰墨問之。胡人曰：「《經》云：天地大劫將盡則劫燒。此劫燒之餘。」乃知朔言有旨。

〔譯文〕

秋天湖港中菱花枝葉已經乾枯，井水映出的明月也已經不再圓，我們已經被迫分離多年。

這裡曾經是陳後主的景陽宮，井欄邊兩棵梧桐樹因為血淚滲心而乾枯，想起當年你曾在此井邊佇立，久久不忍離開。徒然地再次經過白門，可是沒有能見到你；宮前白壁門旁楊柳樹上只有烏鴉在叫，因為梧桐枯死鳳凰不再來棲。

井旁梧桐樹雖然還沒有刻作人形，但當年太子冤案事仍歷歷在目，視其脈脈含愁姿態，似乎可以感覺到去世之人魂魄還在景陽井邊徘徊。

看到井中明月如同白玉盤，希望能如梁時孫氏《瑞應圖贊》中所說的「有道明王」出現時銀甕出水，可是不要忘記你姐姐正是被所謂的「明王」文宗賜死的啊！

雙桐之枝蜿蜒伸展，似尋覓當年寫《瑞應圖贊》的孫柔以問個究竟，可是天宇廣闊，已茫茫無覓處矣。

梧桐曾經妒忌過鄰宮槐樹斂眉邀寵，你當年在宮中也曾與其他妃子爭風吃醋，雙眉緊鎖；而今則是任憑櫻桃競發獨佔春光，片片花瓣落在席子上。

梧桐樹葉凋零，露水落在上面就像穿著破碎綠色衣裳宮女，向天哭泣直到黎明。

胡僧說昆明池底的灰泥是經歷劫難見證，我現在才徹底明白你們是如何被冤枉的；皇帝現在雖然知道你姐姐被賜死是受人誣陷，甚至「深惜其才」，然而卻沒有為她平反昭雪！

《七夕》

鸞扇斜分鳳幄開，星橋橫過鵲飛迴。

爭將世上無期別，換得年年一度來。

《玉燭寶典》：陳思王《九詠》曰：「乘迴風兮浮漢渚，目牽牛兮眺織女，交際兮會有期。」

〔譯文〕

每年七月七日，天帝賜恩讓牛郎織女見一次面，你看那銀河中許多星星連成一線，那是喜鵲正在搭橋。

我即將啟程來看你，但願我們雖然離別，也像牛郎織女一樣有每年一次的見面機會吧！

《腸》

有懷非惜恨，不奈寸腸何。

即席徊彌久，前時斷固多。

熱應翻急燒，冷欲徹微波。

隔樹漸漸雨，通池點點荷。

倦程山向背，望國闕嵯峨。

故念飛書急，新歡借夢過。

染筠休伴淚，繞雪莫追歌。

擬問陽臺事，年深楚語訛。

司馬遷《報任少卿書》：是以腸一日而九回。

《文選‧張平子‧思玄賦》：心汋汋其若湯。《楚辭》：心涫沸其若湯。

《顏氏家訓》：墨翟之徒，世謂熱腹；楊朱之侶，世謂冷腸。

《湘中記》：遙望衡山如陣雲，沿湘千里，九向九背。

《晉書‧洛中謠》：遙望魯國鬱嵯峨。

鮑照詩：蜀琴抽白雪，郢曲繞陽春。

〔譯文〕

腹痛往往與情志不舒有關，我就是這樣；固然我對人生際遇有遺憾，可是我怎麼會怨恨你呢？而是因為經常思念和掛念你而肝腸寸斷了啊！

每每吃飯時上脘部就開始作痛，大概是因為我們過去聚少離多、傷心太過而迴腸九轉緣故吧？

痛起來有時心裏就像急火煎沸湯，有灼熱感，有時又像深墮水中。《顏氏家訓》中說：「墨翟之徒，世謂熱腹；楊朱之侶，世謂冷腸。」如今我可是算楊朱的冷腸還是墨翟的熱腸呢？

樹叢中仲春的雨在漸漸地下，池塘中剛露出點點荷錢，使我想起當年你我相處的日子。

如今雖然疲倦但畢竟已經到了衡山，山上樓閣望中原已經很遠了。

你一次次來信希望我早點來看你，而王氏妻則在夢中與我相見，這一切真是令人斷腸啊！

經過湘江我就想起你們姐妹如娥皇、女英，所流的淚染在斑竹上，也想起那年從衡州又到了郢州、越州賞梅賦詩的往事，可是現在雪花飛舞、梅花盛開時節聽不到你歌唱了。

如今我也不再企望有如楚襄王遇見神女朝雲的運氣，你我不可能破鏡重圓、重諧連理，因為離我們湘川相識、郢州相處年代已經太遠。

《寓懷》

彩鸑餐顥氣，威鳳入卿雲。

長養三清境，追隨五帝君。

煙波遺汲汲，繒繳任云云。

下界圍黃道，前程合紫氛。

《金書》惟是見，玉管不勝聞。

草為回生種，香緣卻死薰。

海明三島見，天回九江分。

騫樹無勞援，神禾豈用耘？

鬥龍風結陣，惱鶴露成文。

漢殿霜何早，秦宮日易曛。

星機拋密緒，月杵散靈氛。

陽烏西南下，相思不及群。

張衡《西都賦》：鮮顥氣之清英。

《漢書·宣帝紀》：威鳳為寶。注曰：鳳之有威儀者。

《史記·天官書》：若煙非煙，若雲非雲，鬱鬱紛紛，蕭索輪囷，是謂卿雲。卿雲，喜氣也。

《靈寶本元經》：四人天外曰三清境：玉清、上清、太清也。亦名三天。

《周禮·春官小宗伯》：兆五帝於四郊。注：以太昊、炎帝、黃帝、少昊、顓頊為五天帝。

《孔子家語》：蘧伯玉汲汲於仁。《禮記》：汲汲然如有追而弗及也。

《戰國策》：射者方將修其婆盧，治其繒繳。《史記·留侯世家》：羽翮已就，橫絕四海，雖有繒繳，尚安所施？

《晉書·志》：黃道，日之所行也。半在赤道內，半在赤道外。

《集仙傳》：大茅君南之句曲山，天帝賜以黃金刻書九錫之文。《黃庭內景經序》：黃庭內景經，一名《太上琴心文》，一名《太帝金書》，一名《東華玉篇》。《登真隱訣》：謹讀金書玉經。

《武帝內傳》：尊母欲得金書秘字授劉徹。

道源注：禹戮防風，防風二臣恐，以刃自貫心而死。禹哀之，乃拔其刃，療以不死之草。《述異記》：漢武時日支國獻活人草三莖，有人死者，將草復面，即活之者。

《十洲記》：祖洲有不死之草，人死三日者，以草復之，皆活。秦始皇時有鳥銜此草

來，遣使齋問北郭鬼谷先生，云是東海祖洲上不死之草，生瓊田中，叢生一株，可活一人。始皇乃使徐福發童男童女入海求之。

《漢書‧郊祀志》：自威、宣、燕昭使人入海求蓬萊、方丈、瀛洲，此三神山者，其傳在渤海中，去人不遠，蓋嘗有至者，諸仙人及不死之藥皆在焉。

《述異記》：聚窟洲有返魂樹，伐其根心，於玉釜中煮取汁，又熬之令可丸，名曰驚精香，又名震靈丸，或名返生香、卻死香。屍在地，聞氣即活。

杜牧《華清宮三十韻》：傾國留無路，還魂怨有香。

《禹貢》：荊州九江孔殷。

《雲芨七籤》：月中樹名騫樹，一名藥王，凡有八樹，在月中也。《三洞宗玄》：最上一天名大羅，在玄都玉京之上，紫微金闕，七寶騫樹，麒麟獅子化生其中，三世天尊治在其中。

《真誥》：酆都山稻名重思，米如石榴子，粒異大，色味如菱，亦以上獻，仙官杜瓊作《重思賦》曰：「神禾鬱乎浩京，巨穗橫我玄臺。」

《尚書》：堯時嘉禾滋連。

江淹《別賦》：露下地而騰文。

張衡：《周天大象賦》：疇遂睇於漢陽，乃攸窺於織女。引寶毓圓，搖機弄抒。

張衡：陽烏收和響，寒蟬無餘音。

傅玄《擬天問》：月中何有？白兔搗藥。

張載：陽烏收和響，寒蟬無餘音。

〔譯文〕

你我如鸞鳳分離，一飲清露，一入祥雲。

你經常身處道觀之中，也還不放棄原來儒教正統。

你流浪於煙波之中汲汲然如有某種追求，又像候鳥一樣年年在江南、江漢、川中來往，路途中有著種種危險。

你從南到北，又欲乘船遠去煙波浩森的扶桑。

你在丹陽句曲山鑽研道教金書玉典，在緱山孤獨地吹奏玉管；當年我雖然收到你的傳書，也對道教有興趣，可還是不理解你為什麼寧肯流浪，孤獨一生。

你聽說不死之草可以活人，所以往東瀛去，可是具有蘭蕙之質的人早就被賜死多年，即使有使人回魂的卻死香也沒有辦法了。

聽說你如徐福為求不死之藥去了東海，看見蓬萊三島，後來又回到九江。

你如嫦娥在月宮中，又如大羅天上玉京仙子，雖然生活悠閒，不愁衣食，但是

倍感孤淒。

　　我曾經為探望你多次遇到風浪，又因為思念你而經常不能入眠。

　　當年你我在洛陽時戀情遭到長官干涉，後來你我又因為紅樓幽會而受到皇帝
懲罰。

　　你如織女被天帝禁閉，又如嫦娥在月宮中孤獨地陪伴白兔。

　　秋天已經來到，我與你不能相會，只是徒然地相思啊！

大中四年庚午　公元 850 年

《二月二日》
二月二日江上行，東風日暖聞吹笙。
花鬚柳眼各無賴，紫蝶黃蜂俱有情。
萬里憶歸元良井，三年從事亞父營。
新灘莫悟遊人意，更作風簷夜雨聲。
二月二日為長安果子節。

〔譯文〕
二月二日為長安果子節，我在荊南江邊行，東風日暖聽見吹笙的聲音。
花芽柳絮都已經長開了，蝴蝶和蜂也都在花叢中穿行。
新灘不能悟到遊人意，只是夜雨風簷。

《永樂縣所居一草一木無非自栽今春悉已芳菲因書即事一章》
手種悲陳事，心期玩物華。
柳飛彭澤雪，桃散武陵霞。
枳嫩棲鸞葉，桐香待鳳花。
綬藤縈弱蔓，袍草展新芽。
學植功雖倍，成蹊跡尚賒。
芳年誰共玩，終老邵平瓜。
杜甫：手種桃李非無主，野老牆低還是家。
《左傳》：寡君又朝以蕆陳事。
顏延之《陶徵士誄》：初辭州府三命，而後為彭澤令。
《陶潛傳》：嘗著《五柳先生傳》以自況，曰：「先生不知何許人，不詳姓字，
宅邊有五柳樹，因以為號焉。」
陶潛《桃花源記》：晉太元中，武陵人捕魚，緣溪行，逢桃花林，夾岸數十步，

得一山，有小口，捨船從口入。其人云：「避秦來此，不復出焉。」停數日，辭去。

《後漢書》：枳棘非鸞鳳所棲。

《詩》：鳳凰鳴矣，在彼高崗；梧桐生矣，于彼朝陽。

《禮·月令》：季春之月，桐始華。

《古詩》：青袍似青草。

《左傳》：閔子馬曰：「夫學，殖也。不學，將落。」杜預注：殖，生長也；言學之進德，如農之殖苗。

《史記》：桃李不言，下自成蹊。

《史記·蕭相國世家》：召平者，故秦東陵侯。秦破，為布衣，貧，種瓜於長安城東，瓜美，故世俗謂之東陵瓜。

〔譯文〕

這幾年親手種下樹木已經長大，不久就能芳菲滿目。

柳樹和桃樹，就像當年早春時節郪州軍營邊那樣飄逸，真希望桃花開得像武陵那樣燦爛。

種下枳樹和梧桐是為了可以成為鸞鳳棲息的地方，希望你不久之後能到家鄉中條山來休息。

藤蔓就像你黃綬的顏色，草色就像九品官青袍的顏色。

我沒有經驗，現在學習種植肯定是功倍事半，桃李之下自成蹊徑也還需要時日。

當年我們種樹只是一時興趣，而現在我倒是希望與你一起當農民，就像秦亡之後的邵平一樣在長安東門種瓜為生。

《曲江》

望斷平時翠輦過，空聞《子夜》鬼悲歌。

金輿不返傾城色，玉殿猶分下苑波。

死憶華亭聞唳鶴，老憂王室泣銅駝。

天荒地變心雖折，若比傷春意未多。

司馬相如《哀二世賦》：臨曲江之隑洲。注：曲江在杜陵西北五里。康駢《劇談錄》：曲江，開元中疏鑿為勝境。其南有紫雲樓、芙蓉苑，其西有杏園、慈恩寺，花卉環周，煙水明媚。都人遊賞，盛於中和上巳之節。

李世民《過舊宅》：新豐停翠輦。張說《芙蓉園侍宴》：芳宴翠輦遊。

《舊唐書·音樂志》：《子夜歌》聲過哀苦。

《漢書·外戚李夫人傳》：李延年侍上起舞，歌曰：「北方有佳人，絕世而獨立，

顧傾人城，再顧傾人國。寧不知傾國與傾城，佳人難再得 」

漢宜春下苑即唐曲江。曲江與御溝相通。

《晉書·陸機傳》：(宦人孟玖)遂讒陸機於(司馬)穎，言其有異志，穎大怒，使(牽)秀密收機，(機)因與穎箋，詞甚淒惻，既而歎曰：「華亭鶴唳，豈可復聞乎！」遂遇害。華亭，陸機故宅旁谷名。

李白《行路難》：華亭鶴唳詎可聞，上蔡蒼鷹何足道！

《晉書·索靖傳》：靖有先識遠量，知天下將亂，指洛陽宮門駱駝，歎曰：「會見汝在荊棘中耳。」《華氏洛陽記》：兩銅駝在宮之南街，東西相對，高九尺，漢時所謂銅駝街。

江淹《別賦》：心折骨驚。

〔譯文〕

以前我總是在曲江邊等待你們姐妹歸來，如今這裡只能聽見淒慘分離的《子夜歌》了。

皇家車輦上裝飾著金玉和翠羽，可是再也等不到你姐姐回到曲江邊別宅了，然而曲江水仍然流向御溝。

你姐姐如索靖空有遠見，向皇帝提出節省民力的忠告，但這樣忠君行為只落得像陸機那樣遭宦官陷害而死；你們早就憂慮唐宮中會有大事發生，其實禍亂的根源早就埋下了。

你們對皇帝的忠誠即使天荒地折都不改變，但是結局卻是你姐姐被賜死並將屍骨拋在水中，如今冬去春來，想必她如今在地下也在傷春吧？

《獨居有懷》

麝重愁風逼，羅疏畏月侵。

怨魂迷恐斷，嬌喘細疑沉。

數急芙蓉帶，頻抽翡翠簪。

柔情終不遠，遙妒已先深。

浦冷鴛鴦去，園空蛺蝶尋。

蠟花長遞淚，箏柱鎮移心。

覓使嵩雲暮，回頭灞岸陰。

只聞涼葉院，露井今寒砧。

〔譯文〕

獨居洞房，清冷的月光照到羅帷上，

想起歡愛情景，似乎還有著你的氣息。

急忙地抽去繡著芙蓉花的衣帶和翡翠簪子。

當年柔情還沒來得及重溫，遠處的妒忌已經深深埋在心裏。

池塘裏鴛鴦雙雙對對，小園裏蝴蝶上哪兒去了？

蠟燭燃盡，燭淚常掛，你彈過的箏柱已經換過。

如今又要到嵩山，經過長安的灞橋。

只有秋天院子裏搗衣砧還在露井旁。

《河內詩》二首

樓上

黿鼓沉沉虬水煙，秦絲不上蠻弦絕。

嫦娥衣薄不禁寒，蟾蜍夜豔秋河月。

碧城冷落空蒙煙，簾輕幕重金鉤闌。

靈香不下兩皇子，孤星直上相風竿。

八桂林邊九芝草，短襟小鬢相逢道。

入門暗數一千春，願去閏年留月小。

梔子交加香蓼繁，停辛儲苦留待君。

河內：懷州，今河南沁陽。

李斯：樹靈黿之鼓。

孫綽《刻漏銘》：靈虬吐注，陰蟲承泄。

《渾天制》：以玉虬吐漏水入兩壺。

曹植：秦箏發西氣，齊瑟揚東謳。秦絲，秦箏也。杜甫：斟酌嫦娥寡，天寒奈九秋。

《太平玉覽》：元始天尊，居紫雲之閣，碧霞為城。

王建《宮詞》：風簾水閣壓芙蓉，四面鉤欄在水中。

《真誥》：周靈王有子三十八人，子晉，太子也，是為王子喬。靈王第三女名觀靈，字眾愛，於子喬為別生妹，受子喬飛解脫網之道。又有妹觀香，成道受書，為紫清宮內侍妃，領東宮中侯真夫人。觀香是宋姬子，其眉壽是觀香同生兄，亦得道。

屈原《雲中君》：靈皇皇兮既降，猋遠舉兮雲中。覽冀州兮有餘，橫四海兮焉窮？思夫君兮歎息，極勞心兮忡忡。

《晉令》：車駕出入，相風前引。《先賢傳》：太僕寺丞高岱立一竹竿於前庭，其上有樞機，標以雞尾，相風色以驗吉凶。傅玄《相風賦》：樓神鳥於竿首。

《山海經》：桂林八樹，在賁隅東。

《懷慶府志》：九芝嶺在陽臺宮前，八柱嶺在陽臺宮南。

《本草》：梔子花六出，甚芬香，俗說即西域詹葡花。

梁徐悱妻劉氏《摘同心梔子贈謝娘詩》：兩情雖為贈，交情永未因。同心何處恨，梔子最關人。庾信詩：不如山梔子，猶解結同心。

香蓼宿根重生，可為生菜。

〔譯文〕

黿皮鼓聲催著刻漏聲聲，已經聽不到你彈奏的秦箏和南方的絲絃音樂；

秋天的月亮特別明亮，夜已深沉，嫦娥也會因為衣裳單薄而感到涼意了吧？

月光之下，樓閣如同沉浸在迷蒙的煙霧中，只有欄杆旁帷幕和簾子還看得清楚。

當年你和姐姐在王屋山修道，焚香禮神是多麼地虔誠，可是神靈並沒有給你們以特別的恩惠，你姐姐宋若憲早已經獨自升上天空（死去）。

我在九芝嶺遇見你們時正當夏天，你們穿著短衣，梳著簡單的髮髻，純為女冠裝束；想必你現在在桂南能採到使你姐姐返魂的九芝草了吧？

你又去了桂林，據說仙家相逢須一千年一次，希望閏七月有兩個七夕，牛郎織女可以多相見一次，希望你那時再來到這裡。

山上的梔子花和香蓼仍然開得很繁茂，發出香氣陣陣，據說梔子最解同心，香蓼能夠再生，它們之所以還都開著花，是在等著你的再次回來啊！

湖中

閶門日下吳歌遠，陂路綠菱香滿滿。

後溪暗起鯉魚風，船旗閃斷芙蓉幹。

傾身奉君畏身輕，雙橈兩槳樽酒清。

莫因風雨罷團扇，此曲腸斷唯此聲。

低樓小徑城南道，猶自金鞍對芳草。

閶門：蘇州西北城門。城南有石湖、上方山、靈巖山。

《通典》：吳歌、雜曲，並出江東，晉、宋以來稍有增廣。梁內人王金珠善歌吳聲、西曲。

《蜀都賦》：綠菱紅蓮。

《提要錄》：鯉魚風，九月風也。

梁簡文帝《有女篇》：燈生陽燧火，塵散鯉魚風。霧暗窗前柳，寒疏井上桐。

李賀《江樓曲》：鯉魚風起芙蓉老，黿吟浦口飛梅雨。竿頭酒旗換青芋。

《拾遺記》：飛燕每輕風至，殆欲隨風入水。

《呂氏春秋》：有娀氏二佚女，帝令燕遺二卵，北飛不返，二女作歌，始為北音。

《文心雕龍》：塗山歌於候人，始為南音；有娀謠乎飛燕，始為北聲。

〔譯文〕

閶門河中搖船人的山歌聲隨著日落而漸漸遠去，船兒蕩入長滿菱角的夏駕湖往石湖而去，那裡夏天靠山湖面上到處是綠菱紅蓮。

如今已經九月，刮起鯉魚風，小船上的旗子被刮得嘩嘩作響，已經枯萎的蓮梗被劃過的小船碰斷。

想當年你侍奉皇帝，曾在湖中橈槳飲酒，因為身材輕盈，皇帝生怕風將你吹入水中，是多麼地得寵啊！

可是不久就應了班昭《團扇歌》中所言，你被皇帝打入冷宮，想起這些事真使人心酸。

你在蘇州城南附近小樓中居住，還是像以前那樣一個人騎馬散心，孤獨地默對芳草嗎？

《宿晉昌亭聞驚禽》

羈絲鯤鯤夜景侵，高窗不掩見驚禽。

飛來曲渚煙方合，過盡南塘樹更深。

胡馬嘶和榆塞笛，楚猿吟雜橘村砧。

失群掛木知何限，遠隔天涯共此心。

《長安圖經》：自京城啟夏門北，入東街第二坊，曰進昌坊。《唐兩京城坊考》：朱雀門東第三街……次南（第十一坊）晉昌坊。晉或作「進」。

《釋名》：愁悒不成寐，目常鯤鯤然。

曲渚，即曲江池；南塘，慈恩寺南池，在晉昌坊。

榆塞，今陝西榆林。《史記》：秦卻匈奴，樹榆為塞。《漢書》：衛青西定河南地，按榆溪舊塞。駱賓王詩：邊烽敬榆塞。在今內蒙古鄂爾多斯黃河北岸。

《水經注》：湘水又北徑南津城西，西對橘洲。

《明一統志》：橘洲在常德福龍陽縣西北五十里，即吳李衡種橘之所，今湖南漢壽縣。

《吳志·孫休傳》：丹陽太守李衡每欲治家事，妻習氏不聽，後密遣客十人，於武陵龍陽泛洲上作宅，種柑桔千株。

古代婦女秋末為征人製寒衣，先將布料用杵在石砧上搗軟搗柔，一般在月明之

夜，稱之為擣衣。

蘇武詩：胡馬失其群，思心常依依。

〔譯文〕

我一個人宿在晉昌坊亭子裏，夜不能寐，雙目鰥鰥。

從窗子望出去，只見野禽來到煙霧般的曲江池中，又飛到南塘邊的樹叢中去了。

我似乎聽到邊關戰馬嘶鳴和著榆塞的笛聲，而今你剛從漠北歸來，又去了楚地橘洲（湖南常德漢壽縣），是否正孤獨地聽著猿猴啼聲和江邊擣衣砧聲，我心裏真不是滋味啊！

我就像是失群的馬，不停地思念你，而你如樹枝絆住的猿，不住斷腸哀鳴，你我儘管遠隔天涯，可是都在互相思念和傷心著啊！

《秋日晚思》
　桐槿日零落，雨余方寂寥。
　枕寒莊蝶去，窗冷胤螢消。
　取適琴與酒，忘名牧與樵。
　平生有遊舊，一一在煙霄。

《莊子》：昔者莊周夢為蝴蝶，栩栩然蝶也。俄而覺，則蘧蘧然周也。此之謂物化。

《晉書·車胤傳》：胤博學多才，家貧不常得油，夏月則練囊盛數十螢火以照書，以夜繼日焉。

《顏氏家訓》：上士忘名，中士立名，下士竊名。

錢起：濟濟振纓客，煙霄各置身。

〔譯文〕

梧桐和槿花都已日漸花盡葉落，雨過之後更是清冷寂寥。

深秋的天氣晚間寒冷，我已經夢不到蝴蝶了，年輕時用功讀書上進的心也沒有了。

其實不妨彈琴飲酒過過隱居日子，如上士那樣索性把名利都拋開。

當年的朋友都致身青雲，在努力為國分憂，只有我困居下僚。

《春雨》
　悵望新春白袷衣，白門寥落意多違。
　紅樓隔雨相望冷，珠箔飄燈獨自歸。

遠路應悲春畹晚，殘宵猶得夢依稀。

玉璫緘劄何由達？萬里雲羅一雁飛。

白門：南朝樂府《楊叛兒》：暫出白門前，楊柳可藏烏。歡作沈水香，儂作博山爐。後常以白門為男女幽會之地。

宋玉《九辨》：白日畹晚其將入兮。

《風俗通》：耳珠曰璫。

鮑照《舞鶴賦》：厭江海而遊澤，掩雲羅而見羈。呂延濟注：雲羅，言羅高及雲。嵇康：雲羅塞四野，高羅正參差。

〔譯文〕

那年仲春時節我穿著白色夾衣與你們來往是多麼的風流倜儻啊！你們舊時居住的白壁門附近早已寥落無人，你如今在南方也是意趣寂寥吧？一切事情都與你我當年意願相違，只有惆悵跟隨著我們。

隔著迷蒙的春雨遙望紅樓，倍覺淒涼冷落；飄灑的細雨映照著燈籠的光，恰似珠簾輕揚，伴隨著我獨自歸來。

你在遙遠的路途中也會因回憶這春天日暮時分我們相會而悲傷吧？我輾轉無寐，直到宵殘，才幸得與你在迷離的短夢裏相會。

我把玉璫和書信一起寄去，你能夠收到嗎？萬里長空，陰雲如同網羅，只有你一隻孤雁在飛翔！

大中五年辛未　公元 851 年

《促漏》

促漏遙鐘動靜聞，報章重迭杳難分。

舞鸞鏡匣收殘黛，睡鴨香爐換夕薰。

歸去定知還向月，夢來何處更為雲。

南塘漸暖蒲堪結，兩兩鴛鴦護水紋。

《唐書》：內官有掌書三人，掌符契經籍，宣傳啟奏。

《毛詩·小雅·大東》：雖則七襄，不成報章。傳：不能及報成章也。言不能像人紡織，緯線來回而成紋章。

屈平《大招》：粉白黛黑，施芳澤只。

《香譜》：香獸以塗金為狻猊、麒麟、鳧、鴨之狀，空其中以燃香，使香自口出，以為玩好。李賀：深幃金鴨冷。

《淮南子·覽冥訓》：羿請不死之藥於西王母，姮娥竊之以奔月。王金枝《子夜歌》：懷情入夜月，含笑出朝雲。

《本草》：甘蒲一名香蒲，八、九月收葉以為席，亦可作扇。

《樂府·拔蒲歌》：青蒲銜紫茸，長葉復從風。與君同舟去，拔蒲五湖中。　　朝發桂蘭渚，晝息桑榆下。與君同拔蒲，竟日不成把。

李賀《河南府試十二月樂詞》：早晚菖蒲勝綰結。

〔譯文〕

我終夜無寐，近處促漏和遠處鐘聲都聲聲在耳，眼前浮現出你在中書省面對重疊堆積文稿不知道怎樣整理的樣子。

舞鸞鏡匣中你殘存描眉粉黛盒還在那裡，而形似睡鴨香爐裏的香料卻已經調換過了。

我雖然知道你還是會像嫦娥那樣執意奔月，可是總不能忘懷與你在月明時節的約定，然而這一切，就像夢一樣難以實現。

南塘的蒲已經可以綰結了，我真想和你一起到江南去拔蒲啊！水池裏鴛鴦倆倆在一起，可是我們卻不能在一起，想起當年情事，真是讓人心酸啊！

《曲池》

日下繁香不自持，月中流豔與誰期。

迎憂急鼓疏鐘斷，分隔休燈滅燭時。

張蓋欲判江灩灩，回頭更望柳絲絲。

從來此地黃昏散，未信河梁是別離。

《世說新語·夙惠》：晉明帝（司馬紹）數歲坐元帝膝上，因問明帝：「汝意謂長安何如日遠？」答曰：「舉目見日，不見長安。」六朝人多稱京師為日下。

《新唐書·百官志》：左右街使掌分察六街徼巡，日暮鼓八百聲而門閉。五更二點鼓自內發，諸街鼓承振，坊市門皆啟，鼓三千，辨色而止。

《史記·滑稽列傳》：日暮酒闌，合尊促坐，男女同席，履舃交錯，杯盤狼藉，堂上燭滅，主人留淳于髡而送客，羅襦襟解，微聞香澤，當此之時，髡心最歡，能飲一石。

《後漢書·徐登傳》：趙炳字公阿……又嘗臨水求渡，船人不和，炳乃張蓋坐其中，長嘯呼風，亂流而濟。

李陵《與蘇武詩》：攜手上河梁，遊子暮何之。

〔譯文〕

長安春天百花盛開，芳香襲人，令人難以自持；月明之夜，波光漣灩，我又能期望和誰約會呢？

你我與友人在曲江宴飲，但是令人愁悶的是暮鼓聲聲，寺院中開始打鐘，城門即將關閉，分別在即。

我就像徐登一樣揚帆欲去，望著江波不勝惆悵，回顧垂柳更是無限徘徊。

友人們紛紛告辭離去，使我難以相信世上究竟還有沒有如李陵和蘇武那樣的真摯情誼；當年在黃河邊的金谷園你我不得不分離，至今我還不相信那就是分離的開始，如今你離開的意志如此決絕，令我萬分傷心！

《無題　相見時難》
　　相見時難別亦難，東風無力百花殘。
　　春蠶到死絲方盡，蠟炬成灰淚始乾。
　　曉鏡但愁雲鬢改，夜吟應覺月光寒。
　　蓬山此去無多路，青鳥殷勤為探看。

曹植《當來日大難》：今日同堂，出門異鄉。別易會難，各盡杯觴。

《古子夜歌》：春蠶易感化，絲子已復生。

《樂府詩集·西州歌作蠶絲》：春蠶不應老，晝夜常懷絲，何惜微軀盡，纏綿自有時。

庾信《對燭賦》：銅荷承蠟淚，鐵鋏染浮煙。杜牧：蠟燭有心還惜別，替人垂淚到天明。

《漢武故事》：七月七日，上於承華殿齋，忽有青鳥從西來，飛集殿前，上問東方朔。朔曰：「此西王母欲來。」有傾王母至。

《山海經·大荒西經》：西有王母之山，……有三青鳥，赤首黑目，一名大（鷙鳥），一名曰青鳥。皆西王母所使也。

沈約《陶先生登樓不復下詩》：銜書必青鳥。

〔譯文〕

見面難，分別時心裏更是難受，就像春末東風開始無力，百花開始殘敗一樣。

像春蠶到死絲方盡一樣，我對你的思念要到死才能止息；你我分離所流淚水，也像蠟燭要到燒完才會停止吧？

早上梳頭時看見鬢角已經發白，不禁憂愁還有幾次見面機會？你晚上吟詩時也應當覺得月光是如此寒冷吧？

聽說到蓬萊山路途並不算遠，請青鳥先為你傳書那裡的友人，先去安排吧。

《北禽》
．為戀巴江暖，無辭瘴霧蒸。
縱能朝杜宇，可得值蒼鷹。
石小虛填海，蘆銜未破繒。
知來有乾鵲，何不向雕陵。

「蒼鷹」，《左傳》：如鷹鸇之逐鳥雀也。《戰國策》：要離之刺慶忌，蒼鷹擊於殿上。《史記・酷吏傳》：郅都行法，不避貴賤，號曰蒼鷹。景帝拜為雁門太守，匈奴竟都死，不近雁門。為偶人象郅都，令騎馳射，莫能中，見憚如此。

《山海經・北海經》：發鳩治山有鳥如烏，文首、白喙，赤足，名曰精衛。其鳴自詨，是炎帝之女，名曰女娃，遊於東海，溺而不返，故為精衛。常銜西山之木石，以填於東海。《古今注》：雁自河北渡江南，廋瘠能高飛，不畏繒繳。江南沃饒，每之還河北，體肥不能高飛，恐為虞人所獲，嘗銜蘆，長數寸，以防繒繳焉。

《淮南子・泛論訓》：乾鵲知來而不知往。

《莊子・山木》：莊周遊乎雕陵之樊，睹一異鵲從南方來者，翼廣七尺，目大運寸，撼周之顙而集於栗林。莊周……執彈而留之，睹一蟬，方得美蔭而忘其身，螳螂執翳而搏之，見得而忘其形，異鵲從而利之，見利而忘其身。莊周怵然曰：「噫，物固相累，二類相召也。」捐彈而反走。

〔譯文〕
你就像候鳥一樣，為了眷戀巴江和嶺南暖和氣候年年來去，並不在乎那裡的瘴氣和多霧天氣。

你到蜀地朝拜杜宇，也到過郅都為太守的雁門關，

你像就填海的精衛到了東海，又像從南方衡山回雁峰歸來的大雁，雖然銜著尖利蘆葦卻不能割斷斷獵人手中牽著箭的絲繩。

你就像那知來而不知往的鵲，只想到事物的有利方面，卻不知道往往是「螳螂捕蟬，黃雀在後。」啊！

《離亭賦得折楊柳二首》
暫憑樽酒送無聊，莫損愁眉與細腰。
人世死前惟有別，春風爭擬惜長條。

含煙惹霧每依依，萬絮千條拂落暉。

為報行人休盡折，半留相送半迎歸。

《文獻通考》：鼓角橫吹十五曲，中有《折楊柳》。

《三輔黃圖》：灞橋在長安東，跨水作橋，漢人送客至此橋，折柳贈別。

〔譯文〕

暫且用酒來驅除分別的情愫吧，你也不要太傷感了，免得傷心傷身。

據說生離死別是人生最傷感之事，人們往往用春天的柳條送別。

如今柳條長長，柳絮紛紛，就好像是煙霧一般。

朋友啊！少折些柳條吧，留著些迎接遠行人的歸來吧！

《辛未七夕》（大中五年）

恐是仙家好別離，故教迢遞作佳期。

由來碧落銀河畔，可要金風玉露時。

清漏漸移相望久，微雲未接過來遲。

豈能無意酬烏鵲，惟與蜘蛛竊巧絲。

《度人經》：東方第一天有碧霞遍滿，是名碧落。

《廣志》：天河曰銀漢，又曰銀河。

〔梁〕蕭統《夷則七月啟》：金風曉振，玉露夜凝。

《中華古今注》：鵲一名神女，俗云七月填河成橋。

《荊楚歲時記》：七夕，婦人結綵縷穿七孔針，或以金銀玉石為針，陳瓜果於庭中以乞巧，有蟢子網於瓜上，則以為得。

〔譯文〕

也許是仙家喜歡別離，會面的佳期總是要約在遙遠的日子？

我們是不是也要像牛郎和織女一樣，必須到每年七月初七，玉露成的時候才在天際銀河上相會一次呢？

你看哪！今夜時間已經過去很久，牛郎、織女還在那裡相望，因為銀河上沒有雲，不能架起橋。

烏鵲並不是沒有酬謝而不架橋，因此只能到庭中瓜果上去找有沒有蟢子作網，來推定牛郎織女是否會面了。

《淚》

永巷長年怨綺羅，離情終日思風波。

湘江竹上痕無限，峴首碑前灑幾多。

人去紫臺秋入塞，兵殘楚帳夜聞歌。

朝來灞水橋邊問，未抵青袍送玉珂。

《三輔黃圖》：永巷，宮中長巷，幽閉宮女之有罪者。武帝時改為掖庭，置獄焉。

《晉書·羊祜列傳》：襄陽百姓於峴山祜平日遊息之所建碑立廟，歲時祭祀。望其碑者，莫不流涕。杜預因謂之墮淚碑。

杜甫《詠明妃》：一去紫臺連朔漠。

江淹《恨賦》：若夫明妃去時，仰天歎息。紫臺稍遠，關山無極。

《史記·項羽本紀》：項王軍壁垓下，兵少食盡，夜聞漢軍四面皆楚歌，乃大驚曰：「是何楚人之多也？」項王夜起飲帳中，悲歌慷慨，自為詩，歌數闋，泣數行下。

服虔《通俗文》：飾勒曰珂。

古詩：青袍似青草。

服虔《通俗文》：飾勒曰珂。

〔譯文〕

當年你被關閉在永巷時的幽怨之淚，以及我們因為政治風波而分離的淚水；

你從湘江又折回到江陵，後來我們在襄陽峴首碑前「萬里相逢歡復泣」時流的淚；

去年春天你從易州紫荊關回來又去塞外，後來又去塞外和西楚徐州處理軍務，你我在宿州靈壁（垓下）分別就如虞姬無奈與丈夫相別時的悲憤無加的淚；

都不如今天我在長安灞橋送別你，抓住你馬勒時的內心痛苦啊！

《天津西望》

虜馬崩騰忽一狂，翠華無日到東方。

天津西望腸真斷，滿眼秋波出苑牆。

《元和郡縣志》：天津橋在河南縣北四里，隋大業元年造，用大船連以鐵鎖，南北夾起四樓。唐貞觀中更令石工壘方石為腳。

《元和郡縣志》：洛水在洛陽縣西南三里，西自苑內上陽之南彌漫東流。

《唐語林》：裴晉公度，少時羈寓洛中，嘗乘驢入皇城，上天津。時淮西用兵已數年矣。

《舊唐書·地理志》：宮城在都城之西北隅，上陽宮在宮城之西南隅，南臨洛水，

西距穀水，東即宮城，北連禁苑。上陽之西隔穀水有西上陽宮，虹梁跨谷。禁苑在都城之西，東抵宮城。

王筠：淚流橫波目。

〔譯文〕

你隨追擊東胡軍隊往東方，不知道現在在什麼地方。

我站在天津橋上向西望去，希望看見上陽宮中你的身影，你是不是也在向外望呢？

《七月二十九日崇讓宅宴作》

露如微霰下前池，風雨回塘萬竹悲。
浮世本來多聚散，紅蕖何事亦離披。
悠揚歸夢惟燈見，濩落生涯獨酒知。
豈到白頭長只爾，嵩陽松雪有心期。

《宣室志》：崇讓里在東都。

《韋氏述征記》：崇讓宅出大竹及桃。

謝惠連《雪賦》：俄而微霰零，密雪下。

〔譯文〕

秋天的露水如同霰粒一樣落到前面池子裏，發出沙沙的聲音，風雨中周邊竹子也好像在悲鳴。

人生在世本來就有生離死別，蓮花又何苦逢秋凋零呢？

看來只有這洞房裏的燈才能見證你我的相會，多次離別來回也只能靠酒來消愁。

難道我和你就這樣永遠分離嗎？你說我初冬時節在嵩山中嶽寺見面，我想就可以結束分離的日子了。

《崇讓宅東亭醉後沔然有作》

曲岸風雷罷，東亭霽日涼。
新秋仍酒困，幽興暫江鄉。
搖落真何遽，交親或未亡。
一帆彭蠡月，數雁塞門霜。
俗態雖多累，仙標發近狂。
聲名佳句在，身世玉琴張。
萬古山空碧，無人贄免黃。

驊騮憂老大，鶗鴃妒芬芳。
密竹沈虛籟，孤蓮泊晚香。
如何此幽勝，淹臥劇清漳。

江鄉至南方多水之地。杜甫：恨別滿江鄉。

《楚辭‧九辨》：悲哉秋之為氣也，蕭瑟兮草木搖落而變衰。

《禹貢》：揚州，彭蠡既瀦，陽鳥攸居。孔傳曰：彭蠡，澤名，隨陽之鳥，鴻雁之屬，冬居此澤。江州南臨洞庭湖，又稱彭蠡。

陸機《歎逝賦》：余年方四十，而懿親戚屬，亡多存寡；昵交密友，亦不半在。

《漢書》：梅福，九江壽春人也，為郡文學，補南昌尉，後去官歸壽春。至元始中，福一朝棄妻子，去九江，至今傳以為仙。其後有人見福於會稽者，變姓名為吳市門卒云。

《北史‧儒林王孝籍傳》：謝相如之病，無官可以免；發梅福之狂，非仙所能避。

《漢書》：董仲舒曰：「譬之琴瑟，不調甚者，必取而更張之，乃可鼓也。」

「鶗鴃」指子規鳥，即杜鵑，常以立夏鳴，鳴則眾芳皆歇。

〔譯文〕

崇讓宅院靠近洛水拐彎處，雷雨天晴，我在東邊的亭子裏。

如今天氣涼了，你在洞庭湖邊還與朋友們飲酒嗎？為什麼不肯回到洛陽來呢？

秋天木葉搖落季節很快就要過去，洛陽也不是沒有可以依靠親戚。

可是你還是在多次關塞之後又去了江漢。

我為俗務所累，不如梅福那樣仙家標格，不能拋下家小隨你遠遊。

你雖然聲名佳句在，卻落得個在江漢流浪；你我琴瑟失和，是不是還能重調絃索，改弦更張呢？

雖然修道成仙不是沒有，但又有誰能保證頭髮不白呢？

千里馬也有老的時候，杜鵑更是憂愁萬物蕭瑟的秋冬。

這裡密密的竹子發出嘩嘩聲音，池中還有一些晚蓮開著花，發出陣陣香氣。

為什麼原先住在這幽勝之處的人如今落得在江邊流浪呢！

《汴上送李郢之蘇州》
人高詩苦滯夷門，萬里梁王有舊園。
煙幌自應憐白紵，月樓誰伴詠黃昏。
露桃塗頰依苔井，風柳誇腰住水村。
蘇小小墳今在否？紫蘭香徑與招魂。

〔譯文〕

你人品詩品皆高，如今滯留在開封梁王兔園，即將往江南。

還記得當年蘇州閶門城樓上我們一起賞月詠詩情景嗎？你一會兒就寫出了詩句。

當年被稱為桃花女子曾住在橫山附近，細腰宮人如今流落江南水村。

嘉興蘇小小墳還在嗎？還想順著小徑前去弔唁嗎？

《喜雪》

朔雪自龍沙，呈祥勢可嘉。
有田皆種玉，無樹不開花。
班扇慵裁素，曹衣詎比麻。
鵝歸逸少宅，鶴滿令威家。
寂寞門掩扉，依稀履跡斜。
人疑遊面市，馬似困鹽車。
洛水妃虛妒，姑山客漫誇。
聯辭雖許謝，和曲本慚巴。
粉署闈全隔，霜臺路正賒。
此時傾賀酒，相望在京華。

《後漢書·班超傳贊》：坦步蔥、雪，咫尺龍沙。注：蔥嶺、雪山，白龍堆沙漠也。陳後主《樂府》：龍沙飛雪輕。

劉庭琦《瑞雪篇》：何處田中非種玉？誰家院裏不生梅？

班婕妤《怨歌行》：新制齊紈素，皎潔如霜雪。

《詩經·曹風》：麻衣如雪。

《晉書》：王羲之字逸少。《法書要錄》：王羲之性好鵝，山陰曇壤村有一道士，養好者十餘。王往求市易，道士曰：「府君若能自屈，書《道德經》兩章，便合群以奉。」王住半日，為寫畢，籠鵝以歸。

《搜神後記》：丁令威，本遼東人，後化白鶴歸，集城門華表柱。空中言曰：「有鳥有鳥丁令威，去家千年今始歸。」

謝惠連《雪賦》：皓鶴奪鮮。白居易《雪》：舞鶴庭前毛稍定。

《錄異傳》：漢時，大雪積地丈餘。洛陽令身出按行。至袁安門，無有路，謂已死。除雪入戶，見安僵臥。問何以不出，曰：「大雪人皆餓，不宜干人。」

《史記·滑稽傳》：東郭先生久待詔公車，貧困飢寒，衣敝履不完。行雪中，履

有上無下，足盡踐地，道中人笑之。

　　張說《對雪》：積如沙照月，散似面從風。白居易《雪》：北市風生飄散面，東樓日出照凝酥。

　　《戰國策》：驥之齒至矣，服鹽車而上太行，中阪遷延，負轅而不能上。

　　曹植《洛神賦》：飄飄兮若流風之迴雪。

　　《莊子》：藐姑射之山，有神人居焉，肌膚若冰雪。

〔譯文〕

朔漠北風帶來雪花紛紛揚揚，預示著來年豐收。

紛紛揚揚的雪使田野裏就像種上了玉，樹上也好像開滿了梅花。

顏色就像班昭扇面那樣素淨，雪花落在身上就像披上了白色麻衣。

又像王羲之的白鵝，丁令威的鶴，白得那麼厚實鮮亮。

雪下得好大，家家戶戶的門都關著，雪地裏只有依稀腳印。

一片白茫茫的，讓人覺得好像到了面市，連馬身上也好像撒了一層鹽。

洛神也妒忌雪花嬌妍，藐姑山的神人也沒有它潔白。

雖然有謝道蘊詠雪的名句，但沒有你宋氏小妹的曲詞寫得好。

如今大雪暫時中斷了我們聯句宴會，但願我們在京城再次聚會吧！

《對雪二首》

　　寒氣未侵玉女扉，清光先透省郎闈。

　　梅花大庾嶺頭髮，柳絮章臺街裏飛。

　　欲舞定隨曹植馬，有情應濕謝莊衣。

　　龍山萬里無多路，留待行人二月歸。

　　原注：時欲之東。古人稱長江以南地區為江東，徐州又在唐京都之東。

　　《資治通鑒·大中三年》：五月，武寧軍亂，逐其節度使李廓，詔以盧弘止代之。

　　《舊唐書·地理志》：武寧節度使治徐州，管徐、泗、濠、宿四州。《樊南乙集序》：十月，尚書范陽公（盧弘止）以徐戎兇悍，節度闕判官奏入幕。李商隱因為屬於秘書省憲官（帶有京官官銜），必須經奏請批准後才能入幕。

　　王延壽《魯靈光殿賦》：玉女窺窗而下視。庾信《哀江南賦》：倚弓於玉女窗扉。宋之問：窗搖玉女扉。

　　《元和郡縣志》：韶州始興縣大庾嶺，本名塞上。漢伐南粵，有監軍姓庾，城於此地，眾軍皆受庾節度，故名大庾。五嶺中此最在東，故名東嶠。《舊唐書》東嶠縣即大庾嶺，屬韶州，一名梅嶺。吳震方《嶺南雜記》：庾嶺（在江西、廣東二省交界

處）又名梅嶺，以漢瘐勝、梅涓得名。然瘐嶺多梅，古昔已然。自有「折梅逢驛使」之句。

《宋書·符瑞志》：大明（宋武帝劉駿年號）五年正月戊午元日，花雪降殿庭，時右衛將軍謝莊下殿，雪集衣，還白，上以為瑞，於是公卿並作花雪詩。

《山海經·大荒西經》有龍山。

《文選·鮑明遠學劉公榦體一就》：胡風吹朔雪，千里度龍山。

〔譯文〕

下雪了，寒氣雖然透不進宮內，但雪光映照得中書省內亮堂堂的。

當大瘐嶺梅花開放時候，京城章臺柳絮紛飛，那都是飛舞著的雪花啊！

宓妃舞蹈是為了曹植，雪花為謝莊而濕衣。

到你所在韶州雖然有萬里之遙，但是你不要擔心和著急，等著我二月再次到來吧。

　　旋撲珠簾過粉牆，輕於柳絮重於霜。
　　已隨江令誇瓊樹，又入盧家妒玉堂。
　　侵夜可能爭桂魄，忍寒應欲試梅妝。
　　關河凍合東西路，腸斷斑騅送陸郎。

《古樂府》：黃金為郡門，白玉為君堂。

唐太宗《望月》：魄滿桂枝圓。王維：桂魄初生秋露微。

《雜五行書》：宋武帝女壽陽公主，人日臥於含章殿簷下，梅花落額上，拂之不去，皇后留之，看得幾時，經三日，洗之乃落。宮女奇其異，競傚之，今梅花妝是也。

《樂府·神絃歌明下童曲》：走馬上前阪，石子彈馬蹄。不惜彈馬蹄，但惜馬上兒……陳孔驕赭白，陸郎乘斑騅。徘徊射堂頭，望門不欲歸。

〔譯文〕

雪花飛旋著撲向珠簾，越過粉牆，紛紛揚揚地飄落下來，既像柳絮，又像霜。

雪花飛舞中樹木如同瓊玉，又飛進當年你所在建章宮白玉堂。

桂樹嫩芽在寒夜的雪中綻出，你是不是也盼著梅花開放，如當年壽陽公主年那樣可以用花瓣裝飾呢？

騎馬過潼關，那裡黃河已凍住，我心中無比傷心，暫且送一送你吧！

大中六年壬申　公元 852 年

《櫻桃花下》
　　流鶯舞蝶兩相欺，不取花芳正結時。
　　他日未開今日謝，嘉辰長短是參查。

〔譯文〕

　　園中的櫻桃花開的正盛，黃鶯、蝴蝶在花叢中飛來飛去。

　　想當年我們在櫻桃樹下互相對答，是多麼地愜意啊！可是如今雖然櫻桃花開了，你我卻因為蕙蘭蹊徑造成了終身遺憾，現在你懷著對我的怨恨去了遠方，又不知道什麼時候才能相見啊！

《過招國李家南園二首》
　　潘岳無妻客為愁，新人來坐舊妝樓。
　　春風猶自疑連句，雪絮相和飛不休。
　　長亭歲近雪如波，此去秦關路幾多。
　　惟有夢中相近分，臥來無睡欲如何？

〔譯文〕

　　當年在同年韓瞻攛掇下，我和王茂元女兒成了婚，今天經過昭國坊南園，那裡已換了李家居住。

　　春雪飄來，使我想起當年雪中詠梅往事，你如才女謝道蘊那樣詩思敏捷，文詞優美。

　　瀟橋邊雪很厚，不知你現在在哪裏，從秦漢古關紫荊關到長安有多少路呢？

　　我和你大概只能在夢中相會了，因思念你一直無法入睡。

《魏侯第東北樓堂郢叔言別聊用書所見成篇》
　　暗樓連夜閣，不擬為黃昏。
　　未必斷別淚，何曾妨夢魂。
　　疑穿花逶迤，漸近火溫馨。
　　海底翻無水，仙家卻有村。
　　鎖香金屈戌，帶酒玉崑崙。
　　羽白風交扇，冰清月印盆。
　　舊歡塵自積，新歲電猶奔。

霞綺空留段，雲峰不帶根。

念君千里舸，江草漏燈痕。

岑參《送魏四落第還都》：長安柳枝春欲來，洛陽梨花在前開。魏侯池館今何在，猶有太師歌舞臺。

《說文》：透迤，衰去之貌。

皮日休《桃花賦》：或溫馨而可薰，或嬌惰而莫持。司空圖《修史亭三首》：地爐生火自溫存。

庾信詩：蓬萊入海底，何處可追尋？

李賀詩：屈膝銅鋪鎖阿甄。《輟耕錄》：今人家窗戶設鉸，名曰環鈕，即今金鋪之遺義，北方謂之屈戍。

《記事珠》：宇文卓防止崑崙玉盞，聽左丞檀超高談，不覺墮地。

《淮南子》：日行月動，電奔雷駭也。

謝朓詩：餘霞散成綺，澄江淨如練。

張協詩：雲根臨八極。注：雲根，石也。雲觸根而生，故曰雲根。

周賀《送耿山人》：夜濤鳴柵鎖，寒葦露船燈。

〔譯文〕

來到過去相處的魏侯府第，樓閣昏暗，並非完全因為是黃昏緣故，

因為離別的淚眼使視物不清，而今也不妨借著黃昏做一個夢，可以夢見過去的事情。

好像是在春末，我經過曲折走道來到花叢中，花的香氣傳來，仍像當年你們姐妹為皇家內翰參修國史時地爐生火，室內溫馨。

你去的京口三山如在海裏，那裡學仙的地方總還是會有的。

窗戶上的銅鉸鏈還是那麼光亮，見證我們洞房飲酒的崑崙玉杯也還放在那裡。

羽扇交揮，月亮照在水面上就像一個冰盤。

而今歡會的樓上積滿了灰塵，時光一年年地過得真快啊！

晚霞如綺，散在天邊，水邊的石頭歷歷在目。

我想你是孤獨地駕著小船到處飄蕩，晚上停靠在蘆葦叢中，燈光很晚才熄滅，大概是在苦思冥想地做詩吧？

《壬申七夕》（大中六年）

已駕七香車，心心待曉霞。

風輕惟響佩，日薄不嫣花。

桂嫩傳香遠，榆高送影斜。

成都過卜肆，曾妒識靈槎。

《魏武帝與楊彪書》：今賜足下畫輪四望通幰七香車二乘。注：以七種香木為車。

宋若憲《催妝詩》：催鋪百子帳，待障七香車。借問妝成未？東方欲曉霞。

《古樂府·隴西行》：天上何所有，歷歷種白榆。

《博物志·雜說》：舊說云，天河與海通。近世有人居海渚者，年年八月有浮槎來去不失期，人有奇志，立飛閣於槎上，多齎糧乘槎而去，十餘日中猶觀星、月、日、辰，自後茫茫忽忽，亦不覺晝夜，去十餘日，奄至一處，有城郭狀，屋舍甚嚴，遙望宮中多織婦，見一丈夫牽牛渚次飲之。牽牛人乃驚問曰：「何由至此？」此人具說來意，並問此是何處，答曰：「君還至蜀都，訪嚴君平則知之。」後至蜀，問君平，曰：「某年月日客星犯牽牛宿。」計日月，正是此人到天河時也。

〔譯文〕

你乘著七香車早已遠去，而我還是希望你像拂曉時分的霞彩那樣明天就會回來，就像當年你裝扮成新娘那樣出現在我眼前。

聽到風聲我就以為是你身上佩戴的玉佩在響，每逢傍晚我看到日落時未凋謝的槿花，總是想起你。

月光下桂葉雖嫩而香氣傳得很遠，高高榆樹影子也已經偏轉了方向，夜已深沉，而我仍在回想當年七夕我們在桂宮情景。

我在成都經過占卜攤子時，真是妒忌那個叫做嚴君平的人，他可以知道什麼時候有船到你織女所在的地方，而我卻不能啊！

《東南》

東南一望日中烏，欲逐羲和去得無？

且向秦樓棠樹下，每朝先覓照羅敷。

《張衡·靈憲》：日，陽精之宗，積而成鳥，像烏而有三足。

羲和，駕日車之神。屈原《離騷》：吾令羲和珥節兮，望崦嵫而勿迫。

《詩經》：何彼襛矣，唐棣之華。

《樂府·陌上桑》：日出東南隅，照我秦氏樓。秦氏有好女，自名為羅敷。

〔譯文〕

我望著東南方向的日頭，不知你是否跟隨日神去了王屋山的崦嵫。

我只能在宮中海棠樹下，每天看看名叫羅敷的女子還在不在。

《李夫人三首》

一帶不結心，兩股方安髻。

慚愧白茅人，月沒教星替。

《三輔黃圖・雲陽宮記》：鉤弋夫人從至甘泉而卒，屍香聞十里，葬雲陽，武帝思之，起通靈臺於甘泉宮。

《漢武故事》：上以琉璃、珠玉、明月、夜光，錯雜天下珍寶為甲帳，其次為乙帳，甲以居神，乙以自居。

《漢書・外戚列傳》：上思念李夫人不已，方士齊人少翁言能致其神，乃夜張燈燭，設幃帳，陳酒肉，而令上居他帳，遙望見好女如李夫人之貌，還幄坐而步，又不得就視。上越益相思悲感，為做詩曰：「是邪非邪，立而望之，偏何姍姍其來遲。」

《潘岳・悼亡詩》：獨無李氏靈，彷彿見爾容。

蕭衍《有所思》：腰間雙綺帶，夢為同心結。

《文子》：老子曰：「百星之明，不如一月之光。」《讀曲歌》：月沒星不亮，持底明儂緒。

《漢書》：武帝拜欒大為五利將軍，又刻玉印曰「天道將軍」，使衣羽衣，立白茅上受印，以示不臣也。致李夫人者，齊人少翁，拜文成將軍，與五利等耳。

《本草》：茱萸，木高丈餘，皮青綠色，葉似椿而闊厚，紫色。三月開紅紫細花，七、八月結實似椒子，嫩時微黃，熟則深紫。

〔譯文〕

一條帶子不能結成同心結，兩支笄才能安住髮髻。

站在白茅上的五利將軍能招致李夫人靈魂，而我恨不能如漢武帝時方家那樣把她招來，即使看看她的影子也好；月亮沒有了怎能叫星星來代替呢？

剩結茱萸枝，多學秋蓮的。

獨自有波光，彩囊盛不得。

《西京雜記》：戚夫人侍兒賈佩蘭出為扶風人段儒妻，說在宮中時九月九日佩茱萸。《續齊諧記》：費長房謂汝南桓景：「九月九日汝家有災，宜令家人各作絳囊，盛茱萸以繫臂，此禍可消。」

宮廷舉行迎神賽會的儺儀，焚沉香木、燒茱萸以驅逐疫鬼。李賀詩：「沉香火暖茱萸煙，酒桃縞帶新承歡。」王建詩：「金吾除夜進儺名，畫袴朱衣四隊行。院院燒燈

如白日，沉香火底坐吹笙。」李商隱詩：「沉香甲煎為沈燎，玉液瓊酥作壽杯。」

段成式《酉陽雜俎》云楚國寺內有楚哀王等金身銅像，哀王繡襖半袖猶在。長慶中，賜織成雙鳳夾黃襖子，鎮在寺中。門內有放生池。大和中，賜白氎黃綺衫。

《爾雅》：荷，芙蕖，其實蓮，其中的。《詩義疏》：青皮裹白子為的。李賀《惱公》：「魚生玉藕下，人在石蓮中。」

屈原《招魂》：欸光眇視，目曾波些。

《續齋諧記》：弘農鄭紹嘗以八月旦入華山採藥，見一童子執絲囊承柏葉上露，曰：「赤松先生取以明目。」

〔譯文〕

當年宮中舉行迎神賽會的儺會，焚燒沉香木、燃茱萸以避禍，但不久朝廷變故，你們姐妹遭遇厄運，姐姐被皇帝賜死，就如王維《九月九日》詩中以茱萸比喻兄弟，遍插茱萸少一人，現在只剩下她一個人了；而夫婦離散更是如同擘開的蓮子，心中盡是苦澀啊！

如今她孤獨一人在江邊流浪，眼淚如粼粼波光，即使是用赤松先生明目的柏露也無法使她止住眼淚啊！

> 蠻絲繫條脫，妍眼和香屑。
> 壽宮不惜鑄南人，柔腸早被秋眸割。
> 清澄有餘幽素香，鰥魚渴鳳真珠房。
> 不知瘦骨類冰井，更許夜簾通曉霜。
> 土花漠漠雲茫茫，黃河欲盡天蒼蒼。

《真誥》：安妃有斬粟金條脫。李商隱《中元作》：羊權雖得金條脫，溫嶠終虛玉鏡臺。

香屑，百和香屑。

《漢書·郊祀志》：上起幸甘泉，病良已，大赦，置壽宮神君。《李夫人傳》：夫人少而早卒，上憐憫焉，圖畫其形於甘泉宮。

白居易：雙眸剪秋水，十指駁春蔥。

《釋名·釋親》：無妻曰鰥，其字從魚，魚目恒不閉也。愁悒不能寐，目常鰥鰥然。

《文選》：江淹擬曹植詩：「從容冰井臺。」

《鄴中記》：銅雀臺北則冰井臺。江淹《擬曹植詩》：從容冰井臺。

《明一統志》：冰井在開封延津西南二十里，世傳韓襄王（韓倉）藏冰之所。

李賀《金銅仙人辭漢歌》：「畫欄桂樹懸秋香，三十六宮土花碧。」指宮苑荒圮，宮人逝去。

〔譯文〕

當年我們在楚國寺相會，你手上套著用南方絲織品纏著的手鐲，嫵媚眼光和身上發出的幽香使我沉醉。

我早為她的眼波所陶醉，不去注意旁邊不惜用重金鑄就楚哀王神像。

還有她們姐妹在曲江邊的珠宮繡戶，布置得很幽靜，那裡也是我們經常相會的地方。

但是好景不常，不久受到懲罰，我們在開封延津冰井分別，我被調往弘農，那時她已經身心衰弱，我和她一起對坐著直到黎明。

如今她們姐妹死的死，遠去的遠去，可是我對她的思念不會停止，除非黃河水乾！蒼天啊，此情你可為證！

《荊門西下》

一夕南風一葉危，荊雲回望夏雲時。

人生豈得輕離別，天意可曾忌險巇。

骨肉書題安絕徼，蕙蘭蹊徑失佳期。

洞庭湖闊蛟龍惡，卻羨楊朱泣路歧。

《後漢書・郡國志》：南郡……夷陵有荊門、虎牙山。夷陵即今湖北宜昌。自荊門回望夏口，乃西下也。

彌衡《鸚鵡賦》：嗟祿命之衰薄，奚遭時之險巇。

劉禹錫《洛中逢韓七中丞之吳興口號》：離別苦多相見少，一生心事在書題。書題，書信。

嵇康《琴賦》：三春之初，乃攜友生，涉蘭圃，登重基。

《易・繫辭》：二人同心，其利斷金；同心之言，其臭如蘭。

屈原《離騷》：余既滋蘭之九畹兮，又樹蕙之百畝。

《淮南子・說林訓》：楊子見逵路而哭之，為其可以南可以北。阮籍《詠懷》：楊朱泣歧路，墨子悲素絲。

〔譯文〕

刮了一夜南風，小船從荊門西下，望去江上雨雲飄向鄂州方向。

為了人生能多幾次相見，我甘冒旅途危險，可是天公是否可憐我，少一些險阻呢？

　　骨肉之間的書信幾乎斷絕，心心相印的人也因為走散而失去共同生活可能，她如今正在屈原流浪過的地方徘徊。

　　我看到洞庭湖水波浪掀天，真是羨慕楊朱哭歧路——可以在陸地上東南西北地走，而不會遇到如洞庭湖這樣的險惡風浪啊！

《霜月》

初聞征雁已無蟬，百尺樓高水接天。

青女素娥俱耐冷，月中霜裏鬥嬋娟。

《禮記·月令》：孟秋之月寒蟬鳴，仲秋之月鴻雁來，季秋之月霜始降。

《淮南子·天文訓》：秋三月……青女乃出，以降霜雪。

陶潛《己酉歲九月九日》：哀蟬留無響，征雁鳴雲霄。

《淮南子》：秋三月，青女乃出，以降霜雪。高誘注：青女，青腰玉女，主霜雪也。

《文選·謝莊·月賦》：集素娥於後庭。〔唐〕李周翰注：嫦娥竊藥奔月，月色白，故云素娥。

《廣韻》：嬋娟，好姿態貌。

〔譯文〕

　　如今仲秋之月又聽見大雁南去鳴叫聲，已經沒有蟬鳴了，秋空明淨，月光將高樓溶在水天一色之中。

　　嫦娥大概也和主霜雪的青女一樣都不怕冷，是不是還在那裡比較誰的容貌更美麗呢？

《壬申閏七夕題贈烏鵲》

繞樹無依月正高，鄴城新淚濺雲袍。

幾年始得逢秋閏，兩度填河莫告勞。

《通日錄》：大中六年閏七月。

曹操《短歌行》：月明星稀，烏鵲南飛，繞樹三匝，何枝可依。

曹操以鄴城為魏都，在河北道相州。

〔譯文〕

　　烏鵲繞樹無依，正是月亮升到半空時候，想起我們倆在鄴城（許昌）再次分別情景，悲傷的淚水一直濺到衣襟上啊！

　　要多少年才能逢到閏七月啊！一年有兩個七夕，牛郎織女才可以會兩次面，你

我能不能多見一次面呢？

《蜨　葉葉復翻翻》

葉葉復翻翻，斜橋對側門。
蘆花唯有白，柳絮可能溫？
西子尋遺殿，昭君覓故村。
年年芳物盡，來別敗蘭蓀。

《本草注》：蛺蝶輕薄，夾翅而飛，葉葉然也。

《漢書·記注》：昭君本南郡秭歸人也。《方輿勝覽》：歸州東北四十里有昭君村。
《寰宇記》：歸州興山縣王昭君宅，古云昭君之縣，村連巫峽，是此地。香溪在邑界，即昭君所遊處。

蓀，香草。沈約《酬謝宣城眺》：昔賢侔時雨，今守馥蘭蓀。

〔譯文〕

蛺蝶飛飛，如葉葉翻飛。

蘆葦叢從，蘆花雪白，蛺蝶能不能用蘆花和柳絮來防寒呢？

你西施從江南館娃宮又到了南郡，是不是來尋找王昭君故居的呢？

秋季芳菲已盡，蛺蝶是不是來向香草告別的呢？

大中七年癸酉　公元 853 年

《巴江柳》

巴江可惜柳，柳色綠侵江。
好向金鑾殿，移陰入綺窗。

《通典》：渝州南平郡，古巴國，謂之三巴。

《三巴記》：閬、白水東南流，自漢中經始寧城（今四川中縣東）下入涪陵，曲折三回如巴字，曰巴江。

《兩京記》：大明宮紫辰殿北，曰蓬萊殿，其西龍首山支隴起平地，上有殿曰金鑾殿，殿旁坡名金鑾坡。

〔譯文〕

巴江旁柳樹綠得真好看啊！把江水都映得綠綠的了。

可惜巴江的柳不像長安的柳，不能把綠陰映進玉殿窗戶中去。當年正是因為曲池柳的主人進宮，才造成了你我終身的遺憾啊！

《柳　柳映江潭》

　　柳映江潭底有情，望中頻遣客心驚。

　　巴雷隱隱千山外，更作章臺走馬聲。

　　庾信《枯枝賦》：昔年移柳，依依漢南，今看搖落，悽愴江潭，樹猶如此，人何以堪。

　　〔梁〕簡文帝《和湘東王陽雲樓簷柳詩》：佳人有所望，車聲非是雷。

　　〔譯文〕

　　江邊的柳樹倒映在水中為何這樣多情？看到它就想起當年在郢州往事，使我的心情何以能堪。

　　隱約傳來巴山遠遠的雷聲，倒像是當年我騎馬經過章臺街去曲江別宅探望你時，隆隆聲就像你們姐妹從皇宮回來經過夾城時的車輪碾過，真是使我心驚啊！

《屏風》

　　六曲連環接翠帷，高樓半夜酒醒時。

　　掩燈遮霧密如此，雨落月明俱不知。

　　《舊唐書》：憲宗著書十四篇，號《前代君臣事蹟》，書寫於六曲屏風。

　　李賀《屏風曲》：團回六曲抱膏蘭。

　　〔譯文〕

　　我在這高樓上半夜醒來，看到六扇連環屏風一直連到翠綠色的帷幕那裡。

　　屏風與帷幕層層疊疊，為的是要遮擋住燈光，可是遮得太嚴實了，連外面下雨還是月明都不知道。

《送阿龜歸華》

　　草堂歸意背煙蘿，黃綬垂腰不奈何。

　　因汝華陽求藥物，碧松根下茯苓多。

　　《漢書・百官公卿表》：比二百石以上，皆銅印黃綬。

　　《新唐書・地理志》：華州土貢茯苓、茯神。

　　〔譯文〕

　　你住的草堂座落在長滿松蘿的華山，腰上的黃綬說明你曾為內官。

　　你在華陽觀時就執意修道，現在華山盛產的茯苓更是有助於你合成仙丹了。

《碧城三首》

　　碧城十二曲欄杆，犀闢塵埃玉闢寒。

閬苑有書多附鶴，女床無樹不棲鸞。

星沈海底當窗見，雨過河源隔座看。

若是曉珠明又定，一生長對水晶盤。

《太平御覽》：元始天尊居紫雲之閣，碧霞之城。

《述異記》：卻塵犀，海獸也，其角闢塵，置之於座，塵埃不入。

道源注：《南越志》：高州巨海有大犀，出入有光，其角開水闢塵。《嶺表誌異》：闢塵犀為婦人簪梳，塵不著髮。

《天寶遺事》：寧王有暖玉盅。

《杜陽雜編》：武宗會昌元年，夫餘國供火玉三斗及松風石，火玉色赤，長半寸，上尖下圓，光照數十步，積之可以燃鼎，置之室內則不復挾纊。

《漢武內傳》：上元夫人戴六出火玉之佩。

《西王母傳》：王母所居，在崑崙之甫，閬鳳之苑。

閬州，今為四川閬中。《新唐書·地理四》：閬州閬中郡，有靈山、雲台山、紫陽山。為司馬相如故鄉。

道源《錦帶》：仙家以鶴傳書，白雲傳信。褚載：惟教鶴探丹邱信，不遣人窺太乙爐。許敬宗：風衢通閬苑。盧綸：渡海傳書怪鶴遲。

《山海經·西山經》：女床之山，有鳥焉，其狀如翟（野雞）而五彩文，名曰鸞鳥，見則天下安寧。

《晉書》：女床三星，在紀星北，後宮御也，主女事。

曉珠，日也。〔唐〕皇甫湜《出世篇》：西摩月鏡，東弄日珠。

《飛燕外傳》：真臘夷獻萬年蛤，不夜珠，光彩皆若月，照人無妍皆美豔，帝以蛤賜後，以珠賜婕妤。後以蛤裝成五色，金霞帳中常若滿月。久之，帝謂婕妤曰：「吾晝視後，不若夜視之美，每旦令人忽忽如失。」婕妤聞之，即以珠號枕前不夜珠為後壽。

河源：《史記·大宛傳》：漢使窮河源，河源出于闐，其山多玉石，採來，天子按古圖書，名河所出曰崑崙雲。

《太真外傳》：成帝獲飛燕，身輕欲不勝風，恐其飄翥，令宮人掌之而歌舞。

《三輔黃圖》：董偃以玉晶為盤，貯冰於膝前，玉晶與冰相潔，侍者謂冰無盤，必融濕席。乃拂玉盤墮，冰玉俱碎。玉晶千塗國所貢，武帝以賜偃。

〔譯文〕

你所在曲江邊紫雲樓是那麼美麗，曲折欄杆環繞著住處，你用犀角來辟除塵埃，

用暖玉來驅除寒冷。

　　仙女的書信都請仙鶴傳遞，想必你那裡的樹上也都有鸞鳳棲息吧？

　　我對著窗戶可以看到星星如同沉在海底，天空是那麼空闊無垠，你玉女隔著綺窗也可以望見雨雲掠過銀河，你我相思之情是如此深切，以至於我都可以用心中的眼睛看見你。

　　我真希望啟明星升起後一直不落下去，那麼我就可以一生一世長對著水晶盤似的月亮，可以永遠和你織女在一起了。

　　　　對影聞聲已可憐，玉池荷葉正田田。

　　　　不逢蕭史休回首，莫見洪崖又拍肩。

　　　　紫鳳放嬌銜楚佩，赤麟狂舞撥湘弦。

　　　　鄂君悵望舟中夜，繡被焚香獨自眠。

　　沈約《東武吟》：誓辭金門寵，去飲玉池流。

　　《古詩》：江南可採蓮，蓮葉何田田。

　　王金珠《歡聞歌》：豔豔金樓女，心如玉池蓮。

　　沈約《東武吟》：誓辭金門寵，去飲玉池流。

　　《列仙傳》：蕭史者，秦穆公時人也，善吹簫，能致白鵠孔雀於庭，穆公有女字弄玉，好之，公遂以女妻之焉，日教弄玉作鳳鳴，居數年，吹似鳳聲，鳳凰來止其屋。公為作鳳臺，夫婦至其上不下，一旦皆隨鳳凰飛去。

　　《神仙傳・衛叔卿傳》：（衛）度世曰：「不審與父蒞坐者是誰也？」叔卿曰：「洪崖先生、許由、巢父。」郭璞《遊仙詩》中相繼出場的仙人陵陽子明、容成公、嫦娥、洪崖、甯封子：「左挹浮丘袖，右拍洪崖肩。」

　　《列仙傳》：洪崖先生姓張氏，堯時已三千歲。陸機《前緩聲歌》：洪崖發清歌。注引薛綜《西京賦》駐云洪崖為三皇時伎人也。江西有洪崖鄉。

　　《禽經》：鸞鶱，鳳之屬也，五色而多紫。

　　屈平《離騷》：扈江離與辟芷兮，紉秋蘭以為佩。

　　江淹《別賦》：聳淵魚之赤麟。

　　《列子・湯問》：瓠巴鼓瑟而鳥舞魚躍。

　　《楚辭・遠遊》：使湘靈鼓瑟兮。

　　〔譯文〕

　　盛夏時節在江南，荷葉繁茂時能看到你的身影，能聽到你的聲音，卻不能與你親近，我的心情真是難堪。

　　蕭史才是弄玉佳偶，你在沒有遇見自己心愛的人的時候不要託付終身，更不要一意求仙問道，將道侶看作是人生唯一知己。

　　你的聲音就像紫鳳清音，當年我在郢州時被你所迷，如今沒有人欣賞白白地可惜了；你彈瑟技巧能使鳥舞魚躍，卻沒有真正的知音。

　　你曾孤獨地在越地、湘中流浪，我知道你在思念著我，其實我也一直孤獨地生活著。

> 七夕來時先有期，洞房簾箔至今垂。
> 月輪顧兔初生魄，鐵網珊瑚未有枝。
> 檢於神方教駐景，收將鳳紙寫相思。
> 武皇內傳分明在，莫道人間總不知。

　　王仁裕《開元天寶遺事》：宮中以錦結成樓殿，高百尺，上可以勝數十人，陳以瓜果、酒炙，設坐具，以祀牛、女二星。嬪妃各以九孔針，五色線，向月穿之，過者為得巧之侯。動清商之曲，宴集達旦，士民之家皆傚之。

　　《漢武內傳》：四月戊辰，帝閒居承華殿，忽見一女子著青衣，美麗非常。帝愕然問之，曰：「我墉宮玉女王子登也，乃為王母所使……至七月七日，王母暫來也。」……到七月七日，聞雲中蕭鼓之聲，人馬之響，半食頃，王母果至。

　　傅咸《擬天問》：月中何有？玉兔搗藥。

　　《尚書·康誥》：維三月哉生魄。注：月出三日成魄，指初生的月亮才現光明。又，月十六日明消而魄生。古人稱月體陰暗無光處為魄。

　　屈平《天問》：夜光何德？死而又育。厥利維何？而顧兔在腹。

　　《本草》：珊瑚似玉，紅潤，生海底磐石上，一歲黃，三歲紅，海人先作鐵網沈水底，貫中而生，絞網出之，失時不取則腐。

　　王建《宮詞》：每日進來金鳳紙，殿頭無事不教書。鳳紙，唐宮宸翰所用。

　　《漢武內傳》：須臾侍女還，捧五色玉芨，鳳文之蘊，出以六甲之文。

　　《漢武內傳》：上元夫人即命女侍紀離容徑到扶桑山，敕青真小童出六甲左右靈飛致神之方十二事以授劉徹，乃告帝曰：「夫五帝者，方面之天精，六甲六位之通靈，佩而尊之，可致長生。王母因授以《五嶽真形圖》。帝拜受俱畢，王母與夫人同乘而去。」

　　《集仙錄》：舜以駐景靈丸授生妙想。

〔譯文〕

　　想那時我們如牛郎、織女七月七相會，一定是長久期盼並且事先約好的，內室

簾子至今還掛住那裡。

　　你珠胎暗結還只是初期，就像月亮開始生魄，可以用藥墮胎；珊瑚雖然生長，但是因枝節尚未長成，鐵網也無法將它網住。

　　你可以拿到一個寫有「靈飛經」字句紙包，裏面有使人延年藥方；將它收好了，好好休息，寫下你我的相思之情。

　　《漢武內傳》中說，神仙眷屬，古已有之，其實你我也不妨如此。

《過伊僕射舊宅》
　　朱邸方酬力戰功，華筵俄歎逝波窮。
　　迴廊簷斷燕飛去，小閣塵凝人語空。
　　幽淚欲乾殘菊露，餘香猶入敗荷風。
　　何能更涉瀧江去，獨立寒秋弔楚宮。

　　《舊唐書‧伊慎傳》：伊慎，兗州人，大曆八年，江西節度使路嗣宗討嶺南哥舒晃之亂，以慎為先鋒，直逼賊壘，急戰破之……討梁崇儀之歲，慎以江西牙將統李希烈，摧鋒陷敵，功又居多，封南充郡王。貞元十五年以慎為安州、黃州節度。十六年吳少誠阻命，詔以本道步騎五千兼統荊南、湖南、江西三道兵當其一面，與申州城南前後破賊數千，以例加檢校刑部尚書，拜右僕射，元和二年轉檢校左僕射。元和六年卒。

　　《唐兩京城坊考》：朱雀門街之東，次南光福坊，右衛上將郡南充郡王伊慎宅，權德輿《伊慎碑》：薨於光福里。

　　《漢書注》：郡國朝宿之捨在京師者，率名邸。謝眺《辭隋王箋》：朱邸方開，效蓬心於秋實。

　　《唐書‧伊慎傳》：伊慎初為路嗣恭先鋒，討哥舒晃，下韶州，斬晃於湞溪，授連州長史。自後破梁崇義於襄漢，破李希烈於黃梅、蘄州，擒劉戒虛於應山，敗吳少誠於義陽，積功封南充郡王，累官拜安黃節度。

　　《論語‧子罕》：子在川上曰：「逝者如斯夫，不捨晝夜。」

　　杜甫《涪城縣香積寺官閣》：小院迴廊春寂寂。

　　《水經注》：武溪水，又重入南山，山名藍豪，廣圓五百里，悉曲江縣界，崖峻險阻，岩嶺干天，謂之瀧中。懸湍回注，崩浪震山，名之瀧水。又南出峽，謂之瀧口。

　　〔譯文〕
　　伊慎將軍光福里府第是皇帝因為他赫赫戰功而賜給他的，曾經在那裡舉行的華

筵已經過去許多時日了。

舊宅迴廊的屋簷已經朽爛，做窩的燕子已經飛去，小閣中只有厚厚的灰塵，那裡的人又去了連州。

殘菊花瓣上露水似乎是她的幽恨淚水，池塘中敗荷中吹來的風也還有她身上餘香。

我希望你深秋一定要回到江陵，可以與你一起憑弔楚宮啊！

《水齋》

　　多病欣依有道邦，南塘晏起想秋江。
　　捲簾飛燕還拂水，開戶暗蟲猶打窗。
　　更閱前題已批卷，仍斟昨夜未開缸。
　　誰人為報故交道，莫惜鯉魚時一雙。

《論語‧衛靈公》：邦有道則仕，邦無道則可卷而懷之。

段玉裁《說文解字注》：題者，標其前；跋者，繫其後也。

古人寄書信，常以尺素結成雙鯉狀。

《古樂府》：尺素如殘雪，結成雙鯉魚。

〔譯文〕

久病初愈，掛念遠方的你，想起當年秋天在曲江邊南塘晏起的情景，希望一洗胸懷。

捲起久已不捲簾子，看見燕子還在水面上飛，窗戶久未開，小蟲子撲在窗戶上，才知道還是夏天。

我翻開你沒有看完的那卷書，看那上面你的題跋批註，斟飲昨夜尚未開瓶的酒。

誰能告訴我你現在在哪裏？我心裏寂寞無聊，盼望你有書信來。

大中八年甲戌　公元 854 年

《屬疾》

　　許靖猶羈宦，安仁復悼亡。
　　茲辰聊屬疾，何日免殊方？
　　秋蝶無端麗，寒花只暫香。
　　多情真命薄，容易即迴腸。

《蜀志》：許靖字文休，汝南平輿人。漢末除尚書郎，典選舉。補御史中丞，懼董卓誅之，奔豫州刺史孔由，又依揚州刺史陳禕。又吳郡太守王朗，素與靖有舊，故

往保焉。靖收恤親裏。孫策東渡江，皆走交州以避其難，與曹公書曰：「知足下西迎大駕，巡省西嶽，承此休問，且悲且喜。」……靖身坐岸邊，先載附從、疏親，乃從後去。既到交阯，靖與曹公書曰：「行經萬里，漂薄風波，饑殍薦臻，復遇疾癘，計為兵害及病亡者，十遺一二。」其後劉璋招入蜀，為巴郡廣漢太守。先主克蜀，以靖為左將軍長史；及即尊號，策靖司徒。

宋之問《早發韶州》：虞翻思報國，許靖願歸朝。

〔譯文〕

你至今還滯留在交州（今廣東、廣西及越南北部），如許靖無位但為封疆大吏從事文書工作，而我（潘岳）又再次在為生離死別傷心。

今天這個日子我生病告假在家，什麼時候你才可以像許靖那樣回到蜀地，使我免去對你的思念呢？

秋天的蝴蝶也如同春天一樣美麗，使我懷念起當年與你們姐妹一起寫詩詠蝶情境；這裡近冬的花雖然還在開，但是已經沒有多少時日了。

人若是敏感多情就真是命苦啊！一看到相似的事物就容易想起過去的情境，徒然地使人傷心斷腸啊！

大中九年乙亥　公元 855 年

《天涯》

春日在天涯，天涯日又斜。

鶯啼如有淚，為濕最高花。

〔譯文〕

春天在這遠離如天涯的地方，又到了傍晚天陽落下時分。

黃鶯兒又開始啼唱，眼淚落在在樹上花上，那是遠望家鄉的淚啊！

《因書》

絕徼南通棧，孤城北枕江。

猿聲連月檻，鳥影落天窗。

海石分棋子，郫筒當酒缸。

生歸話辛苦，別夜對凝釭。

《漢書注》：東北謂之塞，西南謂之徼。

《戰國策》：棧道千里，通於蜀漢。按：秦棧在北，劍棧在南。

《宜都山川記》：峽中猿鳴至清，諸山谷傳其響，泠泠不絕，行者歌之曰：「巴東三峽猿鳴悲，猿鳴三聲淚沾衣。」

《文選・王文考・魯靈光殿賦》：天窗綺疏。注：天窗，高窗也。

《杜陽雜編》：日本東三萬里有集真島，島上有凝霞臺，臺上有手談池，池中出玉棋子，不由制度，自然黑白分明，冬溫夏冷，謂之冷暖玉。更產楸玉，狀如楸木，琢之為棋局，光潔可鑒。

《華陽風俗錄》：郫縣有郫筒池，池旁有大竹。郫人剖其節，傾春釀於筒，苞以藕絲，蔽以蕉葉，信宿香聞於林外，然後斷之以獻，俗稱郫筒酒。

《說文》：俗謂燈為釭。江淹《燈賦》：冬釭凝兮夜何長。李白《夜坐吟》：金釭清凝照悲啼。

〔譯文〕

你曾經到過四川廣元，從利州東下，劍閣棧道成了你我音訊斷絕的地方，後來你又經過巫峽，到了魯地。

你從日本國帶回玉石棋子，而我再次往成都附近郫縣。

如此千萬里的來信，真是難得啊，我不禁想起分別時你我對著燈光相對無語的樣子。

《寫意》

燕鵲迢遞隔上林，高秋望斷正長吟。

人間路有潼江險，天外山惟玉壘深。

日向花間留返照，雲從城上結層陰。

三年已制思鄉淚，更入新年恐不禁。

《明史・地理志》：梓潼西有梓潼水，亦曰潼江水，下流入涪江，又北有揚帆水流合潼江水，下流入嘉陵江。

玉壘山在四川灌縣，《名山志》：玉壘山，眾峰叢擁，遠望無形，惟雲表崔嵬稍露。

〔譯文〕

我來到這裡城牆上散步，好像聽見長安上林苑鳥兒在鳴叫，遠望秋景油然而生作詩衝動。

我這一生走過的路不少，最險最峻的要算是川中的嘉陵江和灌縣的玉壘山了。

陽光透過花叢留下斑駁影子，川中天氣常年多陰，雲層陰沉，好像從城牆上就可以夠得著，就像我的心情一樣沉甸甸的。

我在這個地方已經呆了整整三年，基本上已經能止住思鄉的淚了，但是要是再過一年，恐怕要受不了了。

《暮秋獨遊曲江》
荷葉生時春恨生，荷葉枯時秋恨成。
深知身在情常在，悵望江頭江水聲。

〔譯文〕
那年春末荷葉初生時我們由愛生怨，到秋天你進宮後果然就此分離，不僅不能經常見面，更不用說結為夫妻了，終身遺憾就是從那時開始的啊！

我深知我倆情感一直要到去世才能消失，我望著過去曾一起遊玩的曲江，心裏無比地惆悵。

大中十年丙子　公元856年

《初起》
想像咸池日月光，五更鐘後更迴腸。
三年苦霧巴江水，不為離人照屋樑。
《淮南子‧天文訓》：日出於暘谷，浴於咸池，拂於扶桑，是為晨明。
宋玉《神女賦》：耀乎若白日初出照屋樑。

〔譯文〕
我終夜無寐，盼望著天亮，聽到五更鐘聲響更是睡不著，就像聽見當年景陽宮的曉鐘聲。

我在這巴國蜀地已經有三年了，這裡幾乎天天有霧，連太陽光也因為我們離別而傷心得不露面了。

大中十一年丁丑　公元857年

《幽居冬末》
羽翼摧殘時，郊園寂寞時。
曉雞驚樹雪，寒鶩守冰池。
急景忽雲暮，頹年寢已衰。
如何匡國分，不與夙心期。
鮑照《舞鶴賦》：窮陰殺節，急景凋年。
陸機《應詔》：恨頹年之方侵。

《毛詩‧小雅‧六月》：以匡王國。

〔譯文〕

當年你我情感受挫、羽翼遭摧就在西園，那時我還在梁園尚未擔任兗州幕職，你被召進宮，我心中的痛苦難以形容。

那年嚴冬我一個人到冰井徘徊了一整夜，「達曉不知疲」，只有雪雞和岸邊鴨子陪伴我，如今又是冰天雪地，冬天傍晚層層寒雲中只聽見鳥兒悲鳴。

想起與你宋若荀分離時情景還在眼前，可是一晃我們都到了頹年。而今我已經年歲衰老，再也不可能了，但還是難以入睡，總是想起當年情景。

如今你為國分憂，轉戰南北，年輕時我們都立下為國效勞的志向，如今你實踐了報國之志，可是我卻沒有能實現夙願啊！

大中十三年已戌　公元 859 年

《正月崇讓宅》

密鎖重關掩綠苔，廊深閣回此徘徊。

先知風起月含暈，尚自露寒花未開。

蝙拂簾旌終展轉，鼠翻窗網小驚猜。

背燈燭共餘香語，不覺猶歌《起夜來》。

《廣韻》：月暈多風。

《演繁露》：網戶朱綴，刻方連者，以木為戶，其窗上刻為方文，互相連綴，朱其色也，網其文也。

《樂府解題》：《起夜來》，其辭意猶念疇昔，思君之來也。

柳惲《起夜來曲》：竦竦秋桂響，悲君起夜來。

施肩吾《起夜來》：懶臥相思枕，愁吟《起夜來》。

〔譯文〕

洛陽崇讓坊宅子因為一直無人居住而重門密鎖，小徑上到處長滿了綠色的苔衣，我在通向洞房的深深迴廊中留連徘徊。

月亮黯淡，邊上有一圈暈，眼看就要起風，晚上的露水很冷，梅花還沒有開。

蝙蝠拂動簾旌，我以為是你在走來；聽見老鼠穿過木製網窗的聲音，誤以為是你在關閉窗戶。

想起當年我們在這裡一起背燈望月，在幽幽傳來的梅花香氣中輕語閒談，不知不覺又想起那年在洪州西山你唱《起夜來》的樣子，真是讓人傷感啊！

第四章　李商隱詩與唐代真實政治

　　李商隱對國家命運、政治情況十分關注，他希望能在政治清明情況下有用武之地，為國家發揮自己能力。在接觸宋氏姐妹、瞭解皇家生活和政治內幕之後，對元和以來宦官弄權、後宮爭鬥及朝廷黨爭主宰了中、晚唐政治生活，大批朝臣陷入錯綜複雜政治漩渦，尤其是大和末年「訓、注之亂」後戀人一家被宦官集團迫害，李商隱對皇帝本質逐步瞭解，終於睜開眼睛看社會、看人生，對中、晚唐封建政治有清醒認識。出於對封建國家理想的破滅，李商隱寫出了直指封建最高統治者的政治諷喻詩，對他們的荒淫無恥、昏庸無道予以無情的揭露，寫出了堪與杜甫諷世詩相媲美的詩歌作品。

　　李商隱的詩是中、晚唐政治生活的真實寫照。反映了封建專制昏庸，反映了宦官勢力、後宮爭鬥的無所不用其極，反映了牛、李黨爭所形成的政治漩渦以及被它所淹沒大臣命運，補充了正史一些細節，使我們能在千年之後得以窺見黑暗政治內幕下斑斑血跡；第二，李商隱的詩也是他一生情感生活真實表現，唱歎的是不能忘懷的情，其藝術水準達到古代情詩藝術極致，同時又是報國之志生動體現，是個人情感、身世與關注現實、諷喻政治和懷古詠史的結合，深得杜甫精神；第三，李商隱的詩博採眾長後所釀百花蜜，是盛唐之後唐詩發展的又一高峰，他在形成自己獨特創作風格同時，也將中、晚唐詩歌推向新的發展階段。

一、皇帝昏庸與宦官之禍

　　助長宦官勢力的根子在皇帝。玄宗承平，財用充足，志大事奢，不惜賞賜爵位，開元、天寶中宦官黃衣以上三千人，衣紫者千餘，其在殿頭供奉，委任華重，持節傳命，所至郡縣奔走、獻遺至萬計。皇帝昏庸、宦官強橫、朋黨之爭構成中、晚唐衰退局面，正如史書所云：「小人之情，猥險無顧忌，又日夕侍天子，狎則無威，習則不疑，故昏君蔽於所昵，英主禍生所忽。玄宗以遷崩，憲、敬以弒殂，文以憂償，至昭而天下亡矣。禍始開元，極於元祐，凶愎參會，黨類殲滅，王室從而潰喪，譬如灼火攻蠹，蠹盡木焚，詎不哀哉！」〔註1〕晚唐皇帝昏庸較中唐更甚，由於德宗、憲宗助長宦官勢力，穆宗、敬宗驕奢淫逸，文宗優柔寡斷，造成內豎專權局面。

　　甘露事變源自元和孽黨。皇帝養成宦官勢力，卻又希望利用宦官和朝臣矛盾鞏固自己統治，正是因為這種企圖本身荒謬必然導致失敗殃及無辜。早在元和六年時「帝患朋黨」，曾經問李絳什麼是朋黨，李絳答：「自古人君最惡者朋黨，小人揣知，故常藉口以激怒上心。朋黨者，尋之則無跡，言之則可疑。小人常以利動，不顧忠義；君子者，遇主知則進，疑則退，安其位不為他計，故常為奸人所乘。夫聖人同跡，賢者求類，是同道也，非黨也。陛下奉遵堯、舜、禹、湯之德，豈謂上與數千年君為黨耶？道德同耳。漢時名節骨鯁士，同心愛國，而宦官小人疾之，起黨錮之獄，訖亡天下。趨利之人，常為朋比，同其私也；守正之人，常遭構毀，違其私也。小人多，讒言常勝；正人少，直道常不勝。可不戒哉！」〔註2〕指出朋黨小人與君子區別在於小人為私利，君子和而不同，希望他能真正重用正派朝臣，但是皇帝仍然疑慮重重，處處防範朝臣，反而對別有用心、勾結宦官的姦臣信任有加。元和十三年，憲宗驕奢日甚，戶部侍郎判度支皇甫鎛進羨余以供其費，又厚賄宦官吐突承璀，八月甲辰，鎛以本官工部侍郎並同

〔註1〕《新唐書・列傳一百三十一・宦者上》。
〔註2〕《新唐書・列傳七十七・李絳》。

平章事……制下，朝野駭愕，至於市井負販者亦嗤之。裴度、崔群極
陳之不可，上不聽。度恥於與小人同列，表求自退，不許。度復上書，
上以度為朋黨，不之省。十一月，上常語宰相，人臣當力為善，何乃
好立朋黨！朕甚惡之。裴度對曰：「方以類聚，人以群分，君子、小人
志趣同者，勢必相合。君子為徒，謂之同德；小人為徒，謂之朋黨；
外雖相似，內實懸殊，在聖主辯其所為邪正耳！」〔註3〕憲宗仍然不
悟，不僅延續德宗以宦官為藩鎮監軍制度，借宦官勢力壓制朝臣，還
利用朋黨關係實行打一派、拉一派政治權術，使朝臣朝不慮夕，不知
道接下來命運是貶謫還是處死。正如白居易《感逝寄遠》詩中所言：
「昨日聞甲死，今日聞乙死。知識三分中，二分化為鬼。逝者不復
見，悲哉長已矣。存者今如何，去我皆萬里。平生知心者，屈指能有
幾？通果澧鳳州，渺然四君子。相思俱老大，浮世如流水。應歎舊交
遊，凋零日如此。何當一杯酒，開眼笑相視。」〔註4〕時白居易好友
元侍御積被貶通州，崔員外韶被貶果州，李舍人建在澧州，李郎中宣
為鳳州，要想見一面都成為奢望。

　　德宗、憲宗在位期間元積、白居易被貶案充分暴露了皇帝昏庸
和宦官勢力囂張。

　　元積貞元年間受親戚吳湊影響反對宦官，《舊唐書・吳湊傳》：
「貞元十四年，上召湊，面授京兆尹……湊孜孜為理，以勤儉為務，
人樂其政。時宮中選內官買物於市，倚勢強賈，物不充價，人畏而避
之，呼為『宮市』。掌賦者多與中貴人交結假借，不言其弊。湊為京
尹，便殿從容論之，曰：『物議以中人買物於市，稍不便於人。此事
甚細，虛掇流議。凡宮中所須，責臣可辦，不必更差中使。若以臣府
縣外吏，不合預聞宮中所須，則乞選內官年高謹重者，充宮市令，庶
息人間論議。』又奏：『掌閒轡騎、飛龍內園、芙蓉及禁軍諸司等使，
雜供手力資課太多，量宜減省。』上多從之。」吳漵、吳湊是唐代宗

〔註3〕　《資治通鑒・元和十三年》。
〔註4〕　《全唐詩・卷四百三十二・白居易》。

母親章敬皇后親弟〔註5〕，吳漵吳湊的兒子吳士矩、吳士則是元稹從姨兄，因而元稹有《賣炭翁》詩：「翩翩兩騎來是誰？黃衣使者白衫兒。手把文書口稱敕，回車叱牛牽向北。一車炭重千餘斤，宮使驅將惜不得。半匹紅紗一丈綾，繫向牛頭充炭直。」元和四年，元稹丁母憂後出任監察御史之職。在朝廷重臣聽命於宦官、地方節將拱手於監軍的不正常情況下，宦官可謂權勢薰天，炙手可熱。元和四年（809）七月，武德軍節度使王紹違詔將該道監軍使孟進喪柩入驛停放，並且苛求人夫食宿，索取馬匹草料。驛站據原有規章不同意所求，武寧軍節度府差役就氣勢洶洶地毆打驛站人員。元稹接到報告後，立即命人移喪柩置之於驛外，還通知沿途所有驛站不得允其入驛勒索一切，並立即向朝廷舉發他們違反朝規、跋扈地方罪行，轉牒事件以及元稹知遇裴度、朋輩白居易、李絳等人彈劾吐突承璀積怨，終於促成了敷水驛事件爆發：吐突承璀親信、征討王承宗時助手仇士良〔註6〕及劉士元等雖然比元稹後至敷水驛，為報復白居易等彈劾無理尋釁，強迫已經睡下的元稹讓出正廳供他們休息（根據朝廷成規，宦官與御史夜宿同一驛站，先到者居正廳，後來者居偏廳），接著又極擊力爭的元稹，在眾多宦官馬鞭、弓箭抽打下元稹頓時破面流血，被迫走後廳。是非曲直本來十分清楚，錯在宦官，理在元稹。但唐憲宗登位曾經得到宦官扶持，因而不問是非曲直，竟然支持跋扈的宦官，反而將有理而又明顯受了委屈的元稹貶為江陵士曹參軍〔註7〕。對唐憲宗這樣處置，李絳、崔群先後呈上兩狀，論述仇士良與元稹爭廳事理，竭力辯爭貶謫元稹不當。但唐憲宗一心支持仇士良、劉士元，對李絳、崔群辯狀置之不理。白居易雖明知唐憲宗偏袒庇護宦官，不顧廷爭形勢險惡和個人前程安危，又在《論元稹第三狀》中直接向憲宗陳述不可貶謫元稹的三條理由：「臣內察事情，

〔註 5〕《新唐書·吳湊傳》。
〔註 6〕鄭薰：《內侍省監楚國公仇士良神道碑》。
〔註 7〕《新唐書·仇士良傳》。

外聽眾議，元稹左降，不可者三。何者？元稹守官正直，人所共知。自授御史已來，舉奏不避權勢。只如奏李公佐等之事，多是朝廷親情。人誰無私？因以挾恨。或假公議，將報私嫌。遂使誣謗之聲，上聞天聽。臣恐元稹左降已後，凡在位者，每欲舉事，先以元稹為戒。無人肯為陛下當官執法，無人肯為陛下嫉惡繩愆。內外權貴，親黨縱橫，有大過大罪者，必相容隱而已，陛下從此無由得知，其不可者一也。昨者元稹所追勘房式之事，心雖奉公，事稍過當。既從重罰，足以懲違。況經謝恩，旋又左降。雖引前事以為責詞，然外議喧喧，皆以為元稹與中使劉士元爭廳，自此得罪。至於爭廳事理，已具前狀奏陳。況聞劉士元踏破驛門，奪將鞍馬。仍索弓箭，嚇辱朝官。承前已來，未有此事。今中官有罪，未見處置；御史無過，卻先貶官。遠近聞知，實損聖德。臣恐從今已後中官出使縱暴益甚；朝官受辱必不敢言。縱有被凌辱毆打者亦以元稹為戒，但吞聲而已。陛下從此無由得聞，其不可者二也。臣又訪聞：元稹自去年已來，舉奏嚴礪在東川日枉法收沒平人資產八十餘家。又奏王紹違法給券，令監軍神樞及家口入驛。又奏裴玢違敕旨徵百姓草。又奏韓皋使軍將封仗打殺縣令。如此之事，前後甚多。屬朝廷法行，悉有懲罰。計天下方鎮，皆怒元稹守官。今貶為江陵判司，即是送與方鎮。從此方便報怨，朝廷何由得知……臣恐元稹左降後，方鎮有過，無人敢言，皆欲惜身，永以元稹為戒。如此則天下有不軌不法之事，陛下無由得知，此其不可者三也。」「帝不直稹，斥其官」「貶江陵士曹」〔註8〕。因仇士良是唐憲宗為太子時東宮屬官，唐憲宗登帝位之時仇士良有「翼戴之勞」〔註9〕，所以仇士良能如此跋扈而毫無顧忌。元和六年（811）二月，竇鞏（字友封）投奔他的哥哥竇群，經由江陵時順路看望多年不見好友元稹、李景儉，元稹在《送友封二首》詩中表明自己雖然受到宰臣、權貴、宦官合力打擊遭受貶斥命運但決不屈服

〔註8〕《資治通鑒》。
〔註9〕鄭薰：《內侍省監楚國公仇士良神道碑》。

決心：「惠和坊裏當時別，豈料江陵送上船。鵬翼張風期萬里，馬頭無角已三年。甘將泥尾隨龜後，尚有雲心在鶴前。若見中丞忽相問，為言腰折氣衝天。」這詩表面上是送別竇鞏並順便給黔州觀察使竇群捎個口信，實際上元積是向同情他的詩友、迫害他的宿敵表明：自己雖遭權貴、宰臣和宦官集團「腰折」，但自己鬥爭「正氣」、「怒氣」仍然「衝天」，並不就此罷休。

正因為元積元和年間一直堅持與宦官鬥爭，元和年當權吐突承璀宦官集團對元積恨之入骨，先將元積貶謫江陵，一貶就是四年，意欲置元積於死地。元和九年淮西吳元濟叛亂，唐廷委派荊南節度使嚴綬招討。元積隨同嚴綬前往平叛，積極參加征討淮蔡軍事活動，出入於刀槍劍戟之中，來往於帥府行營之間。正在元積冀圖為國立功、為民平叛之時卻突然接到了唐廷將其調離前線、返回京城命令。其時元積白居易朋友李絳罷知政事，出貶外任〔註 10〕，宦官頭目吐突承璀重新被召回京城為禁軍中尉，不知是有意安排還是偶然巧合，仇士良此時恰好前來淮西擔任淮西行營監軍使。在朝為所欲為的吐突承璀和權過節度的仇士良當然不會聽任元積在淮蔡第一線有立功升遷機會，因而將元積調離前線召回京城。離開平叛第一線、失去為國家效力的機會，元積自然不無怨憤和牢騷。對於元積面臨吐突承璀和仇士良新迫害，作為元積頂頭上司的嚴綬和監軍使崔潭峻都裝作視而不見，不肯或不能幫忙，元積《酬盧秘書》云：「劇敵徒相軋，嬴師亦自謀。磨礱刮骨刃，翻擲委心灰。」元積與白居易始料不及的是：依靠宦官、方鎮鎮壓永貞革新而登位的唐憲宗這時正在與吐突承璀和守舊官僚們策劃著新的迫害：劉禹錫、柳宗元、李建、崔詔、白居易等先後一一被貶出京，元積則先白居易他們一步又一次遭到打擊，元和十年三月被貶為通州司馬，「染瘴危重」，「虐病將死」〔註 11〕，五年後元和十四年在白居易和元積摯友新任宰臣

〔註10〕《舊唐書·李絳傳》。
〔註11〕元積：《酬樂天東南行》。

崔群幫助下才易地調任，詔命白居易為忠州刺史，元稹遷為虢州長
史〔註12〕。元和十四年七月五日，唐憲宗因上尊號而「御丹鳳樓，大
赦天下」〔註13〕，崔群借機再將元稹調入京城，任職膳部員外郎，終
於結束了長達十年的貶謫生涯。

　　元和十五年正月二十六日，憲宗暴病身亡。穆宗元和十五年閏正
月初三登位，並於元和十五年二月五日發《登極德音》，大赦天下，
晉升百僚〔註14〕，元稹也得以膳部員外郎資格試知制誥。同年五月
九日，元稹又被拔為祠部郎中知制誥臣〔註15〕。長慶元年，穆宗改
元長慶大赦天下，文武大臣賜爵加階〔註16〕，元稹因此於二月十六
日升任為翰林承旨學士、中書舍人，並賜紫金魚袋。仕路可謂一路
綠燈步步高升，結果是同僚妒忌，時人認為這是元稹勾結宦官結果。
武孺衡蒼蠅「適從何來」就是其中一例。《資治通鑒·卷二四一》：
「初，膳部員外郎元稹為江陵士曹，與監軍崔潭峻善。上在東宮，聞
宮人誦稹歌詩而善之。及即位，潭峻歸朝，獻稹歌詩百餘篇。上問：
『稹安在？』對曰：『今為散郎。』夏五月庚戌，以稹為祠部郎中、
知制誥。朝論鄙之。會同僚食瓜於閣下，有蠅集其上，中書舍人武孺
衡以扇揮之曰：『適從何來，遽集於此！』同僚皆失色，孺衡意氣自
若。」其實與時相蕭俛、令狐楚、段文昌以及薛放有關，因蕭俛與元
稹制科同年，又同日拜拾遺之職〔註17〕，段文昌喜好文學，亦賞識元
稹之之文才，曾向穆宗作過推薦；元稹洛陽至交薛戎而與其弟薛放相
識相交〔註18〕，薛放曾為穆宗東宮侍讀，在穆宗面前延譽是有可能
的。長慶元年河朔平叛期間裴度在外領兵征討，元稹在朝積極協助

〔註12〕白居易：《三遊洞序》。
〔註13〕《舊唐書·憲宗紀》。
〔註14〕據《唐大詔令集》、《舊唐書·穆宗紀》。
〔註15〕《資治通鑒》。
〔註16〕《唐大詔令集·長慶元年正月南郊改元赦》。
〔註17〕《舊唐書》，元稹、蕭俛傳。
〔註18〕元稹：《河東薛公神道碑文銘》。

穆宗謀劃，兩人深得穆宗信任，都有「宰相」望，穆宗本來想同時拜元稹和裴度為相，這時善於鑽營的「巧者」王播為自己謀取相位，污蔑元稹勾結宦官魏弘簡，阻斷元稹拜相，但他自己並沒有出面，而是挑撥裴度彈劾元稹，裴度因自己兒子進士及第後剛剛被元稹等人重試榜落嫉恨元稹，見王播送來彈劾炮彈，急於報復元稹的裴度或者是辨不清真假，或者是雖知是假但不妨利用，借著重兵在握穆宗不得不聽，連續三次向唐穆宗舉奏元稹勾結宦官破壞平叛，結果元稹被從翰林承旨學士降為工部侍郎，魏弘簡降為弓箭庫使；讓裴度沒有想到的是自己雖然沒有降職，但本來要拜相之事也就沒有了下文，而挑撥裴度彈劾元稹的王播鷸蚌相爭收了漁翁之利，如願登上了宰相寶座。長慶二年二月十九日元稹拜相，歷來認為是宦官援引，《舊唐書・元稹傳》云：「中人以潭峻之故爭與稹交，而知樞密魏弘簡尤與稹相善，穆宗愈深知重，河東節度使裴度三上疏，言稹與弘簡為刎頸之交謀亂朝政，言甚激訐。穆宗顧中外人情乃罷稹內職，授工部侍郎。上恩顧未衰，長慶二年拜平章事。詔下之日，朝野無不輕笑之。」別有用心的李逢吉不甘心元稹在朝執政，他利用元稹、裴度之間矛盾誣陷元稹謀刺裴度，再次跳起鷸蚌之爭，從而坐收謀奪元稹、裴度相位的漁翁之利。《舊唐書・李逢吉傳》：「長慶二年三月，召（李逢吉）為兵部尚書，時裴度亦自太原入朝。以度招懷河朔功，復留度，與工部侍郎元稹相次拜平章事。度在太原時，嘗上表論稹姦邪。及同居相位，逢吉以為勢必相傾，乃遣人告和王傅於方結客，欲為元稹刺裴度。及捕於方，鞫之無狀，稹、度俱罷相位，逢吉代（稹）、度為門下侍郎平章事。」《舊唐書・元稹傳》：「時王廷湊、朱克融連兵圍牛元翼於深州，朝廷俱赦其罪，賜節鉞，令罷兵，俱不奉詔。稹以天子非次拔擢，欲有所立以報上。有和王傅於方者，故司空（李）顗之子，干進於稹，言奇士王昭、王友明二人嘗客於燕、趙間，頗與賊黨通熟，可以反間而出元翼，仍自以家財資其行，仍賂兵、吏部令史為出告身二十通，以便宜給賜，稹皆然之。有李賞者，知於方之謀，以稹與裴度有隙，

乃告度云：『於方為積所使，欲結客王昭等刺度。』度隱而不發。及神策軍中尉奏於方之事。乃詔三司使韓皋等訊鞫，而害裴事無驗前事盡露。遂俱罷積、度平章事，乃出積為同州刺史，度守僕射。諫官上疏，言責度太重，積太輕。上心憐積，止削長春宮使。」《舊唐書・李德裕傳》亦云：「時德裕與李紳、元積俱在翰林，以學識才名相類，情頗款密，而逢吉之黨深惡之。其月，罷學士，出為御史中丞。時元積自禁中出，拜工部侍郎、平章事。三月，裴度自太原復輔政。是月，李逢吉亦在襄陽入朝，乃密賂繼人，構成於方獄。六月，元積、裴度俱罷相，積出為同州刺史，逢吉代元積、裴度為門下侍郎、同平章事。」大和年間，受李逢吉排擠外貶浙西八年的李德裕回朝任職，入朝不久即被勾結宦官的李逢吉所排擠，出任義成節度使。與李德裕前後召回京城的元積被目為李德裕同黨，一起遭到貶斥。《舊唐書・李宗閔傳》：「（大和）三年八月，（李宗閔）以本官同平章事。時裴度薦李德裕，將大用。德裕自浙西入朝，為中人助宗閔者所沮，復出鎮（義成）。尋引牛僧孺同知政事，二人唱和，凡德裕之黨皆逐之。」《舊唐書元積傳》亦云：「（大和）三年九月，（元積）入為尚書左丞……四年正月，檢校戶部尚書，兼鄂州刺史、御史大夫、武昌軍節度使。」元積大和五年去世。〔註19〕

　　由於宦官勢力無法遏制，順宗、敬宗、穆宗、文宗受制於內，終於養成「元和孽黨」繼波「訓注之亂」。王守澄（？～835）起先服侍憲宗第三子太子李恒，活躍於憲、穆、敬、文四朝，三度參與皇帝廢立，在朝中掌權十五年之久，與朝廷朋黨勢力結合，賣官鬻爵，如王涯因賄賂而得宰相，王播買得鹽鐵轉運使之職，鄭權得廣州節度使之位。元和十四年四月，裴度在相位，知無不言，皇甫鎛之黨陰擠之，詔裴度以門下侍郎，同平章事充河東節度使，出鎮太原。元和十五年正月，李純服方士金丹，多躁怒，正月，暴卒。時人皆言為宦官陳弘

〔註19〕請參見吳偉斌：《宦官再三的打擊與元積一生的貶謫——再論「元積勾結宦官」真相》，《聊城大學學報》，2005 年第 6 期。

志所殺。葬景陵，廟號憲宗。〔註20〕「（王）守澄與內常侍陳弘志弑帝於中和殿，緣所餌，以暴崩告天下，乃與梁守謙、韋元素等商定冊立穆宗，派兵殺害李恒兄長澧王李惲與擁護李惲的宦官吐突承璀，太子李恒順利即位為穆宗；王守澄因功為樞密使，擔任皇帝與朝臣之間橋樑。王守澄元和末年為武寧軍（徐、濠、宿三州）節度使李愬監軍時認識鄭注，介紹給穆宗，當時朋黨首領李逢吉以重金賄賂王守澄，朝中無勢力可抗衡。憲宗去世後宦官勢力囂張，甚至達到操縱皇帝廢立地步，與儒家正統的嫡長子制度相去甚遠。閏月丙午，憲宗第三子穆宗即位；四年後長慶四年（甲辰，公元 824 年）正月，穆宗服方士金石藥，卒，年三十。長子太子湛即位，為敬宗，敬宗荒淫嬉戲，宦官劉克明趁敬宗飲酒過量暗殺了皇帝，王守澄與梁守謙先發制人，前往十六宅迎來江王李涵，再派出神策軍和飛龍兵將絳王和劉克明等全數誅殺。乙巳，江王（穆宗第二子李昂）即皇帝位於宣政殿」，〔註21〕是為文宗。文宗嗣位，守澄有助力，進拜驃騎大將軍。梁守謙請求致使，從此王守澄兼神策軍權，確立在朝廷不可動搖地位。

文宗時中書舍人、翰林學士宋申錫遭遇是宦官勢力迫害大臣典型例子，宋若憲和宋若荀悲劇命運與此有關。李訓、鄭注本為姦邪之徒，他們通過宦官王守澄得以接近皇帝，利用宦官勢力內部派系鬥爭誅殺宦官，同時利用牛李黨爭打擊朝臣。宋申錫（760～834），字慶臣，廣平人（廣平唐時改名洺州，今邯鄲一帶）。祖父宋璟，父親宋成，娶宰相張九齡次女為妻，出生於桂平（今湖南汝城）。中進士後授秘書校書郎，在失寵宰相、湖南觀察使韋貫之幕中從事。寶曆二年禮部員外郎，穆宗長慶年間為監察御史、起居舍人。敬宗時為禮部員外郎。文宗時為戶部郎中，參與起草詔書。大和二年進中書舍人，翰林學士，執掌機要。宋申錫為人謹慎，不結私黨，四年拜相，同平章事。大和四年，上患宦官強盛，憲宗、敬宗弑逆之黨猶有在左右者。

〔註20〕《資治通鑒·元和十五年》。
〔註21〕《新唐書·本紀八·文宗》。

中尉王守澄尤專橫，招權納賄，上不能制。嘗與翰林學士宋申錫言之，申錫請漸除其逼。上以申錫沉厚忠謹，可倚以事，擢為尚書右丞。秋，七月，以尚書右丞宋申錫同平章事。〔註22〕大和五年，文宗與宋申錫謀誅宦官，為王守澄、鄭注所知。鄭注令人誣告宋申錫謀立漳王，文宗以為真，大和五年三月庚子，宋申錫罷為太子右庶子，分司東都。《新唐書·列傳七十八·宋申錫》中具體敘述了當年冤案始末：「帝惡宦官權寵震主，再致宮禁之變，而王守澄典禁兵，偃蹇放肆，欲剗除本根，思可與決大議者。察申錫忠厚，因召對，俾與朝臣謀去守澄等，且倚以執政，申錫頓首謝。未幾拜尚書右丞，逾月進同中書門下平章事。乃除王璠京兆尹，並諭帝旨。璠漏言，而守澄黨鄭注得其謀。大和五年，遭軍侯豆盧著誣告申錫與漳王謀反，守澄持奏浴堂，將遣騎二百屠申錫家，宦官馬存亮爭曰：『謀反者獨申錫耳，當召南司會議，不然，京師亂矣。』守澄不能對。時二月晦，群司皆休，中人馳召宰相，馬奔乏死於道，易所乘以覆命。申錫與牛僧孺、路隨、李宗閔至中書，中人唱曰：『所召無宋申錫。』申錫始知得罪，望延英門，以笏叩額而還。僧孺等見上出著告牒，皆駭愕不知所對。守澄捕申錫親吏張全真、家人買子緣信及十六宅典史，脅成其罪。帝乃罷申錫為太子右庶子，召三省官、御史中丞、大理卿、京兆尹會中書集賢院雜驗申錫反狀。京師嘩言相驚，久乃定。翌日，延英召宰相群官悉入，初議抵申錫死，僕射竇易直率然對曰：『人臣無將，將而必誅。』聞者不然。於是左散騎常侍崔玄亮、給事中李固言、諫議大夫王質、補闕盧鈞、舒元褒、蔣系、裴休、竇宗直、韋溫，拾遺李群、韋端符、丁居晦、袁都等伏殿陛，請以獄付外。帝震怒，叱曰：『吾與公卿議矣，卿屬第出！』玄亮、固言執據越切，涕泣懇道，縡是議貸申錫於嶺表。京兆尹崔琯、大理卿王正雅苦請出著與申錫劾正情狀，帝悟，乃貶申錫開州司馬，從而流死者數十百人，天下以為冤。……七年，感憤卒，有詔歸葬。」當時大臣都認為皇帝聽信宦官而錯判未

〔註22〕《資治通鑑·大和四年》。

申錫，可是文宗遲遲不為宋申錫公開平反，「開成元年，李石因延英召對，從容言曰：『陛下之政，皆承人心，惟申錫之枉，久未原雪。』帝慚曰：『我當時亦悟其失，而詐忠者迫我以社稷故耳。使逢漢昭、宣時，當不坐此。』因追復右丞、同中書門下平章事、贈兵部尚書，錄其子慎微為城固尉。會昌二年，賜諡曰貞。」可見文宗當年不僅受宦官迷惑，更有為自己不受王守澄呵斥而「丟卒保帥」意圖，表現出對忠於他的大臣命運冷漠無情性格特點。為此杜牧有《聞開江相國宋下世二首》詩：「權門陰進奪移才，驛騎如星墮峽來。晁氏有恩忠作禍，賈生無罪直為災。貞魂誤向崇山沒，冤氣疑從湘水回。畢竟成功何處是，五湖雲月一帆開。月落清湘棹不喧，玉杯瑤瑟奠萍蘩。誰令力制乘軒鶴，自取機沉在檻猿。位極乾坤三事貴，謗興華夏一夫冤。宵衣旰食明天子，日伏青蒲不為言。」〔註23〕許渾也有《太和初靖恭裏感事》詩：「清湘弔屈原，垂淚擷萍蘩。謗起乘軒鶴，機沈在檻猿。乾坤三事貴，華夏一夫冤。寧有唐虞世，心知不為言。」〔註24〕都將宋申錫比作賈誼、范蠡這樣忠臣，對文宗當時不肯出面為宋申錫主持公道感到深深失望。

宋若憲和宋若荀由於宋申錫冤案而處境困難。大和初年宋若昭墓誌《大唐內學士廣平宋氏墓誌銘》由其從侄翰林學士、宰相宋申錫撰文，侄女婿徐幼文書。可見宋氏姐妹與宋申錫為本家，不僅文宗起疑，王守澄更是內心必欲除之而後快，加上王建一系列有關宋氏五女《宮詞》流傳，王守澄先是解除王建秘書省官職，後又對宋若憲和宋若荀處處壓制，李商隱對大和年間宋申錫事件有深刻感受，《深宮》中「斑竹嶺外無限淚，景陽宮裏及時鐘」提醒宋若荀不要忘記皇帝對宋申錫的無情，《楚宮　湘波如淚》：「湘波如淚色漺漺，楚厲迷魂逐恨遙。楓樹夜猿愁自斷，女蘿山鬼語相邀。空歸腐敗猶難復，更困腥臊豈易招。但使故鄉三戶在，彩絲誰惜懼長蛟。」更是代宋申錫等提

〔註23〕《全唐詩‧卷五百二十六‧杜牧》。
〔註24〕《全唐詩‧卷五百三十一‧許渾》。

出復仇口號，直至大中年《酬令狐郎中見寄》中「萬里懸猶抱，危於訟閣玲」還提及當年宋申錫案大理判獄時緊張氣氛。

二、訓注之亂與宋氏冤案

宋若憲冤案與大和年間文宗既想清除宦官勢力、又想打擊朝臣「朋黨」的搖擺政治有關，是這一陰謀政治犧牲品。

《舊唐書》鄭注，絳州翼城人，「始以藥術遊長安權豪之門」，元和後期在襄陽李愬幕府得到信用，李愬移鎮徐州時結納監軍王守澄，後王守澄入朝知樞密，專國政，「注晝伏夜動，交通賂遺，初則饞邪奸巧之徒附之以圖進取，數年之後，達僚權臣，爭湊其門。」〔註25〕因鄭注本姓魚，故時號「魚鄭」，及用事，人謂「水族」。〔註26〕李訓，初名仲言，為肅宗時宰相李揆族孫，進士及第，「寶曆中，李逢吉為相，以訓陰險善計事，愈親厚之。」後與他人計謀製造冤獄，以期中傷裴度，被人揭發後流徙嶺南，遇赦得還，居洛陽。這時李逢吉為東都留守，「思復為宰相，且深怨裴度，居常憤鬱不樂」，李訓說動李逢吉，以金帛珍寶數百萬，持入長安賄賂鄭注，鄭注把李訓推薦給王守澄，由王守澄薦引於文宗。大和八年，李訓附注以進，一年內位至宰相，從此兩人權震天下。李訓、鄭注善於窺探人主，迷惑皇帝，「文宗性守正疾惡，以宦者權寵太過，心不堪之。……思欲刈除本根，以雪仇恥，九重深處，難與將相明言……鄭注得幸王守澄，俾之援訓，冀黃門之不疑也……上心以其言論縱橫，謂其必能成事，遂以真誠謀於訓、注。」〔註27〕「因文宗『惡李宗閔等以黨相排，背公害政，凡舊臣皆疑不用，取後出孤立者，欲懲刈之，故李訓等官至宰相。』」〔註28〕九年遷禮部侍郎同平章事……訓既秉權衡，即謀誅內豎。中官陳弘慶

〔註25〕《舊唐書·卷一百六十九·鄭注》。
〔註26〕《新唐書·列傳一百三十三·王守澄》。
〔註27〕《舊唐書·列傳一百一十九·李訓》。
〔註28〕《新唐書·列傳五十六·李石》。

者，自元和末負弒逆之名，忠義之士，無不扼腕，時為襄陽監軍……遣人封杖決殺。王守澄自長慶以來知樞密，典禁軍，作威作福……賜耽殺之……出注為鳳翔節度使……約以其年十一月誅中官，須假兵力，乃以大理卿郭行餘為邠寧節度使，戶部尚書王璠為太原節度使，京兆少尹羅立言權知大尹事，太府卿韓約為金吾街使，刑部郎中知雜事李孝本權知中丞事……冀王璠、郭行餘未赴鎮前，廣令招募豪俠，及金吾、臺、府之從者，俾集其事。」〔註29〕鄭注、李訓一方面秉承皇帝意旨利用宦官勢力內部派系鬥爭誅殺宦官，另一方面利用王璠等人百般陷害朝臣，陷為「黨人」。「素忌李德裕、宗閔之寵，乃因楊虞卿獄，指為黨人，嘗所惡者，悉陷黨中，遷貶無闕日，中外震畏。」〔註30〕大和九年八月丙申「詔以楊承和庇護宋申錫，韋元素、王踐言與李宗閔、李德裕中外連接，受其賄遺，承和可驩州安置，元素可象州安置，踐言可恩州安置，令所在錮送。……尋遣使追賜承和、元素、踐言死」〔註31〕。

王璠，字魯玉。元和初舉進士、宏辭，皆中，遷累監察御史。以起居舍人鄭覃副宣慰鎮州。長慶末，擢職方郎中，知制誥。時李逢吉秉政，特厚璠，驟拜御史中丞，璠挾所恃，頗橫恣，道直李絳，交騎不避。及罷中丞，乃失望。〔註32〕寶曆二年至大和二年為河南，《舊唐書·敬宗紀》：「（寶曆二年八月）以工部侍郎王璠為河南尹，代王起。」「時內廄小兒頗擾民，璠殺其尤暴者，遠近畏伏。」〔註33〕大和四年七月，李諒「為桂管觀察使。」「以吏部侍郎王璠為京兆尹、兼御史大夫，代李諒。」〔註34〕大和四年十二月「丙辰，以工部侍郎崔

〔註29〕《舊唐書·列傳一百一十九·李訓》。
〔註30〕《新唐書·列傳第一百四·李訓》。
〔註31〕司馬光：《資治通鑑·大和八年》，中州古籍出版社，1996年10月第一版。
〔註32〕《新唐書·列傳一百五·王璠》。
〔註33〕《新唐書·列傳一百五·王璠》。
〔註34〕《舊唐書·本紀十七下·文宗》。

琯為京兆尹，代王璠。」「鄭注奸狀始露，宰相宋申錫、御史中丞宇文鼎密與璠議除之，璠反以告王守澄，而鄭注由是傾心於璠。進左丞，判太常卿事。出為浙西觀察使。」〔註35〕大和六年至八年王璠為浙西，（大和）八年，浙西六郡災旱，百姓饑殍，道路相望，米價翔貴。是歲，浙東大稔，因請出米五萬觔賤估，以救浙西居人，詔下蒙允。是歲，王璠不奏饑旱，反怒鄰境所救，以為賣己，遂與王涯合計誣構，罔上奏陳，米非官米，足私求利。及璠伏誅，蒙聖恩加察姦邪所罔。初入浙西蘇州界，吳人以恤災之惠，猶懼旌幡留戒於迴野之處，不及城郭之所，則相率拜泣於舟楫前。是歲，盧周仁為蘇州刺史。〔註36〕《新唐書・王璠傳》：「李訓得幸，璠於李逢吉舊故，故薦之，復召為左丞，拜戶部尚書，判度支，封祁縣男。」李德裕大和八年「十一月乙亥，自兵部尚書、檢校右僕射充鎮海軍節度、浙西觀察等使」，代王璠，奉詔安排放歸金陵漳王傅母杜仲陽於道觀，與之供給，左丞王璠、戶部侍郎李漢等誣陷其賄賂仲陽，結託漳王，圖為不軌，四月，帝於蓬萊殿召王涯、李固言、路隨、王璠、李漢、鄭注等面證其事，璠、漢加誣構結，語甚切至。李德裕被貶分司東都，再貶袁州刺史，路隋坐證德裕，罷相。其年七月，宗閔坐救楊虞卿，貶虔州；李漢坐黨宗閔，貶汾州；十一月，王璠與李訓造亂伏誅，而文宗深悟前事，知德裕為朋黨所誣，明年二月遷滁州；七月，遷太子賓客，開成元年「十一月庚辰，浙西崔鄲卒，以太子賓客、分司東都李德裕為浙西觀察使」，兼潤州刺史。

宋氏姐妹陷入宦官和朝臣矛盾漩渦由來已久，又因宋申錫被貶牽連，導火索是大和初年宰相人選問題。宋氏姐妹傾向裴度、宋申錫等正派大臣，因白居易關係又與楊虞卿、楊汝士、楊漢公等靠近，本身宮中侍從身份與當時王公大臣有諸多聯繫，宦官集團自然把他們看作控制皇帝障礙，利用朝臣之間矛盾和黨爭機會打壓迫害她們。

〔註35〕《新唐書・列傳一百五・王璠》。
〔註36〕李紳：《卻到浙西》詩下注。

宋若憲是皇帝身邊重要言官,「文宗好文,以若憲善屬文,能議論奏對,尤重之」。〔註37〕成為王守澄、鄭注之流眼中釘,必欲除之而後快。「大和三年,裴度薦(李德裕)才堪宰相,而李宗閔以中人功,先秉政,且得君,出德裕為鄭滑節度使,因僧孺協力,罷度政事。二怨相濟,凡德裕所善,悉逐之,於是二人權震天下,黨人牢不可破矣」。當時為李宗閔說好話是宋若憲。大和五年,文宗「疾元和逆黨久不討,故以宋申錫為宰相」,密謀誅滅宦官王守澄,因時機不密,守澄先發制人,與鄭注一起誣告宋申錫謀立皇弟漳王李湊。〔註38〕宦官集團內部也有派別紛爭,與後宮勢力形成錯綜複雜利益集團,造成宋氏姐妹在宮中無所適從。文宗因上臺依靠宦官仇士良,為抑制王守澄氣焰抬舉仇士良,對宦官驕橫外表包容內心不堪,但又不敢明著反抗,鄭注、李訓窺伺其真實想法後向文宗提出利用仇士良和王守澄兩派矛盾削弱宦官勢力,然後收復河湟。大和七年,刑部郎中薛廷老按鄭權盜公庫寶貨賄賂鄭注案,鄭注揭發李宗閔通過駙馬沈羲和女學士宋若憲為宰相事,與宋若憲一起為李宗閔說好話的「左策中尉韋元素、樞密使楊承和、王踐言居中用事,與王守澄爭權不迭,李訓、鄭注因之出承和於西川,元素於淮南,踐言於浙東,皆為監軍」。〔註39〕宋氏姐妹為朝臣說話得罪王守澄為首宦官勢力,同時也因宋申錫、李宗閔案與仇士良集團楊承和、王踐言有關聯,成為王守澄「一石二鳥」打擊對象。第三,宋若憲因反對土功得罪了鄭注,成為宦官政治犧牲品。鄭注、李訓為達到其不可告人目的,利用文宗急於擺脫宦官、藩鎮內外矛盾心理,一方面借黨爭殺戮朝臣,另一方面借後宮利益集團矛盾打擊宦官勢力,造成恐怖景象以便渾水摸魚。大和九年正月,鄭注言秦、雍之地將有災,必須大興土功,建議文宗重修曲江亭,〔註40〕女學士宋若憲出於保存國力諫言,訓、注惡之;

〔註37〕《舊唐書·列傳第二·后妃下·女學士宋氏尚宮》。
〔註38〕《新唐書·列傳一百三十三·王守澄》。
〔註39〕《資治通鑒·大和六年》。
〔註40〕《舊唐書·列傳第一百一十九·鄭注》。

文宗聽信鄭注「秦中有災，宜興土功厭之」說法，修濬曲江、建紫雲樓，此事遭天怒人怒，正如杜牧《李甘詩》中所說，同年「夏四月，天誡若言語，烈風駕地震，獰雷趨猛雨。夜於正殿階，拔去千年樹。吾君不省錄，二凶（鄭注、李訓）日威武」。大風壞含元殿等四十餘所，並未應鄭注所說興土功可以去除秦中之災諫言，引起鄭注之流更加嫉恨；「七月，鄭注發沈羲、宋若憲事，內官楊承和、韋元素、沈羲及若憲姻黨坐貶者十餘人。」〔註41〕八月，宋若憲被賜死、宋氏族人流放嶺南，宋若荀被押往咸陽西北三原敬宗莊陵為陵園妾。宋氏姐妹從小受儒家忠君愛國教育，文宗恩寵後更是以此為己任，但因政治經驗不足，直言嫉惡，各方面姦邪勢力視為眼中釘，加上沒有有力政治背景，更加容易成為各方勢力角爭犧牲品。

　　李訓和鄭注為了贏得王守澄信任，先後貶謫神策中尉韋元素、樞密使楊承和及王踐言，隨即發現此舉等於讓王守澄獨攬大權，李訓封相後任命王守澄為神策軍觀軍使，有職無權。有神策軍作為後盾的文宗於大和九年十月派宦官李好古帶著毒酒前往王守澄善和里宅，不久其弟王守涓亦被文宗派出人馬所殺。王守澄死後一個月《甘露事變》就爆發。據《舊唐書・李訓傳》：「是月（大和九年十一月）二十一日，帝御紫宸殿，班定，韓約不報平安，奏曰：『金吾左仗院石榴樹夜來有甘露，臣已進狀訖。』乃蹈舞再拜，宰相、百官相次稱賀。李訓奏曰：『甘露降祥，俯在宮禁，陛下宜親幸左仗觀之。』班退，上乘軟輿出紫宸門，由含元殿東階升殿，宰相、侍臣分立於副階，文、武兩班列於殿前，上令宰相、兩省官先往觀之，既還曰：『臣等恐非真露，不敢輕言……』上曰：『韓約妄耶？』乃令左軍中尉、樞密內臣往視之，既去，訓召王璠、郭行餘曰：『來受敕旨。』璠恐忱不能前，行餘獨拜殿下，時兩鎮官健皆執兵在丹鳳門外，訓已令召之，惟璠從兵入，邠寧兵竟不至，中尉、樞密在左仗，聞幕下有兵聲，驚恐走出，閽者欲錮鎖，為中人所叱……內官回奏，韓約其懼汗流，不能舉首，中人曰：

〔註41〕《舊唐書・列傳第一百二十六・李宗閔》。

『事急矣，陛下請入內。』即舉軟輿迎帝。訓殿上呼曰：『金吾衛士上殿來護乘輿者，人賞百千。』內官決殿後罘思，舉輿急趨，訓攀呼曰：『陛下不得入內。』金吾衛士數十人隨訓而入，羅立言率府中人自東來，李孝本率中人自西來，共四百餘人，上殿縱擊，內官死傷者數十人。訓時越急，迤邐入宣政門。帝嗔目叱訓，內官郄志榮奮拳擊其胸，訓即僵仆於地。帝入東上閤門……須臾，內官率禁兵五百人露刃出閤門，遇人即殺……諸司從吏死者六、七百人……訓乃趨鳳翔……為周至守將宗楚所得……乃斬訓。」「甘露事變」後宦官趁機到處搜查、捉拿李訓同黨，意欲將朝臣一網打盡，「仇士良鞫涯反狀，涯實不知其故，械縛既急，榜笞不勝其酷，乃令手書反狀，自誣與訓同謀。獄劇，左軍兵馬三百人，領涯與王璠、羅立言、右軍馬三百人，領賈餗、舒元輿、李孝本……腰斬於城西南獨柳樹下。」〔註42〕「坐訓、注而族者十一家，人以為冤。」〔註43〕

「訓、注之亂」牽連誅殺大臣之多，使白居易感到震驚，有《九年十一月二十一日感事而作》詩：「禍福茫茫不可期，大都早退似先知。當君白首同歸日，是我青山獨往時。顧索素琴應不暇，憶牽黃犬定難追。麒麟作脯龍為醢，何似泥中曳尾龜。」雖有慶幸自己逃離禍患意思，但是更多的是表達對黑暗政治厭惡，同時為友人擔憂。

李商隱開成初年《有感二首》中涉及「甘露事變」，憤慨之情溢於言表。向來稱為難解的《無愁果有愁北齊曲》，是李商隱為宋若憲宋若荀鳴冤詩作，涉及當年宋若荀為死去皇帝守靈陵園妾遭遇。

《無愁果有愁北齊歌》
東有青龍西白虎，中含福星包世度。
玉壺渭水笑清潭，鑿天不到牽牛處。
麒麟踏雲天馬獰，牛山撼碎珊瑚聲。
秋娥點滴不成淚，十二玉樓無故釘。

〔註42〕《舊唐書·列傳一百一十九·王涯》。
〔註43〕《舊唐書·列傳一百一十九·李孝本》。

推煙唾月拋千里，十番紅桐一行死。

白楊別屋鬼迷人，空留暗記如蠶紙。

日暮向風牽短絲，血凝血散今誰是？

北齊：朝代名，公元550年高歡子高洋代東魏稱帝，國號齊，建都鄴，今河北臨漳西南，史稱北齊。有今洛陽以東的晉、冀、魯、豫及內蒙古一部分。577年為北周所滅。

《隋書·樂志》：北齊後主自能度曲，嘗倚弦而歌，別採新聲為《無愁曲》，自彈琵琶而唱之，音韻窈窕，極於哀思。

《禮記》：行前朱雀而後玄武，左青龍而右白虎。《史記·天官書》：東宮蒼龍，西宮參為白虎。《三輔舊事》：未央宮東有蒼龍闕。《後漢書·百官志》：洛陽宮門名為蒼龍闕門。

崔融《嵩山啟母廟碑》：左蒼龍兮吹簾，右白虎兮姮瑟，金真拂座，玉女焚香。

另，據濮陽渮水古墓發掘報告，墓主人東邊有蚌殼排列的東方七宿——青龍，西邊為西方七宿——白虎，腳下有蚌殼排列的北斗星宿形狀，表示他已經騎上青龍和白虎腳踏北斗——昇天。中間歲星位置表示墓主人昇天時間。

《雲芨七籤》：包括世度，璇璣照明。

福星即歲星《天文志》：歲星所在，其國多福。索引曰：《物理論》云，歲行一次，謂之歲星。十二歲一周天。《正義》：《天官》云，歲星所居國，人主有福。

虎闈：路寢之旁門。

《三輔黃圖》：渭水貫都以象天漢，橫橋南渡以法牽牛。

《北史·齊紀》：齊神武以晉陽四塞，乃定居焉。及文宣帝受東魏禪，都鄴，而晉陽往來臨幸。

《北史·齊紀》：文宣營三臺於鄴下，後帝又起晉陽十二院，壯麗逾於鄴下。周武帝平鄴，詔偽齊東山、南園及三臺並毀，撤諸物入用等，盡賜百姓，晉陽十二院亦毀。

《括地志》：牛山在臨淄縣南十里。《列子》：齊景公遊於牛山，臨其國城而流涕曰：「美哉國乎！若何滴滴去此國而死乎？」

《晉書》：石崇以鐵如意擊碎王愷珊瑚樹。

《酉陽雜俎》：南中桐花有深紅色者。

白楊種墓間，《古詩》：驅車上東門，遙望郭北墓。白楊何蕭蕭，松柏夾廣路。

何延之《蘭亭記》：羲之書用蠶繭紙。《書斷》：魯秋胡玩蠶作蠶書。

李賀詩：寒綠幽風生短絲。

〔譯文〕

皇帝陵寢規制是東方刻蒼龍七宿，西方為白虎七宿，中間是歲星（木星），標誌皇帝昇天時間。

你過去曾羨慕修道清靜生活，如今嘗到當陵園妾滋味了吧？即使是長安渭水貫都以像天漢，我也無法如牽牛橫橋南渡去會你織女啊！

你在陵園伴著死去的皇帝，眼見的是那猙獰石馬石麒麟，當年你隨皇帝東巡經過齊魯之地，在齊景公所遊臨淄牛山有沒有聽到鐵網絞碎珊瑚聲音？

看來真是應了「愁得鐵網捐珊瑚，海闊天翻迷處所」珊瑚被絞預言了，那時你淚水漣漣，被禁閉在永巷冷宮中，這時你才知道皇帝不會保護你了吧？

你的弟兄親屬被流放到千里之外嶺南，那裡的桐樹據說長年開紅花（木棉）；但鳳閣中鳳女的心已死去，如鳳凰不肯再來景陽宮中乾枯梧桐樹上棲留。

你姐姐宋若憲被誣陷賜死後魂魄並未散去，還在曲江別宅附近徘徊；她將此事前後密密麻麻暗記於紙上，惟有等待將來寫裨史時發現了。

日暮時節風吹著我的頭髮，當年「甘露事變」牽連致死大臣屍骨被仇士良再次拋在渭水中，真是令人髮指啊！究竟誰是誰非？歷史又會如何評價啊！你難道能忘記這一切嗎？

當時李商隱在政治高壓氣氛下一度「不敢同君哭寢門」，但是他畢竟是一個有血氣詩人，在瞭解大和年政治內幕後寫出了可與正史相互印證詩作，《有感二首》自注：「乙卯年有感，丙辰年詩成」，即開成元年對大和九年發生的「甘露之變」感受，將有關史實的記述和懷念大臣相結合，對文宗輕信訓、注姦臣、誅殺大臣提出控訴，譴責皇帝的昏庸和冷漠。

《有感二首》（乙卯年有感，丙辰年詩成）
九服歸元化，三靈葉睿圖。
如何本初輩，自取屈氂誅。
有甚當車泣，因勞下殿趨。
何成奏雲物，直是滅萑苻。
證逮符書密，辭連性命俱。
竟緣尊漢相，不早辯胡雛。
鬼籙分朝部，軍烽照上都。

　　敢云堪痛哭，未免怨洪爐。

〔譯文〕

　　各地都在頌揚你皇帝的德化，歸於一統，日月星辰的垂像也好像在應驗你文宗睿智聖意。

　　你李訓本是宰相李揆之族孫，世為冠族，照例應當深謀遠慮，但卻如此輕舉妄動，使殺滅宦官的人遭到像劉屈氂那樣下場。

　　仇士良等急趨入內，他們的逼迫甚於當年蘇峻逼迫晉成帝遷往石頭城。

　　哪裏是什麼奏報甘露，簡直是在宮廷中捕殺盜賊。

　　王涯等受牽連大臣盡被殺害，甚至還累及了許多主張打擊宦官勢力的人。

　　都是因為你文宗不信任裴度等正派朝臣，沒有早點看出李訓、鄭注之流志大謀淺、包藏禍心。

　　弄得朝臣半被殺害，京師變成戰場。

　　有誰還敢像賈誼那樣為時勢而痛哭呢？只好把這一切都歸之於老天的不仁了。

　　　　丹陛猶敷奏，彤庭歘戰爭。
　　　　臨危對盧植，始悔用龐萌。
　　　　御仗收前殿，凶徒劇背城。
　　　　蒼黃五色棒，掩遏一陽生。
　　　　古有清君側，今非乏老成。
　　　　素心雖未易，此舉太無名。
　　　　誰瞑銜冤目，寧吞欲絕聲。
　　　　近聞開壽宴，不廢用咸英。

　　《周禮‧夏官司馬》：職方氏……乃辨九服之邦國，方千里者曰王畿，其外方五百里曰侯服，又其外五百里曰甸服，又其外五百里曰彩服，尤其外五百里曰衛服……蠻服……夷服……鎮服……藩服。

　　《黃庭內景經‧瓊室》：何為死作令神泣，忽之禍鄉三靈歿。梁丘子注：三靈，三魂也。謂爽靈、胎光、幽精。

　　《漢書‧揚雄列傳》：方將上獵三靈之流。注：三靈，日、月、星，垂象之應也。

　　《隋書‧音樂志》：《圜丘歌》睿圖作極。

　　《後漢書‧袁紹傳》：袁紹字本初。又《何進傳》：（宦官張讓、段珪等既殺何進）紹遂閉北宮門，勒兵捕宦者，無少長皆殺之。

　　《漢書‧劉屈氂傳》：武帝庶兄中山靖王之子也，武帝征和二年為左宰相，時治

巫蠱獄急，內者令郭穰告……於貳師（李廣利）共禱祠，欲令昌邑王為帝……有詔載屈氂廚車以徇，要斬東市，妻子梟首華陽街。

《魏志》：嘉平六年，景王廢帝，遣使者授齊王印綬，當出就西宮。帝受命，遂載王車與太后別，垂涕，始從太后殿南出，群臣送者數千人。司馬孚悲不自勝，餘多流涕。

《晉書・成帝紀》：蘇峻逼遷天子於石頭，帝哀泣升車，宮中痛哭。

《北史・魏本級第五》：孝武皇帝，永熙元年二月，熒惑入南斗，梁武帝跣而下殿，以禳星變，及聞帝之西，慚曰：「虜亦應天乎？」

《春秋・左氏僖五年傳》：凡分、至、啟、閉，必書雲物。注：雲物，氣色之變也。《周禮・春官宗伯》：保章氏，以五雲之物，辯吉凶水旱。

《春秋・左氏昭二十年傳》：鄭國多盜，取人於萑符之澤，太叔興徒兵以攻萑符之盜，盡殺之。

《史記・五宗世家》：請逮（常山王劉）勃所與奸諸證。《漢書・杜周傳》：詔獄益多，章大者連逮證數百。

唐官吏皆有符，如銀魚符、左符等。

《漢書・王商傳》：商代匡衡為宰相……天子甚尊任之，為人多有威重，長八尺餘……單于來朝，大畏之，遷延卻退，天子聞而歎曰：「此真漢相也。」

《舊唐書・李訓傳》：形貌魁偉，神情灑落，多大言自標注。天子傾意任之，天下事皆決於訓。

《舊唐書・鄭注傳》：本姓魚，冒姓鄭氏，故時號魚鄭。注用事，時人目之為水族。所謂「異族」。《晉書》：石勒年十四，倚嘯上東門。王衍顧謂左右曰：「向者胡雛，吾觀其聲貌有異志，恐將為天下患。」

曹丕《與吳質書》：觀其姓名，已成鬼錄。

班固《西都賦》：實用西遷，作我上都。

賈誼《陳政事疏》：臣竊惟事勢，可為痛哭者一，可為流涕者一，可謂長太息者一。

《莊子・大宗師》：今依以天地為大爐，造化為大治。

《漢官儀》：省中以丹漆塗地，故曰丹墀。《漢書・外戚列傳》：昭陽舍，其中庭彤朱。《西都賦》：玄墀扣砌，玉階彤庭。

王維：珥筆趨丹陛。《尚書・舜典》：敷奏以言。

《後漢書・何近列傳》：張讓等入白太后，言大將軍兵反，因將太后、天子及陳

留王……從複道走北宮。尚書盧植執戈於閣道窗下仰數段珪。段珪等懼，乃釋太后……遂將帝與陳留王步出谷門奔小平津，公卿並得出平樂觀，無得從者，惟尚書盧植夜馳河上。王允遣河南中部掾閔貢隨其後。貢至，手劍斬數人，餘皆投河而死。明日公卿百官乃迎天子還宮。

《舊唐書‧令狐楚傳》：訓亂之後，文宗召左僕射鄭覃與楚宿於禁中，商量制勅。《新唐書‧令狐楚傳》：會李訓亂，將相皆係神策軍。文宗夜召楚與鄭覃入禁中。楚建言，外有三司、御史，否則大臣雜治，內仗非宰相繫所也。帝頷之，既草詔，以王涯、賈餗冤，指其罪不切，仇士良等怨之。

《後漢書‧龐萌傳》：萌為人遜順，甚見信愛，帝嘗稱曰：「可以託六尺之孤，寄百里之命者，龐萌是也。」拜為平狄將軍，與蓋延同擊董憲。時詔書獨下延，而不及萌，萌以為延饞己，自疑，遂反。帝聞之，大怒，乃自將討萌，與諸將書曰：「吾嘗以龐萌社稷之臣，將軍不無笑其言乎？」

《春秋‧左氏成二年傳》：請收合餘燼，背城借一。

《魏志‧武帝紀》年二十，舉孝廉，為郎，除洛陽北部尉。注：曹瞞傳曰：太祖初入尉，繕治四門，造五色棒，懸門左右，各十餘枚，有反禁者，不避豪強，皆棒殺之。

《宋史‧律曆志》：冬至一陽爻生。

《公羊傳‧定公十三年》：晉趙鞅取晉陽之甲以逐荀寅、士吉射，君側之惡人也。

《毛詩‧大雅‧蕩》：雖無老成人，尚有典刑。

《資治通鑑》：開成元年二月，令狐楚從容奏：「王涯等身死滅族，遺骸棄捐，請收瘞之。上慘然久之，命京兆收葬。仇士良潛使人發之，棄骨渭水。」

江淹《恨賦》：莫不飲恨而吞聲。

《樂緯》：黃帝樂曰咸池，帝嚳樂曰六英。

〔譯文〕

中書省裏還在從容敷奏，宣政門內已成戰場。

文宗皇帝不堪宦官權勢太過，以鄭注得寵於王守澄而援訓，希望不至於引起內豎懷疑，結果李訓既秉權勢，與鄭注勢不兩立，出注為鳳翔節度使；約定十一月中旬誅中官，卻用非其人，導致失敗。為什麼不能早用盧植那樣忠誠大臣，而用龐萌這樣辜負皇帝信任臨危反叛的人呢？

天子的儀仗剛剛從遷殿進入內宮，兇惡的太監就在殿上濫殺起來。

李訓等匆忙用府中從人來和禁軍相戰，終於不敵，就像當年曹操的五色棒不管

是誰都被打死，使得冬至初生陽氣被陰慘之氣抑制。

　　古代就有以「清君側」為名撲滅奸黨例子，如今也不是缺少老成大臣，本來可以徐徐圖之，結果導致慘烈殺戮。

　　雖然本心是打擊宦官勢力，剷除專橫太監，沒有什麼不對，但是因為謀劃錯誤、倉促行事而反被宦官轄制，此舉真是太無名了！

　　王涯、賈餗等十一家被誣而滅族，以及牽連的許多無辜雖死不能瞑目，家屬都在飲恨吞聲。

　　可是聽說近來皇帝正開壽宴，還在演奏樂曲《咸池》、《六英》，對死去的大臣漠不關心。

　　其中「證逮符書密，辭連性命俱」不僅說的是王涯、賈餗等株連大臣，前後牽連的還有宋申錫、楊虞卿等人，也涉及宋若憲和宋若荀，因為她們「尊漢相」──推崇裴度、李德裕而得罪了「胡雛」鄭注。「丹陛猶敷陳，彤庭忽戰爭」，王守澄、鄭注誣陷宋若憲等是想一網打盡朝廷中正派官吏，才造成如此慘案；「古有清君側，今非乏老成」，雖有令狐楚等朝中持重老臣，但皇帝不依靠他們來剷除宦官勢力，反而重用姦邪小人李訓、鄭注，致使本為「清君側」的行動成為「太無名」的輕舉妄動，一大批朝臣和宮人被殺。開成元年正月上巳，在被害者「誰瞑銜冤目」、家屬「寧吞欲絕聲」、文宗也已經意識到冤枉了王涯、宋若憲等時仍然賜百僚曲江亭宴飲，群臣奉觴上壽，對大臣和宋氏族人遭受政治迫害和傷痛漠不關心，因此李商隱發出「敢云堪痛哭，未免怨洪爐」的控訴，情願使天地成為洪爐燒盡一切，有怨天（皇帝）之意。《人慾》更是責問皇帝：為什麼不給宋氏姐妹平反？正是宋氏姐妹和大臣們的鮮血，使李商隱看清了封建政治的黑暗和統治者的殘暴、冷漠面目。

　　詩中所言與正史記載吻合。據《資治通鑑紀事本末‧宦官殺逆》云：開成元年「三月，左僕射令狐楚從容奏：『王涯等原伏辜，其家夷滅，遺骸棄捐，請官為收瘞，以順陽和之氣。』上慘然久之，命京兆尹收葬涯等十一人於城西，各賜衣一襲。仇士良潛使人發之，棄骨於渭水。」「五勝」為五行中最上者，唐人賦水，以《老子》「上善若水」

呼之，可見屍骨被拋在渭水中，李商隱「腸斷吳王宮外水，濁泥猶得葬西施」（《景陽井》），指當年宋若憲被賜死後又拋屍水中。史論「夫君子小人不兩進，邪諂得君則正士危」，﹝註44﹞這是賢佞難以相處一般道理，何況皇帝還利用姦邪之輩來陷害忠良呢！李商隱《與同年李定言曲水閒話戲作》中「莫驚五勝埋香骨，地下傷春亦白頭」，是大中三年重葬宋若憲後大中四年的紀念之詞。

　　史載，文宗自從「甘露事變」後悶悶不樂，開成四年冬召當值學士（周墀）談話，以周赧王、漢獻帝自比，「上自出東內幽辱，勵心庶政，廷接宰相之暇日在值學士，詢以理道，將致升平。」且謂：「赧、獻受制於強諸侯，今朕受制於家奴，以此言之，朕殆不如。」《全唐詩》卷六百八十一韓偓詩《感事三十四韻》可以印證，該詩原注為「丁卯年後」，即大中元年（公元847年），但韓偓此時還是三歲小孩子，不可能是他所作。詩中「人歸三島路，日過八花磚」指的是德宗時「學士入署，常視日影為候，李程性懶，日過八磚乃至，時號『八磚學士』」，﹝註45﹞詩中敘述當時姐妹倆為大唐女學士，「宮司持玉研，書省闢香箋。唯理心無黨，憐才膝屢前。焦老皆實錄，宵旰豈虛前」，屢次為朝臣辨誣，秉筆直錄歷史的某人，原注：「宮司、書省，皆宮人職名。」只有內宮學士才是可能，實際就是宋若憲；原注：「元稹《櫻桃花》：『櫻桃花，一枝兩枝千萬朵。花磚曾立摘花人，蕚破紅裙紅似火。』」「紅裙」摘花女子與宋若荀有關。聯繫大和五年「上相思懲惡，中人詎省愆」，文宗召見宰相宋申錫，後宋申錫被鄭注誣為謀立漳王而被貶死，宋若憲亦在大和七年被鄭注發為李宗閔謀宰相事而被賜死，「本是謀賒死，因之致劫遷」，最終都死在不辨忠奸皇帝手裏。也就是說，李商隱開成元年《有感二首》下注：「乙卯年有感，丙辰年詩成」的「乙卯」年，即大和九年；和韓偓詩集中《感事三十四韻》都涉及大和年間宦官勢力囂張情況，都是文宗受制閹

﹝註44﹞　《新唐書·列傳八十二·陸贄》。
﹝註45﹞　《新唐書·列傳五十六·宗室宰相》。

豎、欲除宦官然而所託非人、昏庸無能例證，應該是李商隱和宋若荀
先後的「有感」之作。

　　史載，文宗初即位時承父兄之弊，恭儉儒雅，政事修觴，銳意於
治，對累世宮闈變起深痛惡絕，然仁而少斷，既無計謀亦無制御之
術，所謂「有帝王之道，而無帝王之才」。〔註46〕文宗在宋申錫案和
「訓、注之亂」前後表現出優柔寡斷和無情冷漠，印證了《新唐書‧
本紀八》中所言：「大和之初，政事修觴，號為清明。然仁而少斷，承
父兄之弊，宦官撓權，制之不得其術，故其終困以此。甘露之事，禍
及忠良，不勝冤憤，飲恨而已。」李商隱關於「甘露事變」《有感》詩
譴責對象主要在皇帝，強調打擊宦官勢力，與當時一般譴責李訓、鄭
注時論不同。由此可見，李商隱對當時封建政治內幕和實質看得比較
清楚，很大程度上是與宋氏姐妹遭受宦官迫害遭遇分不開。李商隱強
調一個事實：正因為歷代皇帝都不願意重用正派大臣，而宦官勢力又
往往與朝內姦臣相聯繫，才釀成宦官之禍；而當皇帝受制於宦官時，
卻又希望藩鎮大臣前來救援，這就為擴大藩鎮勢力、導致邊境侵擾留
下了機會。這是抱有忠良之心朝臣和李商隱所不願意看到的惡性循
環，宦官勢力和藩鎮割據的痼疾使唐王朝走向衰亡。

三、朝臣殺戮與劉蕡命運

　　李商隱「哭」劉蕡有關的幾首詩，實際上很大程度上是借劉蕡事
件抒發自己對宦官惡勢力憤慨，為宋氏姐妹冤案不平。

　　《舊唐書‧劉蕡傳》：「劉蕡字去華，昌平人，大和二年進士擢第，
博學善屬文，尤精左氏《春秋》，與朋友交，好談論王霸大略，耿介嫉
惡，言及世務，慨然有澄清之志……大和二年第試賢良，……惟蕡切
論黃門太橫，將危宗社……而中官當途，考官不敢留蕡在籍中，物論
喧然不平之，守道正人傳讀其文，至有相對垂泣者。」劉蕡是楊嗣復
門生，《玉泉子》云：「劉蕡，楊嗣復門生也。中官仇士良謂嗣復曰：

〔註46〕《舊唐書‧本紀第十七下‧文宗》。

『奈何以國家科第放此風漢耶？』嗣復懼而答曰：『竊與蕡及第時，猶未風耳。』」開成二年冬，張祜有《丁巳年仲冬月江上作》：「南來驅馬渡江瀆，消息前年此月聞。唯是賈生先慟哭，不堪天意重陰雲。」〔註47〕可見那年劉蕡遭到宦官迫害。開成五年「八月十七日，楊嗣複檢校吏部尚書、潭州刺史、充湖南都團練觀察使」，〔註48〕「蕡對後七年，有甘露之難。令狐楚、牛僧孺節度山南東、西道，皆表蕡幕府，授秘書郎，以師禮禮之。而宦人深嫉蕡，誣以罪，貶柳州司戶參軍，卒。」〔註49〕牛僧孺開成四年八月至會昌元年七月間為襄州刺史、山南東道節度使，〔註50〕延劉蕡為幕，會昌元年因漢水溢，懷城郭，坐不謹防被罷兵權，徵太子少保；劉蕡從牛僧孺襄陽幕到被貶柳州司戶在開成四年至會昌元年間。據唐昭宗時左拾遺羅袞《請襃贈劉蕡疏》中「身死異土，六十餘年」，唐昭宗即位龍紀元年（889 年），哀帝即位在天佑元年（904 年），從那時往前推六十年為公元 840 年的會昌元年。也就是說，劉蕡去世應當在會昌元年。

　　李商隱《贈劉司戶蕡》：「江風吹浪動雲根，重碇危檣白日昏。已斷燕鴻初起勢，更驚騷客後歸魂。漢廷急詔誰先入，楚路高歌意欲翻。萬里相逢歡復泣，鳳巢西隔九重門。」乾隆年間刻印《柳州府志》云：「（劉）蕡寓桂時，與李商隱遊。商隱以詩哭之曰：『一叫千回首，天高不為聞。』又曰：『已為秦逐客，復作楚冤魂。』『並將添恨淚，一灑問乾坤。』其悲之甚矣。」〔註51〕李商隱曾與劉蕡相遇而談起有關宋若荀事？據《漢書·賈誼傳》：「誼既已謫去，意不自得，……後歲餘，文帝思誼，徵之，至入見。」按劉蕡並無皇帝後來召回之事，而大和末年宋若憲被文宗貶死，開成初文宗追悔，「深惜其才」，這一點可與賈誼相比；用《楚辭·九辨》：「君之門以九重。」「楚歌」出自

〔註47〕《全唐詩·卷五百十一·張祜》。
〔註48〕《舊唐書·本紀第十七上·文宗下》。
〔註49〕《新唐書·列傳第一百三·劉蕡》。
〔註50〕《舊唐書·列傳第一百二十二·牛僧孺》。
〔註51〕乾隆二十九年王錦等編：《柳州府志·卷二十六·邊謫》。

《論語・微子》:「楚狂接輿歌而過孔子曰:『鳳兮鳳兮,何德之衰?』」宋若荀姐妹原為「鳳閣」女學士,而今如屈原流落楚地,因此「萬里相逢歡復泣,鳳巢西隔九重門」當指宋若荀。李商隱開成五年《哭劉司戶二首》:「離居星歲易,失望死生分。酒甕凝餘桂,書籤冷舊芸。江風吹雁急,山木帶蟬曛。一叫千回首,天高不為開。   有美扶皇運,無誰薦直言。已為秦逐客,復作楚冤魂。溢浦應分派,荊江有會源。並將添恨淚,一灑問乾坤。」明確指出「扶皇運」、「薦直言」的宋若憲已經去世,而今宋若荀既如「秦逐客」離開長安,又流落到屈原被冤的汨羅,「秦逐客」、「楚冤魂」指的是宋若荀而不是劉蕡。此詩為李商隱與宋若荀借劉蕡事訴說自己的不平甚至憤慨,其中「淪謫冤」、「並將添恨淚,一灑問乾坤」、「上帝深宮閉九閽,巫咸不下問銜冤」,都指的是大和九年宋若憲在「訓、注之亂」前後被誣陷賜死後宋若荀及家人遭到政治牽連迫害。李商隱《贈劉司戶蕡》:「江風吹浪動雲根,重碰危檣白日昏。已斷燕鴻初起勢,更驚騷客後歸魂。漢廷急詔誰先入,楚路高歌意欲翻。萬里相逢歡復泣,鳳巢西隔九重門。」安慰他朝廷終會如賈誼那樣將他召回,如屈原忠於朝廷的宋若荀也在流浪。

　　據最近發現的劉蕡之子《劉堚墓誌》云,劉蕡終於澧州司戶。〔註52〕澧州即今湖南常德市澧縣,開成五年夏,詩人們從江南經洞庭往嶺南,有可能在瀟湘遇到劉蕡。會昌元年春在湘陰黃陵廟前分別,而會昌元年得到劉蕡已在澧州司戶任上去世消息很震驚,想起當年政治事件,重壓之下只能李商隱借哭劉蕡命運來哭宋氏姐妹冤情。

　　《哭劉司戶二首》
　　離居星歲易,失望死生分。
　　酒甕凝餘桂,書籤冷舊芸。
　　江風吹雁急,山木帶蟬薰。

〔註52〕見周建國:《評劉若愚先生的名著〈李商隱研究〉》,《安慶師範學院學報》,1992 年第 4 期。

一叫千回首，天高不為聞。

有美扶皇運，無誰諫直言。
已為秦逐客，復為楚冤魂。
溢浦應分派，荊江有會源。
並將添眼淚，一併問乾坤。

《書》：蕩析離居。

屈平《九歌》：奠桂酒兮椒漿。

《詩·鄭風，野有蔓草》：有美一人，清揚婉兮。

屈平《離騷》：紛吾既有此內美兮，又重之以修能。

《史記·秦始皇本紀》：十年，大索，逐客，李斯上書說，乃止。

杜甫：應共冤魂語，投詩贈汨羅。

《廬山記》：江州有青盆山，故其城曰溢成，浦曰溢浦。

〔譯文〕

你我離居不知不覺已一年多了，因為走散、不知音訊而導致人生悲劇，不啻生離死別啊！

記得去年在湘陰友人家裏，看到酒杯裏還有著剩下的桂花，看過的書裏還夾著芸香木做的書籤，可是卻不知道你們到哪兒去了。

如今正是初秋，大雁頂著江風正往南飛，山上樹木間還偶而有蟬在鳴叫。

而我們分散時正是大雁北歸的時候，我抬頭望著雁陣，希望它們能為我向你傳信，可是他們急急地飛去不理我。

你和你姐姐就像當年忠心為楚王出謀劃策的屈原，如今還有誰來為劉蕡這樣的直言者向皇帝求情呢？

甚至她們姐妹倆自己也和其他受迫害的大臣一樣遭到流放和冤死命運。

你們在九江廬山詩人聚會卻沒有告訴我，直到了洞庭與江水會合的岳陽才寫信叫我到江陵會面。

現在你們姐妹冤案和我們婚姻的不幸，以及種種人為和非人為的錯誤迭加在一起，即使老天爺也回答不了為什麼不讓我們結合的原因了！

《贈劉司戶蕡》
江風吹浪動雲根，重碇危檣白日昏。
已斷燕鴻初起勢，更驚騷客後歸魂。

漢廷急詔誰先入，楚路高歌意欲翻。

萬里相逢歡復泣，鳳巢西隔九重門。

《新唐書・劉蕡傳》：宦人深惡蕡，誣以罪，貶柳州司戶卒。

《天中記》：詩人多以雲根為石，以雲觸石而生也。

陰鏗：行舟逗遠樹，渡鳥息桅檣。

《廣絕交論》：軼歸鴻於碣石。李白《臨江王節士歌》：燕鴻始入吳雲飛。劉蕡，昌平人，屬燕地。

宋玉《招魂》：魂兮歸來。

《漢書・賈誼傳》：誼既已謫去三年，意不自得……後歲餘，文帝思誼，徵之至，入見。

白居易：聽取新翻楊柳枝。

《論語・微子》：楚狂接輿歌而過孔子曰：「鳳兮鳳兮，何德之衰？」

《帝王世紀》：鳳凰之帝之東園，或巢阿閣。

宋玉《九辯》：君之門兮九重。

〔譯文〕

　　一起往嶺南路上談起當年許多被冤枉貶謫大臣流落湘楚；大家以為現在的皇帝有可能是中興之君，過去被冤枉貶謫的人都有可能獲得平反。

　　只聽說皇帝召回賈誼，但賈誼意見不合皇帝意旨，不用說嘉獎，

　　反而只能自逐，面對大江只能歎息再歎息、慷慨獨撫膺了。

　　去年你我在湘陰黃陵廟前分手，正是春雪滿地的時節，而今我們在江州見面，只能哭祭友人劉蕡了！

《哭劉司戶蕡》

　　路有論冤謫，言皆在中興。

　　空聞遷賈誼，不待相孫弘。

　　江闊惟回首，天高但撫膺。

　　去年相送地，春雪滿黃陵。

《詩序》：蒸民，尹吉甫美宣王也。任賢使能，周室中興焉。

《史記・賈生傳》：文帝招以為博士，說之，超遷，一歲中至太中大夫，後疏之，乃以為長沙王太傅。

《漢書・公孫弘傳》：武帝初即位，招賢良文學士。弘徵為博士。使匈奴，還報，不合意，上怒，乃移病免歸。元光五年，復徵賢良文學，淄川國復推上弘。弘至

太常，上策詔諸儒，太常奏弘第居下，策奏，天子擢為第一。至元朔中，為丞相，封平津侯。

　　陸機：慷慨獨撫膺。

　　《方勝御覽》：（黃陵）廟在湘陰縣北九十里。

　　《通典》：岳州湘陰現有地名黃陵，即二妃所葬之地。

　　〔譯文〕

　　江中風浪很大，浪頭打在江邊石頭上飛濺開來，雖然重重的錨拋在江底固定船隻，但是船桅杆還在不停地搖晃，即使是白天也是昏天黑地樣子。

　　據說燕鴻到了衡陽就不再南飛，而詩人劉蕡卻沒能隨著宋玉招魂而歸到北方。

　　當年賈誼被貶，漢文帝歲餘後還是想起他並且將他召回，如今你卻沒有這樣機會，只能唱著節輿的歌，感歎不已。

　　我們途經萬里才得以相見，真是又高興又傷心啊！總比當年在長安我們難以相見要好啊！

　　《哭劉蕡》

　　上帝深宮閉九閽，巫咸不下問銜冤。

　　黃陵別後春濤隔，溢浦書來秋雨翻。

　　只有安仁能作誄，何曾宋玉解招魂。

　　平生風義兼師友，不敢同君哭寢門。

　　宋玉《招魂》：君無上天些，虎豹九關，啄害下人些。

　　屈平《離騷》：吾令帝閽開關兮，倚閶闔而望予。宋玉《九辯》：君之門以九重。劉禹錫《楚望賦》：高莫高兮九閽。

　　屈平《離騷》：巫咸將夕降兮，懷椒糈而要之。

　　宋玉《招魂》：帝告巫陽云云，乃下招曰……。王逸注：巫陽受天帝之命，因下招屈原之魂。

　　《水經注》：湘水又北逕黃陵亭西，又合黃陵水口。其水上承太湖，湖水西流，逕二妃廟南，世謂之黃陵廟。《方輿勝覽》：黃陵廟在湘陰縣北四十里。

　　《廬山記》：江州有青盆山，故其城曰溢城，浦曰溢浦。

　　《晉書》：潘岳字安仁，詞藻絕麗，尤善為哀誄之文。

　　宋玉《招魂》注：宋玉憐哀屈原，忠而斥棄……魂魄放佚，厥命將落，故作《招魂》，欲以復其精神，延其年壽……以諷諫懷王，冀其覺悟，而還之也。

　　《論語‧檀弓》：孔子曰：「師吾哭諸寢，朋友吾哭諸寢門之外。

〔譯文〕

上帝已經緊緊地關上門戶，即使巫咸下到人間來為你平反伸冤也已經沒有用了；我和你冬天湘陰分別之後，收到你從九江來的信已經是秋天了。

劉蕡已經去世，以前人家都說我善為誄末之文，卻不知道你宋玉也善於作招魂文字。

我一向以你們姐妹和劉蕡等為良師益友，當年劉蕡和你們被誣陷遭到迫害時候，我是因為害怕當權者打擊而不敢公開地表示同情啊！

裴夷直，字禮卿。文宗時為右拾遺，張克勤以五品官推於其甥，夷直時為吏部員外郎，劾曰：「是開後日賣爵之端。」詔聽，遂著於令。為中書舍人，武宗立，視冊牒不肯署，出刺杭州，斥驩州司戶參軍，時會昌元年。裴夷直大和八年應聘宣歙觀察使王質幕府，與劉蕡同幕。有《獻蕡書情》詩：「白髮添雙鬢，空宮又一年。音書鴻不到，夢寐兔空懸。地遠星辰側，天高雨露偏。聖明知有感，雲海漫相連。」〔註53〕是劉蕡再貶澧州後所作。

會昌二年秋，李商隱收到從九江來信說劉蕡去世，作《哭劉蕡》：「上帝深宮閉九閽，巫咸不下問銜冤。黃陵別後春濤隔，湓浦書來秋雨翻。只有安仁能作誄，何曾宋玉解招魂。平生風義兼師友，不敢同君哭寢門。」黃陵是湘江入洞庭湖咽喉，靠近澧州，《方輿勝覽》：黃陵廟在湘陰縣北四十里。相傳為舜帝而妃娥皇、女英葬處。「黃陵別後春濤隔，湓浦書來秋雨翻」謂今春與你在湘陰黃陵廟相別，今年收到你宋若荀從湓浦（九江）寄來的書信時已是秋雨連綿了；「只有安仁能作誄，何曾宋玉解招魂」，《晉書》：「潘岳字安仁，詞藻絕麗，尤善為哀誄之文。」史稱李商隱善為誄文，此處李商隱亦以潘岳自詡，而用宋玉《招魂·序》：「宋玉憐哀屈原忠而斥棄，愁滿山澤，魂魄放佚，厥命將落，作《招魂》，欲以復其精神，延其年壽也。」宋若荀曾至汨羅憑弔屈原，為姐姐和劉蕡忠而遭棄命運悲哀，比當年寫《招魂》

的宋玉更加理解你的冤屈啊！我與你們的交往如同師友，可是當時黑雲壓城城欲摧，我不敢公然為你們的冤案痛哭啊（《論語·檀弓》：孔子曰：「師吾哭諸寢，朋友吾哭諸寢門之外。」）！會昌二年春李商隱《哭劉司戶蕡》：「路有論謫冤，言皆在中興。空聞遷賈誼，不待相孫弘。江闊惟回首，天高但撫膺。去年相送地，春雪滿黃陵。」這是李商隱第二年春天到灃州所作，可見去年秋天確曾到過湘陰。由此可見，李商隱的《哭劉司戶蕡》作於會昌二年，是劉蕡去世後回憶去年尚在湘陰見到他，而今已然天人相隔。

四、內廷爭鬥與會昌政變

宮廷內部除宦官勢力外，後宮嬪妃為了誰的兒子能當上皇帝也在明爭暗鬥，朝臣和宮人們無所適從，從文宗太子事件到武宗即位，宋若荀在文宗、武宗時期兩次被宦官勢力捲入宮廷爭鬥，連遭厄運。

唐憲宗時，李錡侍人鄭、杜二氏被配掖庭，鄭得幸於憲宗，生光王怡，即穆宗異母弟唐宣宗。《新唐書·后妃傳》：「憲宗孝明皇后鄭氏，丹陽人。元和初，李錡反，有相者言，後當生太子；錡聞，納為侍人。錡誅，沒入掖庭，侍懿安后。憲宗幸之，生宣宗。及即位，尊為皇太后。」杜為金陵女子杜秋陽。穆宗即位，以杜秋陽為皇子漳王傅母，大和中漳王得罪國除，詔賜杜秋陽歸老故里潤州。其時李德裕為浙西觀察使，受詔對杜秋陽有所存問，後徙鎮海軍代王璠，乃檄留後使如詔書；王璠入為尚書左丞，與戶部侍郎李漢共讒李德裕嘗賄賂杜秋陽導王為不軌，文宗惑其言，開罪於漳王和杜秋陽，殃及李德裕；而漳王以罪死。關於此事杜牧有《杜秋娘詩》記之。李商隱的一些有關「櫻桃」的詩影射這一段宮闈秘史，如《百果嘲櫻桃》：「珠實雖先熟，瓊蕤縱早開。流鶯猶故在，爭得諱含來。」白居易《有木詩·櫻桃》：「有木名櫻桃，得地早滋茂。葉密獨承日，花繁偏受露。迎風暗搖動，引鳥前來去。鳥啄子難成，風來枝莫住。低軟易攀玩，佳人屢回顧。色求桃李饒，心向松筠妒。好是映強花，本非當軒樹。所以

姓蕭人，曾為伐櫻賦。」〔註54〕關於櫻桃「鳥啄子難成」隱指武則天
殘殺皇子事，以「流鶯」啄櫻桃比喻宮中妃嬪與宦官相勾結殘害太
子、爭奪皇位的事件不斷。而李商隱《櫻桃答》：「眾果莫相詬，天生
名品高。何因古樂府，惟有鄭櫻桃。」以《樂府詩集》中石季龍寵惑
優僮鄭櫻桃，櫻桃美麗，擅寵宮掖，而殺妻郭氏，更納清河崔氏，櫻
桃又讒而殺之。詩中的「鄭櫻桃」有可能隱指唐宣宗母孝明皇太后鄭
氏，因而白居易謂「所以姓蕭人，曾為伐櫻賦」，謂「蕭史」有意貶低
櫻桃，很可能就是指李商隱。

　　王守澄死後，仇士良以甘露事變功勞接任宦官頭子，開成年間和
會昌初年任意主宰宮廷事務，內廷爭鬥加劇，姐姐宋若憲去世後，宋
若荀宮中日子更加難過，在楊賢妃和莊恪太子事件中再次成為犧牲
品。據《舊唐書‧文宗本紀》，文宗長子莊恪太子永，大和四年封魯
王，六年冊為皇太子。開成三年，因其母王德妃愛衰，太子永在宦官
誘引下好遊宴，楊賢妃又在旁加以讒毀，上以太子不循法度、不可教
導，將議廢黜，宰臣及眾官論諫，意稍解，官屬及宦官、宮人等數十
人連坐死竄。九月，文宗欲廢太子，殺太子宮人左右數十人。其年十
月暴薨，敕王起撰哀冊，諡莊恪。「太子既薨，上意追悔。……感泣
『朕富有天下，不能全一子。』遂招樂官劉楚材、宮人張十等責之
曰：『陷吾太子，皆爾曹也。』」〔註55〕因此案而連坐至死、流竄者數
十人。宋若荀曾在太子東宮侍奉，白居易開成三年春《櫻桃花下有
感》：「藹藹美周宅，櫻繁春日斜。一為洛下客，十見池上花。爛漫豈
無意，為君占年華。風光饒此樹，歌舞勝諸家。失盡白頭伴，長成紅
粉娃。停杯兩相顧，堪喜亦堪嗟。」〔註56〕下注：「開成三年春美周
賓客南池者」，看起來是一般詠春之作，實際上除了慶幸自己沒有捲
進廢立事件之外也在為宋若荀擔心。

〔註54〕《全唐詩‧卷四百二十五‧白居易》。
〔註55〕《舊唐書‧本紀第十七下‧文宗》。
〔註56〕《全唐詩‧卷四百五十九‧白居易》。

　　莊恪太子薨，帝屬意陳王，欲立敬宗第五子陳王成美為皇太子。開成四年十月，楊賢妃請立皇弟安王溶（穆宗第八子）為嗣，上謀於宰相，李珏非之。丙寅，立敬宗少子陳王成美為皇太子。開成五年（庚申，公元 840 年）正月，乙卯，詔立穎王瀍為皇太弟，應軍國事權令勾當。且言太子成美年尚沖幼，未漸師資，可復封陳王。時上疾甚，命知樞密劉弘逸、薛季稜引楊嗣復、李珏至禁中，欲奉太子監國。中尉仇士良、魚弘志以太子之立，功不在己，乃言太子幼，且有疾，更議所立。李珏曰：「太子位已定，豈得中變！」士良、弘志遂矯詔立瀍為太弟。是日，士良、弘志將兵詣十六宅，迎穎王瀍至少陽院，百官謁見於思賢殿。瀍沉毅有斷，喜慍不形於色。與安王溶皆素為上所厚，異於諸王。辛巳，上崩於太和殿。以楊嗣復攝冢宰。癸未，仇士良說太弟賜楊賢妃、陳王成美死。〔註57〕陳王成美、安王溶及楊賢妃皆遇害。武宗（至道昭肅孝皇帝）即位。八月壬戌，葬元聖昭獻孝皇帝於章陵〔註58〕，立將中書侍郎、同平章事李珏貶為桂州刺史，充桂管防禦觀察等使。又貶江西觀察使，（會昌元年）再貶昭州刺史；門下侍郎、同平章事楊嗣復出為潭州刺史，充湖南都團練觀察使，旋貶潮州刺史。〔註59〕

　　文宗為穆宗第二子，武宗李炎為穆宗第五子，兄弟前後蟬聯。武宗即位，新一輪宦官、朝臣之爭又開始。仇士良（781～843），字匡美，循州興寧人，憲宗、文宗時人內外五坊使，後升任神策軍中尉兼左街功德使；甘露事變後加特進、右驍衛大將軍，在確立武宗中立功，對武宗所寵之人任意貶謫誅殺，武宗剛毅，採取「內實嫌之，陽視恩寵」辦法，任用李德裕為相遏制仇士良。會昌二年，仇士良以李德裕減禁軍衣糧為由鼓動嘩變，李德裕急見武宗，制止陰謀，仇士良被降為內侍監、知省事。次年仇士良請求告老還鄉，同年六月去世，

〔註57〕《資治通鑒・開成五年》。
〔註58〕《舊唐書・本紀第十七・文宗、武宗本紀》。
〔註59〕《舊唐書・本紀第十七下・文宗》。

終年 63，武宗追贈其為揚州大都督，會昌四年被檢舉家中藏有武器，下詔削官、藉沒家產。「初，知樞密使劉弘逸、薛季棱有寵於文宗，仇士良惡之。上之立，非二人及宰相意，故楊嗣復出為湖南觀察使，李珏出為桂管觀察使。士良屢饞弘逸等勸上除之，乙未，賜弘逸、季棱死，遣中使就潭、桂州誅楊嗣復及珏。戶部尚書杜悰奔馬見李德裕說：『天子年少，新即位，茲事不宜手滑。』丙申，德裕與崔珙、崔鄲、陳夷行三上奏」，〔註60〕求免二人死，「久之，上乃曰：「特為卿等釋之。」德裕等躍下階舞蹈。上召升座，歎曰：「朕嗣位之際，宰相何嘗比數！李珏、季棱志在陳王，嗣復、弘逸志在安王。陳王猶是文宗遺意，安王則專附楊妃。嗣復仍與妃書云：『姑何不效則天臨朝！』向使安王得志，朕那復有今日？」德裕等曰：「茲事曖昧，虛實難知。」上曰：「楊妃嘗有疾，文宗聽其弟玄思入侍月餘，以此得通意旨，情狀皎然，非虛也。」遂追還二使，更嗣復為潮州刺史，李珏為昭州刺史，裴夷直為驩州刺史。〔註61〕仇士良等追怨文宗，凡樂工及內侍得幸於文宗者，誅貶相繼，〔註62〕宋若荀亦被送往洛陽上陽宮監禁，「虜馬崩騰忽一狂，翠華無日到東方。天津西望腸真斷，滿眼秋波出苑牆」（《天津橋上》），李商隱追到洛陽，站在天津橋上遙望宮中，希望能夠看見宋若荀。宋若荀又被關在伊水邊的離宮，「山上離宮宮上樓，樓前江畔暮江流。楚天長短黃昏雨，宋玉無愁亦自愁」（《楚吟》），無法與外界通消息，後在友人幫助下化妝為僧人逃出，才得以保全性命。

宣宗即位也是宦官之力。會昌六年三月一日，武宗疾篤，遺詔……是月二十三日崩。諡曰至道昭肅孝皇帝，廟號武宗。八月，葬端陵。〔註63〕「初，憲宗納李錡妾，生光王怡。怡幼時，宮中皆以為不

〔註60〕 《資治通鑑・會昌元年》。
〔註61〕 《資治通鑑・會昌元年。
〔註62〕 《資治通鑑紀事本末・宦官殺逆》。
〔註63〕 《舊唐書・本紀第十八下・宣宗》。

慧，太和以後，益自韜匿，群居遊處，未嘗發言。文宗幸十六宅宴集，好誘其言一為戲笑，號曰光叔。上性豪邁，尤所不禮。及上疾篤，旬日不能言。」韋昭度《續皇王寶運錄》：「宣宗即憲宗第四子。自憲皇崩，便合紹位，乃與姪文宗。文宗崩，武皇慮有他謀，乃密令中常侍四人擒宣宗於永巷，幽之數日，沉於宮廁。宦者仇公武憫之，乃奏武宗曰：『前者王子，不宜久於宮廁。誅之。』武宗曰：『唯唯。』仇公武取出，於車中以糞土雜物復之，將別路歸家，密養之。三年後，武皇宮車晏駕，百官逢迎於玉宸殿立之。尋擢仇公武為軍容使。」尉遲偓《中朝故事》：「敬宗、文宗、武宗相次即位，宣皇皆叔父也。武宗初登極，深忌焉。一日，會擊（球）於禁間，武宗召上，遙賭瞬目於中官仇士良。士良躍馬向前曰：『適有旨，王可下馬！』士良命中官輿出軍中，奏云：『落馬，已不救矣！』尋請為僧，遊行江表間。」《宋高僧傳・齊安》亦云武宗生怕李怡有可能為帝，因而沉之於宮廁，宦者仇公武潛施拯護，使削髮為僧，逃逸天下，備嘗險阻，曾投浙江鹽官安國寺（海昌寺）主持齊安門下，後雲遊至黃蘗希運法師（765～850）、香岩智閒法師（810～898）門下，在杭州、江西廬山和百丈山寺院掛單，有「日月每從肩上過，山河常在掌中看」（李忱《百丈山》）句。會昌末武宗去世，左神策軍中尉楊公諷宰臣百官至江陵迎而立之，正史載：「諸宦官密於禁中定策，辛酉，下詔稱：『皇子沖幼，須選賢德，光王怡可立為皇太叔，更名忱，應軍國政事令權俱當。太叔見百官，哀戚滿容；裁決庶務，咸當於理，人始知有隱德焉。』」〔註64〕也就是說，自元和十五年（820年）以來，二十多年來廢立之事決定於宦官內部派系鬥爭結果，而拘泥於儒家禮法的朝臣必然難逃厄運。

　　一些李商隱詩過去因為不清楚他的生活和思想經歷而顯得撲朔迷離，現在看來多數也與當年政治冤案有關。如李商隱詩《昭肅皇帝輓歌辭三首》是大中年間與友人在長安所作，若與無名氏《進上輓歌

〔註64〕《資治通鑒・會昌六年》。

五首》[註65]相對應，兩首輓歌在用詞、用意方面的諸多相同，不僅可見李商隱與宋氏姐妹關係，亦可見元和以來宮廷政變殃及無辜史實，暴露出歷史的某種重複：當年敬宗葬地莊陵，在三原西北五里，而今武宗端陵亦在三原以東十里；如果說無名氏《進上輓歌五首》側重於失去皇帝寵信悲哀，那麼會昌六年李商隱《昭肅皇帝輓歌辭三首》借為武宗所作輓歌則是以輓歌形式為宋氏姐妹鳴冤叫屈，重在對皇帝的譴責。

　　無名氏《進上輓歌五首》
　　三臺投劍佩，四海哭煙霜。
　　巢閣方瞻鳳，郊鳴忽洲麟。

　　李商隱《昭肅皇帝輓歌辭三首》
　　九縣懷雄武，三靈仰睿文。
　　始巢阿閣鳳，旋駕鼎湖龍。

　　《晉書·天文志上》：「三臺六星，兩兩而居。在人曰三公，在天曰三臺，主開德宣府也。」「三臺」是漢代對尚書、御史、謁者的總稱，尚書為中臺，御史為憲臺，謁者為外臺，「四海哭煙霜」指皇帝駕崩，大臣哀悼；「三靈」為魂靈之意，謂皇帝已經歸天。「巢閣方瞻鳳，郊鳴忽洲麟」與「始巢阿閣鳳，旋駕鼎湖龍」指宋氏姐妹剛剛受到信任，皇帝就去世了。尤其暗用張說詩：「漢武橫汾日，周王宴鎬年」，譴責文宗在「甘露事變」後兩個月，即第二年（開成元年）上已於曲江大宴百僚，對「新誅大臣」毫無憐憫之意，是李商隱控訴皇帝殘暴冷漠。《昭肅皇帝輓歌辭三首》之三「莫驗昭華管，虛傳甲帳神。海迷求藥使，雪隔獻桃人」，字面上看起來是說武宗迷戀道教，求仙服藥，但是與李商隱《戊辰會靜中出貽同志二十韻》中的「玉管會玄甫，火棗承天姻」相聯繫，「昭華管」為西王母獻給舜的玉管（《晉書·律曆志》），「火棗」是姻緣之主真妃手握之棗，以喻當年宋若荀「傳書」給李商隱而有緣；

[註65] 陳尚君輯校：《全唐詩補編》逸卷之十七，中華書局，1992 年 10 月
　　　第一版，上卷第 286 頁。

而今「桂寢青雲斷，松扉白露新」，「桂寢」、「松扉」點明了宋氏姐妹宮中居處和長安東郊「別宅」環境，可見李商隱《昭肅皇帝輓歌辭三首》涉及德宗、敬宗、文宗、武宗數代皇帝，對宋氏姐妹冤案義憤填膺。

參考譯文：

《昭肅皇帝輓歌辭三首》

九縣懷雄武，三靈仰睿文。

周王傳叔父，漢後重神君。

玉律驚朝露，金莖夜切雲。

茄簫淒欲斷，無復詠橫汾。

《晉書‧禮志》：漢魏故事，大喪及大臣之葬，執紼者輓歌。

《唐書》：武宗會昌六年崩，諡至道昭肅孝皇帝，葬端陵。

《黃帝內景經‧瓊室》：何為死作靈神泣，忽之禍鄉三靈歿。梁丘子注：三靈，三魂也。謂爽靈、胎光、幽精。

《舊唐書》：武宗始封穎王。開成五年，文宗疾大漸，神策軍護軍中尉仇士良、魚弘志矯旨廢皇太子，復為陳王，立穎王為皇太弟，即皇帝位。

《史記‧周本紀》：共王崩，子懿王立。懿王崩，共王弟闢方立。

《北史‧周本紀》：明帝大漸，詔曰：「朕兒年少，未堪當國，魯國公邕，朕之介弟，能弘我周，以立天下。」

《史記‧封禪書》：天子病不愈，游水發根言上郡有巫，病而鬼神下之。上召置祠之甘泉。及病，使人問神君，神君言曰：「天子無憂病。病稍愈，強與我會甘泉。」於是病癒，遂起，幸甘泉。病良已，大赦，置壽宮神君。

《後漢書‧律曆志》：黃帝作律，以玉為管，為十二月音。至舜時，西王母獻昭華之管，以玉為之。及漢章帝時，零陵文學奚景於冷道舜祠下得白玉管。……侯氣之法，殿中用玉律十二。

《史記‧商君傳》：危若朝露，尚欲延年益壽乎？《古今注》：《韭露》之章曰：韭上之露何易晞？

劉徹《秋風辭》：泛樓船兮濟汾河，橫中流兮揚素波。簫鼓鳴兮發棹歌，歡樂極兮哀請多，少壯幾時兮奈老何。

張說：漢武橫汾日，周王宴鎬年。

〔譯文〕

九州都在懷念你武宗的雄武大略，天地神靈都景仰你的睿智文采。

　　你武宗就像西周共王和北周明帝一樣是代叔父為王，兄終弟及，照理也應當像漢帝一樣向神君禱告，才能驅除疾病之根——被你誣陷、殺死大臣的冤魂追討。

　　但是你武宗沒有這樣做，因此像當年文宗一樣，縱有切近雲霄金莖承露也不能延年益壽了，因為文宗「甘露事變」剛過去不久他就在曲池大宴群臣，對被誣陷殺死的宋若憲和大臣們命運漠不關心；你武宗也是如此，不願為被你錯誤處置的宋若荀平反。

　　你宋若荀曾在魚藻宮前太液池中陪皇帝遊湖，而今敬宗、現在文宗、武宗都已經死去，笳簫聲聲，音調悽楚，昆明池邊已經不再有當年歡樂。

> 玉塞驚宵柝，金橋罷舉烽。
> 始巢阿閣鳳，旋駕鼎湖龍。
> 門咽通神鼓，樓凝警夜鐘。
> 小臣觀吉從，猶誤欲東封。

　　出塞從玉門關，故曰玉塞。王渤：金山之斷鶴，玉塞之驚鴻。

　　《舊唐書》：會昌三年，劉沔遣石雄至振武，引兵夜出，直攻克汗牙帳。至其帳下，虜乃覺之，可汗大驚，不知所為，遂迎太和公主以歸。

　　李商隱《李衛公集序》：天井雄關，金橋故地，跨搖河北，倚脅山東，適有軍書，果聞戎捷。

　　金橋在上黨，上黨唐潞州治，昭義節度使駐潞州。

　　吳融《金橋感事》：太行和雪迭晴空，二月春郊尚朔風。飲馬早聞臨渭北，射雕今欲過山東。百年徒有伊川歎，五利寧無魏絳功。日暮長亭正愁絕，哀茄一曲戍煙中。

　　《周禮・地官司徒》：鼓人教六鼓……以雷鼓鼓神祇，以靈鼓鼓社祭，以路鼓鼓鬼事。宮中鼓本為祀神，晨昏所擊為通神鼓。

　　《帝王世紀》黃帝時，鳳凰集於阿閣。

　　《禮門威儀》：其政太平，則鳳集於林苑。

　　《漢書・郊祀記》：黃帝採首山銅以鑄鼎。鼎成，有龍垂鬍鬚下迎，黃帝上騎，群臣後宮從上者七十餘人。餘子臣不得上，乃悉持龍鬚，龍鬚拔，墮黃帝之弓，乃抱其弓及龍鬚號。故後世因名其處曰鼎湖，其弓曰烏號。

　　江淹《丹砂可學賦》：奏神鼓於玉袂，舞靈衣於金裾。

　　《南史》：齊武帝以內深隱，不聞端門鼓漏，置鐘景陽樓上，應五鼓及三鼓，宮人聞聲，早起妝飾。

　　《後漢書・禮儀志》：先大駕日，遊衣冠於諸宮殿，群臣皆吉服，從會如儀。皇

帝近臣喪服如禮。《晉書‧禮志》：將葬，設吉駕，群臣吉服導從，以象平生之容。

陳後主：願上東封書。

〔譯文〕

你宋若荀曾從玉門出塞，知道石雄夜襲可汗帳篷、平回鶻事件，也知道李德裕收復澤潞功勞，可是武宗剛死，牛黨就羅織罪名，要置李德裕於死地了！

當年你剛被寵幸，皇帝就昇天了；你們姐妹與宮廷爭鬥本沒有什麼干係，可是文宗還是將你們姐妹作為政治犧牲品；剛死武宗是宦官廢太子之後所立，並非「真龍」，一上臺就將你作為先皇無出妃子送去守陵，將你作為宮廷政變犧牲品，你應該認識到皇帝的本質、政治的黑暗了吧？

建章宮前白璧門的鼓聲咽啞，景陽殿的鐘聲不再敲響。

臣子們都在為新皇帝定吉凶鹵簿，忙著登基大典，甚至已經開始準備新皇帝東巡封禪事宜了，唯恐巴結不夠，影響自己的前程。

　　莫驗昭華管，虛傳甲帳神。

　　海迷求藥使，雪隔獻桃人。

　　桂寢青雲斷，松扉白露新。

　　萬方同象鳥，輦東滿秋塵。

《尚書‧大傳》：堯致舜天下，贈以昭華之玉。《大戴禮》：舜時，西王母獻白玉管。《西京雜記》：高祖初入咸陽宮，周行府庫，有玉笛長二尺三寸，二十六孔，吹之則見車馬山林隱麟相此。銘曰「昭華之管」。

《漢武內傳》：王母降承華之管，嚴車欲去，帝叩頭殷勤，乃留。

《漢武故事》：上以琉璃珠玉明月夜光雜錯天下珍寶為甲帳，其次為乙帳。甲以居神，乙以自居。

《史記》：始皇使徐巿等入海求諸仙人及不死之藥。

《拾遺記》：西王母進周穆王謙州甜雪，萬歲冰桃。謙州去玉門二千里。

《三輔黃圖》：桂宮，漢武帝造。《關輔記》：桂宮在未央宮北，從宮中西上，至建章神明臺、蓬萊山。《西京雜記》：武帝為七寶床、雜寶案、廁寶屏風、列寶帳，設於桂宮。

《符子》：堯曰：「余坐華殿之上，森然而松生於棟；立鄙扉之內，霏然而雲生於。」

《越絕書》：舜葬蒼梧，象為之耕；禹葬會稽，鳥為之耘。

〔譯文〕

不要談起當年你們傳給我道教經典、你姐姐同意我們姻緣的事，也不要說起什麼劉徹和李夫人故事，因為你已經不肯再留下，徒然增加我的悲傷；

你迷戀修道，已經去過玉門關外二千里西王母所在謙州，如今還執意要到徐市所去海中仙山尋求不死之藥。

當年宮中住所已經隨著皇帝去世而不能再住，你們姐妹當年所居桂宮還高聳入雲，陵寢新下白露落在松枝搭成的門上。

你如今回到長安，是否也想起過去的種種呢？

在宋氏姐妹冤案過去了整整十一年、宋若荀捲入開成末宮廷政變後六年的會昌末年，李商隱還是不能忘記當年種種，憤激情緒仍十分明顯。

總之，李商隱許多詩表明宋若憲、宋若荀冤案其實是由來已久、不斷升級。她們與朝臣一起堅持封建皇位繼承儒家正統，反對宦官弄權，在敬宗、文宗、武宗時期都受到皇帝廢立事件影響，命運兇險莫測。尤其宋若荀在文宗上臺時被作為敬宗「未出宮人」而去莊陵守靈，文宗去世前又因安王案被押往離宮看管；武宗即位又被看作是楊賢妃親信，若不是友人相助逃出唐宮，性命早就可能不保。杜牧《昔事文皇帝三十二韻》中「昔事文皇帝，叨官在諫垣」，「每慮號無告，常憂駭不存。隨行唯局促，出語但寒暄」〔註66〕可見當年政治氣氛，從李商隱詩中更得以窺見唐代政治黑幕下斑斑血跡。

五、牛李黨爭與贊皇罹難

李德裕是中、晚唐著名政治家和軍事家，在解決西南少數民族糾紛、輔佐帝王統治方面表現出雄才大略，尤其是會昌年間驅回鶻、平澤潞，對於平定邊境侵擾、抑制藩鎮割據具有重要意義，但是這樣功勳卓著朝臣也在宮廷政變和黨爭過程中被消滅，這是唐代政治黑暗重要案例之一。

〔註66〕《樊川文集·卷二》。

　　李德裕（787～849），字文饒，趙郡人。唐代趙郡包括平棘、癭陶（寧晉）、象城（昭應）、柏城，交邑、房子（臨城）、贊皇、元氏、欒城，李德裕封贊皇，因此後人稱其為贊皇公。其祖為唐初御史大夫李棲筠，父為唐憲宗元和初年宰相李吉甫。兄李德修，「亦有志操，寶曆中為膳部員外郎，張仲方入為諫議大夫，德修不欲舊朝，出為舒、湖、楚三州刺史。卒。」〔註67〕

　　據史書記載，李德裕「少力於學，既冠，卓犖有大節」，尤精於《漢書》、《春秋》。元和初不喜與諸生試有司，以廕補校書郎。〔註68〕穆宗時牛僧孺、李宗閔追怨李吉甫，長慶二年九月癸卯，出御史中丞李德裕為浙西觀察使，代竇易直。寶曆元年賈餗《贊皇公李德裕德政碑》：「拜御史中丞。明年，以御史大夫統浙西六郡。公時三十六。大和元年，就加禮部尚書。二年，加銀青光祿大夫。」大和三年召拜兵部侍郎，宗閔秉政，出為鄭滑節度使，「十月壬辰，以兵部侍郎李德裕檢校戶部尚書、兼滑州刺史、義成軍節度使」，逾年「十月戊申，以義成李德裕檢校兵部尚書、兼成都尹，充劍南西川節度使」。六年「十二月丁未，以前劍南西川節度使李德裕為兵部尚書，」俄拜中書門下平章事，大和七年二月，德裕以本官同平章事，進封贊皇縣伯。八年，王守澄進鄭注，復進李訓。其年秋，上欲授訓諫官，德裕奏曰：「李訓小人，不可在陛下左右。」上顧王涯曰：「商量別於一官。」遂授四門助教。俄而鄭注亦自絳州至，惡德裕排己。宗閔罷，代為中書侍郎、集賢殿大學士，鄭注、李訓怨之，九月十日，乃召宗閔，拜德裕為興元節度使。大和八年「十月甲午，以銀青光祿大夫、守中書侍郎、平章事李德裕檢校兵部尚書、同平章事、興元尹，充山南西道節度使。入見帝，自陳願留闕下。丙午，留為兵部尚書」，「十一月乙亥，自兵部尚書、檢校右僕射充鎮海軍節度、浙西觀察等使」，代王璠。德裕至鎮，奉詔安排宮人杜仲陽於道觀，與之供給。仲陽者，漳

〔註67〕《新唐書·列傳第一百五·李德裕》。
〔註68〕《新唐書·列傳第一百五·李德裕》。

王養母，王得罪，放仲陽與潤州故也。大和九年三月，左丞王璠、戶部侍郎李漢進狀，論德裕在鎮，後賄仲陽，結託漳王，圖為不軌。四月，帝於蓬萊殿召王涯、李固言、路隋、王璠、李漢、鄭注等面證其事，璠、漢加誣構結，語甚切至。路隋奏曰：「德裕實不至此。誠如璠、漢所言，微臣亦合得罪。」群論稍息。丙戌，德裕自鎮海為太子賓客。分司東都，再貶袁州刺史，路隋坐證德裕，罷相。其年七月，宗閔坐救楊虞卿，貶虔州；李漢坐黨宗閔，貶汾州；十一月，王璠與李訓造亂伏誅，而文宗深悟前事。知德裕為朋黨所誣，明年二月遷滁州；七月，遷太子賓客，開成元年「十一月庚辰，浙西崔鄲卒，以太子賓客、分司東都李德裕為浙西觀察使」，兼潤州刺史。二年「五月丙寅，以浙西觀察使李德裕檢校戶部尚書、兼揚州大都督府長史，充淮南節度使」。開成五年，武宗立，「初，上之立非宰相意，故楊嗣復、李珏相繼罷去，召淮南節度使李德裕入朝。」〔註69〕「九月，以淮南節度使、檢校尚書左僕射李德裕為吏部尚書、同中書門下平章事，尋兼門下侍郎」，〔註70〕後又拜太尉，封衛國公，當國六年，威名獨重於時。會昌六年宣宗即位，「四月壬申，以門下侍郎、同平章事李德裕同平章事、充荊南節度使」，〔註71〕白敏中、令狐綯使黨人構之，九月，自荊南為東都留守，解平章事；大中元年二月，白敏中使其黨李咸訟德裕罪，由是乃罷德裕留守，以太子少保分司東都，尋再貶潮州司馬，崖州司戶，時大中元年秋。至三年正月，方達珠崖郡。十二月卒，時年六十三。〔註72〕其子「燁自象州武仙尉量移郴州縣尉，亦死貶所」。〔註73〕直到懿宗咸通元年九月癸酉，右拾遺句容劉鄴上言：「李德裕父子為相，有聲跡功效，竄逐以來，血屬將盡，生涯已空，宣賜哀悶，贈以一官。」冬十月丁亥，敕復李德裕太子少保、衛國公，

〔註69〕《資治通鑒·開成五年》。
〔註70〕《舊唐書·本紀第十七·文宗》。
〔註71〕《資治通鑒·會昌六年》。
〔註72〕《舊唐書·列傳第一百二十四·李德裕》。
〔註73〕〔宋〕王讜：《唐語林》，古典文學版社，1956年版，第233頁。

贈左僕射。〔註74〕

　　李德裕雖功高蓋世，但因皇帝昏庸、黨爭險惡，仕途多次起伏，因此與失意朝臣、詩人墨客有較多同感，相互唱和詩歌較多。劉禹錫《浙西李大夫述夢四十韻並浙東元相公酬和斐然有聲》中：「洛下推年少，山東許地高」，「五日思歸沐，三春羨眾邀」，〔註75〕謂李德裕受到皇帝信任，少年得志；集中還有《送李尚書鎮滑州》（自浙西觀察使徵拜兵部侍郎。月餘由此拜也）、《酬滑州李尚書秋日見寄》、《和西川李尚書漢州微月遊房太尉西湖》、《酬李相國喜歸鄉國自鞏縣夜泛洛水見贈》、《和李相公平泉潭上喜見初月》、〔註76〕《奉和淮南李相公早秋即事即成都武相公》〔註77〕、《和浙西李大夫伊川卜居》〔註78〕、《和西川李尚書傷孔雀及薛濤之什》〔註79〕等詩。李德裕集中有《雨中自秘書省訪王三侍御知早入朝便入集賢侍御任集賢校書及升柏臺又與秘閣相對同院張學士余亦厚故以詩贈之》、《奉和韋侍御陪相公遊開義五言六韻》、《招隱山觀玉蕊樹戲書即事奉寄江西沈大夫閣老》、《洛中士君子多以平泉見呼愧為方外之名因以此詩為報奉劉賓客》、《訪韋楚老不遇》〔註80〕等，但是沒有和白居易、令狐楚的酬和之作，可見當年即已存在芥蒂。

　　李德裕與李商隱雖然沒有直接關係，但李商隱早在洛陽期間就知道李德裕，大和三年就通過宋氏姐妹認識李德裕，曾去滑臺謁見過時任義成軍節度使的李德裕，在後來的人生道路上也多次得到李德裕及其屬下的幫助，在有關詩文中對李德裕有很高評價。李商隱大中初年有關李德裕的一些詩，不僅揭露了唐代黑暗政治內幕，也涉及宋

〔註74〕《資治通鑒‧咸通元年》。
〔註75〕《全唐詩‧卷三百六十三‧劉禹錫》。
〔註76〕《全唐詩‧卷三百五十九‧劉禹錫》。
〔註77〕《全唐詩‧卷三百六十二‧劉禹錫》。
〔註78〕《全唐詩‧卷三百六十三‧劉禹錫》。
〔註79〕《全唐詩‧卷三百六十五‧劉禹錫》。
〔註80〕《全唐詩‧卷四百七十六‧李德裕》。

若苟經歷。

《李衛公》

　　李商隱大中三年《李衛公》詩：「絳紗弟子音塵絕，鸞鏡佳人舊會稀。今日置身歌舞地，木棉花暖鷓鴣飛。」是李德裕被貶崖州，與李德裕《謫嶺南道中》「不堪腸斷思鄉處，紅槿花中越鳥啼」有關，但是難以解釋李商隱《李衛公》詩中「絳紗弟子音塵絕，鸞鏡佳人舊會稀」句。德裕少力學，善為文，雖在大位手不離書，曾為寒士開路，李商隱以《後漢書·馬融傳》：「（融）常坐高堂，施絳紗帳，前授生徒，後列女樂。」指當年李德裕詩壇地位亦如漢代馬融。據《羅浮山記》：「木棉正月開花，大如芙蓉，花落結子，子內有棉甚白，南人以為溫絮。」《嶺表錄異》：「鷓鴣，吳楚之野悉有，嶺南偏多。」歌舞地指崖州黎族善歌舞，海南島初春木棉花盛開，這是詩中「木棉花暖鷓鴣飛」的由來。詩中「鸞鏡佳人」即李商隱《鸞鳳》詩中「舊鏡鸞何處，衰桐鳳不棲」的宋若荀，指與其見面機會不多。據歷史記載，李德裕受到皇帝信任為朝廷近臣者前後數次，遭到貶責和外放也有數次，與宋氏姐妹交往也有前後數次：

　　元和十五年正月憲宗崩，閏正月十三日李德裕自監察御史充翰林學士。穆宗皇帝初嗣位，對見之日，即賜金紫。〔註81〕逾月，改屯田員外郎、考功郎中。長慶二年二月，以考功郎中制誥李德裕為中書舍人，依前翰林學士。穆宗不持正道……傳導中人之旨，與權臣往來，德裕疾之。上疏：「今後上事即於中書見宰相，請不令詣私第」，上然之。〔註82〕李逢吉與樞密使王守澄勾結，左右朝政。時德裕與李紳、元稹具在翰林，以學識、才名相類，情頗款密，而逢吉之黨深惡之。二月十九日，以翰林學士中書舍人李德裕為御史中丞。九月癸卯，牛僧孺、李宗閔追怨李吉甫，出德裕為浙西。長慶二年德裕為浙

〔註81〕岑仲勉：《郎官石柱題名新考訂》，上海古籍出版社，1984 年 5 月第一版，第 264 頁。
〔註82〕《舊唐書·列傳第一百二十四·李德裕》。

西觀察使,《吳郡通典》云:「長慶二年七月以御史中丞李德裕為蘇州刺史,初,南方信禨祥,雖父母齂疾,子棄不敢養。德裕擇長老可言者,諭以孝慈大倫患難不可棄之義,使歸相曉,敕違者顯置之法。數年,惡俗大變,毀淫祠、撤私邑山房千四百舍,寇無所庾蔽,有詔褒焉。」〔註83〕可見曾為蘇州地方官。而元稹、白居易亦相繼為浙東和杭州,宋若荀往江南省親經過會稽有鏡湖折梅之會,李德裕《懷京國》詩:「海上東風犯雪來,臘前先折鏡湖梅。遙思禁苑青春夜,坐待宮人畫詔回。」〔註84〕這很可能是李德裕任浙西時與宋若荀的見面。〔註85〕

　　大和三年李德裕召拜兵部侍郎,皇帝深夜召其密談軍事,「內官傳詔問戎機,載筆金鑾夜始歸。萬戶千門皆寂寂,月中清露點朝衣」,「傳詔內官」是「萬戶千門」建章宮中宋氏姐妹中一位。關於李德裕少年得志情形,白居易《寄太原李相公》詩也有涉及:「聞道北都令一變,政和軍樂萬人安。綺羅二八圍賓榻,組練三千夾將臺。蟬鬢應誇丞相少,貂裘不覺太原寒。世間大有虛榮貴,百歲無君一日歡。」〔註86〕李德裕《述夢詩四十韻》為鎮浙西時所作,自序所謂「忽夢賦詩,懷禁掖舊遊」,其中「君當堯舜日,官接鳳凰巢」,「靜室便幽獨,虛樓散鬱陶(自注:學士各有一室,西垣有小樓,時宴語於此。)」,「花光晨豔豔,松筠晚騷騷。畫壁看飛鶴,仙圖見巨鼇(自注:內署垣壁比畫松鶴。先是西壁畫海中曲龍山,憲宗曾欲臨幸,中使懼而塗焉。)。倚簷陰藥樹,落落蔓葡萄。(自注:此八句悉是內署中物,惟嘗遊者依然可想也。)荷靜蓮池膾,冰寒郢水酪。(自注:每學士初上賜食,皆是蓬萊池魚膾,夏至後賜及頒燒香酒,以酒味稍濃,每和水

〔註83〕吳昌綬著,陳其弟標點:《吳郡通典》,蘇州市地方志編纂委員會辦公室、蘇州市政協文史委員會編:《蘇州文史資料》,總第三十八輯,第40頁。
〔註84〕《全唐詩・卷四百七十五・李德裕》。
〔註85〕《資治通鑒・長慶二年》。
〔註86〕《全唐詩・卷四百四十八・白居易》。

而飲，禁中有郢酒坊也。）荔枝來自遠，蘆橘賜仍叨（自注：先朝初臨御，南方曾獻荔枝，亦蒙頒賜，自後以道遠罷獻也。）」。李德裕所懷同「宴語」的「禁掖舊遊」有可能是宋氏姐妹，尤其「君當堯舜日，官接鳳凰巢」明指是文宗時女「學士」。元稹《奉和浙西大夫李德裕述夢四十韻》中也有「阿閣偏隨鳳（自注：大夫與稹偏多同值），方壺共跨鼇」，「分阻杯盤會，閒隨寺觀遨。祇園一林杏（自注：慈恩），仙洞萬株桃（自注：玄都）」，也說到「鳳凰」宋氏姐妹及其所處環境。受到皇帝寵信的李德裕與宋若憲、宋若荀一樣是宦官的眼中釘、肉中刺，必欲除之而後快。裴度欲推薦李德裕擔任宰相之職，吏部侍郎李宗閔籍宦官勢力先秉政。大和三年「十月壬辰，以兵部侍郎李德裕檢校戶部尚書、兼滑州刺史、義成軍節度使。」李德裕駐守滑州，主要是收拾李聽敗於何進滔殘局，也有為李宗閔排擠原因，當時宋若荀為義成監軍。李德裕詩《陽給事》作於大和四年六月一曰：「宋氏遠江左，豺狼滿中州。陽君守滑臺，終古垂英猷。數仞城既毀，萬夫心莫留。跳深入飛鏃，免冑臨霜矛。畢命在旗下，僵屍橫道周。義風激河汴，壯氣陵山丘。嗟爾抱忠烈，古來誰與儔。就烹感漢使，握節悲陽秋。顏子撰清藻，鏗然如素鏐。徘徊望古壘，尚想精魂遊。」〔註87〕滑州即古「滑臺」，又稱白馬驛，鄭之廩延；相傳為衛靈公所築小城，臨河有臺。「陽給事」名瓚，宋濮陽太守，永初之末佐守滑臺，城陷不屈死，顏延年有《陽給事誄》，詩中所述為「豺狼滿中州」而「遠江左」的「宋氏」似乎與滑州「陽給事」或鎮守滑州刺史顏真卿有些關係，也與李德裕在黨爭中被排擠感受相關。

　　李德裕和宋氏姐妹一樣曾經深受宦官之害。大和四年，宦官勢力為了打擊朝臣，利用「牛、李黨爭」矛盾將李德裕調往外地，「十月，以李德裕檢校兵部尚書、兼成都尹，充劍南東川節度使」，〔註88〕大和五年，文宗與宋申錫謀誅宦官，王守澄、鄭注令神策軍都虞侯豆

〔註87〕《全唐詩・卷四百七十四・李德裕》。
〔註88〕《舊唐書・本紀第十七・文宗》。

盧著誣告宋申錫謀立漳王，上弟漳王湊賢有人望，文宗信以為真，貶漳王為巢縣公，宋申錫為開州司馬。宋申錫去世後，朝中人人自危，鄭注、李訓挑撥、利用牛李兩黨矛盾削弱朝臣各方力量。大和六年十二月丁未，以前劍南西川節度使李德裕為兵部尚書，「及德裕秉政，群邪不悅，而鄭注、李訓深惡之，文宗乃復召李宗閔於興元，為中書侍郎、平章事，命德裕代宗閔為興元尹。既再得權位，輔之以訓、注，尤恣所欲，進封襄武候，食邑千戶」，〔註89〕文宗已惡德裕、宗閔之黨，李訓、鄭注等益乘間而逐之，但李德裕當時沒有看出「螳螂捕蟬、黃雀在後」險惡形勢，自己也充當了黨爭先鋒。大和七年二月丙戌，以兵部尚書李德裕同平章事，進封贊皇伯，德裕入謝，文宗與之論朋黨事，對曰：「今中朝半為黨人，雖後來者，趨利而靡，往往陷之。陛下能用中立無私者，黨與破矣。」〔註90〕時給事中楊虞卿與從兄中書舍人汝士、弟戶部郎中漢公、中書舍人張元夫、給事中蕭浣等善交接，依附權要，上干執政，下擾有司，為士人求官及科第，無不如志，上聞而惡之，故與德裕言首及之。德裕因得以排其所不悅者。三月，出楊虞卿為常州刺史，給事中蕭浣為鄭州刺史，元夫為汝州。〔註91〕

　　李德裕與宋若憲姐妹一樣曾被鄭注誣陷為宋申錫一黨，宦官和訓、注排擠李德裕陰謀一再得逞。大和七年十二月文宗暴眩，八年「正月十六日始力疾御紫辰殿見百僚。宰臣退問安否，上歎醫無名功者久之，由是王守澄薦鄭注。初，注構宋申錫事，帝深惡之，欲令京兆尹杖殺之。至是以藥稍效，始善遇之。守澄復進李訓，善《易》。其年秋，上欲授訓諫官，德裕奏之：『李訓小人，不可在陛下左右。頃年惡積，天下皆知；無故用之，必駭視聽。』上曰：『人誰無過，俟其悛改。朕以逢吉所託，不忍負言。』德裕曰：『聖人有改過之義。訓天性

〔註89〕《舊唐書・卷一百七十六・李宗閔》。
〔註90〕《新唐書・列傳九十九・李宗閔》。
〔註91〕《資治通鑒・大和七年》。

姦邪，無悛改之理。』上顧王涯曰：『商量別予一官。』遂授四門助
教。制出，給事中鄭肅、韓佽封之不下，王涯召肅面諭令下。俄而鄭
注亦自絳州至，訓、注惡德裕排己，九月十日，復召宗閔於興元，授
中書侍郎、平章事，代德裕，出德裕為興元節度使。德裕中謝日，自
陳戀闕，不願出藩，追赦守兵部尚書。宗閔奏制命已行，不便自便，
尋改檢校尚書左僕射、潤州刺史、鎮海軍節度、蘇常杭潤觀察等使，
代王璠。」〔註92〕李德裕後來為王璠、李漢所讒。《資治通鑒‧大和
九年》：「初，李德裕為浙西觀察使，漳王傅母杜仲陽坐宋申錫事放歸
金陵，詔德裕慎處之，會德裕已離浙西，牒留後李蟾使如詔旨。至
是，左丞王璠、戶部侍郎李漢奏德裕厚賄仲陽，陰結漳王，圖為不
軌。上怒甚，召宰相及璠、漢、鄭注等面質之。璠、漢等極口誣之，
路隨曰：『德裕不至有此，果如所言，臣亦應得罪！』言者稍息。夏四
月，以德裕為賓客分司。」可見陷入謀立漳王案。四月，貶為袁州長
史；六月，鄭注又利用楊虞卿案將李宗閔、蕭浣、李漢一一貶出，同
時以賄選宰相案將宋若憲賜死。九月「癸卯朔，姦臣李訓、鄭注用
事，不附己者，即事貶黜，朝廷震悚，人不自安。是日下詔：……應
與宗閔、德裕或新故或門生舊吏等，除今日以前放黜外，一切不問。」
〔註93〕可見當時鄭注、李訓利用皇帝不辨忠奸達到貶謫、打擊朝臣目
的，訓、注之亂後文宗皇帝意識到李德裕是被鄭注陷害，開成元年三
月，李德裕由袁州長史改滁州刺史，由豐城經鄱陽湖沿長江西下，「夏
四月己卯，以潮州司馬李宗閔為衡州司馬。凡李訓指為李德裕、李宗
閔黨者，稍收復之」。〔註94〕因宰相鄭覃未能平衡牛、李二黨勢力，
開成後期政權又歸李宗閔黨楊嗣復，鄭覃本人也受到排擠，「七月壬
午，以滁州刺史李德裕為太子賓客，分司東都」。〔註95〕九月，李德

〔註92〕《舊唐書‧列傳一百二十四‧李德裕》。
〔註93〕《舊唐書‧本紀第十七‧文宗》。
〔註94〕《資治通鑒‧開成元年》。
〔註95〕《舊唐書‧本紀第十七‧文宗》。

裕回到洛陽，構建平泉別墅，與劉禹錫等唱和。「十一月庚辰，浙西崔鄲卒，以太子賓客、分司東都李德裕為浙西觀察使」，〔註96〕兼潤州刺史。開成二年五月丙寅，以浙西觀察使李德裕檢校戶部尚書、兼揚州大都督府長史，充淮南節度使，〔註97〕代牛僧孺。杜牧弟顗為觀察支使。「未幾，以蘇州刺史盧商為浙西」，〔註98〕開成五年「九月，以淮南節度使、檢校尚書左僕射李德裕為吏部尚書、同中書門下平章事，尋兼門下侍郎」。也就是說，李德裕開成年間一直駐守在潤州和揚州。

　　李德裕對宦官專政、陷害大臣與宋若荀有著共同感受，宋若荀到茅山很可能得到李德裕幫助。李德裕通道教，不喜釋氏，寶曆二年曾「於茅山崇元觀南，敬造老君殿院，及造老君、孔子、尹真人像三軀，皆按史籍遺文，庶垂不朽」。〔註99〕李德裕為此作《三聖記》，自稱「玉清玄都大洞三道弟子」，其妻劉氏、姜徐氏在潤州時也都有道號。《茅山志》中有一首李德裕《溪蓀》詩：「楚漢重蘭蓀，遺芳今未歇。葉抽清淺水，花照喧妍節。紫豔映集鮮，清香含露潔。離居若有贈，暫與幽人折。」〔註100〕其他三首下有：「右四詩石刻會昌癸亥年暮春十八日，秘書郎上柱國裴質方書。」即會昌三年（公元843年），詩中「離居若有贈，暫與幽人折」與李商隱《木蘭》中「初當新病酒，復自久離居」、《失題　幽人不倦賞》詩中「幽人不倦賞，秋暑貴招邀」的「幽人」相應，李德裕《溪蓀》詩中將宋若荀比作溪邊香草，對她遭遇表示同情，可見李德裕確曾金壇茅山遇見過宋若荀，對她有所照應。開成五年秋，許渾、溫庭筠和李商隱都去茅山謁見過李德裕，李德裕也知道李商隱為宋若荀而辭去弘農尉官職，因此入朝為相後介

〔註96〕《舊唐書・本紀第十七・文宗》。

〔註97〕《舊唐書・本紀第十七・文宗》。

〔註98〕《舊唐書・本紀第十七・文宗》。

〔註99〕《全唐文・卷七百十・李文饒集》。

〔註100〕沈雲龍主編，竺蟾光著：《中國名山勝蹟志・茅山志》，文海出版社有限公司印行，第917頁。

紹、推薦李商隱去投靠自己屬下為國報效。這是李德裕與宋若荀、李商隱的又一次見面。

武宗時李德裕為相，宣宗即位後為抑制李德裕實行反會昌之政，牛黨氣焰炙天，導致李黨成員政治厄運。會昌六年三月，宦官立光王怡為皇太叔，即位改名忱（宣宗）。宣宗即位，對武宗朝宰相李德裕心存疑慮，四月壬申，以門下侍郎、同平章事李德裕同平章事、充荊南節度使。五月乙巳，翰林學士承旨、兵部侍郎白敏中本官同中書門下平章事。八月，武宗朝所貶五相牛僧孺、李宗閔、崔珙、楊嗣復、李珏同日北遷。九月，李德裕自荊南為東都留守，解平章事。大中元年正月，大赦，制文稱：「國家與吐蕃甥舅之好，自今後邊上不得受納降人。」實質是針對大和五年維州事。李德裕在位時曾裁減冗員，此時吏部奏：「會昌四年所減州縣官員復增三百八十三員。」白敏中、令狐綯，在會昌中德裕不以朋黨疑之，置之臺閣，顧待甚憂。及德裕失勢，抵掌戟手，同謀斥逐，借李紳處理吳湘事件不當利用牛黨力量將其貶謫。大中元年二月，白敏中使其黨李咸訟德裕罪，據李紳等傳，吳湘為江都尉，為部人所訟贓罪，兼娶百姓顏悅女為妻，李紳令觀察判官魏鉶鞫之，贓狀明白，伏法。湘妻顏，顏繼母焦，皆笞而釋之。即揚州上具獄，物議以李德裕素憎吳氏，疑紳織成其罪。《新唐書·李德裕傳》：「吳汝納訟李紳殺吳湘案，而大理卿盧言、刑部侍郎馬植、御史中丞魏扶言：『紳殺無辜，德裕徇成其冤。』」乃差御史崔元藻復獄，據款伏妄破程糧錢，計贓準法。顏悅女則稱是悅先娶王氏女，非焦所生，與揚州案小有不同。德裕以元藻無定奪，奏貶崖州司戶。及德裕罷相，群怨方構。湘兄進士汝納詣闕訴冤，言紳在淮南恃德裕之勢枉殺臣弟。追元藻復問，元藻既恨德裕，陰為崔鉉、白敏中、令狐綯所利誘，即言：「湘雖坐贓，罪不至死，顏悅實非百姓。此獄是鄭亞首唱，元壽協李恪鍛成，李回便奏。」遂下三司詳鞫。故德裕再貶潮州司馬，李回、鄭亞坐不能直吳湘冤而竄逐。「乃罷德裕留守，以太子少保分司東都，尋再貶潮州司馬，崖州司戶，時大中元年秋，……至三

年正月，方達珠崖郡。十二月卒，時年六十三」〔註101〕。據《舊唐書‧
宣宗紀》云複審之狀，亦謂吳湘受贓為實，出入只是數量問題，牛黨
有意出脫，構成德裕罪名，尤其主事者為李紳不是李德裕，更見是有
意迫害。「李紳性剛直，在中書與李衛公相善，為朋黨者切齒，鎮淮海
日，吳湘為江都尉，時有零落衣冠顏氏女，寄寓廣陵，有容色，相國
欲納之，吳湘強委禽焉，於是大怒，因其婚娶聘財反其豐，乃羅織執
堪，准其俸料之外，有陳設之具，坐贓，奏而殺之，懲無禮也。宣宗
初在民間，備知其曲，登極後，與二李不協者，導而進狀訴冤。衛公
以此出官朱崖，路由澧州，謂寄寓朝士曰：『李二十誤我也。』馬植曾
為衛公所忌，出為外任。吳湘之事，鞠予憲臺，扶風時為憲臺，得行
其志焉。吳湘乃澧州人，顏尋歸澧陽，孀獨而終。」〔註102〕更見支持
白敏中等誣陷李德裕的是宣宗皇帝。

　　李德裕「大中二年春自洛陽水路經江、淮赴潮州」，十月十六日
再貶崖州司戶，「至三年正月，方達珠崖郡。」〔註103〕大中三年十二
月十日卒於貶所，年六十四。〔註104〕《稀見本宋人詩話四種‧朝鮮
版唐宋分門明賢詩話》：「贊皇公再貶朱崖，道中詩有：『十年紫殿掌
洪鈞，出入二朝一品身。文宗寵深陪雉尾，武皇恩重宴龍津。黑山
永破和親虜，烏陵全坑跋扈臣。自是功高臨盡處，禍來名滅不由
人。』」〔註105〕《全唐詩》題為《離平泉馬上作》，表現了遭誣陷被貶
謫者心境。開成年間李德裕為浙西觀察使，曾主持判明金山甘露寺
知事允躬隱沒廟金冤案，又書稱「天下窮人，物情所棄」，鎮浙西，
甘露寺僧允躬頗受知。允躬迫於物議，不得已送之謫所。當年操持

〔註101〕《舊唐書‧列傳第一百二十四‧李德裕》。
〔註102〕〔五代〕孫光憲撰，賈二強點校：《北夢瑣言》，北京：中華書局，
　　　　2002 年 6 月第一版，第 121 頁。
〔註103〕《舊唐書‧列傳一百二十四‧李德裕》。
〔註104〕〔宋〕錢易撰，黃壽成點校：《南部新書‧戊》，中華書局，2002 年
　　　　版，第 66 頁。
〔註105〕張伯偉編校：《稀見本宋人詩話四種‧朝鮮版唐宋分門明賢詩話》，
　　　　2002 年 4 月第一版，第 365 頁。

國柄經營平泉別墅時遠方之人多以異物奉之,「隴右諸侯供語鳥,海南太守送名花」(無名氏《句》)〔註106〕而今被貶崖州一路上無人理會,《唐語林》載:「李衛公歷三朝大權,出門下者多矣,及南竄,怨嫌並集,途中感憤,有『十五餘年車馬客,無人相送到崖州』之句。」〔註107〕大中二年深秋既是李德裕被貶崖州經昭州,李商隱詩《異俗》下原注:「時從事嶺南」,清人徐逢源也指出:「此詩載平樂縣志,原注下有『偶客昭州』字。」詩中「戶戶懸秦網,家家事越巫」,馮浩注:「地開於秦,而法網亦始於秦也。」既指宋若荀遭官府追捕,宋氏族人被貶嶺南,又指李德裕被貶崖州經過昭州,宋若荀等在昭州洗墨池相送,在李德裕失勢時表達他們對李德裕知遇之恩感激,童養年《全唐詩續補遺卷九》李德裕《缺題二首》:「肉視具僚忘匕箸,氣吞同列削寒溫。當時誰是承恩者,肯有餘波達鬼村。」「畫閣不開梁燕去,朱門罷掃乳烏歸。千岩萬壑應惆悵,流水斜傾出武關。」〔註108〕說到在「鬼村」接受過去同為「承恩者」的某人餞別,與舊時出門下而今如雕樑畫棟盛時築巢梁燕一旦大廈將傾立即飛去者不同;《南部新書・癸部》云此詩為溫庭筠所作,《全唐詩・卷五百八十四》又作《題李衛公詩二首》的下半闕,有上闕云:「蒿棘深春衛國門,九年於此盜乾坤。兩行密疏傾天下,一夜陰謀達至尊。」「勢欲凌雲威觸天,權傾諸夏力排山。三年驥尾有人附,一日龍鬚無路攀。」是當年李德裕在位時權勢薰天寫照,而後半闕則強調一旦皇帝易位,李德裕立即受到打擊,原先「附驥尾」者均不知去向,與李德裕《南竄途中感憤句》「十五餘年車馬客,無人相送到崖州」及無名氏《句》「八百孤寒齊下淚,一時回首望崖州」相應,這些難道是偶然巧合嗎?可見溫庭筠

〔註106〕 王重民、孫望、童養年輯錄:《全唐詩外編》,北京:中華書局,1982年7月第一版,第471頁。

〔註107〕 〔宋〕王讜:《唐語林》,古典文學版社,1956年版,第28、233、471頁。

〔註108〕 王重民、孫望、童養年輯錄:《全唐詩外編》,北京:中華書局,1982年7月第一版,第470頁。

與宋若荀一起送李德裕到崖州。由此，《李衛公》詩中的「絳紗子弟音塵絕，鸞鏡佳人舊會稀」句就可以得到解釋，是以受李德裕恩典的眾「子弟」與「舊會稀」的「佳人」——宋若荀作對比，寫出世態炎涼、人情勢利。

　　由此可見，李德裕與宋若荀不僅有在長安朝廷中認識經歷，還有長慶年間鏡湖折梅和大和三年滑州之會，以及後來茅山之遇、大中二年昭平餞別和一路送行交情。《全唐詩續補遺卷九》李德裕《桂花曲》：「仙女侍，董雙成，桂殿夜涼吹玉笙。曲終卻從仙宮去，萬戶千門空自明。河漢女，玉練顏，雲軿往往到人間。九霄有路去無蹤，嫋嫋大風吹佩環。」許彥周詩話謂李德裕所作，而《桐江詩話》謂均州武當山石壁上刻之，雲神仙所作；之所以在李德裕集中，說明李德裕與宋若荀之間確曾有來往和「舊會」，但是見面機會不多，符合「鸞鏡佳人舊會稀」的說法。由此可知，李商隱大中三年春詩《李衛公》，實際是為李德裕被貶崖州而作。

《漫成五章》

　　大中初白敏中、令狐綯落井下石導致李德裕貶死崖州，李商隱大中三年由江南向長安途中感慨時事、自敘生平的《漫成五章》，不僅寫到了「宗師」令狐楚、「詩師」白居易和宋氏姐妹，也寫到對他人生道路影響很大的「恩師」李德裕。

　　會昌年間李德裕破格重用石雄奇襲回鶻事在李商隱《漫成五章》中有較多反映。如《漫成五章》之四：「代北偏師銜使節，關中裨將建行臺。不妨常日饒輕薄，且喜臨戎用草萊。」「代北偏師」謂李德裕大和三年鎮守代北、西川，「關中裨將」指李德裕不拘一格重用石雄。《漢書·項籍傳》：「籍為裨將，狗下縣。」《魏書·百官志》：「刺史之任，有行臺、大行臺。」石雄本係徐州牙校，王智興之討李同捷，石雄勇敢善戰，氣凌三軍，徐人伏雄之撫待，惡智興之虐，智興殺雄之素善諸將士百餘人，文宗雅知其能，惜之。大和三年二月丙辰，以石

雄為壁州刺史。四月戊午，智興奏雄動搖軍情，請誅之，上知雄無罪，免死，乃長流白州。大和中，河西党項擾亂，選求武士，乃召還，隸振武劉沔軍為「裨將」，累立破羌之功。「文宗以智興故，未甚提擢，而李紳、李德裕以崔群舊將，素嘉之」，〔註109〕奏為石州刺史，果然石雄在會昌初回鶻寇天德戰事中立奇功：「詔命劉沔為招撫回鶻使。三年，回鶻大掠雲、碩北邊，牙於五原。沔以太原之師屯於雲州。沔謂雄曰：『黠虜離散，不足驅除，國家以公主之故，不欲急攻。……公可選驍健，乘其不備，徑趨虜帳……』雄受教，自選勁騎，得沙陀李國昌三部落，兼契必拓拔雜虜三千騎，月暗夜發馬邑，徑趨烏介之牙。……雄率勁騎追之殺胡山，急擊之，斬首萬級，生擒五千，羊馬車帳皆棄之而去。遂迎公主歸太原。」〔註110〕麟州刺史石雄引兵夜出，大破回鶻於黑山，為衛公所特賞，以功授天德防禦副使（駐大同），遷河中尹、晉絳行營節度，則建行臺矣。（《全唐文》：封敕授石雄河中節度使，稱雄武威縣開國男。）白居易《河陽石尚書破回鶻迎貴主過上黨射鷺鷥繪畫為圖猥盟見示稱歎不足以詩美之》詩中：「塞北虜郊隨手破，山東賊壘掉鞭收。烏孫公主歸秦地，白馬將軍入潞州。」「他時麟閣圖勳業，更合何人居上頭？」〔註111〕也說到李德裕重用石雄是因為他屢立奇功。會昌三年正月庚子，天德軍行營副使石雄及回鶻戰於殺胡山，敗之。二月，以麟州刺史、天德行營副使石雄為銀青光祿大夫、檢校左散騎常侍、豐州刺史、御史大夫、充豐州西城中城防、本管押蕃羅等使。〔註112〕四年九月，以天德軍使、晉絳行營招討使石雄檢校兵部尚書、河中尹、兼御史大夫、河中晉絳慈等州節度使，〔註113〕說明李德裕重用功臣，敢於破格擢拔。及衛公罷相，九月，前鳳翔節度使石雄詣政府自陳黑山、烏嶺之功，求一鎮以終老。執政以雄

〔註109〕 《舊唐書·列傳一百一十一·石雄》。
〔註110〕 《舊唐書·列傳一百一十一·石雄》。
〔註111〕 《全唐詩·卷四百六十·白居易》。
〔註112〕 《舊唐書·武宗紀》。
〔註113〕 《舊唐書·武宗紀》。

李德裕所薦，曰：「向日之功，朝廷以蒲、孟、岐三州酬之，足矣。」除左龍武統軍。雄怏怏而卒。〔註114〕此節為之特表，指李德裕當國秉鈞時能起用石雄這樣裨將以成中興之功，今豈有此人哉！

　　但是，李商隱詩中也指出李德裕平日不喜進士，認為科舉考試所取之士不足大用，文人「祖尚浮華，不根藝實。」〔註115〕「太尉未出學院，盛有詞藻，而不樂應舉。吉甫相，俾親表勉之，衛公曰：『好驢馬不入行。』由是以品子敘官也。」〔註116〕李德裕反對科舉是認為單純以詩賦取士只講究詞藻華麗，還應考經義策問，講究實際才能，謂公卿子弟不須科舉便可任官。其次，時李德裕認為座師、門生和同年制度易長朋黨風氣。「武宗即位，宰相李德裕尤惡進士。初，進士既及第，綴行通名，詣主司第謝……又有曲江會，題名席。至是，德裕奏：『國家設科取士，而附黨背公，自為門生。自今一見有司而止，其期集、參謁、曲江題名皆罷。』」〔註117〕再，當時不成文通例，科舉及第前先將名字呈於宰相，導致賄賂通行、寒門無望。可見李德裕不是一味反對科舉考試，而是希望革除弊端，獎拔寒門人才，因此後來李德裕被貶後有「八百孤寒齊下淚，一時回望李崖州」之說。同時李商隱也指出李德裕重用人才，「臨戎」需要草檄上書時還是能重用文人的，包括向石雄推薦自己。石雄會昌初在石州刺史任上，《雲溪友議・卷中・贊皇勳》：「石雄僕射初與康銑同為徐州侍中智興校，王公忌二人驍勇，奏守本官，雄則許州校也，尋授石州刺史。」石州，昌化郡，為河東節度觀察處置押北山諸蕃等使管轄範圍；「會昌初，回鶻入寇，連年掠雲、朔、牙、五原塞下，詔雄為天德軍防禦副使，兼朔州刺史」，〔註118〕《金石補正・卷七十四・太子太傅贈司徒劉沔碑》：

〔註114〕《資治通鑒・大中二年》。

〔註115〕《舊唐書・本紀十八上・武宗》。

〔註116〕〔宋〕王讜撰：《唐語林》，周勳初校證，中華書局，1987年7月第一版，第50頁。

〔註117〕《新唐書・志三十五・選舉志下》。

〔註118〕《新唐書・石雄傳》。

「會昌三年正月，公召朔州刺史石雄。」可見會昌三年石雄仍在朔州，李商隱會昌二年初往邊疆效力，《安定城樓》就是涇源時所作，「賈生年少虛垂淚，王粲春來更遠遊。永憶江湖歸白髮，欲回天地入扁舟」以賈誼空談而王粲投筆從戎相比，涉及會昌元年襄陽友人對其「從軍樂」諷刺。由此可知，李商隱很可能是李德裕介紹從軍，此節當為紀念而作。

李商隱《漫成五章》之五：「郭令素心非黷武，韓公本意在和戎。兩都耆舊皆垂淚，臨老中原見朔風。」為李衛公大和年間維州之事辯謗，指出會昌當國時處置吐蕃和回鶻的辯證策略。

大和四年「十月戊申，以義成李德裕檢校兵部尚書、兼成都尹，充劍南西川節度使。」〔註119〕鎮守代北、西川，練士卒，修堡鄣，治關塞，綏靖之餘發展生產，積糧儲，正吏治，使吐蕃和南詔不敢進犯。「德裕所歷征鎮，以政績聞。其在蜀也，西拒吐蕃，南平蠻蜑，夜犬不驚，瘡痏之民，粗以完復」。〔註120〕大和五年（公元831年）五月「丙辰，西川節度使李德裕奏遣使詣南詔索所掠百姓，得四千人而還。」大和五年九月，吐蕃駐維州將領悉怛謀率領部眾奔赴成都，李德裕隨即發兵控制維州戰略要地，「南蠻震懾，山西八國，皆願內附」，「九月，成都尹劍南西川副大使知節度事李德裕收復吐蕃」，〔註121〕上表建議乘機收回維州：「此地內附，可減八處鎮兵，坐收千里舊地，臣見莫大於利，乃為恢復之基。況臣未嘗用兵攻取，自感化來降。」「大和六年，西戎再遣大臣詣寶玉來朝，禮倍前時，盡罷東向守兵，用明臣附。李太尉德裕時殿劍南西川，上言維州降，今若冠生羌三千人，燒十三橋，搗戎腹心，可洗久恥，是韋皋二十年至死恨不能致。事下尚書省百官巨議，皆如劍南奏。公（牛僧孺）獨曰：『西戎西面各萬里，來責曰何事失信？養馬蔚茹川，上平涼阪，萬騎綴回

〔註119〕《舊唐書·本紀第十七·文宗》。
〔註120〕《舊唐書·列傳一百二十四·李德裕》。
〔註121〕《舊唐書·本紀第十七·文宗》。

中，怒氣直辭，不三日至咸陽橋。西南遠數千里，雖百維州，此時安可用？棄誠信，有利無害，匹夫不忍為，況天子以誠信見責以夷狄，且有大患。』上曰『然。』遂罷維州議。」〔註122〕其實是牛僧孺因私怨妒忌李德裕功勞拒絕接受投降，詔德裕以其城歸吐蕃，縛還悉怛謀及其跟從者，致使悉怛謀等三百人遇害，將戰略要地拱手送給吐蕃。《舊唐書・李德裕傳》云：「吐蕃維州守將悉怛謀請以城降……德裕疑其詐，遣人送錦袍錦帶與之，託雲取進止，悉怛謀乃盡率郡人歸成都，德裕乃發兵鎮守，因陳出攻之利害。時牛僧孺沮議，言新與吐蕃結盟，不宜敗約……乃詔德裕卻送悉怛謀一部之人還維州。贊普得之，皆加虐刑。」而南詔又「以所掠蜀人二千及金帛賂遺」吐蕃，拉攏其與唐王朝為敵，同年十月，南詔軍隊大舉入侵巂州，攻陷三座城池，從此西南邊疆沒有安定，直至會昌初年還有很多蜀人被扣留在南詔，封敖《與南詔清平官書》中說到巂州參事陳元舉男播稱父及弟妹二十七人自大和三年至今十餘年「沒落在彼，魏蒙追索。」會昌年間德裕奏論此事曰：「且吐蕃維州未降已前一年，猶圍魯州，以此言之，豈守盟約，匡臣未嘗用兵攻取，彼自感化來降。」李商隱認為如果早用李德裕謀，決不至於喪失戰機，造成被動局面。

　　「郭令素心非黷武，韓公本意在和戎」指大中初年李德裕遭到牛黨反撲被貶，先說他「輕敵」，後又以「黷武」罪名加之。「郭令」指郭子儀，睦鄰政策的典範，是衷心睦鄰而不是「黷武」之人。「乾元元年，進中書令」，後又拜太尉〔註123〕，李商隱這兩句詩來自與溫庭筠對句：「遠比召公，三十六年宰輔。」「近同郭令，二十四考中書。」〔註124〕謂李德裕父子兩代在相位三十六年，元和六年（811年）「正月庚申，李吉甫為中書侍郎、同中書門下平章事」，至會昌六年（846

〔註122〕　杜牧：《樊川文集・卷七・唐故太子少師奇章郡開國公贈太尉牛公墓誌銘》。

〔註123〕　《新唐書・郭子儀傳》。

〔註124〕　〔五代〕孫光憲撰，貫二強點校：《北夢瑣言》，北京：中華書局，2002年。

年）李德裕罷相前後達三十六年，而李德裕長慶二年（壬寅，公元822年）二月以考功郎中制誥為中書舍人，為相二十四年。「韓公本意在和戎」指李德裕會昌初年邊疆政策，收復河湟後，牛黨將功績肆意矜誇，攻擊李德裕縱容回鶻。「開成末，回紇為黠戛斯所攻。戰敗，部族離散，烏介可汗奉太和公主南來。會昌二年二月，牙於塞上，遣使求助兵糧，恢復本國，權借天德軍以安公主。天德軍使田牟請以沙陀、退渾諸部落兵擊之。上意未決，下百僚商議，議者多云如牟之奏。」「德裕曰：『頃者國家艱難之際，回紇立大功，今國破家亡，竄投無所，自居塞上，遽行殺戮，非漢宣待呼韓邪之道也，不如聊濟資糧，徐觀其變。』宰相陳夷行曰：『此借寇兵而資盜糧，非計也，不如擊之便。』德裕曰：『田牟、韋仲平言沙陀、退渾並願作戰，此緩急不可待也。夫見利則進，遇敵則散，是雜虜之常態，必不肯為國家捍禦邊境。天德一城，戍兵寡弱，而欲與勁虜結讎，陷之必矣。不如以理恤之，俟其越軼，用兵為便。』帝以為然，許借米三萬石。」本來「本意」確是在緊急形勢下「和戎」舉動，但是後來事情發生了變化，「俄而回紇宰相嗢沒斯殺赤心宰相，率其眾來降。赤心部族又投幽州。烏介勢孤，其眾饑乏，漸近振武保大柵、把頭峰，突入朔州州界。沙陀、退渾皆以其家保山險；雲州張獻節嬰城自固。虜大縱掠，卒無拒者。上憂之，與宰臣計事。」李德裕認為沙漠中須奇計襲之，用騎兵勇將奪回公主，「虜自敗矣。」〔註125〕為此以出奇形勢授大將劉沔，石雄受沔教，急擊可汗於殺胡山，迎公主回宮。

李商隱以濃重筆調歌頌李德裕挫敗劉稹楊弁之亂、收復金橋功勳。李商隱《太尉衛公會昌一品集序》中：「重耳在喪，不聞利父；衛朔受貶，只以拒君。今天井雄藩，金橋故地，跨搖河北，倚脅山東。豈可使明皇舊宮，坐為污俗；文宗外相，行有匪人？」「金橋」在上黨南二里，會昌三年正月石雄剛剛迎太和公主歸，回鶻亂定後不久，四月昭義節度使劉從諫卒，其侄劉稹據鎮自立，即所謂「回鶻窺邊，劉

〔註125〕《舊唐書・列傳一百二十四・李德裕》。

積繼以上黨叛」。〔註126〕「上以澤潞事謀於宰相，宰相多以回鶻餘燼未滅，邊境猶須警備，復討澤潞，國力不支，請以劉積權知軍事。」〔註127〕李德裕以澤、潞以地近京師，不同河朔，力勸武宗用兵，然朝內還有人反對，謂難以顧及藩鎮之亂，說他「黷武」，「李德裕獨曰：『澤潞事體與河朔三鎮不同。河朔習亂已久，人心難化，是故累朝以來，置之度外。澤潞近處心腹……朝廷若又因而授之，則四方諸鎮誰不思效其所為，天子威令不復行矣！』」然一波未平，一波又起，「太原橫水戍兵因移戍榆社，乃倒戈入太原城，逐節度使李石，推其部將楊弁為留後。武宗以賊積未除，又起太原之亂，心頗憂之。德裕奏即時請降詔令王逢起榆社軍，又令王元達兵自土門入，會於太原。河東監軍呂義忠聞之，即日招榆社本道兵收復太原，生擒揚弁與其同惡五十四人來獻，斬於狗脊嶺。」〔註128〕李德裕進行了一系列軍事調查和布置，「忠謀既陳，上意旋定」。〔註129〕《資治通鑑》：「會昌四年……議覆河湟四鎮十八州……時劉濛為巡邊使，其賜詔云：『緣邊諸鎮各宜選練師徒，多蓄軍食……密為制宜，勿顯事機。』」令王元達取邢州，何弘敬取洺州，王茂元取澤州，李彥佐、劉沔取潞州；李彥佐發徐州，行甚緩，李德裕請以天德防禦使石雄為之副，俟至軍中，令代職。李德裕在調整軍事部署方面也表現指畫之力：時王元達前鋒入邢州已逾月，何弘敬尚未出師，德裕請遣王宰將忠武全軍經魏博直抵磁州，以分賊勢，弘敬必懼，此攻心伐謀之術。從之，詔王宰將精兵自相、魏趨磁州。何弘敬恐軍中有變，倉皇出師。王宰久不進軍，又奏請劉沔鎮河陽，令以義成精兵直抵萬善，處宰肘腋之下。王宰欲進攻澤州。官軍四合，捷書日至。潞人聞三州降，大懼，郭誼、王協謀殺劉積以自贖。〔註130〕石雄在金橋事變中也建有卓著功勳。「時王宰在

〔註126〕杜牧：《樊川文集·唐故宣州觀察使韋公墓誌銘》。
〔註127〕《資治通鑑·會昌三年》。
〔註128〕《舊唐書·列傳一百二十四·李德裕》。
〔註129〕李商隱：《太尉衛公會昌一品集序》。
〔註130〕《資治通鑑·會昌三年》。

萬善柵，劉沔在石會，相顧未進。雄受代之翌日，越烏嶺，破賊五砦，斬獲千計。武宗聞捷大悅，謂侍臣曰：『今之義而有勇，罕有雄之比者。』雄既率先破賊，不旬日，王宰收天井關，何弘敬、王元達亦收磁、洺等郡。先是潞州狂人折腰於市，謂人曰：『雄七千人至矣。』劉從諫捕而誅之。及積危，大將郭誼密款請斬積歸朝，軍中疑其詐。雄倡言曰：『賊積之叛，郭誼為謀主，今請斬積即誼自謀，又何疑焉！』武宗亦以狂人之言，詔雄以七千兵受降，雄即徑馳潞州降誼，盡擒其黨羽。賊平，進加檢校司空。」可見會昌三年回鶻、澤潞戰役前後李德裕「素心」確為「和戎」而非「黷武」，臨機決斷果敢，不愧為社稷支柱。「兩都耆舊皆垂淚，臨老中原見朔風」是大中三年李商隱感歎如今太原為党項騷擾，朝廷再次發兵，可惜已經沒有李德裕這樣精幹大臣了。

《過故府中武威公交城舊莊感事》

李商隱《過故府中武威公交城舊莊感事》：「信陵亭館接郊畿，幽象遙通晉水祠。日落高門喧鳥雀，風飄大樹撼熊羆。新蒲似筆思投日，芳草如茵憶吐時。山下只今黃娟字，淚痕猶墮六州兒。」是李商隱經過太原時憶及李德裕當年對自己知遇之恩而作。

李商隱大和五年至六年曾從柳公綽太原幕，「故府」指前「府公」柳公綽；交城，隋置晉陽縣西北，即今山西省中部，太原盆地西緣，汾河支流文水上游的交城縣。《舊唐書》：「交城縣屬太原府，隋分晉陽縣置，取縣西北古交城為名。」「交城，隋分晉陽置，初治交山，後移置卻波村。」在李商隱《太尉衛公會昌一品集序》中提到李德裕軍曾駐太原，「俄又埃昏晉水，霧塞唐郊」謂會昌四年春平定太原楊弁之亂功勳。會昌四年三月以河中節度、晉絳副招討石雄為澤潞西面招討，石雄河中軍治蒲州，領河中府及晉、絳、慈、隰四州，轄境約當今山西石樓、汾西、霍縣以南和安澤、垣曲以西地區。司空圖《故鹽州防禦使王縱追述碑》中也有：「繼而蒲帥，石公雄授命灌徵，總戎出

塞，公為知兵馬使。」可見石雄九月為河中尹，出塞驅虜，因而《雲溪友議·卷中·贊皇勳》：中有「（石雄）潞州之功，國家以石州河陽節度使；西塞之績，又拜鳳翔。」可見石雄會昌四年九月還駐太原，十二月為河陽，會昌六年為鳳翔；河中榆林當時確為前線，因此「交城」為李商隱往太原接漠北歸來宋若荀時所經過。《一統志》：「信陵亭在開封府城內相國寺前，本魏公子無忌勝遊之地，舊有亭。」據宋魏泰《東軒筆錄》、明代《宋東京考》、《如夢錄》、《汴京遺跡志》均雲開封大相國寺所在地即距今二千二百多年前戰國時期信陵君故宅；〔註131〕李德裕與「信陵君」地位大致相當，又曾任鄭滑節度使駐守開封，所以「信陵亭館接郊畿，幽象遙通晉水祠」連接了開封與晉陽。「日落高門喧鳥雀，風飄大樹撼熊羆。新蒲似筆思投日，芳草如茵憶吐時」，以《史記·汲鄭列傳》：「下邽翟公為廷尉，賓客闐門，及廢，門外可設雀羅。」雖當年投筆從戎時的舊莊門前鳥雀喧鬧，古槐疏冷，但即使能拔樹木熊羆也不能撼動將軍功勳名聲。《後漢書》：「班超為官傭書久勞苦，投筆歎曰：『大丈夫當立功異域，安能久事筆硯乎？』」看到池邊蒲草新長，想起當年我投筆從戎往事。「山下只今黃娟字，淚痕猶墮六州兒」，「黃絹」，《世說》：「魏武帝嘗過曹娥碑下，楊脩從。碑背上見題作『黃絹幼婦，外孫齏臼』八字。脩曰：『黃絹，色絲也，於字為「絕」；幼婦，少女也，於字為「妙」；外孫，女子也，於字為「好」；齏臼，受辛也，於字為「辭」，所謂絕妙好辭也。』」李德裕詩文俱佳，元和十二年李德裕并州從幕時曾代張弘靖作《祭唐叔文》，元和十五年正月與李紳、庾敬休同時被任命為翰林學士，長慶元年三月改考功郎中、知制誥，〔註132〕至長慶二年遷中書舍人，「禁中書詔，大手筆均詔德裕草之。」〔註133〕史載李德裕「特達不群，好著書為文。雖位極台輔，而讀書不綴，吟詠終日。在長安私第，別構起草院，

〔註131〕開封大相國寺介紹。

〔註132〕丁居晦：《重修承旨學士壁記》。

〔註133〕《舊唐書·列傳一百二十四·李德裕》。

院有精思亭，每朝廷用兵，詔令制置，而獨處亭中，凝然握管，左右侍者無能預焉。」〔註134〕李商隱詩句應當是推崇李德裕文學過人、樂於獎拔孤寒，如晉征南將軍羊祜那樣為襄陽百姓所懷念，為其建碑立廟，望其碑者莫不流淚，杜預謂之「墮淚碑」；而李德裕及當年功臣，卻被「牛黨」排除在續畫功臣像於凌煙閣之外。「六州」指河北魏博諸州：相、魏、澶、博、衛、貝，《北史‧李義深傳》：「齊神武行經冀州，總合河北六州文籍。」唐時河朔以魏博六州為最強，往往舉六州以代河朔，《平淮西碑》：「魏將首義，六州降從。」魏博六州本由李德裕分置，而今「六州」遭到党項侵擾，那裡的民眾怎麼能不思念李德裕啊！

　　由此可見，李商隱當年之所以接受李德裕德推薦從軍，不僅是「謀生」需要和「仕途」追求，而是希望在朝廷多事之秋能有所作為，是他積極用世抱負，也是出對李德裕人品學問敬仰。《國史補》云「德裕為相，清直無黨」，如舉用白敏中、柳仲郢之類；懿宗時范攄《雲谿友議》八云：「或問贊皇之秉鈞衡也，毀譽無如之何，銷禍亂之階，闢孤寒之路，好奇而不奢，好學而不倦……」；僖宗時無名氏《玉泉子》：「李相德裕抑退浮滑，獎拔孤寒，於是朝貴朋黨，德裕破之，由是結怨而絕於附會，門無賓客。」〔註135〕李商隱對李德裕當年「決策論兵，舉無遺悔，以身捍難，功流社稷」〔註136〕精神十分敬佩，對他為白敏中、令狐綯排擯被貶至死十分憤慨，正是因為李德裕所遭受不公正待遇，有關詩文中多次頌揚李德裕雄才大略、道德文章，從李商隱《為李貽孫上李相公啟》中也可以看到他對李德裕的一貫尊崇：「丹青元化，冠蓋中州。群生指南，命代先覺。語姬朝之舊族，莊、武慚顏；敘漢代之名門，韋、平掩耀。將鄰三紀，克佐五君。動著嘉道，行留故事。陶冶於無形之外，優游於不宰之中。」與《舊唐書‧

〔註134〕《舊唐書‧列傳一百二十四‧李德裕》。
〔註135〕引自傅璇琮：《李德裕年譜》，齊魯書社，1984年10月第一版，第676頁。
〔註136〕《舊唐書‧列傳一百二十四‧李德裕》。

李德裕傳》贊：「嗚呼煙閣，誰上丹青？」歷史評價不謀而合。

李德裕為唐朝宗室，武宗稱李德裕為「伯父」，《儀禮·覲禮》：「同姓大國則曰伯父。」但到了宣宗時代遭到牛黨排擠，尤其大中二年七月，朝廷續畫功臣像於凌煙閣，李德裕及當年功臣石雄等均被排除在外。石雄會昌六年至大中元年為鳳翔，但大中二年九月，白敏中等興吳湘之獄，再貶李德裕為崖州司戶，石雄求一鎮以終老，執政者以雄係李德裕所薦，不准，雄怏怏而死。〔註137〕大中三年春，李商隱作《李衛公》，十二月李德裕卒於崖州貶所，同年又作《漫成五章》懷念李德裕及其部將，揭示了他們必欲置李德裕死地的目的，在這樣的情況下仍然能夠為失勢的李黨說話是很不容易的，在當時是很需要勇氣的，但也正是他政治經驗不足，這些詩文成為不斷冒犯令狐綯、白敏中的證據，不引起他們嫉恨是不可能的，而李商隱大中六年到江陵路祭李德裕靈柩的舉動更是引起牛黨痛恨。這些都表現了李商隱鮮明的政治立場，也是令狐綯認為李商隱倒向李黨、「忘其家恩」的證據，不肯幫助李商隱重要原因。

六、朝臣沉浮與功臣命運

李商隱詩集揭露唐代政治黑幕下的真實情形，不僅涉及勢力爭鬥所及宦官、朝臣，也包括大批貶官流臣，甚至建立豐功偉績大臣都未能幸免，表明唐王朝宦官弄權、宮廷爭鬥和「牛、李黨爭」已經導致政治的極度腐敗。

風波殃及

李商隱的時事詩、詠史詩，除了為李德裕、宋氏姐妹、劉蕡、石雄鳴冤叫屈之外，還為政治風波殃及其他人如蕭浣、楊虞卿等痛哭流涕，他通過與白居易、楊氏汝士、虞卿兄弟交往過程瞭解到皇帝昏庸、姦臣陰謀和政治黑暗，《哭虔州楊侍郎虞卿》、《哭遂州蕭侍郎二

〔註137〕《資治通鑑》卷二百四十八。

十四韻》既是李商隱對關心他的老一輩紀念，也是他言事明志鮮明立場。

　　初，楊虞卿從兄楊汝士中第，有時名，遂歷清貴，其後諸子皆至正卿，郁為昌族。所居靖恭里，知溫兄弟並列門戟。史論楊「虞卿性柔佞，能阿附權力以為奸利。每歲……為選舉人馳走奔科第，占員闕，無不得其所欲，升沉取捨，出其唇吻。而李宗閔待之若骨肉，以能朋比唱和，故時號黨魁。」〔註138〕長慶年間著名科舉案就與之有關。《舊唐書·錢徽傳》：「段文昌託楊憑之子渾之於徽，李紳亦托舉子周漢賓。及榜發，皆不中選。而李宗閔婿蘇巢及楊汝士季弟殷士俱及第。故文昌、紳大怒，內殿面奏。上領王起、白居易於子亭重試，內出題目《孤竹管賦》、《鳥散餘花落詩》。孔溫業、趙存約、竇洵直所試粗通，與及第；裴譔特賜及第；鄭朗等並落下。貶錢徽為江州刺史，中書舍人李宗閔劍州刺史，補闕楊汝士開江令。」《舊唐書·穆宗紀》：「長慶元年四月，詔：『國家本求才實，浮猾之徒，扇為朋黨，謂之關節。干擾主司，每歲策名，無不先定。昨令重試，意在精復，不於異常之中，固求深僻題目。孤竹管是祭天之樂，出於《周禮》正經，呈試之文，都不知其本事。宣示錢徽，宜其懷愧。』」直至寶曆元年三月御試制舉人賢良方正直言極諫科，考定，敕下後數日，上（敬宗）謂宰臣曰：「韋端符、楊魯士皆涉物議，宜於外官。」乃授端白水尉，魯士城固尉。〔註139〕可見當年賄選案影響之深遠。

　　楊虞卿事件是皇帝借鄭注之流打擊朝臣事例之一。鄭注之流用「朋黨」罪名陷害大臣，殃及楊虞卿。「九年四月，拜楊虞卿京兆尹。其年六月，京師訛言，鄭注為上合金丹，須小兒心肝，密旨捕小兒無算。民間相告語，錮鎖小兒甚密，街肆洶洶。上聞之不悅，鄭注頗不自安，御史大夫李固言素嫉虞卿朋黨，乃奏言曰：『臣昨窮問其由，此語出自京兆尹從人，因此煽於都下。』上怒，即令收虞卿下獄，虞卿

〔註138〕《舊唐書·列傳第一百二十六·楊虞卿》。
〔註139〕《舊唐書·敬宗紀》。

弟漢公並男知進等八人自繫，撾鼓訴冤，詔虞卿歸私第，翌日貶虔州司馬，再貶虔州司戶，卒於貶所。」〔註140〕「京兆尹楊虞卿得罪，宗閔極言救解，文宗怒叱之為：『爾嘗謂鄭覃是妖氣，今作妖，覃耶、爾耶？』翌日，貶明州刺史，尋再貶處州長史。七月，鄭注發沈羲、宋若憲事，內官楊承和、韋元素、沈羲及若憲姻黨坐貶者十餘人，又貶宗閔潮州司戶。時訓、注竊弄威權，凡不附己者，目為宗閔、德裕之黨，貶逐無虛日，中外震駭，人情不安。」〔註141〕因鄭注曾求為兩省官而宗閔不許，注遂毀宗閔貶宗閔明州刺史。鄭注又發李宗閔結交女學士宋若憲、樞密楊承和始得為相，因此再貶李宗閔虔州長史、潮州司戶；同時貶吏部侍郎李漢汾州刺史、刑部侍郎蕭浣遂州刺史，再貶遂州司馬，蕭浣不久即卒。也就是說，無論是李黨還是牛黨，在鄭注、李訓看來都是他們篡奪皇權的障礙，恨不得將他們都誣陷成「黨人」一網打盡；皇帝正好厭惡朝臣拉幫結派形成勢力，因此不僅用宦官勢力壓制朝臣，暗中鼓勵鄭注之流除去為首「牛、李黨魁」，即使在知道大臣被冤死情況下也不願意替他們平反。李商隱《代李玄為崔京兆祭蕭侍郎文》是在開成二年蕭浣先死於開成元年夏而作，謂「甘露事變」後文宗大赦、量移貶謫諸臣，但已經只能「青雲寧寄思，白骨始沾恩」（《哭遂州蕭侍郎二十四韻》）了。

　　大和九年歲暮，楊虞卿死於虔州司馬任所，開成元年，棺柩運回洛陽邙山下葬，白居易有《哭師皋》：「南康丹桃引魂回，洛陽籃篝送葬來。北邙原邊尹村畔，月苦煙愁夜過半。妻孥兄弟號一聲，十二人腸一時斷。往者何人送者誰，樂天哭別師皋時。平省分義向人盡，今日哀怨唯我知。我知何益徒垂淚，籃輦徊竿馬徊轡。何日重聞掃市歌，誰家收得琵琶妓。蕭蕭風樹白楊影，蒼蒼露草青蒿氣。更就墳前哭一聲，與君此別終天地。」〔註142〕李商隱亦作《哭虔州楊侍郎虞卿》：

〔註140〕《舊唐書·列傳第一百二十六·楊虞卿》。
〔註141〕《舊唐書·列傳第一百二十六·李宗閔》。
〔註142〕《全唐詩·卷四百五十三·白居易》。

《哭虔州楊侍郎虞卿》

漢綱疏仍漏，齊民困未蘇。

如何大丞相，翻作馳刑徒。

中憲方外易，尹京終能拘。

本矜能餌謗，先議取非辜。

巧有凝脂密，功無一柱扶。

深知獄吏貴，幾迫季冬誅。

叫帝青天闊，辭家白日晡。

流亡誠不弔，神理若為誣。

在昔恩如忝，諸生禮秩殊。

入韓非劍客，過趙受鉗奴。

楚水招魂遠，邛山卜宅孤。

甘心親蛭蟻，旋踵戮城狐。

陰騭今如此，天災未可無。

莫憑牲玉請，便望救焦枯。

虔州，南康郡，即今江西省贛縣。古屬楚。

《資治通鑒》秋七月，李訓召舒元輿為右司郎中兼侍御史知雜，鞫楊虞卿獄，九月，元輿、訓同平章事，十一月，有甘露之變，元輿、訓皆族誅。

《老子·七十三章》：天網恢恢，疏而不漏。

《史記·酷吏列傳》：漢興，網漏於吞舟之魚。

《漢書·食貨志》：齊，等也，無有貴賤謂之齊民，若今言平民。

《漢書·宣帝紀》：西羌反，發三輔中都官徒弛刑。注：弛，廢也，若今徒解鉗鈦赭衣，置任輸作也。

《史記·商君列傳》：商鞅，多左建外易。《索隱》：謂以左道建立威權，在外革易君命。

《漢書·敘傳》：廣漢尹京，克聰克明。

《國語·周語》：厲王虐，國人謗王。王怒，得衛巫，使監謗者，以告則殺之，國人莫敢言，道路以目。王喜，告邵公曰：「吾能餌謗矣。」

《鹽鐵論·刑德》：昔秦法系繁裕秋荼，而網密於凝脂。

《文中子中說·事君篇》：大廈將傾，非一木能支也。

《史記·絳侯周勃世家》：絳侯既出獄曰：「吾嘗將百萬軍，然安知獄吏之貴乎？」

司馬遷《報任少卿書》：少卿抱不測之罪，涉旬月……然卒然不可諱。

揚雄《甘泉賦》：選巫咸之叫帝閽。

《淮南子》：日至於悲谷，是為晡時。

《春秋・左氏哀十六年傳》：哀公誄孔子曰：「昊天不弔，不憖遺一老。」

王融《曲水詩序》：設神理以景裕，敷文化以柔遠。

《史記・刺客列傳》：嚴仲子與韓相俠累有郤，告聶政，政杖劍至韓，韓相俠累方坐府上，持兵戟而衛侍者甚眾。聶政直入，上階刺殺俠累。

《史記・田叔列傳》：唯孟舒、田叔等十餘人赭衣自髡鉗稱王家奴，隨趙王敖至長安。

《十道志》：邙山在洛陽北十里。

《孝經・喪親事》：卜其宅兆而安措之。

《說文》：垤，蟻封也。

《文選・沈休文・奏彈王源》應璩詩：城孤不可掘，社鼠不可薰。

《尚書・洪範》：惟天陰下民。

《毛詩・大雅・雲漢》：靡神不舉，靡愛斯牲。圭璧既卒，寧莫我聽。

《舊唐書・文宗本紀》：開成二年，七月，以久旱徙市閉坊門。

〔譯文〕

雖然有「天網恢恢，疏而不漏」這句話，但也有漢代法網漏掉大魚案例，可見凡事並非一定；一般平民百姓是不清楚這一點，還以為凡是被捕者都是犯了死罪的人呢！

前不久鄭注之流誣陷大臣弄得人人自危，而今作為丞相的李訓怎麼自己也帶上了腳鐐手銬成為刑徒了呢？

人說作為左司郎中的楊虞卿柔佞，可是曾幾何時，因御史大夫李固言嫉妒和誣陷使京兆尹也被拘捕。

鄭注為了生怕流言連累到自己，採取誣陷楊虞卿的辦法來止息謠言。

利用法網嚴密和疏漏誣陷他人，即使有人辯護也無濟於事，正如大廈將傾，不是一根柱子所能支撐的。當年司馬遷為李陵辯護而遭宮刑，而今李宗閔為楊虞卿爭辯遭皇帝呵斥，可見當權者要治你死罪就可以羅織罪名，你是沒有什麼辦法可以逃脫的。

漢代周勃功勳卓著，曾將百萬兵，一旦被繫入獄才知道獄吏厲害，楊虞卿身為京兆尹，也剛知道遭受「不測之罪」是什麼滋味。

他被貶虔州，離開了京城。

雖然皇天願意眷顧每一個老年人，但是在無理可講時也只能順從命運，被流放到遠方。

當年楊氏兄弟作為名門望族，我曾在他們門下受到恩遇，將我看作年輕人中最有文才的一個。

可惜我不能像刺客聶政那樣為他報仇，也不能如趙王家奴一樣一路上照顧他。

如今聽說他老人家在虔州去世，棺柩運回洛陽葬於邙山。

他的遺體從此與螻蟻巢相近，靈魂與城狐、社鼠為伍。

大臣功過自有上天知道，上帝雖默然安定，但它必定會護佑下民，今年天氣大旱，就是因為冤獄中的怨氣昇天所致。

上天是否保佑朝廷，並非是因為祭臺上豬羊五牲的豐盛，也不是因為祭祀所用禮器的珍貴，而在於國家司法是否公正；僅憑祈禱就想國祚綿長，那是談何容易呢！

《哭虔州楊侍郎虞卿》作於開成二年楊虞卿歸葬洛陽邙山之時，言冤氣所致大旱非禱祀可免，亦謂天網恢恢，疏而不漏，鄭注之流畢竟不能以遮天為功。白居易當年與弘農楊虞卿兄弟交好，大和三年李德裕為相時「文宗命李德裕論朝中朋黨，首以楊虞卿、牛僧孺為言。楊、牛即白公密友也。其不引翼，義在於斯。非抑文章也，慮其朋比而掣肘也」〔註143〕。「大和中，人指楊虞卿宅南亭子為行中書，蓋朋黨聚議於此爾」〔註144〕，出為常州刺史。李德裕抑忌白居易，認為衣冠之士「有學士才，非宰臣器。」《南部新書‧乙》：「白傅與贊皇不協，白每有所寄文章，李緘之一篋，未嘗開，劉三復或請之，曰：『見詞翰，則會吾心矣。』」〔註145〕因此白居易大和三年請求東歸洛陽，就是為了躲避朋黨之禍。

楊嗣復在武宗即位時也因廢立之爭而險喪性命。文宗長子永，母曰王德妃，大和四年封魯王。六年以庾敬休兼魯王傅，鄭肅兼王府長

〔註143〕〔五代〕孫光憲撰，賈二強點校：《北夢瑣言》，中華書局，2002年6月版，第24頁。

〔註144〕錢易：《南部新書‧巳》，中華書局，2002年版，第82頁。

〔註145〕〔宋〕錢易撰，黃壽成點校：《南部新書》，北京：中華書局，2002年6月第一版，第24頁。

史，李踐方兼王府司馬。其年十月冊為皇太子，以王起、陳夷行為侍
讀。既而太子母愛弛，為讒所乘，廢斥有端。蕭因入見，言天下大本，
不可輕動，意旨深切，帝為動容。開成三年，上以太子不循法度，不
可教導，將議廢黜，宰臣及眾官論諫，意稍解，官屬及宦官、宮人等
數十人連坐死竄。然內寵方煽，太子終以憂死。〔註146〕其年十月暴
薨，敕王起撰哀冊，諡莊恪。〔註147〕進讒言的就是楊嗣復妹楊賢妃。
當年楊虞卿、楊嗣復和許多大臣命運看起來是牛李黨爭結果，實質上
與皇帝生怕大權旁落，對朝臣猜忌有關。「文宗以二李朋黨，繩之不
能去，嘗謂侍臣曰：『去河北賊非難，去此朋黨實難。』」〔註148〕封建
統治者將朝臣之間聯絡看作比藩鎮之亂還要嚴重事件，希望通過宦
官、侍臣力量去除朋黨，由此助長了宦官和侍臣勢力，造成人人自
危、人心惶惶局面。由此可見，朝廷中官員間錯綜複雜關係，既是朝
臣互相關聯和援引的基礎，也是他們互相牽連禍殃根子。正如白居易
大和九年十一月所作《詠史》中所說：「秦磨利刀斬李斯，齊燒沸鼎烹
酈其。可憐黃綺入商洛，閒臥白雲歌紫芝。彼為韭醢機上盡，此為鸞
皇天上飛。去者逍遙來者死，乃知禍福非天為。」〔註149〕李商隱之所
以寫悼念楊虞卿、蕭浣詩文，不僅僅出於政治敏感，也因為他們和宋
氏姐妹一樣曾受鄭注、李訓誣陷，與自己曾經受到楊氏兄弟恩遇有
關，帶有個人感情因素。楊虞卿是白居易好友，李商隱作《哭虔州楊
侍郎虞卿》中說到楊虞卿對自己「在昔恩知忝，諸生禮秩殊」。楊氏
兄弟對他恩重如山。楊漢公開成三年至會昌元年為湖州刺史，宋若荀
到湖州寄居避難；大中元年鄭亞任桂管，楊漢公移鎮浙東，宋若荀又
隨之往越州，李商隱有《為滎陽公與浙東楊大夫啟》表示感謝；同年
深秋楊魯士去世，李商隱在桂林為楊漢公兄作誄文《祭長安楊（魯
士）郎中文》寄往浙東，謂「於惟荔浦，言念金昆。毀冠裂帶，雪泣

〔註146〕《新唐書・列傳一百七・鄭肅》。
〔註147〕《舊唐書・文宗子傳》。
〔註148〕《舊唐書・列傳第一百二十六・李宗閔》。
〔註149〕《全唐詩・卷四百五十三・白居易》。

星奔」，回想「平生世路，繾綣交期」「酒筵琴席，燈闌月榭」往事，成「三十年之間，難追往事；五千里之外，正恨殊鄉」傷痛。「嗚呼！平生世路，繾卷交期。……對皐壤之搖落，成老大之傷悲。……況南康解楊，早將清光；會稽繼組，昨辱餘芳。情分逾極，銜哀更長。三十年之間，難追往事；五千里之外，正恨殊鄉」。

　　一般不清楚李商隱《送從翁從東川弘農尚書幕》中「東川弘農尚書」是誰，查弘農揚氏鎮東川只有開成元年十二月辛亥至開成四年九月以兵部侍郎檢校禮部尚書充劍南東川節度使的楊汝士，時楊嗣復鎮西川，族昆弟對擁旄節，世榮其門，到大中末李商隱去世沒有楊氏為東川記載，但大中五年楊漢公由戶部侍郎拜荊南節度使，召為工部尚書〔註150〕，「東川」有可能是指「川東」的荊南，「東川弘農尚書」很可能指楊漢公，李遠《重陽日上渚宮楊尚書》：「落帽臺邊菊半黃，行人悃悵對重陽。荊州一見桓宣武，為趁悲秋入帝鄉。」〔註151〕也說到楊漢公在荊州。李商隱此詩託往山南的「從翁」李群玉看望並照應宋若荀：

《送從翁從東川弘農尚書幕》
大鎮初更帥，嘉賓素見邀。
使車無遠近，歸路更煙霄。
穩放驊騮步，高安翡翠巢。
御風知有在，去國肯無聊。
早忝諸孫末，俱從小隱招。
心懸紫雲閣，夢斷赤城標。
素女悲青瑟，秦娥弄碧簫。
山連玄圃近，水接絳河遙。
豈意聞周鐸，翻然慕舜韶。
昔辭喬木去，遠逐斷飄蓬。
薄俗誰其激，斯民已甚恌。
鸞皇期一舉，燕雀不相饒。

〔註150〕《新唐書·楊漢公傳》。
〔註151〕《全唐詩·卷五百七十·李遠》。

敢共頹波遠，因之內火燒。
是非過別夢，時節慘驚飆。
末至誰能賦，中乾欲病痟。
屢曾紆錦繡，勉欲報瓊瑤。
我恐鬢侵霜，君先綬垂腰。
甘心與陳阮，揮手謝松喬。
錦里差鄰接，雲臺閉寂寥。
一川虛月魄，萬崦自芝苗。
瘴雨瀧間急，離魂峽外銷。
非關無燭夜，其奈落花朝。
幾處聞鳴佩，何筵不翠翹。
蠻童騎象舞，江市賣鮫綃。
南詔知非敵，西山亦屢驕。
勿貪佳麗地，不為聖明朝。
少減東城飲，時看北斗杓。
莫因乖別久，遂成歲寒凋。
盛幕開高筵，將軍問故僚。
為言公玉季，早日棄漁樵。

《詩・小雅》：我有嘉賓。

孟浩然：山河轉使車。

《說文》：翡，赤羽雀；翠，青羽雀。杜甫：江上小堂巢翡翠。

《莊子》：列子御風而行。

《漢書・張耳傳》：天下父子不相聊。

杜甫：中外貴賤殊，余亦忝諸孫。

王康琚《反招隱詩》：小隱隱林藪，大隱隱於市。

《上清經》：元始居紫雲之闕，碧霞為城。《長安志》：西內有紫雲閣。

《會稽記》：天台赤城土色皆赤，岩岫連沓，狀若雲霞。《天台山賦》：赤城霞起而見標。

《史記・封禪書》：太帝使素女鼓五十弦瑟，悲，帝禁不止，故破為二十五弦。

《列仙傳》：蕭史者，秦穆公時人，善吹簫，作鸞鳳之音，穆公女弄玉妻焉。日於樓上吹簫，作鳳鳴，鳳來止其屋，為作鳳臺。一旦昇天，秦為作鳳女臺。

《穆天子傳》：天子陞於舂山之上，先王所謂懸圃。《淮南子》：崑崙之上，是謂

閬風，又上，謂之懸圃。《十洲記》：崑崙山正西一角，名曰懸圃塘。《集仙錄》：西王母宮闕在崑崙山之圃。

白帖：天河謂之銀河，亦曰絳河。

《漢武內傳》：上元夫人遣一使者問王母云：「遠隔絳河，遂替顏色。」

庾信《步虛詞》：絳河因遠別，黃鵠來相迎。

鐸，木舌之鈴，古代施行政教頒布命令時用之。《周禮·天官·小循》：循以木鐸。

《史記·五帝本紀》：咸帶帝舜之功，於是禹乃興《九招》之樂。《索隱》：招，音韶，即舜樂《蕭韶》。久成，故曰《九招》。

喬木，指故里。《孟子·梁惠王下》：所謂故國者，非謂有喬木之謂也，有世臣之謂也。

《詩》：視民不恍。《離騷》：余猶惡其恍巧。

《莊子》：因以為弟靡，因以為波流。

《詩》：心焉如灼。《莊子》：我其內熱於？

古詩：人生寄一世，奄忽如飄塵。

謝惠連《雪賦》：相如未至，居客之右。

張衡《四愁詩》：美人贈我錦繡段。《世說》：著文章為錦繡，蘊五經為繒帛。

《詩·國風》：投我以木桃，報之以瓊瑤。

《魏志》：陳琳字孔璋，阮瑀字元瑜，太祖並以為司空謀祭酒，管記室。

《列仙傳》：赤松子，神農時雨師，服水玉，以教神農。至崑崙山上，常止西王母石室，隨風雨上下，仙去。王子喬，周靈王太子晉也，善吹笙。浮丘公接上嵩高山，後於七月七日乘白鶴至緱氏山。《西京賦》：美往昔之松喬。揚雄《太玄賦》：揖松喬於華嶽。

《益州記》：張儀築益州城，城故錦溜也，號錦里。

《華陽國志》：成都城南之西曰夷里橋，橋南岸道西，故錦官也。錦江，織錦濯其中則鮮明，他江則不好，故命曰錦里。

《孔叢子》：趙魏與之鄰接，而強弱不敵。

杜甫：捨舟應卜地，鄰接意如何？

《華山志》：岳東北雲臺峰下有穴，昔有人入此穴。

劉禹錫：霞香芝術苗。

《列仙傳》：江濱二女者，不知何所人也，出遊於江漢之湄，逢鄭交甫，見而悅之，不知其神人也……遂下與之言曰：「願請子之佩」二女遂手解佩交於交甫。交甫

悅，受而懷之中當心，趨去數十步，視佩，空懷無佩，顧二女忽然不見。

《招魂》：坻室翠翹，掛曲瓊些。王逸注：翹，羽也。以坻石為壁，平而滑澤。以翠鳥之羽雕飾玉鉤，以懸衣物也。

《山堂肆考》：翡翠鳥長尾曰翹，美人首飾如之，因名翠翹。韋應物《長安道》：麗人綺閣情飄颻，頭上鴛釵雙翠翹。

《博物志》：南海有鮫人，水居如魚，不廢織紝。

左思《吳都賦》：俗傳鮫人從水中出，曾寄寓人家，積日賞綃。

《新唐書・南詔傳》：南詔本哀勞夷後，烏蠻別種。其語「王」為「詔」。其先渠帥有六，自號六詔。曰蒙雟詔、越析詔、浪穹詔、瞪談詔、施浪詔、蒙舍詔。不能相君，蜀諸葛亮討定之。蒙舍在諸部南，故稱南詔。居永昌、姚州之間，鐵橋之南。開元末，賜皮邏閣名歸義，五詔徵，乃合六詔為一。

西山即雪山、岷山。在成都，正控吐蕃。《舊唐書・吐蕃傳》：劍南西山與吐蕃、氐、羌鄰接。岷山連嶺而西，不知紀極，皆曰西山。《舊唐書・吐蕃傳》：劍南西山與吐蕃、氐、羌鄰接。建中時，吐蕃約盟，西山大渡河東為漢界，大渡河西為蕃界。至貞元時，詔韋皋遣將出成都西山，南北九道並進，逼棲雞、老翁、故維州、保州、松州諸城。

《華陽國志》：漢家食貨以為稱首。

《三輔黃圖》：惠帝更築長安城。城南為北斗形，至今人稱漢舊京為斗城。杜甫：秦城近斗杓。

皮日休《獻致政裴秘監》：玉季牧江西，泣之不能離。

〔譯文〕

川東為大鎮，如今你又成為弘農楊尚書幕僚。

隨節度使出使的車騎轉戰山河，將來歸來即可致身煙霄。

從此你宋若荀託身有所，如良馬從容馳騁，前程無限，似翡翠鳥高安新巢，無復危殆。

又如列子乘風萬里，不必以出行為憂。

早年我曾在弘農楊氏門下行走，就像子姪一般，你楊尚書兄弟很早就引導我們知道「小隱隱林藪，大隱隱於市」道理。

她宋若荀還一心掛念長安曲江紫雲閣，嚮往去會稽天台山。

彈琴奏瑟，又像秦穆公女兒弄玉一樣在樓上吹簫，可是所吹所彈均為悲傷調子。

她曾在王屋山，又去絳河邊故山。

倒不是仰慕周代和舜帝仁政，而是希望為政治清明貢獻自己的力量。

自從前輩世臣和你們楊氏兄弟相繼離開朝廷，我們的命運就像斷蓬一樣。

世風澆薄，無人激勵，世人已經佻巧而苟且；

人情冷暖，遭到排擠。

因為不願隨波逐流，混同末俗，因之內心如灼，十分苦悶。

是非變化，如別夢之倏然而逝；時節推移，華年又匆匆而去。

一起雪中賦梅情景宛然還在眼前，當年被稱作司馬相如的我如今真的消渴病在身。

她宋若荀以文章贈我，所作如同錦繡，我不得不竭盡全力寫作回贈。

我正擔心年歲一年年過去，一事無成，她卻黃綬垂腰去了山中隱居。

但後來又甘心與陳琳、阮瑀為伍，供幕軍職，

去川中處理吐蕃、南詔事務，與雲台山告別。

如今川中萬山重疊中月明之夜、王屋山中仙草蘢蘢，都已經不是她和我相會時情景。

嶺南湍急瀧水、三峽驚濤駭浪都留下了她和我分離淚水。

如今良辰美景虛設，海棠、牡丹花盛開也沒有人再有心思秉燭夜遊了。

好幾次經過鄆州時我想起當年如鄭交甫在江濱遇見她們姐妹情景，如今夜筵時還能拾到飾著翡翠的首飾嗎？

她曾經去過象州，在江陵寄居人家以織布為生。

她到過南詔，知道那裡的地理風俗，又去過岷山維州、松州等接近吐蕃地界。

川東素為佳麗之地，不要貪戀那裡的食貨，也不要以為現在是聖明之朝，就真的可以用世了。

你宋若荀要告訴大帥減少盛筵，千萬多以國事為念，因為朝中已經有人向皇帝報告了。

千萬不要因為我和她分別時間長了就感情疏遠，要知道松樹不會因為寒冷凋零。

川東盛筵時，為我轉達向大帥致意吧！

請你楊尚書幫我勸告她還是回來吧，不要再在外面流浪了。

詩中一再回憶弘農楊氏「大帥」一家的來往，自從老一輩離開長安，自己與戀人厄運連連；我希望鸞鳳和鳴，然而風波迭起，內心悲火中燒。她到過成都，去過嶺南、南詔、岷山，歷盡種種磨難，「為言公玉季，早日棄漁樵」，希望你能勸告她「宋公」、「弄玉」、「宋氏季

妹」不要再流浪，早日回到正常人生活。

　　不僅楊漢公等對宋、李二人幫助很大，他們的後人也曾專門去看望過宋若荀，楊本勝即楊漢公子楊籌，字本勝，監察御史。《樊南乙集序》云，大中七年「十月，弘農楊本勝始來軍中。」李商隱有詩《楊本勝說於長安見小男阿袞》，可見楊氏兄弟對李商隱的關心持續時間之長。

良將命運

　　皇帝統治從來都是倚仗功臣為他效命，但從來容不得功高蓋主，「狐兔盡，良弓藏。」范蠡泛湖、韓信被殺歷代常見，唐代功臣命運也是如此。李商隱詠史詩既是中、晚唐政治生活中重要事件，涉及與自己經歷相關裴度及其後人、李晟子孫等，從中可見功臣命運。

　　李商隱詩《韓碑》是為裴度被排擠而發。裴度文武全才，在平定藩鎮之亂中作用極大，《韓碑》詩從「元和天子神武姿」寫起，描寫淮西賊強悍，然後落筆到「帝得聖相相曰度」裴度統兵出征，以及他麾下將帥人才濟濟，韓愈為「行軍司馬」，平定賊寇班師回朝，「帝曰汝度功第一」，讓韓愈撰文《平蔡碑》，「詠神聖功書之碑」，「其辭多敘裴度事」。「時先入蔡州擒吳元濟，李愬功第一，訴不平之。愬妻唐安樂公主女也，出入禁中，訴碑辭不實。詔令磨愬文，憲宗令翰林學士段文昌重撰文勒石。」〔註152〕雖然碑文被重寫，裴度也已經去世，但是「公之斯文若元氣，先時已入人肝脾」，猶如「湯盤孔鼎」上的文字流播於世，「嗚呼吾皇及聖相，相與恒赫流淳熙」。宋若憲曾作《頌裴長史歌》：「賓朋何喧喧，日夜裴公門。願得裴公之一言，不須驅馬埒華軒。」〔註153〕對裴度的功勞才能和氣度十分敬佩，李商隱《韓碑》詩表明雖然石碑可以被推倒，文字可以改寫，但是事實會「傳之七十有三代，以為封禪玉檢明堂基」，歷史是會永遠記住裴度的卓著功勳。

〔註152〕《舊唐書・列傳一百一十・韓愈》。
〔註153〕陳尚君輯校：《全唐詩補編》逸卷之十七，中華書局，1992 年 10 月第一版，上卷第 285、286 頁。

　　李晟，字良器，隴右臨洮人。中唐名將，建立功勳無數。據《新唐書·列傳第七十九·李晟》傳，李晟大曆初為李抱玉右軍將，曾以千人退吐蕃於靈州；德宗朝「吐蕃寇劍南，蜀土大震，詔晟將神策兵救之。逾漏天，拔飛越等三城，絕大渡，斬虜千級，虜遁去」，李商隱《杜工部蜀中離席》中「雪嶺未歸天外使，松州猶駐殿前軍」指的就是李晟當年率軍抵禦吐蕃松州之役。「建中二年，魏博田悅反，晟為神策先鋒，與河東馬燧、昭義李抱真合兵攻之」。〔註154〕建中三年朱泚反，李晟與渾瑊聯合作戰，「造雲橋攻東北隅，兵杖不能及，城中憂恐，相顧失色。渾瑊預為地道，及雲橋成，城腳陷，不得進，瑊命焚之」〔註155〕，「泚治攻具，矢石四集如雨，晝夜不息」，〔註156〕「奉天圍久，食且盡，以蘆秣帝馬，太官糲米上二觔。圍解，父老爭上壺食餅餌。」〔註157〕李晟請德宗往川中，自己則「大集兵賦，以收復為己任」，「破賊露布至梁州，上覽之感泣。曰『天生李晟，為社稷萬人不為朕也。』」〔註158〕最終平定朱泚之亂。可以說，朱泚亂時德宗走奉天、奔梁州，如果沒有李晟、渾瑊，德宗難逃復劫。李商隱《復京》詩：「虜騎胡兵一戰摧，萬靈回首賀軒壇。天教李令心如日，可要昭陵石馬來。」「李令」即指李晟。因李晟功勳卓著，德宗「元和四年詔曰：『睦以宗親，將予厚意，其家宜令附編屬籍。』」〔註159〕但德宗在吐蕃離間計影響下，仍然對李晟抱有戒心。「蕃相尚結贊頗多詐謀，尤惡晟，乃相與議曰：『唐之名將，李晟與馬燧、渾瑊耳。不去三人，必為我憂。』乃行反間，遣使因馬燧以請和，既和，即請盟，復因盟以虜瑊，因以賣燧，貞元二年九月，吐蕃用尚結贊之計，乃大興兵入隴州，抵鳳翔，無所擄掠，且曰：『召我來，何不以牛酒犒勞？』徐

〔註154〕　《新唐書·列傳第七十九·李晟》。
〔註155〕　《舊唐書·本紀第十二·德宗》。
〔註156〕　《新唐書·列傳八十·渾瑊》。
〔註157〕　《新唐書·列傳一百五十犖臣中·朱泚》。
〔註158〕　《舊唐書·本紀第十二·德宗》。
〔註159〕　《舊唐書·列傳八十三·李晟》。

乃引去，恃是間晟也。」但是李晟早有預料，設伏軍挫之。後又出師
吐蕃摧沙堡，拔之，自是結贊數遣使乞和。「十二月，晟朝京師，奏
曰：『戎狄無信，不可許。』宰相韓滉又扶晟議，請調軍食給晟，命
將擊之。上方厭兵，疑將帥生事邀功。……德宗……竟罷晟兵權。」
「閏五月，珹與尚結贊同盟於平涼，果為蕃兵所劫，珹單馬僅免，將
吏盡陷。」德宗這才知道李晟忠心不二，「四年三月詔為晟立五廟」。
〔註160〕晟十五子，願、愬、聽最知名，「李愿司空兄弟九人，四有土
地：願為夏州、徐泗、鳳翔、宣武、河中五節度，憲為江西觀察、嶺
南節度，愬為唐鄧、襄陽、徐泗、鳳翔、澤潞、魏博六節度，聽為
夏州、靈武、河東、鄭滑、魏博、邠寧七節度。一門登壇受鉞，無比
焉。」〔註161〕直至孫輩仍然受到重用，可算是幸運公侯之家了。但德
宗以猜忌著稱，忠貞如李晟者最終仍被解除兵權，而與李晟同立殊勳
的渾珹更是被派往邊境屯墾，貞元十五年渾珹薨於蒲。因此李商隱
《渾河中》：「九廟無塵八馬回，奉天城壘長春苔。咸陽原上英雄骨，
半向君家養馬來。」是說皇帝利用功臣評定內憂外患之後便是猜忌，
不是讓他們解甲歸田，就是派他們屯墾戍邊。

　　杜牧、李商隱與李晟孫輩李玭、李玕、李璟、李琢為好友。杜牧
《題永崇西平宅太尉愬院六韻》：「天下無雙將，關西第一雄。授符黃
石宅，學劍白猿翁。矯矯雲長勇，恂恂郤谷風。家呼小太尉，國號大
梁公。半夜龍驤去，中原虎穴空。隴山兵十萬，嗣子握彤弓。」下注：
「今鳳翔李尚書，太尉長子。」〔註162〕襃揚李晟一門忠烈、子孫忠
勇，可見杜牧與李愬「嗣子」「鳳翔李尚書」李玭交好，杜牧《寄唐州
李尚書》：「累代功勳照世光，奚胡聞道死心降。書功筆禿三千管，領
節門排十六雙。先揖耿雨聲寂寂，今看黃霸事匆匆。時人慾識胸襟

〔註160〕《舊唐書・列傳八十三・李晟》。
〔註161〕〔宋〕王讜撰：《唐語林》，周勛初校證，中華書局，1987 年 7 月第
　　　　一版，第 364 頁。
〔註162〕《全唐詩・卷五百二十四・杜牧》。

否，彭蠡秋連萬里江。」〔註163〕也談到李玭。李玭與武寧節度使李彥佐（李玕）、懷州刺史李璟為兄弟。李商隱《送千牛李將軍赴闕五十韻》中的「千牛」為刀名，後魏有千牛備身，掌執御刀，因以名職；《舊唐書·職官志》「千牛備身左右，正六品下階。諸衛以上，王公以下高品子孫起家為之。」詩中有「慶流歸嫡長」，可見「千牛李將軍」為李晟長孫，就是杜牧詩中「鳳翔李尚書」李玭。詩中「照席瓊枝秀，當年紫綬榮」，以《禮記·儒行》「儒有席上之珍以待聘」和《晉書·王戎傳》中「王衍神姿高徹，如瑤林瓊樹，自然是風塵表物」，比當年李某正當「妙年」已為三品將軍，「中郎推貴婿，定遠重時英」，《晉書·荀羨列傳》：「尚主，拜駙馬都尉……除北中郎將……殷浩以羨在事有能名，故居重任，時年二十八，中興方伯為有如羨之少者。」《後漢書·班超傳》「封超未定遠侯」，可見「千牛李將軍」為文武全才，少年得志，尚配公主，不辱其祖、父功勳。李商隱《送千牛李將軍赴闕五十韻》詩涉及分離之苦，如「庾信生多感，楊朱死有情」，而宋若荀「弦危中婦瑟，甲冷想夫箏」，希望能夠得到李將軍幫助，使他能與戀人團聚，「會與秦樓鳳，俱聽漢苑鶯」。可見當年李玭與宋若荀也熟識。

李商隱天平幕中同事韋正貫是韋皋兄韋平之子，其叔父韋皋亦為當年擒拿朱泚部將牛雲光有功之臣，後來又攻破雲南蠻與吐蕃聯盟，是唐代著名邊疆重臣。貞元初雲南蠻依附吐蕃，吐蕃以雲南為通塞之道，韋皋斬虜右支稍通西南夷，陸暢反李白《蜀道難》意而作《蜀道易》。貞元五年韋皋與東蠻聯盟攻打瀘水橋西吐蕃，共破吐蕃於臺登，殺青海大酋乞臧遮遮等，蠻部震服，乃建安夷州與資州，維制諸蠻；城龍溪於西山，保納降羌。九年，天子城鹽州，策虜來襲，詔皋出師牽維，分出西山、靈關，圍維州，博棲雞，共下羊溪等三城，取劍山屯焚之，於是西山八國安定，韋皋以功進同中書門下平章

事。十三年，復嶲州，吐蕃怨而擾邊，西南蠻、昆明管些蠻又附之，吐蕃贊普遂北掠靈、朔，韋皋率軍大破之，生擒莽熱獻諸朝。德宗悅，皋檢校司徒兼中書令、南康郡王。韋皋為蜀二十一年，善撫士，婚嫁皆厚資之；私其民，列州互除租，凡三歲一復，蜀人思之，刻石著皋名者皆諱之。其僚掾官雖貴不使還朝，即署屬州刺史，自以侈橫，務蓋藏之。故始以進士宏詞佐韋皋為判官、後為御史中丞、度支副使的劉闢階其厲，卒以叛。皋卒，闢主後務，諷諸將徼旌節，憲宗以給事中召之，不奉詔。時帝新即位，欲靜鎮四方，拜檢校工部尚書、劍南西川節度使。闢意帝可動，益吐不臣語，求統三川。帝詔許自新，闢不聽。高崇文取東川，「帝乃下詔奪其官，進破鹿頭關，遂下成都。闢從數十騎走，至羊灌田，自投水，不能死，騎將酈定進擒之。……檻車送至京師，尚冀不死，食飲於道晏然。將至都，神策以兵迎之，繫其首，拽而入，驚曰：『何至是耶？』帝御興安樓受俘，詔詰反狀，闢曰：『臣不敢反，五院子弟為惡，不能制。』詔問：『遣使賜節何不受？』乃伏罪。獻廟社，徇於市，斬於城西南獨柳下。自超郎等九人，與部將崔綱以次誅。」〔註164〕由此可見，即使將士為朝廷立下大功，一旦功高不臣仍免不了被殺命運，這也是韋皋當年不讓部屬進京有保護他們的意思吧？

　　又，李商隱《贈別前蔚州契苾使君》：「何年部落到陰陵，奕世勤王國史稱。夜卷牙旗千帳雪，朝飛羽騎一河冰。蕃兒繈負來青冢，狄女壺漿出白登。日晚鸊鵜泉畔獵，路人遙識郅都鷹。」對契苾通祖上功勳大加讚揚。下注：「使君遠祖，國初功臣也。」是曾經擔任過蔚州刺史的鐵勒部落酋長契苾何力五世孫契苾通。鐵勒又稱敕勒，為匈奴別部，世居青海、陰山，《舊唐書‧北狄傳》：「貞觀時鐵勒、契苾、回紇等十餘部落相繼歸國，請列為州縣，太宗各因其地置瀚海、燕然、幽陵等凡一十三州。」貞觀六年，契苾何力隨其母率部內附，太宗封

〔註164〕《新唐書‧列傳八十三‧韋皋》。

契苾何力為涼國公，置其部落於甘、涼二州，三子明、光、貞，明襲
封涼國公，光右豹韜衛將軍，貞司膳少卿。契苾族累世勤勞王室，李
商隱詩中列舉了契苾何力當年功勳，如徵吐谷渾時「夜卷牙旗千帳
雪」的戰鬥場面，「貞觀七年……同徵吐谷渾，……何力自選驍兵千
餘騎，直入突淪川襲破吐谷渾牙帳，斬首數千級，獲馳馬牛羊二十餘
萬頭，渾主脫身以免，俘其妻子而還。」破遼東時「朝飛羽騎一河冰」
的險阻，《舊唐書‧契苾何力傳》：「龍朔元年，又為遼東道行軍大總
管，九月次於鴨綠水，其地即高麗險阻。莫離支男以精兵數萬守之，
眾莫能濟。何力始至，會層冰大合，趨即渡冰，鼓譟而進，賊遂大潰，
追奔數十里，斬首三萬級，餘眾皆降。」收漠北時「蕃兒繈負來青冢」
（因昭君墓草獨青，故名青冢，在今內蒙呼爾浩特市南二十里。）、降
吐蕃時「狄女壺漿出白登」的動人場面。《新唐書‧契苾何力傳》：「子
明字若水，……李敬玄徵吐蕃，明為柏海道經略使，以戰多進左威衛
大將軍……再遷雞西道大總管，至烏德建山誘附二萬帳。」契苾明移
鎮北方後，深得附近民族擁護，諸部落紛紛歸附。會昌二年九月，武
宗「詔銀州刺史何清朝、蔚州刺史契苾通以蕃渾兵出振武與（劉）沔
（張）仲武合，稍逼回鶻。」〔註165〕後在豐州西受降城鸊鵜泉（今內
蒙古五原縣西北）接受回鶻投降，因此第七句「日晚鸊鵜泉畔獵」指
這件事。據《資治通鑑‧會昌二年》：「八月，回鶻烏介可汗率所部侵
擾天德、振武兩軍邊塞，趨掠河東牛馬數萬。朝廷籌備兵力，等來春
驅逐回鶻。九月，詔銀州刺史何清朝、蔚州刺史契苾通領沙陀、吐渾
六千騎赴天德軍。」即今內蒙古自治區包頭市西北。會昌三年（公元
843 年）春，正月，回鶻烏介可汗率眾侵逼振武，劉沔遣麟州刺史石、
都知兵馬使王逢帥沙陀朱邪赤心三部及契必、拓拔三千騎襲其牙帳，
沔自以大軍繼之，雄至振武，登城望回鶻之眾寡，見氈車數十乘，從
者皆衣朱碧，類華人。使諜問之，曰：「公主帳也。」雄使諜告之：「公
主至此，家也，當求歸路！今將出兵擊可汗，請公主潛與侍從相保，

〔註165〕《舊唐書‧本紀第十八上‧武宗》。

駐車勿動！」雄乃鑿城十餘穴，引兵夜出，直至可汗牙帳。……庚
子，大破回鶻於殺胡山，可汗被創，與數百騎遁去，雄迎太和公主以
歸。李商隱之所以要與契苾通言及契苾累世功勳，是感謝他當年對宋
若荀的保護和照應。契苾通大中六年至八年為振武節度使、安北單
于大都護府觀察使，〔註166〕《隋唐五代墓誌彙編‧陝西卷》第四冊
《唐故銀青光祿大夫檢校左散騎長侍兼安北都護御史大夫充振北勝
麟等軍節度觀察使契苾府君（通）墓誌銘並序》：「加國子祭酒，後歷
勝、蔚、儀、丹四郡守」，《會昌一品集》：「（契苾）通本蕃中王子，諳
識虜情，先在蔚州，任使已熟。」可見會昌二年九月前在蔚州任，也
就是說，李商隱《贈別前蔚州契苾使君》這首詩是因宋若荀參與軍事
行動而作，「前蔚州契苾使君」說明寫詩時已經不是蔚州刺史而是安
北都護，詩中「何年部落到陰嶺，奕世勤王國史稱」，《漢書‧匈奴
傳》：「北邊塞至遼東，外有陰山，東西千餘里。」《唐書》：「蔚州興唐
郡，屬河東道，隋雁門郡之靈丘、上谷郡之飛狐縣地，武德六年置蔚
州。」《資治通鑒‧會昌二年》：「（九月）乙巳，以銀州刺史何清朝、
蔚州刺史契苾通分將河東蕃兵詣振武，受李思忠指揮。」會昌三年至
四年，馬紓為蔚州。大中六年四月至八年契苾通為振武，安北單于大
都護府觀察使，〔註167〕「前蔚州契苾使君」說明寫詩時契苾通已不是
蔚州刺史，而是振武節度使、安北都護，謂其又從陰山到了蔚州，是
大中六年宋若荀隨軍征戰證明。

　　也就是說，李商隱詩涉及武將篇什，往往與宋若荀有關。

朝臣沉浮

　　牛、李黨爭之前，朝廷中就充滿了矛盾。與李德裕友善的李紳，
在他的《趨翰苑遭誣構四十六韻》中有「穆宗正月登位，聽政五日，

〔註166〕郁賢皓著：《唐刺史考全編》，安徽大學出版社，2000 年 11 月版，
　　　　第 382 頁。
〔註167〕郁賢皓著：《唐刺史考全編》，安徽大學出版社，2000 年 11 月版，
　　　　第 382 頁。

蒙恩除右拾遺，與淮南李公，召入翰林也。思政面論逢吉、崔槙姦邪，劉棲楚、柏耆兇險，張又新、蘇景修朋黨也。穆宗昇遐，逢吉、守澄、棲楚、柏耆、又新等連為搏齧之徒，余以戶部侍郎貶端州司馬。敬宗即位之初，遭逢吉等誣構，辰襟未察，銜冤遂深。余遭逢吉構成遂，敬宗聽政之前一日，宣命於月華門外竄逐，棲楚等見逢吉，怒所貶太近。余到端州，有紅龜一，州人李再榮來獻，稱嘗有里人言，吉徵也，余放之於江中，回頭者三四，游泳前後不去久之。又南中小鵲，名曰蠻鵲，形小如燕雀。里中言，此鳥不常見，至而鳥舞，必有喜應。是日與龜同至於館也。從吉州而南，歷封、康，並足湍瀨，危險至極，其名曰滅門、搗蚌、霸州等灘，惟江水泛漲，則無此患。康州悅城縣有媼龍祠，或能致雲雨余以書祝之，家累以十月溯流，龍為之三漲江水以達也。余以寶曆元年五月，量移江州長史。逢吉尚為相，沈八侍郎、武十五侍郎、元九相公、龐嚴京兆、蔣防舍人皆為塵世。」這段文字，雖然是為詩句做注，但從中可見當年李逢吉諸人權勢薰天任意處置大臣情景，也可見貶往嶺南逐臣一路上辛苦和辛酸。

白居易、裴度所交接均為正派朝臣，但不時受到姦臣誣陷和陷害。如白居易稱其為「韋大」的韋處厚，老成官吏，多次向皇帝建言「近君子，遠小人，始可為政」，為裴度等大臣廷爭。韋處厚穆宗時為翰林學士，「以帝沖怠不向學，即與路隋合《易》、《書》、《詩》、《春秋》、《禮》、《孝經》、《論語》，掇其粹要，題為《六經法言》二十篇上之，冀助省覽」。敬宗初，李逢吉得柄，構李紳，貶為端州司馬，韋處厚極力為李紳辯誣。大和九年「禁中急變，文宗綏內難，猶豫未即下旨，處厚入，昌言曰：『《春秋》大義滅親，內惡必書，以明逆順；正名討罪，何所避諱哉？』遂奉教班諭。是夕，號令及它儀規不暇責有司，一出處厚，無違舊章者。進拜中書侍郎、同中書門下平章事，封靈昌郡公」。「事穆、敬、文三宗，主皆弗類，而一納以忠，寧不謂以堯事君者邪？」〔註 168〕白居易好友庾敬休也被貶巴東，白居易有

〔註 168〕《新唐書・卷一百三十九・韋處厚》。

詩《聞庾七左降因詠所懷》：「我病臥渭北，君老謫江東。相悲一長歎，薄命與君同。」〔註169〕李商隱在處理裴度與令狐楚關係上就使自己陷入被動。元和十二年（公元 817 年），憲宗命裴度專任討淮西事，另一宰相李逢吉與令狐楚相善，令狐楚與李逢吉一起阻擾用兵，裴度藉故罷免了令狐楚翰林學士；不久，皇甫鎛因言財利受到憲宗寵信，排擠裴度，用令狐楚為相，執掌朝政；穆宗即位，殺皇甫鎛，貶令狐楚為衡州刺史，元稹制誥云令狐楚「異端斯害，獨見不明，密墮討伐之謀，潛附姦邪之黨。因緣得地，進取多門，遂忝臺階，實妨賢路」，楚深恨之，而李商隱所作《韓碑》為元和年間平淮西的裴度立傳，加上與推崇裴度宋氏姐妹密切關係，已經造成令狐楚對李商隱非常不滿。

　　薛姓許多官吏為官勤勉，不管他們平日是如何謹慎小心、如何忠心報國，一旦皇帝對他們有所猜忌，不是被貶謫就是被流放。白居易好友嶺南節度使薛珏及其子薛存慶、薛存誠、薛有誠都是正直官吏，但都遭到貶謫命運，《舊唐書·列一百六·贊》所謂：「薛氏三門，難兄難弟。」薛存誠，字資明，河中寶鼎人，登貞元進士第，存誠性和易，於人無所不容，及當官，毅然不可奪。〔註170〕憲宗時為監察御史，當官毅然不可奪，為反對瓊林庫廣籍工徒逃避徭役、堅持處決貞元時浮屠鑒虛關通賄賂宦豎為奸被貶嶺南。貞元時浮屠鑒虛關通賄賂宦豎為奸，會坐於杜黃裳家事逮捕下獄，存誠窮劾得贓數十萬，當以大辟，權近更保救於帝，有詔釋之，存誠不聽。明日，詔使詣臺諭曰：「朕須此首面詰，非赦也。」存誠奏曰：「獄已具，陛下必欲召赦之，請先殺臣乃可。否則，臣不敢奉詔。」虛卒抵死。江西監軍高重昌妄劾信州刺史李位謀反，追付仗內詰狀。存誠一日三表，情付位御史臺。及按，果無實。未幾，復為給事中。會御史中丞缺，帝謂宰相曰：「持憲無易存誠者。」元和末，官復至御史中丞。白居易《薛存

〔註169〕《全唐詩·卷四百二十九·白居易》。
〔註170〕《新唐書·列傳八十七·薛存誠》。

誠除御史中丞制》:「給事中薛存誠選自郎署,……可禦史中丞,餘如故。」未視事,暴卒。憲宗深惜之,贈刑部侍郎。白居易有詩《薛中丞》云:「百人無一直,百直無一遇。借問遇者誰,正人行得路。中丞薛存誠,守直心甚固。皇明燭如日,再使秉王度。奸豪與佞巧,非不憎且懼。直道漸光明,邪謀難蓋復。每因匡躬節,知有匡時具。張為墮網綱,倚作頹簷柱。悠在上天意,報施紛回互。自古已冥茫,從今尤不諭。豈與小人意,昏然同好惡。不然君子人,何反如朝露。裴相昨已夭,薛君今又去。以我惜賢心,五年如朝暮。況聞善人命,長短係運數。今我一涕零,豈為中丞故。」〔註171〕是對包括薛存誠在內朝中正人君子遭小人誣陷而皇帝不明是非的感歎。子薛廷老,字商叟。及進士第,文宗即位,入為殿中侍御史。反對閹豎,剛正不阿,在公卿間,侃侃不干虛譽,推為正人。譙正有父風,工部尚書鄭權,家多姬妾,祿薄不能瞻,因注通於守澄以求節鎮。己酉,以權為嶺南節度使。〔註172〕南海多珍貨,權頗積聚以遺之,大為朝士所嗤。大和中鄭注用事,嶺南節度使鄭權附之,悉盜公庫寶貨輸注家為謝,長慶四年七月,刑部郎中薛廷老表按權罪,由是中人切齒。〔註173〕又論李逢吉黨張權輿、程昔范不宜居諫爭官,逢吉怒,出廷老臨晉縣令。寶曆中反對大興土木。文宗即位入為殿中侍御史,大和四年以本官充翰林學士,大和四年十一月以本官充翰林學士,五年以「中日酣醉無儀檢,故罷。」〔註174〕尋授刑部員外郎,轉郎中,遷給事中。開成四年卒。朝中「山雨欲來風滿樓」,大臣們紛紛「逃堯」,惶惶不可終日,李商隱詩句「始知逃堯不為名」指與白居易、薛廷老一樣大智若愚、明哲保身官吏。再如河中薛氏良吏薛蘋,兄薛芳,弟薛萊、薛莘,其子弟薛戎、薛放、薛袞均為正直、守法官吏,但是多數遭到貶謫流放。薛蘋當年先後鎮守湖南、浙東、浙西,廉風俗,受法度,人甚安之;其

〔註171〕《全唐詩・卷四百二十四・白居易》。
〔註172〕《資治通鑒・長慶三年》。
〔註173〕《舊唐書・列傳第一百一十二・鄭權》。
〔註174〕《舊唐書・本紀第十七下・文宗》。

子侄薛戎、薛放、薛裒都是循良官吏，為地方做了許多有益的事。如薛戎從元和十二年至長慶元年十月，曾「歷衢湖常三州刺史，終浙東觀察使」，為衢州令時愛護民眾，曾廢衢州桔未貢先薨者死的法令，長慶元年卒，年七十五。薛裒為浙西節度使薛蘋子，曾任左司員外郎，〔註175〕會昌六年八月任湖州刺史前為安州刺史，薛裒湖州去世應當是大中元年三月令狐綯接任前後。因薛蘋浙西蘇州，薛裒湖州，薛戎衢州，李商隱《為裴懿無私祭薛郎中文》中有「長洲樹古，茂苑山春。桔稅既集，茶徵是親。鸕渡雪而去遠，鵠下亭而唳頻。」「桔稅」、「茶徵」為薛戎衢州、薛裒湖州事。薛郎中指薛戎弟薛放，進士，長慶三年以尚書左丞鎮江西，累擢兵部郎中，後被貶虔州，寶曆元年卒。

白居易好友大曆詩人盧綸子簡能、簡辭、弘正、簡求，身為朝廷重臣也不能掌握自己的命運。如盧簡辭「累擢湖南、浙西觀察使，以檢校工部尚書為忠武節度使。徙山南東道」，〔註176〕大中初年「坐事貶衢州刺史」，不久去世。盧弘止有效遏制驕橫的徐州王智興，因「羸病，丐身還東都，不許。徙宣武，卒於鎮」。〔註177〕盧簡求「大中九年，党項擾邊，拜涇原渭武節度使。徙義武、鳳翔、河東三鎮，簡求為政善權變，文不害，居邊善綏御，人皆安之。太原統退渾、契苾、沙陀三部，難訓制，他帥或與詛盟，質子弟，然寇略不止。簡求歸所質，開示至誠，虜憚其恩信，不敢亂。」〔註178〕可見即使能吏，後多有「貪虐」名聲被降職。盧氏兄弟對朝廷忠心耿耿，對朋友幫助也十分忠懇。盧簡辭鎮浙西、山南期間，盧簡辭徐州鎮守，盧簡求任蘇州、壽州刺史期間，宋若荀都得到他們幫助，李商隱《自桂林奉使江陵，途中感懷，寄獻尚書》、《獻襄陽盧（簡辭）尚書狀》是向關

〔註175〕岑仲勉：《郎官石柱題名新考訂》，上海古籍出版社，1984年5月第一版，第11頁。
〔註176〕《新唐書·列轉一百二·盧簡辭》。
〔註177〕《新唐書·列傳一百二·盧弘止》。
〔註178〕《新唐書·列傳一百二·盧簡求》。

心、愛護他們的前輩表示感謝的詩文。

太原盧司空盧鈞是朝廷重臣，老成持重，他的仕途也有多次沉浮。盧鈞是元和老人，是忠厚長者，「與人交，始若淡薄，既久乃益固。所居官必有績，大抵根仁恕至誠而施於事」，〔註179〕盧鈞後來又成為李商隱弟弟羲叟的岳父，因此李商隱多次向他求助。盧鈞多次掩護和照應宋若荀，會昌初盧鈞為襄州節度，宋若荀去襄陽依靠盧鈞，是一個值得信賴長者，《寄太原盧司空三十韻》詩中除了頌揚盧鈞的正直、功勳外，還感謝他對自己和宋若荀幫助。詩中「羲之當妙選，孝若近歸寧」與《漫成五章》中的「生兒古有孫征虜，嫁女今無王右軍」相合，指當年宋若荀未能有如王羲之那樣的佳婿，而李商隱那時雖詩文俱佳還未中進士（詩下自注：三十五丈明府高科來歸膝下。）《尚書故實》載盧鈞「好道，與賓客話言，必及神仙之事。」李商隱在詩中秉告盧鈞，宋若荀因為生計無著只能由道姑裝扮改成僧人，指大中年後「臨川得佛經」，是謂「小智」，實在是無可奈何，還望盧鈞諒介。這是大中六年李商隱為宋若荀向盧鈞請求再次幫助的詩信。

總之，李商隱詩涉及了當時一些主要人物和政治事件，是他因戀人不斷擴大的社會會關係和所見所聞所思所想，也是他因戀人政治厄運而生發對唐代政治認識深化經過，構成了李商隱其人其詩重要社會背景。

七、義山傾向及黨派觀念

李商隱一生是在中晚唐適逢衰世、政治鬥爭錯綜複雜時期度過的，李商隱的人生態度和政治傾向如何？他又是如何看待「牛、李兩黨」成員和「牛、李黨爭」諸多事件的呢？

李商隱命運究竟與「牛李黨爭」有沒有關係？從大環境來看，「牛李黨爭」確實影響到許多人的仕途進退，不要說李紳、鄭亞等直接與李德裕有關人在其失勢前後境遇完全不同，就是大中年李逢吉逐

〔註179〕《新唐書·列傳第一百七·盧鈞》。

李紳後原為翰林學士的蔣防也出為汀州刺史，原因就是元和中李紳薦
蔣防為司封郎中、知制誥，幾十年舊賬都要算，何況從鄭亞幕和為李
德裕張目的李商隱。李商隱因為早年投靠令狐楚，依靠楊虞卿，後來
又為個人前途謁見過李德裕、從王茂元幕並娶其女為妻，從而陷入
「牛、李黨爭」漩渦，仕途坎坷。但李商隱本人一些失誤，為人處事
欠考慮和不智慧，包括個性上缺點、道德方面不檢點也造成對自己發
展不利局面。李商隱秉承儒家兼濟天下、光宗耀祖傳統，希望為國建
功立業，他積極用世傾向與當年裴度、李德裕影響是分不開的。裴度
一生功勳卓著，多次沉浮，但是他不計恩怨、不改為國之志，七十多
歲還往河東領軍，李商隱《韓碑》中有「帝曰聖相相曰度」，將裴度
抬到「聖相」高度。李德裕父子雖然經歷宦海險惡，但他們輔佐君
王、建功立業精神對李商隱影響很大，因此他在朝廷多事之秋投筆
從戎。李商隱元和年間就追隨令狐楚，應當知道令狐楚與李逢吉交
好、曾反對裴度淮西戰役及與皇甫鎛一起排擠裴度之事。元稹與李德
裕同在翰林，與李紳三人號為「三俊」，令狐楚深恨元稹，較少與李德
裕來往，這些李商隱都應當知道。令狐楚長慶寶曆年間任汴宋亳觀
察使期間，「時亳州浮屠言水可愈疾，號曰『聖水』，轉相流聞，率十
戶僦一人往汲。既行若飲，病者不敢近葷血，危老之人多率死。而水
斗三十千，取者益他汲，轉鬻於道」，被時任宰相裴度斥為「妖由人
興，水不自作」，〔註180〕時任浙西觀察使的李德裕也認為「妖僧誆
惑，狡計丐錢」，請求朝廷「下本道觀察使令狐楚，速令填塞，以絕妖
源」，〔註181〕這些都是令狐楚與裴度、李德裕之間過節，但李商隱政
治經驗不足，大和三年為個人前途曾往滑臺謁見李德裕，表現出敬仰
和希圖提攜意思；開成末茅山謁見，李商隱為李德裕雄才大略和社稷
重臣折服，認同和響應李德裕平定邊境侵擾的治國方略，因而有後來
往石雄軍隊投筆從戎行動，這些都是作為牛黨令狐楚父子所不能容忍

〔註180〕《新唐書·卷一百七十三·裴度》。
〔註181〕《新唐書·列傳第一百五·李德裕》。

的，宋氏姐妹與裴度、李德裕政見一致，更引起令狐楚不快。這些李
商隱雖然有所察覺但是沒有認真對待，甚至以為只要濟世報國，就不
妨既與牛黨成員交好，又為李黨幹將所用，令狐楚面對這一個政治經
驗缺乏然正直有餘年輕下屬，看到他自負、自狂的文人習氣，又為他
癡迷愛情、放棄前途糊塗狀態煩惱，不像對深於心計、善於鑽營的蔡
京那樣著力推薦是完全可能的。

　　李商隱政治上天真，對牛、李兩黨成員之間盤根錯節、不斷變化
的關係有所忽視，簡單化理解和處理造成自己仕途不利。大和九年
「訓、誅之亂」對李商隱來說不僅僅是一次政治事件，因為戀人宋若
荀和友人劉蕡厄運，使詩人親身感受到政治鬥爭複雜和政治迫害殘
酷，看到皇帝驕奢淫逸、昏庸無能、冷酷無情本質，寫了許多詠史詩
諷刺、挖苦皇帝，但是在他的內心還是希望皇帝能夠警醒，從而實現
「中興」。也就是說，他的政治理想尚未徹底破滅，因此他開頭一直
不理解白居易、薛廷老為什麼要「逃堯」，直到甘露事變、戀人受到爭
立太子事件牽連後才知道他們「不為名」。李商隱早期結交顯貴如令
狐楚、蕭浣、楊虞卿等多為牛黨成員，李商隱《哭遂州蕭侍郎二十四
韻》和《哭虔州楊侍郎虞卿》，以及《代李玄為崔京兆祭蕭侍郎文》就
是其中具有代表性的詩文；但他後來累應李德裕手下王茂元、鄭亞
幕，《李衛公》、《漫成五章》對李德裕雄才大略的肯定，那麼，李商
隱究竟算是「牛黨」還是「李黨」？他的政治態度和立場究竟如何
呢？筆者認為，李商隱只能說是出入於牛、李之門，不屬於牛黨或者
李黨；也不必把他歸入牛黨或者李黨，因為李商隱政治立場並非站在
李黨或牛黨一邊，他評價人物是以本身言行及對朝廷功勳為標準，他
詩中既有「帝得聖相相曰度」（《韓碑》），又有功勳與李廣等同的李德
裕，還有老成持重的令狐楚、對他和戀人恩深似海的弘農楊氏、禮賢
下士的河中盧氏，他在概述生平的《漫成三首》和《漫成五章》中，
既說到宋氏姐妹，又說到牛黨令狐楚和李黨李德裕、石雄和王茂元。
可以說，李商隱是希望朝廷政治清明、國家強盛的「無黨派人士」，其

詩也表現出中立和批判政治態度。然而不幸的是由於急於仕進而轉益多門，確實捲入了牛、李黨爭人事糾葛和政治漩渦。《新唐書・文藝・李商隱傳》：「王茂元鎮河陽，愛其才，表掌書記，以子妻之，得供侍御史。茂元善李德裕，而牛、李黨人蚩謫商隱，以為詭薄無行，共排笮之。」尤其鄭亞為李德裕浙西幕僚，會昌時受到重用，宣宗即位初對李德裕實行打擊，而李商隱恰恰此時入幕桂林。李商隱從鄭亞幕，本來是希望離宋若荀近一點，但因鄭亞會昌年間宰相李紳監修國史期間又為史官修撰，參與改寫《憲宗實錄》，掩蓋李德裕之父李吉甫「不善之跡」，被看作李德裕死黨，當然李商隱為鄭亞作《會昌一品集序》亦被當作為李德裕張目證據了；《唐才子傳》云大中元年李商隱「依桂林總管鄭亞府為判官，後隨亞謫循州，三年始回。歸窮於宰相綯，綯惡其忘家恩，放利偷合，從小人之辟，謝絕殊不展分」，主要還是是與令狐綯矛盾，事實上他們矛盾早在李商隱從涇原王茂元幕、娶王氏妻前就已經產生，牛黨只不過是藉口投靠李黨打壓他而已。大中初年正是牛黨得勢之時，令狐綯二年二月詔拜令狐綯為考功郎中，五月遷御史中丞，權知兵部侍郎知制誥，九月充翰林學士承旨，大中三年，令狐綯特恩拜中書舍人，襲封彭陽男。四年十月，翰林學士承旨、兵部侍郎令狐綯守本官、同中書門下平章事。〔註182〕可謂炙手可熱之時，李商隱命運很大程度上決定於令狐綯，為李德裕鳴冤叫屈詩文又激怒牛黨令狐綯，導致多年不得升遷。大中三年春李商隱《李衛公》，十二月李德裕卒於崖州貶所，李商隱作《漫成五章》懷念李德裕及其部將，揭示了他們必欲置李德裕死地目的，在這樣的情況下仍然能夠為失勢的李黨說話是很不容易的，但也正是他不斷冒犯令狐綯、白敏中證據，不引起他們嫉恨是不可能的，而李商隱大中六年到江陵路祭李德裕靈柩舉動更是引起牛黨痛恨。

　　李商隱積極用世和報國之志之所以未能實現，與他不善於處理錯綜複雜社會關係、家庭關係，以及過於張揚自我有關。李商隱捲入

〔註182〕《舊唐書・本紀第十八下・宣宗》。

統治集團朋黨鬥爭並非完全是「秉公仗義」，而是與自己仕途進退有著較為密切關係，有著某種程度上「實用」心理。李商隱以「潘岳」自比，同時也與潘岳「性輕躁，趨世利」〔註183〕性格有著某種相似：潘岳先是投靠皇太后之父楊峻為其主簿，賈后與楚王司馬瑋殺楊時潘岳險遭不側，賈黨得勢之後他又與賈謐親近，並參與謀害愍懷太子。李商隱性格中也有「躁進」成分，他的應酬詩中既有表現對李晟、李德裕等豐功偉績讚頌，有感謝柳公綽、盧簡辭、杜牧、王茂元、鄭亞、鄭蕭詞語，但對早年扶助他的令狐楚則少有真誠感謝，原因在於他對當年令狐楚阻擾他與宋若荀的戀愛耿耿於懷。李商隱對黨爭的顛倒是非、羅織人罪提出抗議：「初驚逐客議，旋駭黨人冤」（《哭遂州蕭侍郎二十四韻》），有為友人劉蕡鳴冤叫屈正義感，但並非沒有「謁人求知」行動，表現出李商隱的人生態度並非完全正直和真誠，某種程度上現實主義甚至實用主義成為他行事依據，這是與封建時代「道窮而不悔」人格態度有所不同，因而難為「廟堂之器」，最明顯例子莫過於座師周墀雖一再在生活和謀職方面幫助李商隱，但終究沒有像提拔杜牧那樣舉薦李商隱。也就是說，令狐綯固然有以「忘其家恩」為由，借牛、李黨爭打擊李商隱事實，但與同在兩黨傾軋之際的杜牧、柳仲郢等人相比，李商隱並不是政治立場遭到排斥典型例子，他的朋友杜牧既與牛僧孺深交，杜牧弟弟杜顗亦曾先入李德裕幕，曾對李德裕某些做法提出建議，李德裕沒有因此而完全不用其言；柳仲郢也沒有因為大中後任用李德裕侄子而被令狐綯排擠，反被稱作「有節義」，而李商隱則有「無行」之名。

　　李商隱之所以為牛、李兩黨所黜，之所以仕途坎坷，不僅在出身孤寒，不僅是牛黨排擠，也不完全是因追尋戀人而多次辭官，如其所言「處世鈍如槌」而被人作為政治犧牲品原因，也有過於自負、自以為聰明和多次「負氣」、「負情」人格原因。史載「德裕與李宗閔、楊嗣復、令狐楚大相儲怨。商隱既為茂元從事，宗閔黨大薄之。時令狐

〔註183〕《晉書·卷五十五·潘岳》。

楚已卒，子綯為員外郎，以商隱背恩，尤惡其無行。」〔註184〕《舊唐書‧李商隱傳》云：「（李商隱）與太原溫庭筠、南郡段成式齊名，時號『三十六』。文思情麗，庭筠過之。而俱無持操，恃才詭激，為當途者所薄，名宦不進，坎壈終身。」《唐才子傳》謂李商隱「詭薄無行」，指其在家庭、朋友關係方面欠考量和偏差行為，《新唐書‧李商隱傳》所云「放利偷合」指仕途躁進和變換門庭。封建時代家庭關係往往成為個人發展重要基礎，而家庭倫理關係的處理也是衡量個體道德、政治素養重要方面，所謂「家齊國平天下治」。李商隱科舉不順確實有孤門窮困無人提攜原因，但他人生道路上也有許多「貴人相助」，如令狐楚、李德裕、白居易、周墀等，應該說是可以有較大發展的，仕途坎坷更多來自他對婚姻家庭、朋友關係的處理不當，來自他的「小聰明」和「實用」觀念。早年李商隱與宋若荀戀愛確實是出於兩情相悅，但受到來自各方面阻攔後就婚於王氏，確實有希望公卿提攜意思，李商隱之所以最終落得個「官職不掛朝籍」下場，固然有朋友們不理解和不同情原因，也確有某些受人譴責的方面，尤其是對宋若荀的輕率態度和不負責任，多次埋怨她害了自己，直到大中年間的《越燕二首》中還有「去應逢阿母，來莫害王孫」之說；在對待王氏妻問題上李商隱也或多或少表現出「利用」心態，需要承擔時就大發怨言，他在寫給王茂元妻兄弟李執方的《上易定李尚書狀》中說到「豈期妻族，亦構禍凶」。事實上，李商隱陷入牛、李之爭是有意無意之間，但為自己前途而「轉益多門」，使友人對李商隱的人品產生懷疑而不肯原諒幫助他，從而不斷陷入自己造成的逆境。李商隱個性過於外露，對時事過分直露褒貶、對他人的過分直率，對社會醜惡現象不能容忍，在知道了宮廷內幕後連皇帝、貴戚都敢罵，不會不引起最高統治者嫉恨。

　　李商隱是在外部社會關係、家庭關係緊張和主觀性格相互矛盾過程中走完他人生旅程的。李商隱不僅受到令狐楚、李德裕、王茂元

〔註184〕《舊唐書‧列傳第一百四十下‧文苑下‧李商隱》。

等朝廷重臣知遇和恩待,也受到這些人詬病牽連甚至打擊,也由此逐漸擴大和加深了對社會瞭解,尤其他自己和戀人一家因皇帝昏庸、「訓、注之亂」導致顛沛流離,使他的思想在積極用世和消極出世之間掙扎和徘徊,同時充滿了光宗耀祖動機和仕途追求挫折矛盾,使他的性格在真摯和虛假、心理在平和和激烈之間搖擺,對親人、戀人、朋友、恩人關係處理方面出現種種偏差和錯誤是李商隱性格和人格方面無法掩飾的缺陷。也可以說,李商隱主觀上是不想介入黨爭的,李商隱本身並沒有什麼政治偏見,然而由於各方面關係處理不當,得罪了許多當權者,因此黨爭利用他政治經驗不足將他作為了政治犧牲品;朋友、愛人、妻子也因他的負氣、負情而最終遠離了他,由此,清代朱鶴齡《箋注李義山詩集序》中謂「義山蓋負才傲兀,抑塞於鉤黨之禍」〔註185〕是有道理的。

〔註185〕劉學鍇、余恕誠編:《李商隱詩歌集解》,北京:中華書局,1988 年12 月第一版,第 2021 頁。